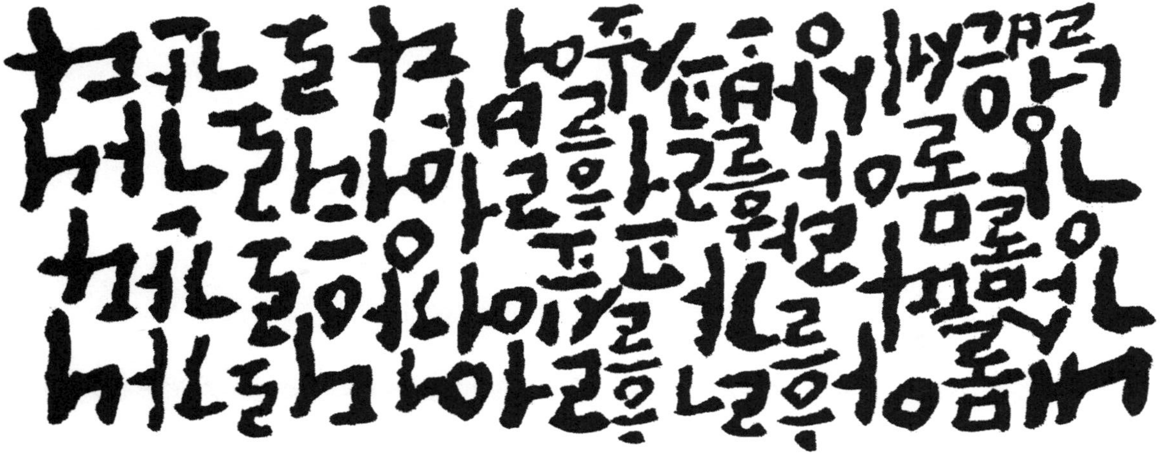

냇물아 흘러흘러 어디로 가니
신영복 유고

신영복 지음

2017년 1월 2일 초판 1쇄 발행
2017년 1월 9일 초판 2쇄 발행

펴낸이	한철희
펴낸곳	돌베개
등록	1979년 8월 25일 제406-2003-000018호
주소	(10881) 경기도 파주시 회동길 77-20 (문발동)
전화	(031) 955-5020
팩스	(031) 955-5050
홈페이지	www.dolbegae.com
전자우편	book@dolbegae.co.kr
블로그	imdol79.blog.me
트위터	@Dolbegae79

주간	김수한
편집	이경아
디자인	김동신·이은정·이연경
마케팅	심찬식·고운성·조원형
제작·관리	윤국중·이수민
인쇄·제본	영신사

ISBN 978-89-7199-785-7 (03810)

책값은 뒤표지에 있습니다.

신영복 유고

냇물아 흘러흘러 어디로 가니

돌베개

우리 사회를
보다 인간적인 사회로 만들어가는 먼 길에
다들 함께하시기 바랍니다.

― 신영복

신영복 선생의 말과 글
─참 스승의 의미

여전히 신영복 선생을 떠올릴 때마다 가슴이 먹먹해집니다. 그러고는 콧날이 시큰해지면서 눈시울이 뜨거워집니다. 그리움 때문입니다. 그분과 함께하던 시간이 떠오르기 때문입니다. 선생의 인자한 모습, 잔잔한 말투와 웃음, 어린애 같은 장난기와 농담, 무엇보다도 그분이 보여주셨던 겸양의 언어와 흐트러짐 없는 삶의 자세가 시간이 갈수록 새삼스럽게 기억되기 때문입니다. 나만 그런 게 아닌 것 같습니다. 주변의 많은 사람들이 비슷한 이야기를 합니다. 우리가 신영복 선생과 같은 공기를 호흡하던 그 시간이 얼마나 소중하고 행복한 것이었는지 이제야 뼈저리게 깨닫습니다.

　신영복 선생은 우리에게 어떤 분이었던가 생각합니다. 그분을 책으로만 접한 독자들은 오랜 감옥 생활 속에서 고통의 시간을 치열한 정신으로 벼려내 마침내 세상을 달관하는 경지에 이른 고고한 선비의 모습을 떠올립니다. 하지만 그분과 만나 대화를 나누고 어울렸던 사람들은 이 고고한 선비가 보여주는 뜻밖의 편안함과 따뜻함, 격의 없는 소탈함에 놀라게 됩니다. 고고한 선비의 모습과 소탈한 생활인의 모습, 선생은 한 몸으로 이 두 가지의 모습을 아무런 모순 없이 자연스럽게 보여주셨고, 그렇게 우리는 신영복이라는 거울 속에서 참된 스승과 좋은 친구의 모습을 함께 만날 수 있었습니다.

스승이란 이름의 무게를 생각해 봅니다. 나 역시 학교에서 학생들을 가르치며 사는 까닭에 더러 스승이란 소리를 듣습니다만 이 말을 들을 때마다 부끄러워집니다. 스승이란 그저 지식을 가르치고 모르는 것을 깨우쳐 주는 존재가 아니라는 생각 때문입니다. 스승은 교수니 교사니 하는 직함에서 비롯되는 것도 아니고 말과 글의 그럴듯한 무게로 장식되는 것도 아니며 오직 그 사람과 삶에서 저절로 존경의 염을 품게 만드는 그런 존재여야 한다는 생각 때문입니다. 휘황한 지식과 그럴싸한 말과 글로 관심을 모으고 존경을 받는 사람들은 많습니다. 하지만 신영복 선생처럼 말과 글과 삶이 한 치의 어그러짐 없이 일치하는 사람은 많지 않습니다. 우리가 신영복 선생을 우리 시대의 참 스승이라 부르는 데 주저함이 없는 까닭이 여기에 있습니다. 하지만 그분도 스승이란 말을 늘 부담스러워하셨습니다. 언젠가 스승의날에 선생과 나눴던 대화가 기억납니다. 스승의날 감사 인사를 드리자 선생은 이렇게 말씀하셨지요.

"스승이 훌륭한 게 아닙니다. 좋은 스승을 가진 그 사람이 훌륭한 거지요."

이 말씀을 듣는 순간 뒤통수를 맞은 듯 충격을 느꼈습니다. 우리는 그저 스승에 대한 존경만을 생각하지만 좋은 스승이란 결국 훌륭한 제자들에 의해서 만들어지는 것일 겁니다. 또 정말로 좋은 스승을 가진 사람이라면 누구든 좋은 사람이 될 수밖에 없을 것입니다. '우리는 저마다 누군가의 제자이자 동시에 스승이며, 배우고 가르치는 사제의 연쇄를 확인하는 것이 곧 자기 발견'이라시던 말씀, '좋은 사람을 만나고 스스로 좋은 사람이 되는 것이 나의 삶과 우리의 삶을 아름답게 만들어 가는 일'이라고 하신 말씀이 바로 그런 의미일 것입니다. 한 사람의 의미는 그 한 사람의 존재가 아니라 그가 맺고 있는 관계 속에서 만들어진다는 말씀도 비로소 분명하게 이해되었습니다. 내가 좋은 스승을 만났으니 나도 그만큼 좋은 사람이 되어야겠다는 다짐이 새삼스레 뒤따랐음은 물론입니다. 선생은 이렇게 일상의 곳곳에서 툭 던지는 한마디, 언뜻 보여주시는 행동 하나로 깊은 가르침을 주시는 분이었습니다.

신영복 선생을 스승으로 생각하는 사람들은 비단 그분을 가까이 뵈었던 사람들만이 아닙니다. 선생의 책을 읽고 감명 받았던 수백만의 독자들에게도 그분은 마음속의 스승입니다. 신영복이라는 이름을 세상에 처음 알린 책은 『감옥으로부터의 사색』입니다. 잘 알려져 있다시피 선생이 감옥에 계셨던 20년 동안 한 달에 한 번 가족에게 보낸 편지를 모은 책입니다. 감옥에서 만난 밑바닥 세상에 대한 공감과 연민이 단아하면서 고도로 절제된 산문으로 표현되어 있습니다. 감옥 속에서 전혀 다른 세계의 사람들을 만나며, 지식인의 창백한 관념성에서 벗어나 자신의 의식과 삶을 재구성하며 성찰적 사상가로 거듭나는 과정이 이 책에 담겨 있습니다. 많은 독자들이 이 책을 읽으며 어떻게 20년간이나 감옥 생활을 한 분의 글에서 신산한 고통이나 증오의 흔적이 하나도 드러나지 않는지 의아해합니다. 언젠가 거기에 대해 선생은, 이 편지들은 가족에게 보내는 것이었고, 검열을 전제한 글이었다는 점을 말씀하신 바 있습니다. 가족에게 보내는 편지에 현실의 고통을 있는 그대로 전할 수는 없고, 검열을 전제로 한 글에 속내를 다 드러내 보일 수는 없었다는 것이지요. 그렇게 보면 이 책은 겉으로 드러난 표현 가운데 보이지 않게 숨어 있는 행간의 의미를 읽어야 하는 지극히 다의적인 텍스트입니다. 『감옥으로부터의 사색』이 단순한 편지글 모음이 아니라 성찰의 사유를 담은 사상서이자 고도로 함축적인 문학서인 까닭이 여기에 있습니다.

평이한 문장으로 물 흐르듯 유려하게 쓰인 선생의 글들은 어떤 현학이나 수사로 장식된 글보다 긴 여운을 남기며 깊은 사색의 실마리를 제공합니다. 국내와 국외 여행을 담은 『나무야 나무야』, 『더불어숲』은 역사 속의 인물과 장소를 새롭게 해석하며 우리의 현실과 문명에 대한 비판과 통찰을 보여줍니다. 『강의-나의 동양고전 독법』에는 오랜 수형 생활에서 천착한 동양고전에 대한 독창적인 해석과 함께 현실을 읽는 풍부한 지혜가 담겨 있습니다. 별세하시기 얼마 전 간행된 『담론-신영복의 마지막 강의』에는 평탄치 않은 삶의 역정, 수많은 만남과 독서를 통해 선생이 갈무리해 온 넓고도 깊은 사유가 장강처럼 펼쳐집니다. 선생의 책들은 읽을 때마다 새롭게 다가옵니다. 읽을 때마다 내 삶을 되돌아보고 세상을 새롭게 보게 됩니다. 그래서 저를 포함해 많은 사람들이 선생의 책을 가까이 두고 되풀이해 읽습니다. 생각의 매듭이 엉켜 있을 때, 앞이 어둡고 시야가 열리지 않을 때 선생의 책을 읽으며 어떤 작은 실마리를 찾고 싶어합니다.

연구실을 이웃해 있던 저는 많은 분들이 선생을 찾아와 조언을 구하고 말씀을 청하는 모습을 볼 수 있었습니다. 유명한 정치인들도 있었고, 시민 단체의 활동가들도 있었고, 그저 선생의 글이 좋아 무작정 찾아온 시민도 있었습니다. 문인, 예술인, 가끔은 나이 어린 청소년들도 있었습니다. 선생은 누구든 찾아오는 사람을 내치신 적이 없습니다. 누구의 이야기든 진심을 다해 들어주셨고 해 주실 수 있는 최선의 말씀을 주셨습니다. 늘 놀라웠던 것은 선생이 언제나 상대의 눈높이에서 대화를 하신다는 것이었습니다. 칠십대 노인과는 그분들의 언어로, 대학생 청년들과는 또 그들의 시선으로, 어린이들과는 어린이의 눈높이로 대화하시는 모습을 보며 경이를 느낀 게 한두 번이 아닙니다. 그 많은 사람들이 모두 흡족한 해답을 얻지는 못했을 것입니다. 언젠가 선생이 제게 푸념하듯 말씀하신 적이 있습니다.

"사람들이 내가 답을 다 갖고 있다고 생각하나 봐. 답은 자기 자신이 찾아야 하는 건데……."

하지만 분명한 것은 많은 사람들이 선생과 대화를 나누고 말씀을 들을 수 있다는 것만으로도 행복해했다는 사실입니다.

선생은 탁월한 강연자이시기도 했습니다. 적절한 비유와 유머, 진솔한 체험과 사색이 녹아 있는 선생의 강연은 그 자체로 예술이었습니다. 삶의 지혜와 위로를 얻고 성찰의 계기를 찾고자 하는 수 많은 사람들이 선생의 강연을 청해 왔습니다. 선생과 가까이 있다 는 이유로 제게 강연 섭외를 부탁하는 사람들도 참 많았습니다. 선 생은 수많은 지역과 단체, 학교에서 낮고 고요하지만 치열하고도 풍요로운 희망과 성찰의 언어를 들려주셨습니다. 선생의 강연을 여러 번 들었습니다만 들을 때마다 조금씩 다른 감동과 재미를 느 끼곤 했습니다. 그런 사람이 저만이 아니었습니다. 선생의 강연마 다 찾아다니며 듣고 또 듣는 분들이 적지 않았으니 말입니다.

돌아가시기 전 몇 해 동안 선생과 함께 강연 콘서트를 했던 것은 아마 제 평생 잊을 수 없는 고마운 추억이 될 것입니다. 2009년경 으로 기억합니다. 워낙 많은 강의 요청을 다 들어줄 수도 없고 또 여러 지역을 혼자 다니시기에는 건강에도 무리가 있고 하여 한동 안 다니시지 않던 선생께 시민 단체에서 요청이 왔습니다. 전국의 광역 지역별로 시민들을 모아 놓을 테니 한 번씩 방문해서 강연해 달라는 부탁이었습니다. 선생께서 더숲트리오와 함께 다니자고 제 안하셨습니다. 그렇게 '신영복 선생과 더숲트리오가 함께하는 강 연 콘서트'가 기획되었습니다. 이후 몇 년간 전국 여러 군데를 다녔 습니다. 선생과 함께한 강연 콘서트가 아마 수십 회가 넘을 것입니 다. 제 아전인수의 해석인지 모르지만 이 강연 콘서트는 여러모로 큰 의미가 있었습니다. 이명박 정권 출범 이후 이런저런 이유로 힘 이 빠져 있거나 분열되어 있던 지역의 시민사회가 이 강연 콘서트 를 계기로 다시 만나고 힘을 모을 수 있는 계기가 되었다고 생각합 니다. 선생이 강연 때마다 강조하시는, 높은 곳에서 낮은 곳으로 연대하는 하방연대(下方連帶)와 절망의 상황에서 희망의 씨앗을 찾는 석과불식(碩果不食), 더불어 함께 지키자는 더불어 숲의 정신이 각 지역의 시민사회가 새롭게 뜻을 모으고 연대하는 데 결코 적지 않은 힘이 되었다고 믿습니다.

신영복 선생의 글씨와 그림에 대해 이야기하지 않을 수 없습니다. 짧지만 놀랍도록 함축적인 지혜가 담긴 서화는 책과 강연과는 또 다른 방식으로 선생의 사상을 접할 수 있는 중요한 매체입니다. 선생이 남기신 서화는 지금 전국 곳곳에 걸려 있습니다. 여러 명소와 건물의 현판에, 수많은 단체의 사무실에, 많은 사람들의 거실 벽에, 탁상 위의 달력에 선생의 글씨가 있습니다. 어려서부터 조부(祖父)로부터 한문과 서예를 배우셨지만 이분의 글씨가 특유의 미학적 깊이를 얻은 건 감옥에서였습니다. 정신의 성장과 변화의 흐름이 글씨의 미적 깊이가 더해 가는 과정에 그대로 들어가 있습니다. 선생은 글씨를 청하는 부탁을 거절하시는 법이 없었습니다. 선생의 서화 작품을 받아 재정에 도움 받았던 단체도 수없이 많습니다. 강연 콘서트를 다닐 때도 꼭 몇 개씩 작품을 준비해 가서 관객들에게 선물하셨습니다. 그럴 때마다 이런 농담을 하시곤 했지요. "어떤 건 글자 수가 많고 어떤 건 적지만 걱정하실 것 없습니다. 인사동에 들고 나가면 값은 다 똑같습니다."

선생께 서예를 배운 교수들과 전시회를 열고 수익금 전액을 학교에 장학금으로 기부했던 기억도 새롭습니다. 두 차례의 전시회를 통해 1억 3천만 원이 넘는 금액을 만들었습니다. 물론 그건 전적으로 신영복 선생 덕분이었습니다. 수익금의 대부분이 선생의 작품 판매로 생긴 것이기도 했고 전시회 성사를 위해 게으른 교수들을 일일이 채근해 거의 손을 잡고 써 주다시피 작품을 만들어 낸 선생의 노고 덕분에 가능했던 것입니다. 생각해 보면 참 많이도 선생을 괴롭혀 드렸습니다. 사실 서화를 쓰고 그리는 일은 고도의 집중을 요하는 일입니다. 그때는 미처 깨닫지 못했지만, 지금 생각해 보면 게으른 제자들의 작품을 일일이 완성하시느라, 또 부탁을 거절하지 못하시며 수많은 서화 작품을 쓰고 그리시느라 알게 모르게 건강을 많이 상하신 것은 아닌지 죄송스러운 마음이 들지 않을 수 없습니다.

선생은 책과 강연, 서화를 통해 많은 사람들에게 공존과 연대, 평화와 생명의 가치를 전한 스승이셨지만 또 누구보다도 편하고 즐거운 친구시기도 했습니다. 선생은 언제 어디서든 무게를 잡고 어른 행세를 하거나 특별 대접을 받으려 하시지 않았습니다. 늘 스스로를 낮추려 하셨지요. 한참이나 어린 동료 교수들이나 교직원들과도 늘 스스럼없이 어울리셨습니다. 선생이 교수와 직원, 학생들과 어울려 축구하시는 모습을 본 사람들은 시대의 스승이 보여 주는 뜻밖의 모습에 놀라워했습니다. 하지만 운동장에서 함께 축구하는 우리들에게 선생은 정확한 볼 컨트롤로 날카로운 슛을 날리는 능력을 가진, 그래서 가능하면 같은 편이 되고 싶은 유능한 선수셨지요.

점심 식사를 마치고 휴게실에서 잡담을 나눌 때도 선생이 계시면 그만큼 더 활기차고 재미있는 대화가 오고갔습니다. 선생은 어떤 자리에서건 가장 재미있는 농담을 던지시는 분이었습니다. 정말 기막힌 유머 감각에 놀랄 때가 한두 번이 아니었습니다. 언젠가 밤늦게 내 차로 댁에 모셔 드릴 때였습니다. "다른 사람 차를 얻어 타면 자꾸 이것저것 물어보고 말을 시켜서 피곤한데 김 선생 차를 타면 아무 말 안 하고 갈 수 있어 편해요." 무뚝뚝하게 앞만 보며 운전하는 내 성정을 두고 하신 말씀입니다. 선생은 언제 누구와 함께하든 상황에 가장 적합한 대화로 분위기를 유쾌하게 만드시곤 했습니다. 돌아가시기 며칠 전 뵈었을 때, 거동 못하고 누워 계신 채 말씀하셨습니다. "마비가 다리 쪽부터 위로 올라오고 있어요. 이제 가슴까지 왔네. 얼마나 다행이야. 위에서부터 내려오지 않는 게." 선생은 마지막까지 유머를 잃지 않으셨습니다.

신영복 선생은 낮은 자세로 겸손과 배려를 잃지 않으며 누구와도 스스럼없이 재미있게 어울리신 좋은 친구셨습니다. 언젠가 선생이 명대(明代)의 사상가 이탁오(李卓吾)를 인용하며 해 주신 말씀을 기억합니다.

"친구가 되지 못한다면 좋은 스승이 아니고, 스승이 될 수 없다면 좋은 친구가 아니다."

그분은 우리에게 최고의 스승이자 최고의 친구셨습니다. 우리는 이제 선생님이 안 계신 세상을 삽니다. 바쁜 일상 속에서 또 한 세월 그럭저럭 살아가겠지요. 하지만 최고의 스승이자 최고의 친구를 잃은 빈자리는 아마 영원히 메워지지 않을 것입니다.

이 책은 신영복 선생의 유고 모음입니다. 이십대의 청년 신영복이 쓴 미발표 글 7편을 포함해서 여기저기 다양한 매체에 기고하신 글과 강연록 등 기존의 저서에 포함되지 않았던 글들을 모았습니다. 특히 그동안 알려지지 않은 「가을」, 「귀뚜라미」 등 7편의 글은 문청(文靑) 신영복의 글 솜씨를 유감없이 보여주는 중요한 글이라 하겠습니다. 이 책에는 때론 중복되는 내용도 있고 다른 저서들에서 언급된 내용이 다시 나오기도 합니다만, 신영복 선생의 깊은 사유와 정갈하게 조탁된 언어를 다시 반추할 수 있는 뜻 깊은 책이 아닐 수 없습니다. 이렇게 우리는 신영복 선생이 주신 또 하나의 선물을 받게 됩니다. 선생이 안 계신 자리에서 우리가 느끼는 적막함이 이 작은 선물로 채워질 수는 없겠지요. 하지만 그분이 남기신 말과 글을 통해 선생의 삶과 뜻을 영원히 기억할 수 있다는 건 정말로 다행스러운 일이 아닐 수 없습니다.

김창남
성공회대학교 신문방송학과 교수, (사)더불어숲 이사장

차례

3부 주소 없는 당신에게

일러두기

이 책은 신영복 선생(1941~2016)이 생전에 신문과 잡지 등에 기고한 글들을 모아 3부로 재구성한 것이다. 일부 내용이 중복된 글이나 매우 짧은 단문의 경우 싣지 않았다. 제목이 따로 없는 글의 경우 편집자가 내용에 알맞은 제목을 임의로 달았다. 각 글의 말미에 발표 지면과 게재 일을 밝혀 두었다. 본문 수록 작품 중 12편은 2003년 11월에 출간된 『청소년이 읽는 우리 수필 01-신영복』(돌베개)에 한 차례 수록된 바 있으며, 이때 저자가 수정과 보완을 가하였으므로, 게재 글이 아닌 이 책의 글을 수록하였다. 이 책의 말미에 고인의 생애를 약술한 「신영복 연보」를 수록하였다.

본문 수록 작품 중 「가을」부터 「성(聖)의 개념」까지 7편의 글은 신영복 선생이 1968년 구속되기 전에 쓴 글로, 이 책에서는 1부 안에서 '미발표 유고'로 따로 묶었다. 20대 청년 시절 신영복의 자취를 보여주는 글로, 이 책을 엮으며 유족으로부터 입수해 처음 공개한다. 그중 「가을」, 「귀뚜라미」, 「성(聖)의 개념」은 원본에 제목이 따로 없어 편집자가 임의로 제목을 붙였다. 비록 완결된 글은 아니지만 선생이 남긴 소중한 글이라 판단하여 수록하였다. 맞춤법과 표기법은 뚜렷이 어색한 경우를 빼고는 가능한 한 초고대로 옮겨 적었다.

1부

나의 대학 시절

나의 길

20년의 옥살이를 끝내고 세상의 첫 밤을 맞은 곳은 놀랍게도 그때 그곳이었다. 1988년 8월 14일 내가 돌아온 곳은 남산 기슭의 중앙대학교 필동 부속병원에 있는 아버님의 병실이었는데, 병실 창밖으로 그때의 중앙정보부 자리가 바로 지척이었다. 20년 후의 남산은 더욱 깊은 숲을 이루어 그때의 아픔과 좌절을 8월의 여름 숲속에 말없이 묻어 놓고 있었다.

병실 창문에 서서 어둠에 묻혀 가는 '남산'을 바라보며 이제 나의 20년은 추억의 시작이라고 생각했다. 숱한 사연들은 이제 사진첩 속에 간직되고 새로운 삶이 시작된다고 생각했다. 그러나 그것은 감상적인 생각이었다. 세상에 끊어진 길은 없는 법이다. 끊어진 혈관이 없듯이 모든 길은 모든 길과 연결되어 있는 법이다. 더구나 스물여덟 살에서 마흔여덟 살까지의 20년은 나의 인생의 한복판에 자리 잡고 있는 감동과 변혁의 심장이기 때문에 더욱 그렇다.

1968년 여름 '남산'에서 알몸으로 벗겨져 지금까지의 나의 모든 생각과 행위가 삭막한 법률 용어로 번역되어 조서 용지 위에 기록될 때 나는 그 낯선 외국어에 한동안 당황했다. 나는 나의 양심이 걸레처럼 천대당하는 모습을 보아야 했다. 냉엄한 현실, 엄청난 힘의 벽 앞에 여지없이 무너져 내리는 나의 우정과 사랑을 통곡하지 않을 수 없었다. 그리고 20년의 세월이 지난 지금 나는 지천명의 나이로 또 하나의 길 앞에 서 있다.

내가 걸어온 길은 감옥 이전과 이후로 확연히 나뉜다. 1941년 고읍(古邑)인 밀양을 고향으로 나는 국민학교의 교장 사택에서 태어났다. 학교의 사택과 교실 그리고 학교 운동장에서 시작된 나의 어린 시절은 당시의 가난하고 어려웠던 식민지의 시절과 해방 전후의 격동으로부터 일정하게 보호된 환경이었다. 이러한 환경은 대체로 4·19를 맞은 대학 2학년까지 이어졌다. 그러나 이 시기까지의 나의 길은 내가 걸어온 나의 길이 아니었다. 누군가에 의해서 닦여진 길이었으며, 누군가에 의해서 주어진 책과 교실이었다. 생각하면 이것은 나의 선택은 아니었다. 심부름 같은 길이었다.

4·19는 잠시 푸른 하늘을 바라본 시절이었다. 부정선거나 장기 집권의 문제라기보다는 누가 누구를 어떻게 억압하고 있는가를 깨닫게 하는 계기였다. 적어도 내게 있어서는 해방과 전쟁과 분단의 의미를 통틀어 고민하게 하는 전기였다.

한글 연구 서클과 일본인 교장 배척 운동으로 한때 교직에서 쫓겨났던 아버님과 아버님의 친구들, 어둠 속에 묻혀 들어와 서둘러 밤참을 해먹고 어디론가 사라지던 장정들의 두런두런하던 말소리와 발자국 소리, 남천교의 난간에 매달려 하굣길을 공포에 떨게 했던 빨치산의 머리들……. 나는 4·19 때에야 뒤늦게 그 당시를 추체험하게 된다. 그러나 학교와 교실이라는 제3의 입장은, 바로 그 순수한 열정 때문에, 때로는 과학적 이론 때문에, 때로는 실천의 협소한 지반 때문에, 우리는 관념적일 수밖에 없었다. 사회경제적 모순구조 속에 온몸이 놓여 있는 민중들의 삶 그 자체와는 엄연히 구분될 수밖에 없는 것이었다. 60년대의 학생운동은 대중운동 공간이 줄곧 초토화되어 있었다는 점에서 특히 그러했다.

첫 번째의 길은 1968년 여름 '남산'에서 끝났다. 만신창이가 된 알몸으로 끝났다. "반국가단체를 구성하고 그 지도적 임무에 종사한 자는 사형, 무기 또는 10년 이상의 징역에 처한다." 국가보안법 1조 2항이 통일혁명당 사건에서 내게 두 번의 사형을 언도하고 결국 무기징역을 선고한 법적 근거였다. 법의 본질은 무엇이며 정치의 생리는 어떤 것인가. 지금 돌이켜 보면 당시의 이러한 고민은 참으로 사치스럽고도 순진한 것이었다.

두 번째의 길은 무기징역형이었다. 무기징역은 끝이 보이지 않는 어두운 동굴이었다. 동굴 속으로 걸어 들어가면서 나는 차라리 잘된 일이라는 생각이 들었다. 화사한 관념의 의상이 갈기갈기 찢어져 차라리 잘된 일이라고 생각되었다. 감추어진 칼을 미리 볼 수 있었던 것이 다행이라고 생각했다.

첫 번째의 길이 밝고 양지바른 길에서부터 시작되었음에 비하여 두 번째의 길은 어둡고 긴 동굴의 입구에서부터 시작되었다. 엄한 규율과 강제, 끊임없는 냉소와 모멸 속에서, 살벌한 사건과 유린된 인간성의 장기망태기 속에서 나의 이론과 사랑이 의지할 곳은 아무대도 없었다.

　이 인생의 끝동네에서 부대끼고 방황하는 동안 최초로 갖게 된 감정은 아마 부끄러움이었다고 생각된다. 세상을 객지처럼, 감옥을 자기의 인생처럼 묵묵히 살아가고 있는 수많은 재소자들보다 더 괴로워해야 할 권리가 내게는 없었다. 아마 이 부끄러움을 알고 난 이후라고 생각된다. 나는 서서히 사람을 만나게 된다. 거죽의 사람이 아닌 속사람의 발견이었다. 이마에 낙인처럼 그를 규정하고 있는 죄명과는 한 점 상관도 없는 속사람에 대한 깨달음이었다. 그 것은 처음에는 충격으로 다음에는 경이로 내게 다가왔다. 그리고 무엇보다 인간에 대한 신뢰라는 점에서 그것은 구원이었다.

　대학병원에서 피를 팔 때마다 새벽 수도꼭지에서 양껏 물을 마셨다는 친구. 물 탄 피를 팔았다는 양심의 가책 때문에 괴로웠다는 그의 이야기는 나를 부끄럽게 하였다. 지금도 '양심'이란 글자를 만날 때면 내게는 어김없이 그의 얼굴이 떠오른다.

　어느 지루한 일요일 온종일 겨우 수필 한 편을 읽고 난 노인이 내뱉듯이 들려준 말은 "자기 집 뜰이 좁아서 꽃을 못 심는다나 뭐 그런 걸 썼어"라는 확실한 한마디였다. 화려한 단어, 유려한 문장에 결코 현혹되지 않는 그의 통찰은 그의 무식에서 온 것이다. 무식이 그처럼 날카로운 지성이 되고 있는 변증법은 나의 지식을 질타하였다. 지금도 '독서'라는 글자를 만날 때마다 내게는 그 노인의 얼굴과 그가 말아 쥐고 읽던 헌 월간지가 어김없이 떠오른다.

　'건축'이라는 단어에서 빌딩을 연상하는 사람과 목수의 얼굴을 연상하는 사람의 차이는 엄청난 것이다. 그것이 바로 사상의 차이라고 생각된다.

　일제 때 그를 체포하였던 그때 그 형사에게 해방 후에도 다시 체포당한 노인에서부터, 비누로 양치질을 할망정 거저로는 치약 한 개라도 받지 않던 젊은이에 이르기까지 나에게 경이를 안겨 준 사람들은 일일이 열거할 수 없을 정도이다. 자기의 인생에서 온몸으로 파낸 체험의 육중한 덩어리에 부딪히고 보면 나의 창백한 몇 권의 책은 참으로 초라하고 가벼운 것이었다.

　나는 나의 모든 개념, 모든 단어를 사람들의 얼굴로 채우고 싶었다. 그리하여 나 자신을 변혁하고 싶었다.

　내가 만난 것은 물론 개개인의 사람이었지만 그 사람들의 총화에서 또 하나의 만남을 얻게 되는데 그것이 바로 사회와의 만남이고 역사와의 만남이었다고 생각된다.

　세상의 힘에 밀리고 밀려 쓰러진 자리, 그곳이 바로 교도소이다. 사회의 모순 구조가 가장 첨예하게 밀집된 곳이다. 그것이 교도소의 사회적 위치이다. 해방 정국의 격동을 그 한복판에서 바람 맞았고 전란의 여름과 지리산의 겨울을 빈손 맨발로 걸어온 사람들의 삶은 폐허처럼 초토화되어 있던 1900년의 40~50년대 역사를 생생하게 되살려 놓기도 했다. 감옥은 복판이었다. 세상의 복판, 역사의 복판이었다.

　생각하면 나의 이 기간은 남들처럼 길을 걸어간 세월은 아니다. 신발 한 켤레의 토지에 서서 다만 수많은 사람들과 그들이 걸어온 길을 만났을 따름이다. 그러나 그 길에는 수많은 사람들과 그 사람들이 이루어 내는 우리 시대의 에스프리(esprit)가 숨 쉬고 있었다.

나의 서랍 속에는 교도소의 흙 한 조각이 간직되어 있다. 수많은 사람들의 좌절과 고통의 한 조각에서 나는 수시로 우리 시대 우리 역사의 한 조각을 읽는다.

그리고 대학의 강의실에서는 높은 이상과 낮은 사랑의 젊음을 읽는다. 20년 전의 과거이면서 동시에 미래이기도 한 젊음을 읽는다.

그리고 어제는 사진기자와 함께 찾아간 서대문구치소에서 벽돌 한 장을 들고 왔다. 허물어진 벽돌담 앞에서 사진을 찍으며 아직도 그 속에 남아 있는 수많은 사람들에게 송구스러웠다. 그리고 아직도 그 속에 남아 있는 나 자신을 발견했다.

이제 세 번째의 길도 첫 번째나 두 번째의 길과 마찬가지로 내가 선택하지 못할는지도 모른다. 그러나 그 길이 어떠한 길이든 나는 우리 시대의 가장 정직한 사람들과 그 길을 함께하고 싶을 뿐이다.

물이 흘러서 강이 되고 사람이 걸어서 길이 된다. 마라톤의 주자가 뒤를 돌아보는 행위는 기실 불안한 몸짓일 뿐이다.

그러나 한나절의 북한산 등반을 끝마치고 내려와서 하늘에 걸려 있는 봉우리들을 되돌아볼 때의 감개도 결코 작은 것이 아니다.

제 발로 넘은 우람한 봉우리들을 바라볼 때의 대견함은 귀중한 것이다. 몇 시간의 등산도 그렇거든 하물며 우리가 살아온 길을 저 산봉우리처럼 선명하게 하늘에 걸어 놓고 바라볼 수 있다면 어떨까. 그리고 그 대견함에서 얻는 힘은 과연 어떤 것인가.

『동아일보』 1990년 12월 2일

나의 대학 시절

반갑습니다. 오늘은 '나의 대학 시절'에 대해서 여러분과 이야기하겠습니다. 고리키의 작품 중에 『나의 대학』이란 작품이 있죠. 그런데 사실은 고리키는 대학은커녕 학교 교육을 받은 적이 없는 사람이거든요. 어려서 부모님을 여의고 볼가 강의 뱃사공을 돕는 일을 했지요. 그 배의 요리사가 마침 책을 읽는 사람이어서 그가 가지고 있던 책을 읽기 시작한 것이 고리키의 시작이었습니다. 그는 노동자 합숙소의 생활을 자기 인생의 대학 시절로 부르고 있습니다. 지금 나의 대학 시절을 여러분과 이야기하고 싶다고 했습니다만 그것은 제가 다녔던 서울대학교 이야기가 아닙니다.

지금도 같이 징역 살았던 사람들을 만나면 서로 '동창생'이라고 부릅니다. 전주대학 동창생, 대전대학 동창생, 그렇게 부릅니다. 어쩌면 내 인생에서 가장 귀중한 깨달음을 바로 그 대학에서 얻고 고뇌하지 않았는가 하는 생각을 지금도 하고 있습니다. 오늘 여러분과 나누고 싶은 '나의 대학 시절'은 바로 그 시절에 관한 이야기입니다.

저는 4·19 때 대학교 2학년, 5·16쿠데타 때 대학교 3학년인 그런 세대거든요. 우리가 대학에 들어갔을 때만 해도 지적 풍토가 상당히 건조한 시대였다고 생각합니다. 나라 전체가 6·25로 인해 지적 공간이 완벽하게 초토화되어 있었습니다. 4·19, 5·16을 거치는 동안에 더구나 낭만과 꿈이 있는 젊은 청년으로서 참 많은 깨달음을 갖게 됩니다. 처음에는 신동엽 시인이 노래했듯이 4·19란 총알이 모자만 뚫고 간 사건이었는데도 불구하고 마치 이마를 뚫고 간 줄로 착각했습니다. 해방의 기쁨마저 느끼기도 했습니다. 그러다가 싸늘한 5·16쿠데타를 만나게 됩니다. 겨울 공화국의 시작입니다. 그러나 그 길고 어려운 시기를 견디는 힘으로서 그래도 4·19와 5·16 사이 잠시 푸른 하늘을 봤던 그 4월의 깨달음은 매우 귀중했어요.

돌이켜 보면 그때의 기억이 20년 이상 자기를 지탱하는 힘이 되기도 했습니다. 그 시절의 학생 서클 운동은 지금 생각하면 이론적인 수준에 있어서나 실천적 과정에 있어서나 실천 공간의 협소성도 있었지만 많은 편향과 문제점을 안고 있었던 것이 사실입니다. 관념적이고 주관적이기도 했고 무엇보다도 어떤 이상적인 모델을 미리 상정하고 그로부터 실천 과제를 받아 오는 그런 도치된 구도가 있었어요. 감옥에서 나오니까 후배들이 학생 서클 운동의 오리지널 세대라고 했습니다. 오리지널이라는 것이 어떤 원형이기보다는 초기의 미성숙한 것을 이야기한다면 맞는 말이라고 생각되었습니다. 제가 방금 초기의 미성숙과 편향성에 대해 반성했다고 했습니다만, 그러한 반성은 감옥에서 고독한 사색의 결과로 시작된 것이 아니라 감옥 현실에서 여지없이 깨어짐으로써 시작된 것이라고 해야 합니다. '나의 대학 시절' 초년에 그때까지 가졌던 생각들이 여지없이 깨어졌습니다.

'언어'의 관념성과 무력함

징역 초년의 일입니다. 교도소에도 좀 편한 자리나, 책을 좀 더 많이 읽을 수 있는 곳이 없진 않습니다. 독방을 고집한다거나, 또는 그런 것이 가능한 부서도 없진 않습니다. 그러나 저는 공장에 출역(出役)해서 작업반대에 소속되었습니다. 군대로 말하자면 말단 소총소대에 배치된 셈이었어요. 나보다 먼저 대전교도소에 내려와 있던 후배가 어렵게 어렵게 전한 이야기가 공장으로 출역하라는 것이었어요. 학교 시절에 비록 관념적이기는 하지만 기층 민중들의 정서와 사고, 그 속에 묻혀 있는 어떤 힘, 이런 것들에 대한 기대를 가지고 있었거든요. 그래서 여러 가지로 어렵겠지만 말단으로 내려가자고 마음먹었어요.

그때 몇몇 사람들과 서로 그런 의논을 했습니다. 비록 룸펜프로(룸펜 프롤레타리아)이긴 하지만 감옥은 민중 공간이라고 결론을 내렸어요. 노동 의욕이라든가 자부심이나 주체 의식이 없는 무의식 군중이긴 하지만, 그 속에 그래도 교실과 책 속에는 없는 상당한 민중적 현실이 있다는 결론이었습니다. 저로서는 대단한 결단이었습니다.

　그러나 막상 맞닥뜨린 공장의 작업반대에서는 나를 받아주질 않았습니다. 받아주지 않는다는 것은 냉랭하다는 뜻입니다. 입학을 허가하지 않는 셈이지요. 지금 생각해 보면 약 5년 동안 제가 '관계'를 만들어 내지 못했어요. 사실은 5년 이상 걸렸는지도 몰라요. 세상의 밑바닥에서 모멸 당하면서 살아온 그 사람들에게는, 그 사람들의 분류 기준으로는, 제가 비록 자기들에 대한 이해를 가지고 있다는 점을 인정한다 하더라도 기본적으로는 자기들을 억압하고 모멸하던 그런 부류에 속하는 사람으로 분류가 되어 있었어요. 좀처럼 곁을 주지 않았습니다. 그들에게는 당연한 인식이었고 내게는 매우 힘든 5년이었습니다.

　이런 경우에 우리가 선택할 수 있는 방법은 의외로 간단한 것입니다. 여러분이 교실에서, 책을 통해서, 수많은 이론과 논의를 통해서 간추린 지식이 현실의 벽에 부딪칠 때, 가장 먼저 할 수밖에 없는 것은 언어를 버리는 것입니다. 언어가 참으로 무력한 것이라는 것을 재빨리 깨닫는 일입니다. 언어는 현실적으로도 많은 경우에 오히려 진실을 감추는 기능을 하고 있다고 생각합니다. 자신을 위장하고, 변명하고, 은폐하는 역할을 하는 것입니다. 그래서 저는 현실의 벽 앞에서는 언어를 버리고 자신의 삶을 통해서 다른 사람들로부터 검증 받아야 한다는 각오를 하지 않을 수 없게 되었습니다. 교실과 책과 이론으로 배운 사람들이 갖는 공통적인 착각의 하나가 바로 언어로써 설득할 수 있다는 환상입니다. 더구나 상대방이 소위 '먹물'이 부족한 사람일 경우에 더욱 그렇습니다.

글을 잘 모르는 노인에 관한 이야기입니다. 공장 출역이 없는 일요일은 하루 종일 감방에서 지내야 돼요. 특히 그 노인은 지겨워 죽을 지경이었나 봐요. 일단 책을 하나 잡았어요. 아침부터 시작해서 읽다가, 한잠 주무시다가, 점심 먹고 또 읽다가 주무시다가를 반복했어요. 책표지도 떨어져 나간 낡은 『현대문학』이었어요. 그 책의 수필 한 편을 하루 종일 걸려서 읽었어요. 저는 그분이 주무실 때 얼른 읽었지요. 저녁에 제가 다가가서 독후감을 요청했지요. '독서'라는 말에 무척 미안해하더군요. 한사코 사양하다가 딱 한마디로 독후감을 이야기했어요. 그런데 그 수필을 쓴 사람이 우리나라의 유명한 여류 수필가였어요. 그 노인의 독후감은 이랬습니다. "자기(수필가) 집 뜰이 좁아서 꽃을 못 심는다나 뭐 그런 걸 썼어." 못마땅하다는 투가 역력했습니다. 그랬습니다. 정확하게 핵심을 짚어 냈습니다. 여러분이나 우리같이 먹물 좀 든 사람들은 그 여류 문인이 펼치는 현란한 언어 구사에 사로잡히게 마련이죠. 그러나 이 노인에게는 그것들이 무력하기 짝이 없었습니다. 무식이 훨씬 더 날카로운 통찰력이 되는구나, 하는 깨달음은 충격이었습니다. 교실과 책을 통해서 습득한 논리가 순식간에 무너지는 충격이라고 할 수 있습니다.

큰 대(大), 옳을 의(義)를 이름자로 쓰는 '정대의'라는 젊은 친구가 있었습니다. 참 좋은 이름이지요. 그러나 절도 전과가 벌써 세 개나 돼요. 그 친구를 볼 때마다 대의를 위해서 살기를 바라고 대의라고 이름 지었을 그 할아버지가 얼마나 속상할까, 하는 생각을 했지요. 어느 날 제가 이름의 내력을 물어봤어요. 그게 아니었어요.

그는 돌이 채 안 된 어린 아기였을 때 버려진 고아였습니다. 할아버지가 있을 리 없었어요. 자기가 버려진 장소가 광주의 도청 앞 대의동(大義洞) 파출소 옆이었어요. 그래서 '정대의'가 되었다고 했습니다. 그날 당직 경찰이던 정 순경의 성을 따고, 대의동 파출소의 '대의'를 합해서 고아원에 입적시킨 이름이었습니다. 고아원에서 자란 그 30년이라는 세월이 어떤 아픔과 고뇌로 얼룩졌는지 저로서는 그것을 다 알지 못합니다. 그러면서도 '대의'라는 문자를 통해서 그 사람의 인생을 읽으려고 했던 저의 그 창백한 관념성이 굉장히 부끄러웠습니다. 광주에 내려갔을 때 일부러 시간을 내서 대의동 파출소를 찾았던 적이 있습니다. 그곳에 서니까 아직도 청산되지 못한 저의 관념성이 더욱 부끄러웠어요. 언어와 마찬가지로 문자와 논리가 만들어 내는 지식인의 심볼리즘(symbolism)이 얼마나 허약한 것인가. 이 역시 '나의 대학 시절'의 초년에 만난 충격이었습니다.

책에서도 소개되어 있습니다만 나이 많은 옛날 목수의 이야기입니다. 그분이 무언가를 설명하면서 땅바닥에 꼬챙이로 집을 그렸는데, 저는 집을 다 그릴 때까지 그것이 집인 줄 모르고 있었지요. 왜냐하면 그리는 순서가 달랐기 때문입니다. 우리는 집을 그릴 때 지붕을 그리고 그다음에 기둥, 방문, 마루, 그리고 나중에 주춧돌의 순서로 그리지요. 그 후에도 제가 유심히 관찰했습니다만 지금도 어린애들이 전부 그런 순서로 그리고 있습니다. 이분은 주춧돌부터 그리는 것이었습니다. 그다음에 기둥을 세우고, 마루 넣고, 문 달고, 지붕을 맨 나중에 그렸습니다. 집을 짓는 순서대로 그렸습니다. 일하는 사람의 그림은 집 짓는 순서와 그리는 순서가 같구나, 하는 깨달음도 충격이었습니다. 집을 지을 수 있는 기술도 없으면서 참 무책임하게도 지금껏 지붕부터 속 편하게 그려 왔구나, 하고 반성했어요. 이것은 참 중요한 겁니다.

지금도 살아가면서 비슷비슷한 충격을 자주 받고 있습니다만 이러한 충격에서 깨닫는 것은 결국 일종의 자기 발견이었다고 생각이 돼요. 나 자신의 창백한 손과 관념성에 대한 반성이 그 내용이라고 생각합니다. 자기 자신에 대한, 우리의 처지에 대한 정직하고도 정확한 인식, 이것이 모든 것의 출발이라고 생각해요. 제 경우에는 교장 선생 아들로 태어나 학교 사택에서 그리고 교실과 책 속에서 키워 온 사고와 정서가 분명하게 드러나는 것이었어요.

인식 대상이 이처럼 단편적인 경우는 그래도 그리 큰 문제는 아니라고 할 수 있어요. 더욱 복잡한 경우는 사람입니다. 사람이란 그 자체가 하나의 입장과 사상이 통일되어 있는 '주체'이기 때문입니다. 사람을 바라보는 우리의 인식틀에 이르면 훨씬 더 복잡한 문제가 생깁니다. 사람들의 집합인 사회는 당연히 더 복잡할 수밖에 없지요. 대학에서 인문사회과학이 여러 전문 분야로 나누어져 있는 것도 이 때문이라 할 수 있습니다. 역사는 이러한 사회의 변화 발전 과정이기 때문에 더욱 중층적 구조를 내장(內藏)하고 있음은 말할 나위가 없습니다. 우선 인간에 대한 것부터 이야기하죠. 그리고 사회와 역사에 대한 이야기로 나아갑시다.

사실과 진실

교도소에서 만나는 사람들은 먼저 그 사람의 죄명과 형기라는 틀에 넣어서 인식하게 되지요. 이를테면 죄명은 그 사람의 질(質)을, 형기는 그 질의 양(量)을 측정하는 지표가 됩니다. 하나의 인식틀입니다. 좀처럼 변치 않는 완고한 무쇠 틀을 교도소는 가지고 있습니다. 그러나 저의 경험에 의하면 이러한 도식이 얼마나 잔인한 것인가 그리고 편협한 것인가를 깨닫게 됩니다. 징역살이 속에서 부대끼는 동안 인간 이해에 대한 새로운 관점이 생겨나지요.

저와 같은 감방에 일흔이 넘은 노인 한 분이 계셨어요. 젊은 사람들한테 별로 대우를 못 받는 노인이었어요. 대우 못 받는 이유는 물론 돈이 없어서 그래요. 돈도 없고, 접견 오는 사람도 없고, 편지 올 데도 편지 할 데도 없이 구석에 찌그러져 살고 있는 노인이었어요. 반면에 전과는 스무 개도 넘는 분이었지요. 그런데 이분이 하는 일이 한 가지 있어요. 신입자가 감방에 들어오면, 들어오자마자 자기 옆에 불러 앉히고는 이야기를 시작하는 일이었어요. 신입자가 들어오면 어김없이 시작하는 일입니다. 그 이야기라는 것이 그 노인의 일대기라 할 수 있는 것입니다. 일정(日政) 때 만주 시절부터 시작되는 긴 인생사를 시작하지요. 신입자들은 소위 신입식에 대해서 들은 바도 있어서 누구나 처음에는 두려워하고 다소곳하지요. 이때를 틈타서 신입자가 들어오는 그날로 바로 시작합니다. 왜냐하면 이삼 일 지나서 이 노인네가 감방에서 차지하는 비중이 보잘것없단 걸 알고 나면 그 긴 스토리를 들어줄 사람이 없거든요. 안

듣거든요. 그게 들통나기 전에 얼른 시작해요. 그래서 그분하고 한 사오 년씩 같은 방에 있는 우리는 어쩔 수 없이 그 이야기를 수없이 들어야 합니다. 때로는 그분이 빠뜨리는 걸 옆에서 우리가 채워 주기도 하지요. 그러나 중요한 건 이겁니다. 그 이야기가 거듭되면서 자꾸 내용이 달라져요. 이야기를 각색해서 거듭될수록 근사하게 만들어요. 창피한 부분은 줄이고 미담이나 무용담은 한껏 부풀리는 것이죠. 나중에는 굉장히 근사한 드라마의 주인공이 되어 있고 이야기하는 표정도 배우처럼 근사합니다. 젊은 사람들은 노인네가 '구라' 푼다고 핀잔을 주기도 하지만, 대개 비슷비슷한 인생을 살아온 감방 사람들은 오죽하면 그러랴 하고 그 심정을 이해하지요. 또 남한테 피해 주는 거짓말도 아닌데, 하면서 그렇게 지냈어요.

어느 날 아마 명절이 가까운 어느 날이었어요. 그분이 철창 가에서 비가 부슬부슬 내리는 창밖을 하염없이 내다보고 있었어요. 그 뒷모습을 제가 뒤에서 우연히 보게 됐어요. 참 처량했어요. 징역살이로만 자기 인생을 땜질해 온 어느 나이 많은 노인네가 감옥의 철창 가에 서서 갈 수 없는 바깥을 하염없이 바라보는 뒷모습이란 게 얼마나 애처로워요. 저는 문득 저분이 지금 바깥을 내다보면서 자기의 칠십 평생을 돌이켜 보고 있는 게 아닌지 하는 생각이 들었어요. 그리고 또 한편으로 만약 저분이 다시 자기 인생을 시작한다면 실제로 살았던 사실 그대로의 인생을 또 반복하기보다는 적어도 각색된, 신입자들을 앉혀 놓고 들려줬던 각색된 이야기 정도로는 살고 싶지 않겠는가 하는 생각이 들었어요. 그렇다면 각색된 그의 인생 이야기는 그의 가난한 소망이 담긴 이야기이고 동시에 일정한 반성이 담긴 이야기라고 느껴졌어요. 그렇다면 그분을 어떻게 이해해야 할 것인가? 실제로 살았던 사실의 주인공으로 우리가 인식할 것인가, 아니면 각색된 이야기의 주인공으로서 우리가 그 사람을 판단할 것인가? 저로서는 참 곤혹스러웠어요. 왜냐하면 각색이란 그 속에 상당한 분량의 반성과 그의 가난한 소망이 담긴 것이라고 할 수 있기 때문입니다. 그런 점에서 각색된 것을 '진실'이라고 할 수 있습니다. 각색된 이야기가 물론 사실이 아니지만 실제로 살았던 사실로서의 그의 인생은 도리어 사회가 각색한 것이나 아닌지. 그런 생각을 하게 돼요. 그래서 우리가 사람을 어떻게 볼 건가. 사실을 중심으로 볼 건가, 진실을 기준으로 해서 봐야 할 건가. 이것은 매우 중요한 관점이라고 생각되었어요.

대전에는 유명한 '중동'이라는 창녀촌이 있습니다. 그 창녀촌에는 '노랑머리'라는 굉장히 성질 사나운 여자가 있었어요. 저는 물론 교도소에 앉아서 들은 이야기입니다. 당시에는 중동에 있는 창녀들의 이름도 많이 알고 있었어요. 그 여러 여자들 중의 한 사람이 '노랑머리'라는 여자인데, 이 여자는 거세기로 소문났지요. 교도소에 앉아 있는 제게도 소문이 들려올 정도니까요. 창녀들은 대부분 기둥서방이라는 골목 건달들에게 잡혀 있는 실정이지요. 기둥서방이란 것이 창녀를 보호하는 역할도 하지만 본질적으로는 여자들을 착취하는, 그 사회에서는 공인된 조직이나 마찬가지입니다. 그 건달들이 여자들을 다 잡고 있었는데 유독 이 '노랑머리'만은 못 잡은 거예요. 여러 사람들이 시도했어요. 그러나 아무도 성공하지 못했어요. 호락호락하지 않았지요. 뻘겋게 달군 연탄집게로 덤볐어요. 주먹으로 맞고 발길에 걷어차이면서도 죽인다, 죽여라 하면서 버텼어요. 머리채 잡혀 골목을 끌려 다니기도 하고 약 먹고 깔창(유리창) 깨트려서 배를 긋고 피 칠갑으로 덤볐어요. 결국 아무도 이 여자를 잡지 못했어요. 그래서 중동 창녀촌에서 유일하게 '자주국방' 체제를 확립한 그런 여자였어요. 제가 하고 싶은 이야기는 이런 것입니다. 만약 그 노랑머리라는 여자에게 중산층 여성의 정숙성을 요구하거나 설교한다면 그 설교야말로 폭력이라는 것이지요. 그 사람이 발 딛고 있는 처지에 대해서는 관여하지 않으면서 그 사람 개인에 대해서, 그 사람의 생각에 대해서 관여하려는 것은 폭력이라고 생각합니다. 그 처지가 바뀌지 않고 그 생각만 바뀐다는 것이 불가능한 것이기도 하지만 만약 그 생각을 바꾼다면 단 하루도 그 여자는 그런 처지에서 살아갈 수가 없기 때문입니다. 그래서 그런 요구는 그 여인을 돌로 치는 것입니다.

모든 사람들이 가지고 있는 자기의 생각은 결국 자기가 겪은 삶의 결론이라고 믿습니다. 그렇기 때문에 저는 어느 개인에 대한 이해는 그가 처한 처지와 그 개인을 함께 고려해서 판단해야 한다고 믿습니다. 관념성을 경계한다고 하는 것은 바로 이러한 이해 방식에 있어서의 전환을 말하는 것이지요. 학교와 교실 공간에 충만한 관념적 논리가 '나의 대학 시절' 초년에 선명하게 드러난 셈이었습니다. 그래서 저는 인식은 관계라는 생각이 들었어요. 대상과 자기가 맺고 있는 관계 그 자체가 기본적 인식 평면과 시각을 결정한다는 것을 수긍하지 않을 수 없었습니다.

자기 자신에 대한 정직한 이해에서 출발하여 사실보다는 진실에 주목하고 그 사람과 그 처지를 함께 이해하는 자세가 필요하다고 생각합니다. 이러한 자세를 만들어 내는 것이 바로 방금 이야기한 '관계'의 문제입니다. 대상을 대상으로 저만치 떼어 놓고 인식한다는 것은 적어도 사람을 대상으로 하는 경우에는 부정확하고 불가능할 수밖에 없다고 생각합니다.

옷이 얇은 사람이 느끼는 겨울

제가 '나의 대학 시절' 초년 5년 동안 관계를 만들어 내지 못했다고 이야기했지요. 함께 징역살이 하는 동료들이 그들 속으로 나를 받아들이기를 거부했다는 이야기를 했지요. 이를테면 소외된 시절이라고 할 수 있습니다. 그 5년 동안이 아마 제가 방금 이야기한 그런 관념적인 관점을 어느 정도 청산하는 기간이었지 않나 생각돼요. 나 자신에 대한 그리고 동료 수형자들에 대한 이해 방식이 바뀌고 나서야 비로소 관계가 가능하지 않았나 생각되지요.

관계가 성립되고 나면 전혀 새로운 사실을 발견하게 되고 무엇보다 생활 그 자체가 매우 편해집니다. 사람들 속으로 받아들여지게 되니까 그런 거지요. 편하다기보다 참으로 튼튼한 느낌을 갖게 돼요. 발밑이 튼튼한 안정감을 갖게 되지요.

예를 든다면, 저는 교도소에서 내내 요시찰 대상이었어요. 다른 재소자들에게 좋지 않은 사상적 영향을 줄 수 있는 사람으로 분류되어 있었기 때문이지요. 심지어는 대공분실에서 나와서 저를 두 번씩이나 조사를 했어요. 저는 열독(閱讀) 허가증이 붙어 있지 않거나 열독 기간이 지난 책은 한 권도 소지할 수 없는 형편이었어요. 수시로 징역 보따리를 조사하고 갔어요. 그렇지만 징역살이 10년쯤 지난 뒤에는 그런 요시찰 속에서도 제가 돌리고 있는 이동문고가 50권 정도 되었습니다. 저는 단 한 권도 갖고 있지 않았어요. 누구한테 무슨 책 빌려주고, 그다음에 너는 누구한테 주고, 누구한테 받고, 무슨 책 다음에는 무슨 책을 누구한테 받고⋯⋯ 이런 식이지요. 그것이 가능한 것은 동료 재소자들이 그런 일들을 전부 다 해주기 때문이지요. 같이하는 것이지요. 책을 운반하는 일이나, 숨겨놓는 일이나, 분산하는 일이나 실력들이 대단하지요. 나한테는 아무리 뒤져도 책 한 권도 나올 리가 없지요. 관계라는 것이 그렇게 힘 있는 것이구나, 정말 피부로 깨닫는 그런 감동이었어요. 관계는 그런 것이었어요. 그래서 자기 자신과 다른 사람에 대한 정직한 인식이 관계를 만들어 낸다는 사실에 대하여 다시 한 번 생각하게 되지요. 그리고 그러한 관계가 자기의 인식과 관념을 변화시켜 주고 열어 주는 것이라는 사실을 다시 한 번 생각하게 됩니다.

　사람들과의 관계, 수많은 사람들과의 만남과 헤어짐을 통해서 제가 최종적으로 도달한 곳은 사회에 대한 인식, 그리고 우리의 역사에 대한 깨달음이 아니었나 생각합니다. 저는 비록 20년 동안 마치 못처럼 한 곳에 박혀 있었다고 할 수 있습니다. 그러나 그 20년은 제가 사회에 있었더라면 결코 만날 수 없는 많은 사람들을 만난 세월이었어요. 사회라는 것은 사람들의 집합이지요. 사회의 본질이 인간관계잖습니까? 물론 계급관계라고 질적 규정을 할 수도 있습니다만 여하튼 기본적으로는 '관계'입니다.

저는 그 세월 동안 그때까지 제가 가지고 있던 생각들을 많이 허물고, 그 자리에 새로운 생각들을 쌓아 올리기도 했다고 생각합니다. 오늘은 두 가지로 요약해서 이야기하죠. 그중의 하나가 사회를 모순 구조 속에서 바라보는 관점입니다. 교도소에 들어오는 사람들은 대부분 춥고 배고픈 사람입니다. 이 사회에서 가장 약하고 힘없는 사람들, 이런 사람들이 겪는 사회, 이것이 어쩌면 우리 사회의 실상에 가까운 게 아닐까요? 옷이 얇은 사람이 느끼는 겨울이 겨울의 실상일 수 있듯이 그 사회의 모순, 그 사회의 중압을 가장 무겁게 짊어지고 있는 사람들의 사회적인 삶과 사회에 대한 생각들, 이걸 부지런히 읽을 수 있었어요.

남산 꼭대기에 올라가서 서울을 내려다보면서 판단하는 서울, 이건 진짜 서울이 아닐 수도 있습니다. '지존파' '막가파' 사건 때 저는 지존파, 막가파를 변호하는 입장이었어요. 다른 의견을 가진 교수들이 물론 얼마든지 있었습니다. 똑같이 실연을 했는데도 어떤 사람은 자기가 약을 먹고 자살을 하는가 하면, 또 어떤 사람은 상대를 칼로 찌른다는 것이지요. 그게 바로 사람의 차이라고 주장했어요. 이렇게 인성의 문제로, 개인의 문제로 몰고 가는 논리도 있었어요.

그러한 논리에 반대해서 제가 소개한 이야기는 이런 것이었어요. 일본인이 쓴 『알래스카 이야기』에 있는 이야기였어요. 에스키모의 개가 끄는 썰매 이야기입니다. 많을 땐 열다섯 마리가 썰매를 끌고, 적은 건 일곱 마리, 여덟 마리가 끄는데, 여기서 우리가 주목해야 하는 것은 썰매를 달리게 하는 방법입니다. 열다섯 마리의 개 중에서 가장 병약한 개를 끈을 짧게 매는 거예요. 썰매에 가깝게. 그리고 썰매를 모는 사람은 썰매 위에서 그 개만 채찍으로 때리는 것이지요. 다른 개들은 그 개가 지르는 비명 소리 때문에 빨리 달리는 거예요. 짧게 매인 병약한 이 개의 역할은 비명 지르는 일이지요. 얻어맞고 비명 지르는 역할만 해요. 그러다가 죽으면 나머지 중에서 제일 약한 놈이 또 짧은 끈에 매여 가까운 거리로 와요.

저는 막가파가 인간이기를 스스로 포기한, 그래서 빨리 이 세상에서 없애야 한다는 주장에 대해서 이렇게 이야기했습니다. 만약 당신이 썰매를 타고 있는 사람이면 그런 생각을 가져도 된다. 혹시라도 당신이 열다섯 마리의 나머지 개들 속에 섞여서 부지런히 썰매를 끌고 있는 사람이라면 그런 주장을 해서는 안 된다고 했어요. 병약해서 비명만 지르는 역할을 하는 개를 우리는 증오해서는 안 된다고 생각합니다. 우린 굉장히 많은 착각들을 가지고 있지 않나 생각합니다. 저는 '나의 대학 시절'에 만난 많은 사람들을 통해서 사회의 가장 낮은 자리에서 마치 진창을 무릎걸음으로 살아온 사람들을 통해서 우리 사회를 그 모순 구조에서 인식하는 시각을 가지려고 노력했습니다.

그다음에 또 한 가지는 제가 아까 역사의식이라고 그랬는데, 사회 인식에 이어서 역사의식을 새롭게 가질 수 있었다고 생각합니다. 제가 입학 초년이던 1960년대 말만 하더라도 교도소에서 함께 징역살이 하는 사람들 중에 지리산 출신들이 있었어요. 뿐만 아니라 해방 전후 공간에서 직접 정치적 활동을 했거나 그 시절을 몸으로 경험한 사람들도 같이 살았고요. 저는 '모스크바'라고 불리는 대전교도소, 정치사상범이 제일 많은 대전교도소에 오래 있었기 때문에 참 많은 분들을 만날 수 있었습니다. 그분들은 제가 아직 젊기도 하고 이야기도 잘 알아들으니까 참 많은 이야기를 저한테 들려줬어요. 제가 출소할 당시에는 지리산 빨치산 관련 소설들이 많이 나왔어요. 제가 보기에 틀린 곳도 많이 보였어요. 뿐만 아니라 만주 팔로군에서 시작해서 어린 나팔수로 린뱌오(林彪) 부대를 따라 북경 상해 해방전쟁에도 참여하고, 관운장과 장비가 넘었던 산봉우리도 넘으면서 호남성까지 행군한 그런 사람들도 만났지요. 규슈(九州) 탄광 이야기에서부터 한국전쟁 당시의 북한 실상이나 전후의 국영농장, 대남 공작에 이르기까지 직접 당사자들의 경험을 듣게 되었어요. 책으로 역사를 보는 대신에 당사자들의 삶을 통해 듣는다는 건 참 다르다는 생각이 들었어요. 역사적 사실에 피가 통하고 숨결이 살아나는 듯한 그런 느낌을 받았다고 할 수 있습니다. 역사의 복원과 생환, 그런 감동을 받았어요.

그래서 돌이켜 보니까 해방 전후라는 게 사실 얼마 안 됐는데, 겨우 10년, 20년밖에 안 됐는데, 그렇게 까마득한 역사, 어떤 화석화된 역사로서 우리가 머릿속에 가지고 있는 이유가 뭔가? 그런 반성을 했습니다. 역사는 다시 쓰는 현대사라고 하지요. 현재의 과제와 연결되어 있는 역사를 정립하는 것이 역사학의 임무라고 믿지요. 수많은 사람과의 만남을 통해서 갖게 되는 생생한 역사의식은 제게 매우 중요한 깨달음이었다고 할 수 있습니다. 사회의식과 역사의식, 이 두 가지에 대한 새로운 반성은 그 시절을 진정한 '나의 대학 시절'로 만들어 주었다고 생각합니다.

그래서 누가 저한테 "교도소란 무엇입니까?"라고 물으면 "교도소는 한마디로 산이다"라고 대답합니다. 왜? 산꼭대기에 올라가면 잘 보이니까. 아주 좋은 OP(관측소)가 교도소인 셈이지요. 그리고 기름진 들판에서 살기에는 약한 사람들, 그런 사람들이 쫓겨 들어가는 산이기 때문이기도 하지요. 임꺽정이 강한 사람입니까? 약한 사람입니다. 교도소에 있는 사람들은 물론 살인, 강도도 있지만 보통 사람보다 훨씬 약한 사람들입니다. 강한 사람들은 교도소에 들어가지 않습니다. 강한 사람들은 외형이 아주 공손해요. 아주 세련되고 젠틀합니다. 마치 나치스의 정치장교들이 굉장한 음악적 소양을 가지고 있던 것과 마찬가지입니다. 쉽게 얘기해서 여러분 생각에 절도와 강도 중에 누가 더 험상궂을 것 같아요? 칼 들고 있는 강도가 훨씬 더 사나울 것 같죠? 절도가 강도한테 그래요. "야, 너 간도 크다. 칼 들고 사람들 위협하고." 그러니까 강도가 절도보고 그래요. "야, 너 간도 크다. 사람이 자고 있는데 조용조용 다니며 일 보다니." 저는 테러리즘의 지지자는 아니지만, 약자의 저항의 형태와 강자의 억압의 형태에 대해서 우리가 그 형식만 가지고 착각하고 있는 건 아닌지 생각해 봐야 한다고 믿습니다. 그래서 저는 교도소는 산이라고 생각합니다. 약한 사람들이 쫓겨 들어가는 산이다. 교도소뿐만 아니라 도처에 많은 산이 있다고 생각하지요. 지금도 우리 사회에 광범위하게 퍼져 있는 전도(顚倒)된 의식들, 이런 것들이 완고하게 깨어지지 않고 있습니다.

자본주의의 환상

여러분은 대학 시절에 그러한 관념을 깨뜨려야 해요. 왜냐하면 아직도 여러분은 이해관계와 유착이 안 되어 있는 상태잖아요. 이때 자기 사고를 바로 세워 놓는 것이 참 필요하다고 봐요. 외신이 어떤 건지, 코소보 사태의 실상이 어떤 건지 알아야 합니다. 그래서 저는 가장 먼저 해야 되는 일이 자기 자신과 우리 현실에 대한 가장 기본적인 공부, 즉 그 구조와 본질에 대한 이해가 필요하다고 봐요. IMF 상황에서도 결국은 제일 먼저 해야 할 것이 바로 이것이라고 생각해요. IMF가 왜 일어났는지는 여러분 다 아시죠. 그러나 두 가지 관점은 분명히 가지고 있어야 됩니다. 하나는 현대 자본주의의 본질, 1990년대에 도달한 현대 자본주의의 새로운 단계와 성격에 관한 이해입니다. 그다음에 더 중요한 것은 우리나라의 경제 구조가 어떤 본질을 갖고 있는지에 대하여 분명한 이해가 있어야 합니다. 한마디로 우리나라 경제 구조가 세계경제 질서의 하위에 매달려 있는 종속 구조라는 사실입니다. 큰 톱니바퀴에 물려 있는 작은 톱니바퀴입니다. 빨리 돌아야 되죠, 큰 톱니바퀴보다도 더 빨리. 자기 가족 돌볼 새도 없죠. 교통, 환경, 국토의 종합적 이용을 거론할 여유가 없는 거죠. 식량자급률 27%, 어떤 농업경제학자는 23%라고 주장합니다. 그나마 기름으로 짓는 23%입니다. 만약 기름이 없으면 더 줄어들 수밖에 없는 실정이지요. 에너지는 물론입니다. 이런 구조, 다시 말해서 외국의 기술과 원자재와 생산수단을 들여와서 수출해야 돌아가는 이런 종속 구조는 경제 위기가 일차적으로 외환 형태로 나타날 수밖에 없는 거죠. 거기에다 70년대 이후 엄청난 자본축적으로 이미 제조업으로부터 떨어져 나온 엄청난 규모의 초국적 금융자본의 신속한 국제적 이동을 보장하는 세계화, 이런 구조 속에서 우리가 장기적으로 어떻게 대처해야 하는가. 바로 이것이 지금의 과제가 아닌가 합니다.

저는 먼저 자본주의 200년사(史)에 대한 환상, 더구나 앞으로의 자본주의 역사에 대한 환상을 청산해야 한다고 생각합니다. 자본주의 역사는 풍요의 역사였는가. 과연 풍요라는 게 뭔가. 세계적인 규모에서 봤을 때 과연 풍요로운가. 빈곤, 무지, 환경, 질병, 부패 이런 것들이 과연 200년 동안 효과적으로 해결되어 왔는지 이런 반성들을 해야 된다고 생각해요. 이러한 형태의 자본축적 운동이 지속 가능한 것인가에 대한 반성이 있어야 된다고 생각해요. 그리고 자본주의 200년 역사 동안에 뭘 잃어버리고 뭘 얻었는지에 대한 반성이 있어야 돼요.

자본주의는 거대한 물질적 낭비 구조를 만들어 내고 있습니다. 너무 딱딱한 얘기 같아서 제가 다른 얘기로 대신하지요. 제가 있던 어느 교도소의 4동 상층은 복도가 길게 있고 방이 열 개, 한 방에 열다섯 명 내지 스무 명이 수용되어 있었어요. 복도 입구에는 세면장이 있습니다. 세면장은 콘크리트 물탱크가 하나 있고 벽에 수도꼭지가 여섯 개 박혀 있었어요. 그런데 물 많이 쓴다고 수도꼭지의 손잡이를 다 빼 버렸어요. 다 빼 버리곤 스패너로 단단히 잠가 버렸어요. 손으로는 틀 수가 없게 돼 버렸지요. 그러고는 꼭지 두 개만 남겨 놨어요. 그렇게 두 개만 남겨 놓으니, 당연히 아우성입니다. 그

많은 사람들이 바쁜 시간에 와서 세수하고 양말 빨려니까 아우성이 안 일어날 수 없지요. 그러자 남아 있던 두 개의 수도꼭지 손잡이가 없어지기 시작했어요. 여러분들은 손잡이 빼는 방법 모르죠. 드라이버로 윗나사를 풀면 T자의 꼭대기 부분이 쏙 빠져요. 없어진 손잡이를 다시 채워 놓으면 또 없어집니다. 그것만 있으면 저쪽에 잠가 놓은 먹통 수도꼭지에 가서 혼자 여유 있게 물을 쓸 수 있으니까 손잡이를 다시 채워 놓기만 하면 없어져요. 그래서 나중에 제도가 바뀌었어요. 물 쓸 사람은 수도꼭지를 교도관에게 받아서 사용한 다음에는 반납하는 형식으로 바뀌었어요. 이렇게 바뀌고 난 다음부터는 다른 곳의 수도꼭지가 없어지기 시작했어요. 공장에 있는 것, 변소에 있는 것, 심지어 직원 식당에 있는 것, 어디든지 있는 수도꼭지는 다 없어지는 거예요. 교도소 내의 철공소에서 만든 것도 나돌았어요. 결과적으로 우리 사동에는 참 많은 수도꼭지가 있었어요. 우리 방에만 해도 우리 방 공동으로 쓰는 수도꼭지가 하나 있고, 그다음에 수검에서 뺏길 때를 대비해서 깊이 숨겨 놓은 비상용이 또 하나 있고, 그뿐만 아니라 우리 방에서 복도에 왔다 갔다 하는 좀 잘 나가는 친구의 개인용이 하나 있고, 이런 식이었습니다. 어떤 친구는 두 개, 세 개를 가지고 있어서 신세 진 사람에게 선물하기도 했어요. 각 방마다 사정이 비슷하다면 아마 한 방에 네 개씩 그러니까 사동 전체에는 수도꼭지가 40개 정도가 있다고 계산됩니다. 그래도 물은 부족하고 아우성은 계속돼요. 저는 생각했어요. 전체 150명이니까 150개 있으면 해결될 것 같았어요. 비상용으로 하나씩 더 준다면 300개, 300개 있으면 물 문제는 해결될 것 같았어요.

이것은 교도소의 물 얘기가 아니거든요. 수도꼭지 만드는 회사들은 참 좋겠다는 생각도 들지요. 여섯 개 대신에 300개씩이나 만들어 팔 수 있지요. 우스운 이야기였지만 이것은 자본주의사회가 저지르고 있는 물질적인 낭비의 작은 예라고 봐요. 자본주의의 거대한 낭비 구조는 거론하자면 한정이 없습니다. 쏟아지는 신기술 신제품에서부터 수십억 달러가 소요되는 거대한 전략방위시스템(TMD)도 마찬가지고, 더구나 우리의 경우 분단 구조가 거대한 낭비 구조인 것은 말할 필요도 없습니다.

인간의 낭비 — '관계'의 파괴

그러나 물질적 낭비는 그래도 작은 문제라고 할 수 있습니다. 물질적 낭비보다 더 심한 낭비가 바로 인간의 낭비입니다. 인간의 낭비, 쉽게 떠오르는 것이 실업과 최근에 당면 과제가 되고 있는 고용조정입니다. 자본주의 체제가 양산해 내는 가장 심각한 낭비는 인간의 낭비, 인간성의 완벽한 유린입니다. 이러한 낭비의 가장 심각한 형태가 바로 인간관계의 황폐화입니다. 인간관계 자체가 변질되고 와해된다는 사실입니다.

제가 20년 동안 익힌 것 중의 하나가 사람을 읽는 눈입니다. 물론 농담입니다만 전철에서 자리를 잡을 때 그 실력을 발휘하지요. 징역살이 하면서 사람들과 많이 부딪쳐서 눈치가 빨라졌지요. 제가 앉기로 마음만 먹는다면 틀림없이 앉습니다. 제일 가까운 전철역에 내릴 사람 앞에 가서 서 있다가 앉은 사람이 일어나면 앉으면 되거든요. 거의 틀림없습니다. 그런데 한 번 실패한 적이 있습니다. 강의를 하러 가는 길에 가는 동안 20분 만이라도 졸아야 되겠더라고요. 신도림에 내릴 사람 앞에 자리를 잡고 딱 섰어요. 어렵지 않습니다. 여러분도 연습하면 충분히 가능해요. 왜냐하면 서울역에 내릴 사람과 이화여대에서 내릴 사람, 아주 쉬운 사람들부터 구별해 보세요. 여러 가지 차이점과 특징을 잘 관찰하면 가능합니다. 신도림역에 내릴 사람 앞에 섰는데, 틀리지 않았어요. 앉았던 사람이 정확히 신도림역에서 일어섰어요. 그러나 생각지도 못한 일이 일어났어요. 제가 앉으려는 찰나에 그 사람 옆에 앉아 있던 젊은 여자가, 학생인 듯 아닌 듯한 젊은 여자가 그 자리로 옮겨 앉고 자기 앞에 서 있던 친구를 자기 자리에 앉혀요. 아 그걸 제가 미처 예상하지 못했어요. 그때 제 주변에는 저하고 경쟁 관계에 있을 만한 나이 많은 사람도 없었거든요. 저는 확실한 연고권을 주장할 수 있는 위치, 두 사람 걸치기도 안 하고 정확하게 한 사람의 정면에 서 있었는데 그런 사건이 일어났어요. 아! 이게 뭔가?…… 저는 서서 생각했어요. 그때 내린 결론은 이렇습니다. 그 젊은 여자하고 나하고 아무 관계가 없어서 그렇다. 다시 만날 일이 없기 때문이다. 지금까지도 못 만났어요. 그의 얼굴은 확실히 기억했는데도 한 번도 만나질 못했어요.

『맹자』 '곡속장'(穀觫章)에 있는 이야기입니다. 제나라 선왕이 제물(祭物)로 끌려가는 소를 보고, 벌벌 떨면서 사지로 끌려가는 소를 보고는 저 소를 양으로 바꾸라는 명령을 내려요. 임금이 인색하게, 큰 걸 작은 걸로 바꾼 것이라는 해석까지 나왔는데 맹자가 그걸 정리하죠. 왜 바꾸라고 그랬냐면, 소는 직접 보았고 양은 못 보았기 때문이라는 겁니다. 차마 보고는 죽는 것을 참을 수 없어서, 보지 않은 양으로 바꾸라고 한 것이라는 말입니다. 제나라 선왕 자신도 미처 몰랐던 것을 맹자가 지적을 하지요.

본다는 것, 관계있다는 것, 굉장히 중요합니다. 사람과의 관계가 단절된다는 것, 이것은 엄청난 일이라고 생각해요. 오늘날 자행되는 차마 못할 짓들이 대부분 보지 않기 때문에 생기는 일입니다. 서로 관계없기 때문이지요. 자본주의 상품생산 구조가 바로 이 인간관계를 단절시키는 구조라는 사실을 직시해야 됩니다. 화폐가 생산자와 소비자를 단절시킨다는 아주 기본적인 사실, 이 사실이 갖는 엄청난 의미를 생각해야 합니다. 인간관계의 황폐화, 이것은 인간 낭비의 최고 형태입니다. 다른 물질적 낭비와는 비교할 수 없는 삶 그 자체의 파멸로 이끌어 가는 것입니다.

재벌 회장 선친 묘소의 시신을 훼손한 사건이 일어났지요. 저는 점퍼 뒤집어쓰고 끌려 나온 그 도굴자를 보면서 내내 다른 생각에 마음이 아팠어요. 만약 저 사람에게 중학교 다니는 딸이 있다면 그 딸의 심정이 어떨까. 그 생각만 계속 했어요. 고암(顧庵) 이응노(李應魯, 1904~1989) 선생이 대전교도소에 있을 때의 이야기입니다. 어느 젊은이에게 자네 이름이 뭔가 하고 물었어요. 그 젊은이의 이름이 응일(應一)이었어요. 그 이름을 듣고 혼잣말처럼 "뉘 집 큰아들이 여기에 들어와 있구먼" 했다는 거예요. 간단한 말 같지만 그렇지 않습니다. '뉘 집 큰아들'로 그 젊은이를 본다는 것은 굉장히 다른 의미를 갖습니다. 그를 기다리고 있을 바깥의 부모와 형제들과의 관계 속에서 그를 본다는 의미입니다. 죄명과 형기로 그를 보는 것과는 큰 차이가 있는 시각이지요. 바깥에서 마음 아파할 부모, 형제들 속에서 그를 본다는 것은 별로 대수로운 것 같지 않지만 실은 굉장히 중요한 것입니다. 우리의 문화 속에는 이런 시각이 일반적이었어요. 저는 고암 선생의 이야기를 듣고 생각해 보니 우리의 할아버지 할머니는 사람을, 사물을 그런 시각으로 보아 왔다는 사실을 뒤늦게 깨닫게 되었어요. 우리 사회의 문화적 틀로서 이어져 온 것이라는 것을 깨달았어요.

제가 사형선고 받고 있을 때의 일입니다. 정리를 했어요. 저뿐만 아니라 같이 들어간 선후배들과 함께 정리했지요. "죽음이란 삶의 완성이다." 생각하면 아주 낭만적인 논리입니다. 유관순 누나가 독립 만세 부르다가 감옥에서 죽는 것은 유관순 누나의 삶의 아이덴티티가 아름답게 완성되는 것이다. 충무공의 전사도 마찬가지다. 척박한 식민지에 태어나서 피 끓는 젊은이가 포악한 군사정권에 항거하다가 죽는 것도 식민지 청년의 삶의 완성이다. 그랬어요.

그랬는데 어느 날, 저희 노부모님이 접견 마치고 돌아 나가는 뒷모습을 보게 되었어요. 순간 충격을 받았어요. 사형은 내 삶의 아름다운 완성이라는 생각이 공허하기 짝이 없는 것이었어요. 나의 죽음이 부모님의 심정에 무엇이겠는가. 저 부모님의 가슴에 구멍을 뻥 뚫는 일이 아니겠는가. 순간 충격이었어요. 그래서 감방에 돌아와 혼자 생각했어요. 나의 존재라는 것이 과연 나의 개별적 존재로서 완성되는 것인가. 나는 수많은 사람들의 기억과 그 사람들의 격정과 어떤 배려 속에 내가 여기저기 흩어져서 존재하는 것은 아닌지, 그 사람들과의 관계 속에 내가 있는 건 아닌지, 그런 생각을 가지게 되었어요. 내가 받았던 교육들이 그런 서구 근대성의 어떤 특징인 존재론적인 사고로 굳어져 있는 건 아닌지. "관계는 존재"라는 말도 생각났어요.

제가 '나의 대학 시절'에 확인한 것은 그런 겁니다. 사람과의 관계, 그것을 확대하면 바로 사회의 어떤 본질적인 구조가 됩니다. IMF 상황, 나아가 자본주의 200년사에서 우리가 청산해야 할 환상은 무엇인가. 상품생산, 상품교환 구조가 양산하고 있는 바로 인간관계 그 자체가 황폐화되고 파괴된다는 사실이 아닌가 합니다. 수많은 수도꼭지를 만들어 내야 하는 물질적인 낭비, 많은 사람들을 삶의 현장으로부터 쫓아내는 인간의 낭비에서부터 결국 인간관계 자체를 황폐화하는 것이 바로 가장 큰 문제라고 생각해요.

한국 자본주의 ― 작은 톱니바퀴의 비극

여기서 우리가 한 걸음 더 나아가서 논의해야 할 문제가 있습니다. 지금까지 이야기한 자본주의 체제의 기본적인 구조에 더하여 우리 사회가 부가적으로 짐 지고 있는 문제입니다. 자본주의의 일반적 성격에 더하여 논의해야 할 한국 자본주의의 특수성이라고 할 수 있습니다.

아까 큰 톱니바퀴에 물려 있는 작은 톱니바퀴가 우리나라라고 했어요. 작은 톱니바퀴의 위상과 속성에 관한 이야기입니다. 제가 아는 친구 중 참 양심적으로 기업을 운영하는 사람이 있어요. 양심적 기업이라는 게 어차피 한계는 있겠지만, 어쨌든 '경제정의상'도 받은 기업입니다. 그런데 이 사람이 사업을 안 하겠대요. 못 하겠다고 하는 것이었어요. 가전 3사의 어떤 부품을 거의 80%를 납품하고 있는데 마진이 얄팍하기 짝이 없다는 거예요. 마진이 제법 큰 아이템은 재벌 기업이 직접 생산하고, 그보다는 좀 못하지만 상당한 마진이 보장되는 아이템은 로열패밀리에게 하청을 주고, 결국 자기 회사는 사업이 될까 말까 하는 정도의 마진밖에 안 나는 것만 받게 된다는 것이지요. 그 얇은 마진으로는 사원 복지니 임금 인상이니 작업환경 개선이니 아무것도 안 된다는 거예요. 못 하겠다는 거예요.

저는 그 기업에 대한 이야기를 하자는 것이 아닙니다. 바로 한국 자본이 세계경제 질서 속에서 차지하는 위상이 바로 그런 것이라고 생각해요. 큰 바퀴에 물린 작은 바퀴입니다. 한국 자본의 국제적 위상이 그러니까 다른 방식으로 벌었잖아요. 지금도 그렇지요. 대기업의 재테크란 자기들이 노임으로 분배해 준 돈을 부동산 투기라는 형식으로 도로 거둬 가는 형식이지요. 천민적이고 전근대적인 축적 방법이지요. 이러한 구조, 세계경제 질서 속에서 그 위계질서의 하위에 편입되어 있는 사회에 보편적으로 존재하는 것이 과연 어떤 것인가. 중층적인 수탈 구조입니다. 작은 톱니바퀴가 정신없이 돌아야 하는 구조입니다. "서울은 노동자 합숙소다." 서울에 대해서 누가 저한테 묻는다면 저는 그렇게 답변합니다. 주택, 도로,

교육, 환경 등 어느 것 하나 돌볼 여력이 없습니다. 중하위에 편입된 작은 바퀴가 그 현기증 나는 속도를 감당하기 위해서는 어쩔 수 없이 마치 노동자를 합숙소에 집단 수용하듯 그 비용을 최소화하지 않을 수 없지요. 서울의 교통이 교통 문제로만 풀리지 않는 이유이지요. 마진이 높은 하이테크 부문을 갖추고 있는 선진 자본주의 국가의 도시와 주거환경은 참으로 우아했어요. 그리고 그들끼리의 관계도 형식적인 면에서는 매우 우아하다고 할 수 있습니다. 우리의 삶은 합숙소의 열악한 조건 속에서 서로 수탈하며, 증오를 키우며 경쟁에 내몰리지 않을 수 없는 형국이지요. 그러나 이러한 열악한 물적 조건 역시 저로서는 가장 큰 문제는 아니라고 생각합니다. 가장 심각한 문제는 열등의식, 콤플렉스라고 생각합니다.

제가 학교 다니던 시절, 대부분의 젊은 사람들이 갖고 있는 것은 좌절감, 패배 의식이었어요. 서구적인 것, 보다 근대화된 어떤 것들을 가치 있는 것으로 규정하고, 그에 못 미치는 자신은 한없는 열등감과 패배감에 시달려야 했습니다. 오로지 그쪽을 향해서 달려간 그런 시절이었어요. 이것이 참 큰 문제라고 생각해요. 모든 사람들이 안고 있는 콤플렉스. 자기 것, 우리 것에 대한 자부심이나 자신감이 없는 상태. 이것은 가장 불행한 상태라고 해야 합니다. 개인에게 있어서도 저는 그 사람의 판단에 결정적으로 영향을 주는 것이 바로 콤플렉스라고 생각해요. 합리적인 판단을 가장 심하게 왜곡시키는 것이 콤플렉스라고 생각해요. 이 콤플렉스는 평소에 단어 하나 사용하는 데도 작용하고, 안경 고르는 데도 작용하고, 헤어스타일, 브랜드 고르는 데도 어김없이 끼어듭니다. 세 살부터 여든 살까지 계속 끼어들어요. 완고한 무쇠 형틀입니다. 그래서 개인에 있어서는 최소한 자기가 어떤 종류의 콤플렉스를 갖고 있는가에 대한 확실한 자각이 있어야 돼요. 고치지는 못할망정.

　이러한 콤플렉스가 사회화되어 있는 경우는 어떻습니까? 사회문화 속에 구조화되어 있는 경우에는 이미 개인의 문제가 아닙니다. 그러한 사회는 참으로 불행한 사회입니다. 저는 뒤늦게 깨달은 거지만 외국에 가 보면 한국은 없습니다. 한국이 없다고 하니까 다른 사람들이 화내더라고요. 현대자동차도 달리고 기아자동차도 수출하는데 왜 없다고 그러느냐고 반론을 제기해요. 그러나 생각해 봅시다. 현대자동차, 기아자동차가 어떻게 한국 거예요? 한국이 자동차 발명했어요? 한국은 없습니다. 등급도 제일 낮습니다. 중동, 아프리카보다 훨씬 낮습니다. 그런데도 서구를 향해서 우리가 키워 온 동경과 짝사랑이 무척 허망하고 부끄럽게 여겨졌습니다. 일상생활에서도 우리는 자기를 흉내 내고 뒤따라오는 사람을 존경하지 않지요. 우리 사회에 구조화되어 있는 그런 콤플렉스, 열등감을 극복하지 않고서는 진정한 의미의 자유로운 사고, 판단은 불가능하다고 생각합니다. 콤플렉스를 안고 있는 한 온당한 관계를 만들어 낼 수 있는 위상이 없습니다. 콤플렉스란 대등한 파트너가 될 수 없는 처지에 놓여 있는 상태입니다. 관계할 수 있는 주체적 입장이 없는 상태지요. 철학적으로 스스로 타자(他者)가 된다고 하지요. 이러한 콤플렉스를 청산하는 일이 없이는 우리가 진정한 자유나 해방을 이야기하지 못함은 물론입니다.

존재론에서 관계론으로

바야흐로 21세기의 새로운 패러다임에 대한 논의가 무성합니다. 숱한 논의를 크게 간추려 보면 두 가지로 요약할 수 있습니다. 하나는 21세기에 대한 전망이고 또 하나는 21세기에 대한 소망입니다. 전망과 소망은 판이한 것입니다. 세계는 앞으로 21세기에 이러이러하게 변화해 갈 것이라는 객관적 관점이 전망입니다. 그래서 어떠어떠하게 준비해야 된다는 구조를 가지고 있습니다. 반면에 소망은, 앞으로의 세계는 이러이러한 세상이 되었으면 좋겠다는 주관적 구조를 가지고 있는 것입니다. 이 둘은 어쩌면 상반된 것이라 할 수 있습니다.

전망과 소망에 관련해서 저는 이러한 말을 소개하고 싶습니다. 세상에는 지혜로운 사람과 어리석은 사람의 두 부류가 있다. 지혜로운 사람은 세상에 자기 자신을 잘 맞추는 사람이고 어리석은 사람은 자기에게 세상을 맞추려는 사람이라는 것이지요. 그러나 아이러니컬하게도 세상이 조금씩 나은 방향으로 변화하는 것은 어리석은 사람들의 우직함 때문이라는 것이지요. 세상에 자신을 맞춘다는 것은 세상과 민첩하게 타협하는 것이고 세상을 추수하는 것이지요. 이러한 행위가 세상을 변화시킬 수 없는 것은 자명합니다. 어리석게도, 세상을 자기 자신에게 맞추려는 그 우직한 노력이 좀 더 인간다운 세상으로 변화시킵니다. 그러나 우리가 이것을 단순히 비교하는 선에 머물러서는 안 되는 이유가 있습니다. 소위 전망이라고 하는 것이 사실은 그 내면에 자기의 소망을 담고 있다는 것이지요. 전망이라는 객관적 언어로 표현하고는 있지만 그 속에는 자기의 이해관계를 관철하려는 자기의 소망을 담고 있을 수밖에 없다고 할 수 있기 때문입니다.

그렇기 때문에 우리는 우리의 우직한 소망에 대하여 그것을 협소한 것이라고 그 의미를 격하시킬 필요는 없다는 것입니다. 소위 세계화와 정보화라는 당면의 화두가 어떠한 계층의 어떠한 소망을 그 속에 숨기고 있는가를 간파하는 통찰이 필요하다고 믿습니다. 자본주의 200년사를 철학적 패러다임으로 정리한다면, 그리고 더 나아가 근대성의 바탕이 되는 철학적 사고의 구조를 한마디로 정리한다면, 그것은 '존재론'이라고 할 수 있습니다. 세계는 개별적 존재의 집합으로 이루어져 있고 이러한 개별적 존재들이 다른 존재들과의 경쟁과 충돌, 억압과 저항의 구조를 갖고 있다는 것이지요. 이러한 존재론적 사고가 최근에 반성되고 있는 것이 현재의 사상 공간입니다.

작년 말에 「존재론으로부터 관계론으로」라는 논문을 발표했어요. 간단한 내용은 그런 겁니다. 물질은 존재가 아니라는 거죠. 여러분도 다 알겠지만 소립자라든가 뉴트리노(neutrino: 중성미자)라든가 소위 현대 원자물리학의 가설 체계가 대상으로 삼고 있는 것은 물질의 궁극적 형태가 입자도 아니고 파동도 아니라는 것이죠. 세계의 궁극적 실체는 어떤 객관적이고 확실한 실체로서 존재하는 것이 아니라 확률로서 존재한다는 가설입니다. 이러이러한 조건에서 나타날 수 있는 가능성으로만 존재하는 것, 존재라는 말이 이 경우에는 적절하지 않아서 '존재론'이라는 개념을 '실체론'이라는 개념으로 표현해야 된다는 조언을 받고 있습니다만, 소위 탈근대 이론이나 근대성 비판 그리고 성찰적 근대성 논의에서는 존재론을 정치화(精緻化)하는 그런 방식으로 대응해요. 알튀세르(Louis Althusser, 1918~1990)의 '중층결정론'(Overdetermination)을 예로 들 수 있습니다. 존재와 존재의 관계를 일방적이고 직선적인 인과관계로 파악하는 대신에 양 방향의 화살표로 서로 연결되어 있다는 이론입니다. 나아가 양방향이 아니라 수많은 화살표 방향으로 서로 연결되어 있는 것으로 파악하는 것이죠. 그러나 이런 접근 방식은 근본적으로 존재론적인 세계상을 일단 전제로 하고 있다고 보아야 합니다. 다만 지금 말씀드린 바와 같이 존재론의 틀 내에서 존재와 존재의 관계를 정치화하는 방식에 지나지 않는 것입니다. 존재론을 벗어나지 못하고 있다고 해야 합니다. 제 논문의 요지는 세계의 기본적인 구조는 존재론적인 것이 아니라 관계론적이라는 것입니다. 세계를 존재들의 집합으로 보지 않고 관계망(關係網)으로 인식하는 것이 우리의 사상적 기반이고 동양적인 패러다임입니다. 이러한 전통이 서구화와 근대화를 추구하는 과정에서 폐기되고 말았습니다만 우리는 삶의 여러 측면에서 이러한 사상적 정서적 전통을 만나게 되지요. 여기서 이러한 논의를 자세하게 이야기하기는 불편합니다. 다만 제가 '나의 대학 시절'에 동양고전을 부지런히 읽으면서 느낀 점을 소개하기로 하겠습니다. 저의 동양고전 읽기는 대학 시절에 만연했던 그리고 나 자신도 깊숙이 물들어 있던 우리 것에 대한 좌절감과 콤플렉스를 극복하기 위한 것이었어요.

제가 지금 소개하려고 하는 것은 세상의 변화에 대한 동양의 기본적인 인식틀이라고 할 수 있는 『주역』(周易)의 이야기입니다. 『주역』이라면 여러분은 아마 점치는 책으로 생각할 것입니다. 물론 『주역』은 점치는 책이었습니다. 그러나 『주역』에 대한 해설 즉 '십익'(十翼)은 철학입니다. 『주역』에는 64개의 대성괘가 있습니다. 우리나라의 태극기에 있는 것은 소성괘라고 해서 효(爻) 3개로 되어 있는 것입니다. 이 소성괘 두 개를 겹쳐서 6개의 효로 만든 것이 대성괘지요. 여덟 개의 소성괘를 겹치면 8×8=64, 64개의 괘가 되지요. 이 64개의 대성괘는 세상의 모든 변화와 운동을 64개로 패턴화한 일종의 카테고리라고 할 수 있습니다. 세계의 변화를 64개의 카테고리로 구분하는 것은 굉장히 세분화된 구조라고 봐요. 변증법의 카테고리가 10개를 넘지 못하지요. 설명이 좀 복잡하기 때문에 우선 간단한 예를 들어 보죠. 여기 컵이 있습니다. 이건 '사물'(事物)이지요. 이것을 망치로 딱 때려서 깨트리면 '사건'(事件)이 되지요. 사물과 사물의 관계에서 사건이 일어나고, 이런 컵을 여러분이 전부 다 한 개씩 깨뜨리고 있다면 이 큰 강당에서는 어떤 '사태'가 벌어지고 있는 셈이잖아요. 그것을 사태(事態)라고 합시다. 이처럼 사물, 사건, 사태로 세상의 변화를 나눈다면 이 『주역』의 64괘는 가장 높은 단계인 사태를 카테고리화하고 정형화해 놓은 것이라고 생각합니다. 중요한 것은 『주역』의 64개의 카테고리가 사태의 변화를 정확하게 반영하고 있다는 것이기보다는 그것을 해석하는 방법에 일관되고 있는 관계론적 인식틀입니다. 예를 들어 64괘 중에서 가장 좋다는 괘가 '지천태'(地天泰)괘인데 이 괘의 모양은 땅[地]이 위에 있고 하늘[天]이 아래에 있는 모양입니다. 이 괘가 제일 좋은 괘인 이유가 바로 관계론적이라는 것이지요. 땅의 기운은 내려오고 하늘의 기운은 올라가는 것이므로 위에 있는 것은 내려오고 아래에 있는 것은 올라가기 때문에 '만난다'[交]는 것이지요. 그래서 '형통하다'고 해석합니다. 이는 존재론적 발상과는 전혀 다른 거예요. 어떤 개별적인 사물이 갖고 있는 속성보다도 그것이 맺는 관계를 통해서 발현되는 새로운 성격을 우위에 두는 거죠. 효(爻)도 마찬가지입니다. 음(陰)이니까 유순하고 양(陽)이니까 강건한 것이 아니에요. 그 음이 어느 자리에 있는가에 따라서 그 성격이 달라져요. 어떤 존재와 그 자리[位]의 관계, 또 효와 효의 관계, 상괘와 하괘의 관계, 전부 관계입니다. 관계 그 자체가 확실한 존재성을 갖는 것이 동양적인 마인드입니다. 이것이 동양적 사고의 본질이 아닌가 생각해요.

붓글씨에서의 균형

저는 붓글씨를 쓸 때마다 그런 관계론을 느껴요. 획을 하나 쓱 그었어요. 그었는데 아차 잘못 그었어요. 좀 비뚤어지게 그었어요. 어쨌든 쓰다 보면 비뚤어지지 않을 수 없어요. 그때부터는 비상사태에 들어갑니다. 다시 지우고 쓸 수 없기 때문에 그다음 획으로 비뚤어진 획을 어떻게든 커버해야 돼요. 반대쪽으로 더 많이 자빠뜨린다거나, 잘못해서 획이 굵어져 버렸다면 이걸 커버하기 위해서 다른 획을 좀 더 가늘게 쓴다거나, 윗글자가 좀 잘못됐다면 그다음 글자로써 그 잘못된 것을 도와서 어떻게든 커버해 보려고 노력하게 됩니다. 한 줄[行]이 비뚤어지면 그 옆에 있는 줄[行]로 바로잡아야 돼요. 그러니까 글씨를 쓸 때는 굉장한 긴장도가 요구돼요.

저는 두 시간 이상 계속해서 글씨를 못 써요. 글씨를 조용히 평정한 마음으로 쓴다고 말하는 사람이 많습니다만 제 경우는 굉장히 바쁘고 긴장됩니다. 쓰면서 하나하나의 획을 보랴, 옆의 글자 보랴, 이 줄 보랴, 저 줄 보랴, 여기 쓰면서 저 위의 것 보랴 여간 긴장되고 바쁘지 않습니다. 그러면서도 결국 흑과 백의 조화도 봐야 되거든요. 글씨를 쓸 때 제일 중요한 게 흑과 백의 조화입니다. 어느 정도 크기의 종이에 어느 정도의 먹이 들어갔는가, 그리고 여백과 글씨의 관계는 어떤가, 이러한 것이 서도(書道)에서 가장 중요하거든요.

저는 글씨를 쓸 때 까만 것을 보기보다는 하얀 것이 얼마나 남았나를 보면서 써요. 까만 것은 숙달되면 붓을 자기 마음대로 운필이 가능하니까 안 봐도 돼요. 하얀 것만 보고 써요. 한 자 한 자의 개별적인 것을 단위로 하여 쓴다기보다 줄곧 다른 것과의 관계를 고민하면서 쓰는 셈이지요. 다 쓴 다음에는 마지막에 방서를 쓰죠. 몇 월 며칠 무슨 글씨를 어디서 썼다는 것이지요. 그리고 빨간 낙관도 찍습니다. 이 방서와 낙관마저도 전체 균형에 참여하고 있는 글씨를 서도에서 격이 높은 글씨라고 봅니다. 명필들이 쓴 어수룩한 글씨를 보고 저렇게 어수룩한 글씨가 무슨 명필인가 하고 의아해하기도 하지만 획과 획의 관계를 고민하면서 그렇게 맞추어 내기 위해서 그런 모양이 되는 경우가 많습니다. 글씨를 잘 모르는 사람들은 한 자 한 자가 반듯하고 질서정연하게 써 내려간 것이 아주 보기 좋다고 하지요. 대개는 해서나 한글 궁체, 그리고 고체(古體)로 쓴 글씨들이 그렇습니다. 또박또박 옆 글자에게 신세질 것도 신세 받을 것도 하나 없이 한 자 한 자가 독립해 있는, 그래서 '시민적(市民的) 질서'가 잘 지켜지고 있는 글씨를 잘 쓴 글씨로 생각하는 사람도 많습니다. 그러나 그런 건 글씨로 치지 않습니다. 사자관(寫字官) 글씨라고 혹평하기도 합니다. 베끼는 글씨지요. 서도의 높은 경지는 도저히 이루어 낼 수 없는 파격인데도 멋지게 살려 내고 균형을 만들어 냄으로써 이루어지는 겁니다. 엉뚱한 곳에 점이 하나 있는데 그 점을 가리니까 글씨 전체가 확 무너지는 것 같은 경우가 그렇습니다.

그리고 서도가 다른 예술 장르와 결정적으로 구별되는 것은 그 글씨와 사람의 관계입니다. 사람이 나쁜데 글씨가 훌륭할 수 없는 것이 서도입니다. 그래서 서도의 정신과 서도의 미학은 글자와 글자, 획과 획, 흑과 백, 작품과 사람의 관계론이라고 할 수 있습니다. 그것이 제가 느끼는 서도의 관계론입니다.

가슴으로 하는 생각

교도소에는 종교 집회가 있습니다. 기독교 집회, 천주교 집회, 불교 집회 등 종교 집회가 있습니다. 종교 집회에는 각 공장마다 명단에 있는 해당 신자만 참석이 허락되죠. 예배와 찬송 그리고 설교가 끝나면 위문품으로 가지고 온 떡도 하나씩 나누어 주지요. 종교 집회가 있는 날이면 아침부터 어느 교회에서 떡 가지고 위문 온다는 정보가 쫙 돌아요. 그런데 어느 종파 교회를 막론하고 모든 떡 있는 교회는 다 나오는 사람이 있어요. 그런 사람을 '떡신자'라고 그러기도 하고 '기천불 종합신자'라고도 하는데, 제가 바로 '떡신자'였어요.

사실 떡신자 되기도 어렵지요. 예를 들면 기독교 집회에는 명단에 있는 기독교인만 참가가 허락되기 때문이죠. 저는 명단에 없습니다. 종교가 없으니까요. 교도관이 그래요. 신 선생은 기독교인도 아니면서 왜 가려고 하느냐고 허가하지 않으려고 하지요. 제가 단골 메뉴로 사용하는 핑계는 이런 겁니다. 저는 무기징역이어서 아무래도 종교를 하나 가져야 되지 않겠는가? 이런 집회 저런 집회 부지런히 다녀 보려고 그런다는 거지요. 대개는 보내줘요. 종교 집회가 있는 날이면 이런저런 시비가 일어나지요. 교도관이 "너는 천주교 신자면서 왜 기독교 집회에 가려고 그래?"하면서 허가하지 않으면 대는 이유가 가관입니다. "저는 요즘 천주교에 대해서 회의가 좀 생겨서요." "신 선생은 보내주면서 왜 나는 안 보내주냐!"는 이유를 대는 녀석도 있어요. 그래서 어려운 관문을 통과하고 교회에 와 보면 각 공장에서 나온 떡신자들을 만나게 되지요. 아마 제일 먼저 확인하는 것이 어느 떡신자가 나왔나 하는 것인지도 몰라요. 어쨌든 얼마나 반가운지, 서로 윙크하고 V사인도 해 보이죠. 그러다가 기독교 회장한테 꾸지람을 듣기도 하지요. 교인도 아닌 떡신자들이 예배 분위기 다 망친다는 것이지요. 사실 떡신자는 예배에는 마음이 없고 떡에만 관심이 있을 수밖에 없습니다. 떡신자들끼리 나누는 이야기 역시 여기 위문 온 여자 신도들 중에서 자기는 무슨 색깔의 옷을 입은 여자가 그래도 제일 예쁘다고 생각한다는 것부터 시작해서 옆에 쌓아 둔 박스의 개수로 볼 때 떡이 대충 몇 봉지이겠는지, 현재 인원수로 계산해 볼 때 늦게 받으면 두 개 받을 수 있다는 얘기를 나누는 것이 다반사지요.

제가 이야기하고자 하는 것은 관계에 관한 이야기입니다. 그리고 이 떡신자라는 관계가 매우 아름답다는 것을 이야기하려고 하는 것입니다. 떡신자들끼리는 다른 곳에서 만나도 참 반가워요. 같이 타락한 사람들끼리의 관계 같기도 하고 서로의 치부를 알고 있는 관계 같기도 하지만, 바로 이런 점 때문에 저는 그런 관계가 참 멋지다고 생각해요. 사실 냉정히 따지고 보면 떡신자끼리의 관계란 아무것도 아니지요. 이념적인 관계도 아니고 무슨 높은 가치를 위해서 함께 싸우는 동지적인 관계도 아님은 물론입니다. 때 묻고 지저분한 관계인데도 바로 그런 인간적인, 때 묻어 있는 정서의 교감 같은 것이 삭막한 교도소를 견디게 해 줬지 않나 하는 생각을 하게 돼요.

그래서 저는 사람과의 관계, 이것이 오늘날 80년대, 90년대 학생운동의 경향성에서도 많이 지적된 것이지만, 인간관계는 일차적으로 정서에 호소할 수 있어야 된다고 생각해요. 그래서 저는 사상은 쿨 헤드(cool head)가 아니라 웜 하트(warm heart)라고 생각해요. "가슴에 두 손을 얹고 반성해 보라." 이렇게 미련한 표현을 우리 조상

들이 해 왔습니다. 인간의 사고가 가슴에서 이루어지는 게 아니라 머리에서 이루어지잖아요. 그러니까 정확하게, 과학적으로 표현하자면 두 손을 머리에 얹고 조용히 생각해 보라고 해야 맞습니다. 가슴에 두 손을 얹고 생각하라니. 그러나 지금은 저는 가슴이 생각하는 게 맞다고 봐요. 제가 신사복도 만들 수 있고, 양화공 반장도 오래했어요. 목수도 도끼목수 정도는 되구요. 그런데 정말 일 잘하는 사람들을 보면 손으로 하는 게 아니에요. 마음으로 해요. 왜냐하면 잘하지 않으면 마음이 불편하기 때문이지요. 지나다가 뭔가 삐뚤어진 게 있으면 바로 만들어 놓고 갑니다. 그냥 놔 두면 자기가 불편해서 바로 해요.

그래서 저는 사상이라는 것은, 그것이 옳기 때문에, 이것은 내가 해야 하기 때문에, 또는 사명이기 때문에라는 이성적 구조를 가지고 있는 것이 아니라고 생각합니다. 이성적인 것이라기보다는 하지 않으면 자기가 불편한, 양심의 가책이 되는 그런 정서적 내용을 갖는 것이라고 생각합니다. 그래서 저는 사상은 '웜 하트'라고 생각해요. '건축'이라는 단어, 이 단어를 읽거나 생각할 때 사람마다 떠올리는 상념이 다릅니다. 아파트 분양권을 생각하는 사람, 아니면 아파트를 생각하는 사람, 또 더 나아가서 포클레인을 생각하는 사람도 있습니다. 아파트 분양권을 생각하는 사람과 손때 묻은 망치를 떠올리는 사람은 분명 차이가 있습니다. 더구나 함께 술 먹었던 목수 친구를 생각하는 사람과는 엄청난 차이가 있다고 저는 생각합니다. '민족'이라는 단어를 만났을 때 자기 머릿속에 떠오르는 연상세계가 사람마다 엄청나게 달라요. 88올림픽을 생각하는 사람, 3·1만세운동을 생각하는 사람, 충무공을 생각하는 사람, 장승을 생각하는 사람, 별 사람이 다 있습니다. 그래서 저는 그 사람의 사상은 그가 주장하는 논리 이전에 그 사람의 연상세계, 그 사람의 가슴에 있다고 믿습니다. 그 사람의 사상이 어떤 것인가를 알기 위해서는 그 사람이 어떤 연상세계를 그 단어와 함께 가지고 있는가를 묻는 것이 더 정확하다고 봐요.

대학과 상품가치

지금까지 제가 겪었던 '나의 대학 시절'에 관한 이런저런 이야기들을 소개하고 있습니다만 저로서는 우리의 현실과 우리의 의식을 지배하고 있는 존재론적인 패러다임에 대해 이야기하고 있습니다. 이러한 현실과 의식을 뛰어넘는 대안적 관점으로서 '관계론적 패러다임'에 대하여 함께 모색하고 싶은 것입니다. 그래서 특히 대학생인 여러분과 오늘 이 시간에 나누고 싶은 것은 '가치'에 관한 이야기입니다. 오늘날 우리의 대학 공간이나 사회적 공간이 안고 있는 숱한 문제의 배후이면서 핵심이 바로 이 가치 문제와 관련이 있다고 믿기 때문입니다. 현실적으로는 잘 팔리는 학문, 돈 되는 학과에 학생들이 몰리는 현상에 대한 이야기이기도 합니다.

대학은 원래 중세 아카데미에서 시작된 것입니다. 봉건 영주들이나 교회 영주들이 자기들의 지배적인 지위를 세습하기 위해 자녀들을 교육한 기관입니다. 일종의 지배 이데올로기의 생산과 재생산이 목적이었고, 이것이 신분 세습 공간이 되기도 했어요. 오늘날의 대학은 이미 신분 세습, 신분 상승의 가교는 아니라고 봐야 하지 않아요? 오히려 그 사회의 지배 담론과 지배 이데올로기를 샤워하기 위한 기관이 아닌가 생각해요. 영남대학은 어떤지 모르겠지만 저희 대학도 마찬가지이고 제가 아는 대학들은 한결같이 무엇이 가치 있는 것인가에 대해 상당한 혼란이 있는 것을 느껴요. 가치란 것이 무엇인가를 우리 함께 한번 따져 봅시다.

'가치 있다는 것'은 무엇인가. 만약에 로빈슨 크루소가 절해고도에서 굉장히 큰 진주를 발견했다면 그 가치가 얼마나 되겠어요? 가치 없습니다. 가치란 기본적으로 교환가치이기 때문입니다. 그렇습니다. 교환을 전제로 해야 가치란 개념이 있을 수 있는 거죠. 오늘날 가치란 말이 넓은 의미로 사용되고 있습니다만 원래 가치라는 것은 교환가치입니다. 제가 젊은 사람들에게 제일 불만인 것이 사람을 볼 줄 모른다는 겁니다. 결혼 상대를 찾는 경우에도 그렇습니다. 제일 한심한 예를 드는 게 미안하기는 한데요. 저 여자는 결혼식장에서 신부 입장할 때 쪽팔리게 생겼다는 거예요. 신부 입장할 때 그 순간이 중요하다는 것이죠. 이보다는 덜한 경우이지만 이 다음에 부부 동반해서 나들이할 때 그래도 좀 근사하게 보여야지. 제가 극단적인 예를 드니까 우스운 이야기같이 여겨지지만 이런 관점이 우리 사회를 지배하고 있습니다. 대부분의 사람들은 '아! 저런 미인을 아내로 가진 남자는 얼마나 능력이 있을까?' 이렇게 보는 세상이지요. 정치경제학 개념으로 이야기하자면, 그 남자의 사용가치가 아니라 그 아내와의 교환가치로써 그 남자를 평가하는 것입니다. 사람의 사용가치라는 규정이 다소 문제가 있기는 하지만 인간성, 인격이라고 해 두는 것이 좋다고 생각합니다. 어쨌든 아내의 미모를 통해 그 남편을 평가한다는 것은 남편을 사용가치로 인식하는 것이 아니라, 다른 사람과 교환할 것도 아니면서 그를 교환가치로 보는 것입니다. '저런 멋진 남편이랑 사는 여자는 근사하겠구나! 근사하지 못하면 머리가 굉장히 좋거나, 아니면 친정집이 되게 부자이거나.' 그런 식으로 스스로의 고유한 가치는 없고 타자를 통해서 자기 가치를 드러내고 있지요. 자녀의 경우는 그렇지 않습니까? 서울대 무슨 어려운 학과에 다니는 아들을 자주 거론하는 엄마는, 자식을 교환가치로 인식하고 있는 것이라고 봐요. 가치의 본질 자체가 그런 것입니다.

우리 시대의 가치는 현실적으로 시장가격으로 나타납니다. 대학에서 우리가 찾는 가치라는 것이 과연 무엇인가? 역시 교환가치이고 시장가격이라고 봐요. 자본주의사회가 전면적으로 만들어 내고 있는 그런 가치입니다. 그래서 저는 적어도 대학에서는 바로 이런 가치, 더 구체적으로는 시장가격으로부터의 독립이 필요하다고 생각해요. 적어도 대학이 이데올로기의 재생산 현장에 그치지 않고 변혁의 현장이라면 그렇습니다. 가치 없는 것, 쓸데없는 것을 공부해야 된다고 봐요. "잘 팔리는 것을 연구한다"는 그 자체가 대학 고유의 가치가 없는 것을 반증하는 것입니다. "잘 팔린다"는 것은 가격이 있다는 것이고, 이를테면 상품가치가 크다는 것입니다. 그것은 자본의 논리입니다. 자본의 논리라는 지배 담론을 거부할 수 있고 그것으로부터 독립할 수 있는 대학의 어떤 고유한 영역을 우리가 지키는 일, 이것이 오늘의 대학이 짊어져야 하는 시대적 과업이라고 할 수 있습니다. 적어도 대학 4년 동안은 자본의 논리 대신에 인간적 논리, 인문학적 논리를 자기 내면적인 것으로 지킬 수는 없을까? 정책과학, 응용과학 일변도의 풍토 속에서 대학 4년만이라도 인간적 공간으로 남겨 둘 수는 없는가? 이러한 고민은 크게는 존재론적 지배 담론을 변혁하는 논리이면서 작게는 인간적 사회를 지켜 가려는 최소한의 인간 논리입니다.

도로의 문화와 길의 문화

4년이면 대단히 긴 세월이라고 생각합니까? 굳이 경쟁과 속도에 관한 이야기를 이곳에서 재론할 생각은 없습니다만, 저로서는 여러분들이 서둘러야 할 이유가 없다고 생각합니다. 『주역』이야기입니다만 『주역』 64괘의 제일 마지막 64번째 괘가 '화수미제'(火水未濟)괘입니다. 미완성을 뜻하는 괘입니다. 제가 한두 번 읽을 때까진 마지막 괘가 미완성이라는 사실을 미처 몰랐어요. 효사(爻辭)는 이렇습니다. "어린 여우가 강을 거의 다 건넜는데 그만 꼬리를 적시고 말았다. 별로 이로울 바가 없다." 작은 실수로 끝이 납니다. 우리가 주의해야 하는 것은 이 '작은 실수'입니다. 꼬리를 물에 적시는 정도니까 큰 실수는 물론 아닙니다. 그래서 제가 그것을 처음 읽었을 때는 나도 늘 그러더라, 끝판에 조심해야지, 끝판에 실수 안 하도록 속도를 늦추면서 조심해야지, 하는 경구로 이 구절을 읽었지요. 여러분도 그런 경우가 없지 않지요? 막판에 가서 코 빠뜨리는 경우 많잖아요. 괜히 끝에 가서 빨리 끝내려고 서두르거나 다 됐다고 방심하다가 실수하지요. 지금도 막판에 가면 일부러 호흡을 좀 느리게 하고 속도를 더 줄여서 꼬리 안 적셔야지 하는 생각을 해요.

그러나 사실은 실수를 좀 하는 게 좋다고 생각해요. 결정적인 실수를 하면 안 되겠지만 '작은 실수'는 반성을 하게 합니다. 실수는 이전의 과정을 돌이켜 보게 합니다. 그러고는 다시 시작하게 하는 겁니다.『주역』의 제일 마지막에 미완성을 배치한 이유를 알 수 있을 듯합니다. 다시 시작한다는 것이지요. 세상의 운동은 반성과 시작, 이것의 반복이라고 생각합니다. 세상 만물은 무엇을 완성하기 위하여 변화합니까? 어디에 도달하기 위한 운동입니까? 미완성 그 다음에 이어지는 또 다른 미완성의 연속이라는 것이『주역』의 철학이고 동양적 사고의 틀입니다. 그렇다면 여러분은 동의하지 않을지도 모르지만 결국 과정(過程)만 남습니다. 달성(達成)이 아닙니다.

그렇기 때문에 저는 과정 그 자체가 의미 있어야 된다고 생각합니다. 서클 활동이든, 학생운동이든 모든 것은 과정 그 자체가 예술이어야 한다고 생각합니다. 대학 4년도 과정 그 자체가 의미 있어야 돼요. 빨리 도달하려는 속도와 도로(道路)의 문화, 이것을 청산해야 합니다. 이 속도와 경쟁의 논리는 기본적으로 자본의 회전 속도와 이노베이션(innovation: 기술 혁신)과 특별잉여가치를 추구하는 과정에서 비롯되는 것이지요. 우리나라의 경우는 그 위에 다시

작은 톱니바퀴의 회전 속도가 더해지는 것이지요. 그래서 저는 자본 논리에 맞서 인간 논리를 지키는 일은 '도로의 문화' 대신에 '길의 문화', '길의 정서'를 키우는 일이라고 생각합니다. 도로는 그 속성상 제로(0)가 되는 것이 자기 목적에 가장 부합하는 것입니다. 짧을수록 좋은 것이 도로입니다. 고속일수록 좋은 것이 도로입니다. 오로지 목적지에 이르는 수단으로서만 의미를 갖는 것이기 때문입니다. 그러나 길은 그렇지 않습니다. 길은 그 자체로서 의미가 있습니다. 사람을 만나고 코스모스를 만나고 또 자기를 남기는, 이를테면 삶 그 자체입니다.

성장과 속도의 패러다임 속에서 길의 문화를 이야기하는 것이 매우 비현실적인 것으로 비쳐질 수밖에 없음을 모르지 않습니다. 가치 없는 것, 쓸데없는 것을 공부하고 그것도 천천히 해야 한다고 하는 제 이야기가 여러분에게 참 비현실적인 얘기로 들릴 것이라고 짐작합니다. 안 팔리는 것을 공부하고, 그나마 천천히 하고, 실수하는 것 그 자체에서 의미를 읽어야 한다는 이야기를 제가 하고 있거든요. 그러나 저는 그것이 삶이라고 생각해요.

자본의 논리로부터의 자유

교도소에서 본 영화 이야기입니다. 영남대 벚꽃 참 좋다는 얘기를 들었습니다만 옛날 영화에서는 세월이 지나간 것을 보여줄 때 우선 꽃이 가득 피어 있는 장면을 보여주고, 그다음에 눈이 내리면서 꽃이 지는 장면을 보여줍니다. 그것을 두 번쯤 보여준 다음 '10년 후'라는 자막이 화면 가득히 나오는 식이지요. '10년 후'라는 자막이 나올 때 재소자들은 대개 한숨을 확 내쉬어요. 한숨의 의미는 내 징역도 저렇게 영화 속에서처럼 빨리 갔으면 하는 거지요. 그래서 한 녀석을 붙잡고 물었어요. 너 내일 아침이 10년 후가 되면 좋겠냐고요. 생각하면 말도 안 되는 질문이지요. 그러나 한 가지 조건이 있다면, 즉 지금 너의 나이가 서른다섯이니까 내일 아침에 마흔다섯 살이 되어 출소하는 것이라도 괜찮겠느냐고 물었어요. 얼른 대답을 못했어요. 좀 생각해 봐야 되겠대요. 그 10년이란, 행복한 10년도 아니죠. 콩밥에, 춥고 배고픈 10년이지요. 어딜 가지도, 누굴 만나지도 못하는 그런 10년이지만 그래도 선뜻 버리고 싶지 않은 이유는 무엇인가에 관해 생각해 보아야 합니다. 대학 4년을 수단화해서는 안 된다는 이야기입니다.

대학 생활 동안에 생각해야 할 것은 참 많습니다. 무엇을 위한 성장인가를 생각해야 하고, 우리 사회에 만연한 콤플렉스에 대해 생각해야 하고, 작은 톱니바퀴의 종속 구조를 생각해야 하고, 가치에 대해 생각해야 합니다. 그리고 특히 여러분은 대학 공간을 어떻게 만들어 갈 것인가에 대해 생각해야 합니다. 대학에 없어도 될 학과가 많이 들어와 있어요. 다른 교육 기관에서 2년만 교육하면 될 것을 대학에 넣어서 4년간 교육시키는 것. 이것은 함량 미달에다 과대 포장이라고 생각해요. 다른 함량 미달 상품에 대해서는 욕하고 있지요. 포장만 크게 했다고 불평이지요. 소에게는 물 먹여서 근수 많이 나가게 한다고 욕하면서, 대학은 2년만 가르치면 될 것을 4년씩 등록시켜 돈 받지요. 그것도 미리 현금으로 받고 있지요. 제품이 판매되거나 안 되거나 책임도 안 지지요. 대학이 신분 상승의 가교도 못 되면서 자본 논리의 지배하에 놓이는 데 그치지 않고 도리어 자본 논리 그 자체가 되어 가고 있는 것이 아닌지 반성해야 하겠지요. 여러분의 대학 현실이 무척 왜곡되어 있다는 것을 인정합니다. 그럼에도 불구하고 대학은 여러분의 인생에 있어서 최후의 수평 공간입니다. 수평, 이것이 얼마나 편한 것인가 아마 여러분은 실감이 없을 것입니다. 대학을 나서자마자 수직 관계에 놓이게 됩니다. 대학에서 여러분은 돈 내고 다니잖아요. 앞으로 취직해서 돈 받고 한번 다녀 봐요. 얼마나 힘든가. 자본주의사회에서 돈 내고 다니는 것과 돈 받고 다니는 게 차이가 얼마나 큰지 모르죠?

대학은 최후의 수평 공간입니다. 쓸데없는 것, 가치 없는 것들, 더 정확하게 교환가치가 없는 것, 상품 가격이 없는 것들을 할 수 있는 기간, 그런 기간이 저는 대학이라고 생각하죠. 수평 공간이면서 자유의 공간입니다. 자기(自己)의 이유(理由)가 자유(自由)라고 생각해요. 자기의 이유를 갖는 것이 자유입니다. 다른 사람의 이유로 자기가 움직이는 것, 그것은 자기가 동의했건 또는 충분히 공감을 하건 그건 부자유한 거라고 생각해요.

대학의 교육도 마찬가지로 현실로부터 일정한 거리를 두고 근본적인 것에 생각을 모으는 곳이어야 합니다. 자본의 논리로부터 독립하는 시간과 공간을 대학이 만들어 내야 하는 것이지요. 자기의 이유를 어떻게 구성할 것인가. 이것은 일차적으로 지배 담론으로 군림하는 자본 논리로부터 자신을 지키는 것이며 그러한 자본 논리를 바꾸는 실천적 과제와 연결되어 있는 것이라고 봅니다. 따로 말씀드릴 시간이 없기도 합니다만 저는 자기의 이유를 여러분이 존재론적 관점에서 추구하지 않고 관계론적 관점으로 구성해 가기를 바랍니다.

관계 — 슬픔과 기쁨의 근원

저와 같이 있던 사람 중에 가난한 가족들을 먹여 살리던 젊은이가 있었어요. 이 친구는 하루 벌이가 쌀값과 연탄 값이 못 되면 가족들이 기다리고 있는 집으로 들어가질 못했어요. 그날 밤은 제일 값싼 합숙소에서 자고 새벽 일찍 서울대병원에 가서 피를 뽑아 팔았어요. 그 얘기를 나한테 하면서 제게 실토했어요. 피를 뽑으러 들어가기 전에 수도꼭지를 틀어서 찬물을 가득 먹었대요. 피에다 물을 타서 팔았다는 거예요. 그렇게 피에다 물을 타면서도 자기는 양심의 가책을 안 받았다는 점을 강조했어요. 다른 사람들도 술에다 물을 타서 팔기도 하지 않느냐는 것이었어요. 마시는 물은 피에 섞이지 않는다는 설명에도 불구하고 그는 그래도 조금은 물이 들어간다고 생각하고 있었어요. 들어간다 안 들어간다가 문제가 아니라, 제가 여러분에게 이야기하고자 하는 것은 그가 강조하는 '가책을 안 받았다'는 말, 그 말의 진의입니다. 저는 그의 말을 가책을 느꼈다는 의미로 읽었습니다. 반어적인 표현이라고 생각했습니다. 가족들의 끼니를 위해서 병원의 새벽 수돗가에서 찬물을 들이키면서 그가 감당해야 했던 양심의 가책이 마음을 아프게 했습니다. 나는 그가 들이킨 겨울 새벽의 찬물이 설령 핏속에 바로 들어가더라도 상관없겠다는 생각이 들었습니다. 그래서 피 값을 조금 더 받을 수 있다면, 그 돈이 굶고 있는 그의 가족들의 빈약한 끼니를 조금이라도 더 때울 수 있다면 상관없겠다는 생각이었습니다. 그는 저의 기억 속에 양심적인 사람의 어떤 전형으로 자리 잡고 있습니다. 그래서 나는 지금도 '양심적인 사람'이라는 말만 나오면 그 친구가 생각나요.

저는 양심이라는 것은 타인에 대한 고려라고 생각합니다. 다시 말하면 '관계'에 대한 고려라고 봐요. 디킨스 소설에 나오는 이야기입니다. 이를테면 쌀과 연탄을 살 수 없게 된 가난한 청년의 가장 견디기 어려운 고통이 무엇인가에 관해서 쓰고 있습니다. 추위와 배고픔이 아니었다는 것이지요. 단골로 다니던 쌀가게 아주머니와의 관계가 파괴되었다는 사실이라는 것이었어요. 이제는 다른 가게에서 쌀을 구입하나보다고 생각하는 그 아주머니와의 관계가 파탄이 된다는 사실이라는 것이지요. 그게 가장 괴롭고 고통스러웠다는 거예요. 그것이 아마 가난의 내용이라고 할 수 있을 것입니다. 아픔은 관계로부터 오는 것이라고 생각합니다.

마찬가지로 기쁨도 관계로부터 온다고 생각합니다. 말도 없고 표정도 어두운 젊은 친구가 있었습니다. 같은 공장 사람이나 같은 감방 사람들과도 일체의 관계를 거부하는 그런 침울한 젊은이였어요. 아무것도 없이 사는 친구였어요. 치약이 없어서 세탁비누로 양치질을 했어요. 딱하게 여겨서 누가 치약 한 개를 줘도 받지 않았어요. 안 받는 이유도 물론 한마디 없지요. 여러 사람들이 이런저런 물건을 그에게 주었지만 딱 잘라서 받기를 거부해요. 그런데 도저히 납득이 가지 않는 것은 달라고 하면 거저 줄 만한 물건들을 말없이 가져가기도 했어요. 러닝셔츠 같은 것은 섞이지 않게 수번을 적어 놓았기 때문에 금방 가져간 게 들켜요. 그래서 들켜서 쥐어박히기도 했어요. 그러고도 또 그런 일이 반복되었어요. 바깥에서 도둑질 하는 것이라면 모르지만 이곳에서 도둑놈끼리 도둑질하다니 그런 경우 없는 짓이 어디 있느냐며 쥐어박히지요. 그런데도 치약이나 러닝셔츠를 누군가가 주면 절대로 받지 않았어요. 우리는 포기했어요. 저도 물론 서너 차례 무참하게 거절당한 적이 있습니다. 우리는 그를 잊고 있었어요. 그와 한 감방에 있은 지 한 2년쯤 지난 후의 일입니다. 어느 날 나한테 와서 "신 선생님, 저 치약 하나 사 주세요" 그래요. "너는 줘도 안 받는 녀석 아냐?" 했더니, 나한테는 한 개 사 달라고 해도 될 것 같다고 했어요. 그때부터 관계가 시작된 셈입니다. 20년 징역살이 동안 가장 행복한 순간이기도 했어요. 그때부터 책을 빌려주기도 하고 이야기를 나누었어요. 물론 그 친구는 단기 수였기 때문에 출소했지요. 그 후 들려온 소식에 의하면 안양에서 죽었다고 했어요. '안양에서 죽었다'는 것은 안양에서 잡혔다는 뜻입니다. 안양교도소에서 징역살이 하겠거니 생각하고 있었는데 어느 날 난데없이 대전교도소에 나타났어요. 나하고 같이 있으려고 단식투쟁까지 해서 어렵게 어렵게 이송을 온 것이었어요. 나한테 줄 것이라고 하며 캐시밀론 A급 담요 한 장을 들고 왔어요. 이런 경우의 만남을 반갑다고 해야 할지 알 수 없지만 반갑고 행복했어요. 저는 아픔도 기쁨도 가장 큰 것은 바로 이러한 인간관계로부터 오는 것이 아닌가 하는 그런 생각을 갖습니다. 이 이야기는 기쁨과 아픔마저도 관계로부터 온다는 것, 그리고 자기의 이유마저도 자기의 개인적인 이유로부터 발견할 것이 아니라 '관계'로부터 발견해야 한다는 이야기이기도 합니다.

가장 인간적인 사회가 가장 튼튼한 사회

그렇기 때문에 우리는 인간관계의 토대를 존재론적으로 분열시키는 체제를 냉정한 시각으로 직시해야 합니다. 그리고 우리 시대에 만연한 성장과 속도의 환상을 청산해야 합니다. 이것들을 해내는 일차적 공간이 대학에 있다고 생각합니다. 대학은 독립해야 됩니다. 지배 담론으로부터 독립해야 됩니다. 지배 담론이라는 것이 곧 '시장가격'이고 자본의 논리입니다. 대학은 바로 이러한 시장가격을 거부하고 자본의 운동 논리로부터 인간적 논리를 지키는 진지(陣地)가 되어야 한다고 믿습니다. 현 단계에서 진지화할 수 있는 지적 공간이 대학을 제외하고는 없습니다. 여러분이 해야 합니다. 우리 대학에서는 선생님들끼리는 상당한 수준의 합의가 이루어져 있습니다. 쓸데없는 것만 가르치자는 합의라고도 할 수 있습니다. 쓸 데 있는 것을 열심히 가르친다고 하더라도 어차피 일류대학에 대해서 경쟁력을 가질 수도 없기는 해요. 어설픈 위로는 오히려 학생들을 더욱 좌절하게 하지요. 자신이 위로의 대상이 되고 있다는 사실을 다시 한 번 확인시켜 줄 뿐이거든요. 경쟁력을 키우는 교육

보다는 콤플렉스와 환상을 깨트리고 인간적 자존심을 키우도록 하는 것이 오히려 사회를 살아가는 튼튼한 저력이 된다고 믿습니다. 개인의 경우뿐만이 아니라 한 사회의 경우도 마찬가지라고 생각합니다. 더 많은 소득과 더 풍요로운 소비보다는 더 따뜻한 인간관계로 서로가 서로를 배려해 주는 사회, 타인에게 인간적인 사회가 저는 강력하고 힘 있는 사회라고 생각해요.

상트페테르부르크에 갔을 때 참 부러웠던 게 바로 이러한 것이었어요. 도시의 곳곳에 그 도시의 사람들이 사랑하는 사람들의 동상과 기념관이 있었어요. 우리가 이 도시를 얼마나 사랑하는지 외국인인 당신들은 모른다는 것이었어요. 900일 동안 80만 명이 죽으면서까지 우리가 이 도시를 지켰다고 했습니다. 왜? 이 도시가 길러 낸 사람들을, 그 역사를 자기들이 사랑하기 때문에 그처럼 혹독한 시련을 이겨 내고 지켰다는 거예요. 상트페테르부르크가 바로 혁명의 발원지인 레닌그라드라는 사실을 여러분도 아시죠? 애정은 적들에 대한 저항으로 나타날 뿐만 아니라 억압에 대한 저항으로 나타나기도 하는 것이었습니다. 상트페테르부르크에서 나는 양심적인 사회가 강한 사회라는 걸 다시 한 번 깨달았습니다.

개인의 경우도 사회와 마찬가지로 양심적인 사람이 가장 강한 사람이라고 생각해요. 나와 같은 사건으로 들어가서 징역 산 사람이 집행유예부터 무기징역까지 굉장히 많습니다. 또 사건에 연루된 사람들뿐만 아니라 학생운동을 같이하던 사람들도 많지요. 그 당시에는 당연히 진보적이고 논리적이고 조직적이고 실천적인 사람들이 참 부러웠습니다. 매우 강인해 보였습니다. 30년이 지난 지금, 그 사람들은 없어졌어요. 어디서 사는지. 그런데 이제 와서 깨닫는 것이지만, 그 당시에는 별로 두각을 나타내지 못한 사람이지만 꾸준하게 자기의 길을 지키고 있는 사람도 있었습니다. 꾸준히 자신을 지키는 사람의 특징은 한마디로 양심의 가책에서 출발한 사람이라는 사실입니다. 양심의 갈등 때문에 운동에 나섰던 사람들입니다. 그런 양심적 동기에서 출발한 사람은 꾸준하게 성장하고 있었어요. 그래서 저는 양심적인 사람이 가장 강하게 버틴다고 믿지요. 김수영 시인의 시 구절처럼 바람보다 먼저 눕고, 바람보다 먼저 일어서면서 꾸준히 자신을 키워 간다는 사실을 알 수 있습니다. 지금은 보면 알 것 같아요. 어떤 사람이 양심적인지 어떤 사람이 강한 사람인지, 나아가서 어떤 사회가 강한 사회인지 어떤 사회가 좋은 사회인지.

이런 것들에 대한 구상을 여러분은 대학 시절에 만들어 내야 한다고 생각합니다. 대학을 안팎에서 포위하고 있는 21세기의 담론들을 생각하면 대학의 상황도 어렵기는 마찬가지라고 생각됩니다. 도도한 지배 담론의 위력이 IMF 상황을 역이용하면서 공세를 강화하고 있는 실정이지요. 저항 담론, 대안 담론의 여지가 그만큼 위축될 수밖에 없는 환경임을 모르지 않습니다. 그러나 어려울 때일수록 근본과 원칙에 충실하라는 주문을 많이 받지요. 근본과 원칙이란 인간학과 인문학적 관점이라고 생각합니다.

저는 학생들에게 애인 고르는 법을 가끔 이야기합니다. 어떤 사람을 선택할 것인가? 이건 쉬운 일이 아닙니다. 옛날이야기입니다만, 저의 어머니께서 괜히 옆집 며느리 선보는 곳에 따라가서는 그 여자를 들이지 말라고 했다는 거예요. 제가 그 이유를 물어본 적이 있습니다. 한마디로 그 여자는 애를 잘못 기르게 생겼다는 것이 이유였어요. 그러니까 새색시로 보는 게 아니라 애기 엄마의 위치에다 놓고 보는 것이었어요. 몇 년 후쯤에다 그 처녀를 세워 놓고 보는 것이었어요. 그뿐만 아니라 그러한 여자는 나중에 며느리도 잘못 거느리는 시어머니가 된다는 것이었어요. 정확한 판단인지 아닌지는 고사하고라도 어쨌든 삼사십 년 후의 모습을 미리 보는 셈이지요. 오늘날의 젊은이들이 신부 입장할 때 쪽팔릴까, 신혼여행 때 남들이 어떻게 볼까 하는 시각과는 시간대(時間帶)의 길이가 판이한 것이지요. 아까도 말씀드렸습니다만 인간을 인간적 품성으로 바라보는 시각은 이제 찾기 어렵게 되었습니다. 『감옥으로부터의 사색』에도 썼습니다만 제가 참 좋아하는 구절이기 때문에 소개하려고 합니다. 제가 읽었던 영문 시나리오에 나오는 대사이기 때문에 영어로 소개합니다. "당신은 왜 그 남자와 결혼했나요?"라고 묻는 질문에 대한 답변입니다. 그와 결혼한 이유는 "Because I could be a better person with him"이었어요. 그 남자와 같이 살아 간다면 내가 더 좋은 사람이 될 수 있기 때문이라는 것이 이유입니다. 나를 편안하게 해 주고 능력 있는 사람이기 때문이 아니지요. 원칙과 근본이란 바로 인간과 인간관계라고 믿습니다. 인간학, 인문학에 대한 새로운 각성이 결국 저항 담론, 대안 담론의 기본이라고 생각됩니다.

돌멩이들끼리의 부딪침

그래서 저는 여러분의 대학 시절이 매우 중요하다고 생각합니다. 대학 시절이 내 인생에 있어서 어떤 시기인가, 또 우리 사회의 당면 과제가 무엇인가, 더 나아가서 새로운 세기를 맞아서 우리가 어떤 패러다임, 어떤 것을 추구해야 할 것인가. 이런 고민을 할 수 있는 유일한 진지가 대학이고 대학 시절이라는 사실을 다시 한 번 깨닫는 일이 필요하다고 생각해요. 그리고 이러한 고민은 교수들이 해 줄 수 있는 것이 아닙니다. 교수가 얘기해 주는 건 별로 도움이 안 됩니다. 제 경험으로 그렇습니다. 감명 깊었던 책, 내가 만난 스승 등 이런 질문들을 더러 받기도 했습니다만, 가만히 생각해 보면 제 경우에도 기억될 만한 것이 별로 없어요. 제가 중학교 1학년 때이든가, 겨울방학인데도 그때는 1월 1일에 소집을 했어요. 신년식 한다고 소집했는데, 신년식이 끝난 다음 담임 선생님이 난로도 없는 교실에 학생들을 전부 다 들어앉혀 놓고는 1번부터 새해를 맞는 소감과 각오에 대해서 얘기하래요. 좀 유별난 선생이었지요. 나는 아마 그 나이 또래의 아이가 할 수 있는 그저 그런 얘기를 했을 것이라 생각됩니다. 선생님 말씀 잘 듣고, 숙제 잘하고, 심부름 잘하고 그런 이야기였을 겁니다. 그런데 한 중간쯤 앉아 있던 아이의 차례가 되었어요. 그 아이는 평소에 별로 눈에 띄지도 않고 성적도 별로 좋은 편이 못 되는 애였는데 일어서서 하는 말이 그랬습니다. 오늘이 1월 1일이라고 해서 한마디 하라고 그러시는데 시간이라는 것은 강물이 흘러가는 것이나 마찬가진데 왜 사람들이 1월 1일이라고 흘러가는 강물에 이름을 붙이는지 자기는 도저히 모르겠다는 말을 했어요. 굉장한 충격이었어요. '아! 내가 저 얘기를 할 걸!' 부럽기도 하고 내가 했던 말이 후회도 되었어요. 만약 선생이 그 말을 했다면 으레 선생이니까 그렇게 말하나 보다 그랬을 겁니다. 같은 또래의 친구가 한 말이기 때문에 충격적이었고 지금까지도 생생하게 기억에 남아 있습니다. 돌이켜 보면 제 경우는 친구들, 후배들과의 대화를 통해서 더 많은 걸 깨달은 것 같아요. 삐뚤어진 것과 삐뚤어진 것이 만나면 소리가 훨씬 더 복잡하게 나는 법이지요. 훨씬 더 창조적인 것이 만들어지는 법이지요.

제가 6·3사태(1964년 한일협정반대운동 혹은 6·3항쟁) 때 검거를 피해서 피신을 한 적이 있습니다. 울산 부근의 일산지라는 해변이었는데 해변에는 예쁘고 동그란 자갈이 1킬로미터도 넘게 길게 깔려 있었어요. 하는 일 없이 매일같이 해변에 나가 앉아서 파도만 바라보고 있었어요. 아름다운 자갈이 만들어지는 과정을 보았습니다. 파도가 좍 들어오면서 해변에 있는 모든 돌을 약간 들어 올립니다. 들어 올렸다가 다시 파도가 물러가면서 들어 올린 돌들을 내려놓습니다. 이 과정에서 돌멩이들은 자기들끼리 부딪칩니다. 수천 년 수만 년 동안 저렇게 자기들끼리 부딪치면서 저렇게 아름답게 다듬어지는구나 하는 걸 깨달았지요. 여러분은 여러분끼리 하세요. 비슷한 돌멩이들끼리 부딪쳐서 다듬어 가기 바랍니다. 우리 사회가 안고 있는 가장 심각한 문제들을 같이 고민하고, 우리가 청산해야 할 관념들을 함께 청산하고, 21세기의 새로운 담론을 함께 모색하는 노력들을 함께 모아 가기 바랍니다. 지금 전체 사회 구조를 보세요. 비판의 진지(陣地)가 없습니다. 그래도 조선 시대에는 사림(士林)이라는 그런 비판 집단이 있었지요. 제도권 정치는 지금도 붕당(朋黨)만 있잖아요. 도무지 이념적 차별성이 없는 붕당으로 이합집산하고 있지요. 지역 지표만 빼면 전혀 차별성이 없습니다. 유일한 지표인 지역성을 또 없애야 한다고 그러기는 하지요. 현재의 정치사상적 상황이 그러하기 때문에 주류 담론, 지배 담론의 바깥에다 비판적 진지를 만들어 내는 일이 그만큼 더 중요해지는 것입니다.

오늘 더운 날씨에 이런저런 얘기를 두서없이 소개했습니다. 동떨어진 얘기 같지만 서로 '관계' 있는 얘기입니다. 저로서는 '나의 대학 시절'의 이야기였습니다. 제가 대학 입학 당시 그러니까 대전 교도소 입소 당시에 가지고 있었던 그런 여러 가지 관념적인 것들을 지금 여러분도 상당 부분 가지고 있다고 생각합니다. 그래서 그 시절의 경험들이 여러분에게도 관계있는 이야기라고 생각되었습니다. 그래서 부담 없이 얘기했습니다. 오늘 여러분과의 만남이 저로서도 상당히 기쁩니다. 왜냐하면 다른 곳에서는 피차 재미도 없는 이야기거든요. 요즘 같은 세상에서 쓸데없는 것을 부지런히 하라는 말은 넋 빠진 소리로밖에 안 들릴 테니까요. 그러나 여러분은 그래도 쓸데 있는 것같이 들어 주니까 참 반갑습니다. 고맙습니다.

『녹색평론』 1999년 9·10월 통권 제48호. 1999년 4월 27일 영남대학교 강연

노래가 없는 세월의 노래들

나의 경우, 노래는 학교에만 있는 것이었다. 어린 시절 우리 집 분위기가 상당히 완고하였기 때문이다. 그렇기에 나에게 노래라는 것은 "학교에서나" 부르는 것이었다. 해방 직후에 입학한 우리 세대에게 학교에서 가르친 노래에 동요는 거의 없었고, 지금 기억나는 노래라고 해봐야 중고등학교 음악 시간에 배운 노래가 전부이다. 그러나 그것 역시 별스러운 감동을 주는 것은 못 된다. 예를 들자면 "목련꽃 그늘 아래서 베르테르의 편질 읽노라" 하고 시작하는 〈사월의 노래〉가 그것이다. 목련꽃 그늘이라는 것도 실감이 나지 않을뿐더러 베르테르의 편지를 읽어 본 적이 없던 우리에게 감동이 있을 리 만무했다. 비단 〈사월의 노래〉만이 그랬던 것이 아니라 대체로 그런 유의 노래가 학교 음악의 대부분을 차지했다.

대학 시절에 4·19와 5·16을 겪은 우리 세대는 대단히 불행한 세대이다. 무엇보다도 우리 것에 대한 단 한 줌의 자부심도 허용하지 않았다는 점에서 매우 불행한 시절이었다. 오랜 일제강점기가 끝나기는 하였지만 해방 정국의 혼란과 분단, 부패, 전쟁 등 일련의 비극적 과정을 겪으면서 미국 지배하의 분단국가답게 미국과 유럽을 지향하는 소위 근대 기획이 사회의 기본적 건축 의지로 굳어졌다. 사회의 상층부에 속하는 대학 사회가 훨씬 더 적극적으로 이러한 문화를 수용하게 되었고, 이런 결과물의 하나로 대학 내에서도 일일이 열거할 수 없을 정도로 많은 팝송들이 불렸다는 것을 들 수 있다. 팝송과 함께 정확한 이름도 기억나지 않는 상당히 많은 샹송도 불렸다. 그뿐만 아니라 오페라 아리아도 뒤지지 않았다. 《토스카》의 〈별은 빛나건만〉과 《사랑의 묘약》의 〈남몰래 흘리는 눈물〉은 기본이었다. 노랫말도 잘 알지 못하는 오페라 아리아들과 클래식 음악이 대학 캠퍼스와 시내의 음악 감상실을 석권하다시피 했다.

아마도 4·19와 5·16을 겪고 난 뒤에야 이러한 외국 음악에 대한 무비판적인 수용을 반성하는 기운이 돌기 시작한 것으로 기억한다. 그래서 찾아낸 노래들이 있었다. "이 풍진 세상을 만났으니"로 시작하는 〈희망가〉가 그중의 하나였는데, 일제강점기 시대의 노래를 다시 찾아 부르면서 일제 식민지 상황과 다르지 않다는 정서를 공유하기도 하였다. "이름도 몰라요 성도 몰라 낯설은 남자 품에 얼싸 안겨"라고 노래하는 〈댄서의 순정〉이 '대한민국'이라는 곡명으로 불렸는가 하면, 〈에레나가 된 순희〉는 '한국 농촌 사회'라는 이름으로 불렸다. "석유불 등잔 밑에 밤을 새면서 실패 감던 순희가, 다홍치마 순희가, 이름조차 에레나로 달라진" 이야기이다. 불행한 시절의 불행한 노래였다. 그런 점에서 노래가 없던 시절이라고 할 수 있다. 우리는 우리의 상처받은 정서마저 담을 그릇이 없었다. 오죽하면 4·19 때 거리를 행진하면서 부른 노래가 〈전우야 잘 자라〉라는 군가였을까.

나는 이처럼 삭막한 세월의 연장선상에서 20년 동안의 수형 생활을 해야 했다. 감옥에 노래가 없음은 너무나 당연하다. 그러나 이 글을 쓰면서 소개하지 않을 수 없는 노래가 하나 있다. 〈부베의 연인〉이란 영화의 주제 음악이 그것이다. 〈부베의 연인〉은 아마 내가 구속되기 얼마 전에 본 몇 편 안 되는 영화 중의 하나일 것이다. 그 영화의 내용을 자세하게 기억하지도 못하고 또 여기에 소개할 필요도 없지만, 징역 초년 나는 〈부베의 연인〉의 주제가를 자주 읊조리고 있었다. 감옥에는 노래를 부를 공간이 없었기에 주로 독방에 수용되어 있을 때 나직이 읊조리는 정도였다. 〈부베의 연인〉을 기억하는 것은 그 영화의 첫 장면이 주는 애절함 때문이라고 생각된다. 14년형을 복역하고 있는 부베(조지 차키리스)를 접견하기 위하여 기차를 타고 가는 마라(클라우디아 카르디날레)의 모습이다. 차창에 비치는 그녀의 모습과 함께 주제곡이 배경 음악으로 깔린다. 역시 감옥 초년이던 내게 그 장면이 인상 깊게 회상되는 것은 어쩌면 당연한 일인지 모른다. 빨치산으로 투신하여 파시스트 경찰을 살해하여 계속 쫓기고 있는 부베와 그의 가난한 연인 마라가 감당해야 하는 사랑의 역정은 당시의 불행한 시대와 맞물려서 엄혹한 우여곡절을 펼쳐 간다. 영화의 마지막 장면은 회상이 끝나면서 다시 처음의 차창으로 돌아온다. 마라는 14년의 형기가 끝날 때의 나이를 꼽아 보면서 아기를 낳을 수 있는 나이임을 위안으로 삼는 독백도 있었다. 물론 내게는 그런 연인이 없었다. 그렇건만 〈부베의 연인〉 주제곡이 징역 초년에 나의 주제 음악이 된 것은 아마도 당시의 나의 심정을 그런대로 담을 수 있었던 회한(悔恨)이 그 노래에 있었기 때문이라고 생각한다.

수감 생활 10여 년을 넘기면서 나는 또 다른 노래를 갖게 된다. 그것은 바로 〈엘 콘도르 파사〉였다. 내가 어렵게 입수한 가요집에서 발견한 것이었다고 기억한다. 갇혀 있는 사람에게 간절하고 또 그리운 것이 있다면 그것은 어디론가 훨훨 날아가는 것일 테고 그 노래는 그런 나의 마음을 잘 표현해 주고 있었다. 달팽이보다는 참새가 되고 싶고, 못보다는 망치가 되고 싶다는 소망은 수감 시절의 내게 매우 절실한 바람이며 정서였다. 〈엘 콘도르 파사〉는 페루의 전통 민요곡을 기타리스트인 로블리스(Daniel Alomí Robles)가 편곡한 멜로디에 사이먼 앤 가펑클이 노랫말을 붙인 것이다. 10여 년 이상 갇혀 있던 나의 처지에서 훨훨 날아가고 싶다는 소망도 물론 간절했지만 내 마음에 더욱 와 닿았던 것은 노래의 마지막 구절이었다. "I'd rather be a forest than a street." 우리말로 옮기면 "길보다는 차라리 숲이 되고 싶다"는 구절이 그것이다. 수감 생활이라는 현실을 떠날 수 없었던 내게 숲은 더욱 큰 의미로 다가왔다. "I'd rather feel the earth beneath my feet." 나는 이 마지막 구절에서 숲에 대하여 생각하게 되었다. 떠날 수 없는 곳이지만 그곳을 숲으로 만드는 방법이 무엇인가를 생각하게 되었다. 훗날 나는 비극의 도시 마추픽추의 산상에서 잉카의 악기로 연주되는 〈엘 콘도르 파사〉를 들으면서 그것이 바로 숲의 이야기임을 확인하게 된다. 숲을 이루지 못하고 폐허로 남아 있는 이 산상의 도시는 비극의 어떤 절정을 보여주고 있었다. 피사로가 이끄는 침략자들에게 쫓기고 쫓기던 잉카인들에게 떠나는 것이 얼마나 비극적인 것인가를 이 폐허는 이야기하고 있었다. 〈엘 콘도르 파사〉는 내가 그러한 고민을 가졌던 시기와 거의 때를 같이했다고 할 수 있다. 삭막한 폐허인 감옥을 숲으로 만들 수 없을까? 그러한 잠재적인 의식이 나로 하여금 이 노래와 만나게 하지 않았을까, 하는 생각이 든다.

그러나 감옥은 노래가 없는 곳이고 노래가 없는 세월이었음에는 변함이 없다. 〈부베의 연인〉이든 〈엘 콘도르 파사〉든 감옥에서의 노래란 독방이라는 지극히 비현실적인 공간에서 잠시 머물다 가는 환상 같은 것이었기 때문이다. 기쁜 노래는 물론이고 슬픈 노래라 하더라도 노래는 감옥과 어울리는 것일 수가 없다.

진정한 노래가 과연 어떠한 것인가 하는 논의는 일단 접어 두고, 노래라는 형식의 모든 노래를 노래라고 한다면 감옥이라 하여 노래가 전혀 없는 것은 아니다. 출소자를 떠나보내는 가난한 송별식에서 돌아가며 노래를 하는 경우가 있다. 추렴으로 오복건빵과 마가린을 구입하여 마가린에 건빵 찍어 먹으면서 벌이는 가난한 송별식에 노래가 있다. 건빵 한 봉지씩 나누어 받은 행복함이 노래를 가능하게 하는 물적 토대인 셈이었다. 벽에 기대고 빙 둘러 앉아서 돌아가며 노래를 하고는 했는데 나는 20년 동안 내 차례가 되어 피할 수 없는 경우에는 한 가지 노래만 불렀다. 그것이 유명한(?) 〈시냇물〉이란 동요이다.

냇물아 흘러흘러 어디로 가니

강물 따라 가고 싶어 강으로 간다
강물아 흘러흘러 어디로 가니
넓은 세상 보고 싶어 바다로 간다

이 〈시냇물〉은 동요인데다 짧기도 하여 노래로 쳐 주지 않는 사람도 없지 않았다. 그런 속에서도 20년 동안 출소자 송별식에서 부른 노래는 언제나 〈시냇물〉이었다. 이 노래를 부르면 시냇물에서 강물로, 강물에서 다시 바다로 나아가면서 우리의 마음이 차츰 숙연해지는 경우가 많았다. "넓은 세상 보고 싶어 바다로 간다"는 대목에 이르면 다 같이 바깥세상을 생각하는 눈빛이 되었다.

출소한 뒤에도 나는 어쩔 수 없이 노래를 해야 하는 경우에는 이 노래를 불렀다. 물론 남 앞에서 부를 만큼 자신 있는 노래가 없기도 했지만 20년 동안 노래가 없는 세월을 산 사람에게 그나마 어울리는 노래가 〈시냇물〉이었던 것이다. 그런데 참으로 놀라운 것은 이 노래를 듣는 사람의 표정이 감옥에서 보았던 표정과 다르지 않더라는 점이다. "넓은 세상 보고 싶어 바다로 간다"는 대목에 이르면 감옥 속에 갇혀 있던 사람들과 같은 눈빛이 되었다. 먼 곳을 그리워하고 생각하는 표정이 얼굴에 나타났다. '바깥 사람들도 갇혀 있기는 감옥에 있는 사람과 크게 다르지 않구나' 하는 생각을 한 적이 있었다.

20년 감옥살이가 막바지에 이르렀을 때 나는 또 하나의 노래를 만나게 된다. 내가 있던 방에 새로 들어온 젊은 사람이 읊조리던 그 노래는 정태춘의 〈떠나가는 배〉였다. 가사도 부분적으로만 알고 있었고 곡도 정확하게 알고 있는 것은 아니었지만 가사나 곡이 참 좋게 느껴졌다. 그 알 수 없는 노래에 매료된 우리 둘은 그 노래의 가사와 곡을 수소문하게 되었다. 얼마 뒤, 우리는 악보와 가사를 적은 종이 쪽지를 악대부원에게서 건네받게 되었고 그 쪽지를 들고 함께 노래를 익혔다. 그리고 〈떠나가는 배〉를 거의 익힐 무렵 나는 출소하게 되었다. 출소하기 이틀 전에 내가 출소한다는 소식을 가족 접견 때 듣게 되었지만 차마 누구에게도 나의 출소 소식을 전할 수 없었다. 내일모레 출소한다는 사실을 알고 있으면서 〈떠나가는 배〉를 함께 부를 때 나의 심정은 매우 착잡하기 그지없었다. "겨울비에 젖은 돛에 가득 찬바람을 안고……, 언제 다시 오마는 허튼 맹세도 없이 봄날 꿈같이 따사로운 저 평화의 땅을 찾아 떠나가는 배여"라는 가사가 마치 내 이야기 같기도 하였다. 지금도 이 노래를 들으면 그때의 정경이 떠오른다.

20년 동안 "노래가 없는 세월을 살고" 나서 바깥 세상에 나왔을 때 내가 만난 노래들은 충격적이었다. 〈쇼생크 탈출〉에서 주인공 앤디 역을 맡은 팀 로빈슨이 교도소 내의 유선 방송실에서 음악을 내보내는 감동적인 장면이 있다. 교도소 운동장을 가득히 채운 재소자들이 일제히 머리를 들어 노래를 듣는 광경이다. 그들은 마치 하늘이 열리는 듯한 충격을 받는다. 최대의 볼륨으로 회색 공간을 가득히 채우는 모차르트의 아리아는 재소자들의 마음을 흔들어 놓기에 충분했다. 모차르트의 《피가로의 결혼》 중에서 맑고 아름답기로 유명한 〈편지의 이중창〉이었다. 더구나 매혹적인 여성 이중창이라는 점에서도 가히 환상적이 아닐 수 없었다. 내가 출소한 뒤 노래를 들을 때의 감회가 바로 쇼생크 감옥의 재소자들이 받았던 감동과 다르지 않았을 것이다. 그중에서도 특히 놀라운 것은 그동안의 노래운동의 성과였다. 다른 운동 분야에서 일한 사람들이 좀 서운하게 생각할지 모르지만 분명 노래운동이 도달한 성과는 다른 어떤 분야보다도 뛰어난 것이었다. 출소 당시에 접한 노래들이 그랬다. 〈그날이 오면〉, 〈임을 위한 행진곡〉, 〈노래〉처럼 결코 거칠지 않은 전투성이 그랬고, 〈솔아 솔아 푸르른 솔아〉, 〈마른 잎 다시 살아나〉, 〈상록수〉처럼 결코 감상적이지 않은 서정성이 그랬다. 감동적인 노래들이 참 많았다. 나는 가까운 지인들로부터 노래 모음 테이프를 얻어서 들었다. 그리고 지금도 그러한 노래들로 어느 한적한 오후의 빈 시간을 아름답게 채우기도 한다.

강민석, 강헌 외 저, 『노래를 찾는 사람들 지금 여기에서』, 호미, 2005년 10월 15일

빛나는 추억의 재구성을 위하여

한 사람의 일생에 있어서 고등학교 시절만큼 깊은 영향을 받는 시기가 없다고 한다. 그러나 돌이켜 보면 나의 경우는 고등학교 시절이 너무 단조로웠다는 후회가 없지 않다. 부산상업고등학교 3년이 가슴 설레는 추억으로 채워져 있지 못한 까닭은 여러 가지 이유가 있을 수 있다. 객지 생활이어서 모든 것이 낯설었기도 하고, 고향 동무들과의 단절이었기 때문이기도 할 것이다. 그러나 대학 진학을 접고 취직을 위한 진학이었다는 점이 아마 가장 큰 이유가 아니었을까 생각된다. 당시 우리 집은 가세가 현저히 기울어 둘째인 나를 대학에 보낼 형편이 못 되었다. 당시의 대부분의 중학생들과 마찬가지로 나 역시 장래에 대한 뚜렷한 그림을 갖고 있지는 못했지만 대학에 대한 막연한 기대를 접는다는 것이 어린 마음에도 상당한 좌절감으로 남아 있었던 것으로 기억된다. 부산상업고등학교로 진학하게 된 것은 물론 당시 실업계 고등학교에서 부산상고가 누리던 명성 때문이기도 했지만 가장 결정적인 이유는 나의 매형이 바로 부산상업고등학교의 선생으로 재직하고 있었기 때문이었다. 많은 친구들이 그 억센 사투리와 독일어 발음을 흉내 내듯이 유머 감각도 없고 무뚝뚝하기 짝이 없는 김진수 선생이 바로 매형이다. 김진수 선생의 그런 면모는 물론 타고난 성격이기도 하지만 당시 그가 안고 있었던 일종의 좌절감에 더 큰 원인이 있었다는 것을 나중에야 알게 된다. 한국전쟁으로 말미암아 별로 인연도 없는 피난지 부산에서 그것도 고등학교 교사로 주저앉게 되었다는 좌절감이었다.

나의 고등학교의 시작 역시 심정적으로는 그렇게 희망찬 출발이라고 하기는 어려웠다. 학교 사택의 누님 댁에 기식하는 형태로 고등학교를 시작했고, 졸업할 때까지 줄곧 학교 사택에서 생활했다. 사택이 학교와는 철조망 울타리 하나를 격하고 있어서 선생들이 드나드는 철조망 쪽문으로 나도 등교했다. 등굣길의 추억이 있을 리 없었다. 버스로 통학하는 친구들의 에피소드가 부럽기도 하였다. 버스를 타고 대신동 구덕운동장으로 야구 응원 가는 길이 아마 고등학교 시절의 가장 먼 여행이었을지도 모른다. 일요일은 집에 있는 시간보다도 학교의 빈 교실에 앉아 있는 경우가 더 많았다. 그때에는 아마 고교 1학년이 사춘기였을지도 모르지만, 나는 이 시기를 혼자 독서로 채운 시간이 비교적 많았다. 독서는 어릴 때부터 갖게 된 습관이기도 했다. 누님과 형님들은 주로 아버님 서재에서 책을 꺼내 와서 읽었고 나도 따라 읽었는데, 비교적 조숙한 독서 습관이 고교 시절의 단조로운 생활을 견딜 수 있게 하는 조용한 대화방이기도 했다. 일요일 햇볕 따스한 빈 교실에 앉아서 책 읽던 기억이 지금도 고교 시절의 양지(陽地)처럼 남아 있다. 부산의 명물인 영도다리나 자갈치시장에 가본 적도 없었다. 그것은 지금도 남아 있는 미완의 과제이다.

그러나 대부분의 우리 동창생들은 나의 이러한 모습보다는 아마 응원단장으로 나를 기억하고 있을 것이다. 나의 응원단장 경력은 중학교와 초등학교 때까지 거슬러 올라간다. 『감옥으로부터의 사색』과 응원단장이라는 어색한 조합에 대하여 지금도 가끔 질문을 받기도 한다. 화려한 의상과 현란한 춤 동작 그리고 밴드까지 가세한 지금의 응원단장을 연상하기 때문에 그런 의문을 갖게 되는 것도 무리는 아니다. 그러나 당시의 응원단장은 우리가 잘 알고 있듯이 교복을 입은 채로 앞에 나가서 구호 선창을 하거나 박수를 이끌어 내는 정도의 약소한 역할이었다. 그 역할이 크지 않았다 하더라도 응원단장은 응원단장으로서의 최소한의 이미지가 있고 그것 또한 나의 엄연한 일부를 구성한다는 사실을 부인하지는 않는다. 빈 교실에서의 독서와 운동장에서의 응원단장은 누구에게나 있을 수 있는 심리적 대상(代償)으로서의 이중성일 수도 있다. 그러나 내게는 응원단장에 얽힌 가슴 아픈 사연이 있다.

초등학교 3학년 때였다. 방학식을 마치고 통지표를 받고 집으로 돌아가던 하굣길에 나와 같은 반 아이가 길을 막아섰다. 그리고 하는 말이, "사실은 자기가 1등인데 내 아버지가 교장 선생이어서 선생들이 잘 봐주어서 내가 1등이 되었다"는 것이었다. 나는 물론이고 그 자리에 함께 있던 다른 친구들도 그의 이야기가 사실이라고 생각하지는 않았다. 나의 아버님이 교장 선생이기는 했지만 우리

학교 교장은 아니었을 뿐 아니라 내가 그에게 뒤진 적이 없기 때문이었다. 그 친구는 아마 귀환 동포였고 나이도 나보다 두세 살 위였던 것으로 생각된다. 그러나 그의 말이 늘 마음 한구석에 남아 있었다.

우리가 4학년이 되었을 때 그는 학교에 나오지 않았다. 담임선생이 내게 그의 집을 방문하도록 했다. 물어물어 찾아간 그의 집은 한마디로 충격이었다. 신작로보다 낮은 대단히 허술한 집이었는데, 그는 먼지 자욱한 마루에 동생 둘을 데리고 햇볕에 앉아 있었다. 어린 나의 눈에도 그 형제들이 굶고 있다는 인상을 받았다. 특선 전기가 들어오는 교장 사택에서 생활한 나의 가정환경에 비해서 그의 처지는 참혹할 정도였다. 그리고 생각했다. '맞다. 이 애가 1등이 맞다.' 그 후부터였다고 생각된다. 나는 되도록 1등을 하지 않아야겠다는 생각을 했던 것 같다. 그리고 선생들로부터 벌을 자초하는 장난을 저지르는 일을 계속했다. 운동장 한가운데 그려 놓은 동그라미 안에 꿇어앉아 있는 벌을 받기도 하고, 심지어는 아침 조회 시간에 운동장을 달리는 벌을 자초하기도 했다. 교단의 교장 선생과 앞에 줄지어 선 선생들의 뒤를 돌아 학생들의 뒤까지 크게 운동장을 몇 바퀴 달리는 동안 전교생이 머리를 돌려 바라보기도 했다. 어수선한 조회 분위기 때문에 교장 선생이 벌을 중지한 적도 있었다. 전교생을 상대로 하는 이벤트였던 셈이다. 이러한 이벤트의 연장선상에서 응원단장으로 데뷔하게 된다.

고등학교 시절에는 벌 받는 일은 거의 없었지만 응원단장이기도 하고 가장행렬에 참여하기도 하고 반 대표 축구 선수, 농구 선수로 뛰기도 했다. 그러나 주판 시간은 곤혹스러웠다. 가감산 정도가 고작이고 곱셈은 느리지만 하는 방법 정도는 알고 있었지만 나눗셈은 '2, 1 첨작 5'가 무슨 뜻인지도 모르는 수준이었다. 주판 이야기에 얽힌 에피소드도 있다. 주판 시간은 대체로 호산암산(呼算暗算)으로 수업이 시작되었다. 처음에는 천천히 쉬운 문제부터 시작한다. 차츰 빠르게 진행되면 손 드는 사람이 점점 줄어든다. 막판에는 굉장히 빨라져서 손 드는 사람도 두세 명을 넘지 않는다. 그런데 그날은 고난도의 빠른 문제의 정답이 연거푸 두 번이나 '2전'이었다. 그다음이었다. 아마 최고난도의 문제였을 것이다. 한두 명만 손을 들었다. 상당한 긴장감이 돌았다. 그때 나도 손을 들었다. 선생님도 놀라고 교실 전체가 와! 하고 일제히 놀라는 소리였다. 초반의 쉬운 문제에도 지금껏 단 한 번도 손 든 적이 없고 나의 주판 실력을 잘 알기 때문이었다. 당연히 선생님이 나를 지명했다. 그런데 그때의 정답은 '2전'이 아니었다. 폭소가 이어졌음은 물론이다. 지금도 내 방 책꽂이 한쪽에 주판 한 개가 얹혀 있고 주판과 다른 용도로 사용하고 있지만 그때의 광경에 이따금 고소를 금치 못한다.

고등학교 시절의 에피소드 중에 지금도 가끔 생각나는 일이 하나 있다. 한글날을 기념하여 학교에서 시(詩) 백일장을 실시했다. 내가 쓴 시가 국어선생님이던 살매(살매 김태홍, 1925~1985) 선생의 눈에 띄었다. 그래서 문예반이 아니었음에도 불구하고 나를 부산시 백일장에 출전하도록 했다. 나는 학교 수업을 면제받는 것이 좋아서 문예반 친구들과 함께 용두산공원으로 올라가 백일장에 참가했다. 백일장 광경은 전혀 의외였다. 일반부, 중고등부 그리고 초등부까지 망라된 대단히 많은 참가자들이 자리를 잡고 앉자 드디어 북이 울리면서 시제(詩題)를 적은 두루마리가 아래로 펼쳐졌다. 시제는 '지도'(地圖)였다. 막막했다. 시제가 '지도'라니, 너무 엉뚱하다 싶었다. 다른 학교의 참가자 중에는 이미 당시의 월간지 『학원』에 등단한 학생도 있고, 모자를 아래로 깊숙이 눌러 쓰고는 제법 시인처럼 멋을 부리고 있었다. 더욱 놀라운 것은 많은 참가자들이 두툼한 시작(詩作) 노트를 한 권씩 옆에 끼고 있었던 것이다. 시제가 공개되자 그 노트를 뒤적여 그 시제에 어울리는 자작시를 찾아서 그것을 적절히 수정하여 시를 쓰고 있었다. 달랑 연필 한 자루만 가지고 참가한 나로서는 매우 당황스럽기도 했다. 나는 그런대로 시상을 다듬어 적어 내고는 몇몇 친구들과 서둘러 그 자리를 떠나 미화당백화점에 있는 문화극장으로 영화 구경을 갔다. 애초부터 거기에 마음이 가 있었던 것이다. 그 이튿날 학교에 갔을 때 우리 학교에서는 유일하게 내가 입상했고 수상자를 호명해도 대답이 없자 시상식 때까지 남아 있던 문예반 친구가 대신 국어사전을 상품으로 받아 왔다는 사실을 알았다. 시상식 때까지 남아 있지 않았던 것이 탄로 나서 꾸중을 들었던 것은 물론이다.

막상 기억에 남는 일은 그다음에 있었던 마산 문화제 시 백일장이다. 이번에도 살매 선생은 나를 참가하도록 했다. 그리고 하루 전에 학교에서 참가자들을 불러 모으고 마산이 자기의 고향이기 때문에 마산 문인들이 혹시 자기에게 시제를 출제하도록 배려할지도 모른다고 하시며 그런 경우에는 '길'이라는 시제를 출제할 것이라고 했다. 그러고는 미리 '길'을 주제로 시를 써 오도록 했다. 이튿날 우리 일행은 마산행 열차에서 각자 써 온 시를 선생님께 제출했다. 그리고 선생님은 하나하나 수정해 주셨다. 백일장 현장에서 징소리와 함께 시제가 공개되었는데 놀랍게도 시제가 '길'이었다. 그런데 나는 왜 그랬는지 뚜렷한 이유는 기억나지 않지만 선생님이 열차에서 수정해 준 대로 쓰지 않았다. 내가 썼던 글을 거의 그대로 써서 제출했다. 결과는 장원(壯元)이 아닌 차상(次上)이었다. 장원은 경남여고 여학생이 차지했다. 이번에도 교무실에 불려가 선생님께 꾸중을 들었다. 교감 선생님과 여러 선생께 들릴 정도의 큰소리로 왜 수정해 준 대로 쓰지 않았느냐는 꾸중이었다. 꾸중을 듣고 교무실에서 풀려났을 때 미술 선생님인 김영덕 선생이 따라 나오며 고쳐 준 대로 쓰지 않은 게 잘한 것이라고 격려해 주었다. 그 때문은 아니지만 그 후로 김영덕 선생님과는 상당히 가까워졌다. 미술반에 자주 들렀을 뿐 아니라 지금도 벽제에 사시는 선생님을 이따금 찾아뵙기도 한다. 작년에 단행본으로 간행된 『청구회 추억』에도 소개했지만 그 선생님의 작품 〈전장의 아이들〉은 그 시절 내게 깊이 각인된 작품이기도 하다.

생각해 보면 내 경우는 학교와 사택을 오가는 단조로운 생활이 대부분이었고 몇 사람의 가까운 친구들과의 추억 이외에는 추억이 그리 많지 않다. 다른 친구들은 중학교 동창생인 경우도 많았고 졸업 후에도 부산대학교 등 부산에서 교우를 이어 갔음에 비해 나는 서울로 올라왔다. 당시에는 서울의 대학에 진학하거나 서울 소재 은행이나 직장에 취직한 친구는 많지 않아서 서울에서 고등학교의 시절을 이어 가기도 어려웠다. 물론 서울에서 직장을 다니거나 대

학을 다니는 친구들과의 만남은 위로이고 격려이기도 해서 시간이
나면 만났지만 나의 서울 생활 전체에서 차지하는 비중은 크지 않
았다. 무엇보다 가정교사 하느라 친구들과 어울릴 시간이 부족했
다. 더구나 내가 다닌 서울상대에는 나 혼자만 입학했다. 입학 시험
때부터 서울의 일류고 출신들이 교정을 석권하고 있었고 대학 생
활 내내 그런 분위기였다. 2학년 때였던가, 부산상고 최연종 선배
가 군 복무를 마치고 복학하여 나를 찾았다. 중국집에서 자장면 한
그릇을 놓고 늦은 신입생 환영회를 해 줄 정도였다.

　사실 나는 대학에 갈 형편이 못 되었다. 가족들도 물론 내가 대
학에 진학하는 것을 원치 않았다. 은행에 취직해 집안을 돕기도 하
고 또 앞으로 안정된 직업을 갖고 살아가기를 원했다. 그랬지만 나
는 3년 내내 주판이나 부기는 물론이고 상업경제도 마음 붙이기 어
려웠다. 당시에 유행한 실존철학에 기울어 카뮈와 사르트르를 읽
는 것이 훨씬 마음에 들었고 멋있어 보이기도 했다. 그리고 마음속
으로는 대학 진학을 포기하지 않고 있었다. 그런데 우리가 졸업하
던 해에는 아마 일반 시중 은행 입행 시험이 먼저였고 한국은행 시
험이 나중이었을 것이다. 성적이 좋은 학생들이 이미 시중 은행에
합격하여 막상 한국은행에 추천할 성적 좋은 학생이 부족한 듯했
다. 매형인 김진수 선생에게 취업 담당 선생님이 신영복은 은행 취
직을 할 생각이 없느냐고 문의했고, 집안 형편으로는 대학 진학이
어렵다고 하자 학교에서 나를 한국은행 입행 시험을 보도록 조치
했다. 당시 한국은행 총재가 동창 선배이기도 했지만 나는 입행 시
험 준비가 거의 전무한 상태였다. 한국은행 부산 지점에서였던가

첫날 필기시험을 치렀다. 주판 시험 시간이 역시 고역이었다. 가감산밖에 하지 못하고 곱셈 문제 일부를 하다 만 게 고작이었다. 그런데 시험 감독관이 줄곧 내 옆에 서서 나의 답안지만 내려다보고 있었다. 아마 주판은 잘 못하지만 공부는 잘하는 학생으로 고지가 되어 있었던가 보았다.

내가 첫날 필기시험을 치르고 나자 살매 선생님이 나를 불렀다. 은행에 가지 말라는 것이었다. 그리고 수학 선생님도 너라면 서울대 장학생도 가능할 텐데 왜 은행에 가려고 하느냐고 옆에서 거들었다. 둘째 날 면접시험에 가지 않았다. 사실 나로서는 입학금과 등록금이 면제되지 않으면 대학 진학이 불가능한 형편이었다. 당시에는 대학 입시 때 합격자 발표 하루 전에 수석 합격자가 먼저 신문에 보도되었다. 물론 다른 사람이었다. 나는 이튿날 합격자 명단을 보러 갈 생각이 없었다. 어차피 대학 진학은 포기해야 했기 때문이다. 오후 늦은 시간이 되자 혹시 낙방한 게 아닐까 하는 생각이 들어서 뒤늦게 확인하러 학교로 갔다. 합격자 명단 옆에 수석 합격자는 교무처로 오라는 별도의 고지문이 붙어 있었다. 나도 교무처로 갔다. 성적을 확인해 줄 수 없다는 답변만 듣고 나왔다. 대학 진학을 단념하고 늦게라도 취직해야겠다고 생각했다. 평생을 교육자로 지내신 선친께서 마음이 편치 않으셨던지 나를 불러 입학금만 마련해 주면 학교를 다닐 수 있겠느냐고 물었다. 어려운 입학이었다. 그리고 어려운 대학 생활이었다. 당시에는 장학금도 많지 않았다. 다행히 3학년 때부터 한국은행 총재 장학금을 받게 되었다. 그리고 부산상고 선배인 한국은행 김진형 총재에게 인사를 갔다. 나로서는 감회가 깊었다. 한국은행 입행 시험 때의 일이 회상되기도 했다. 김진형 총재도 무척 기뻐했음은 물론이다.

고등학교 시절의 추억을 애써 호출하려고 해도 내게는 우리가 공감할 이야기가 그리 많지 않아서 나 자신도 서운할 정도이다. 내게 부산상고 시절의 기억이 많지 않은 까닭은 물론 학교와 사택을 오가는 단조로운 생활 때문이기도 하지만 그보다는 수형 생활 20년이라는 공백이 너무 큰 것이어서 고교 시절의 추억이 아득하게 멀어졌다는 것도 이유의 하나일 것이다. 추억도 자주 불러내어 친구들과 공유해야 추억이 될 수 있을 것이다. 최근 2~3년 동안에 서울에 있는 동창 몇몇 사람들과 1년에 두세 번 정도 만나고 있다. 오히려 그 자리에서 뒤늦게 고교 시절의 추억을 더 많이 만나고 있는 셈이다.

생각하면 내게 고교 시절의 추억이 그리 많지 않은 보다 중요한 이유는 나의 추억이 전혀 다른 맥락에서 재구성되어 왔기 때문이라고 생각한다. 내가 추억을 재구성하는 방식이 어쩌면 고교 시절을 공유하고 있는 동창생들과는 전혀 다른 관점에서 진행되고 있기 때문이라는 반성이 없지 않다. 이를테면 사회 변화라는 관점을 중심으로 '관계론'이라는 틀로 접근하는 논리에 갇혀 있기 때문이기도 할 것이다. 이러한 인식틀은 어쩌면 학교 공간의 특수한 관념성이라고 해도 좋을 것이다. 그럴 수밖에 없는 것이, 생각하면 나는 평생을 학교에서 보낸 셈이다.

돌이켜 보면 지난 세월을 대체로 '대학 이전 20년', '감옥 20년' 그리고 '감옥 이후 20년'으로 나눌 수 있다. 만약 '감옥 20년'을 학교로 쳐 준다면 계속 학교에 몸담았다고 해도 과언이 아니다. 나는 가끔 '감옥 20년'을 '나의 대학 시절'이라고 명명하기도 한다. 학교가 나의 삶의 전부라 해도 과언이 아니다. 정년퇴임 후에도 여전히 학교에서 강의를 하고 있기도 하다. 학교에 입학하기 전의 7년도 사실은 학교생활이었다. 학교 사택에서 태어났기 때문에 일곱 살이 되기 전까지도 학교에서 지냈다. 누나들과 형이 학교에 가고 나면 혼자 지내기가 무료해서 생각해 낸 것이 학교 교실이었다. 곧잘 교실의 뒷자리에 들어가 앉아 있었다. 어린아이지만 교장 선생 아들이 교실에 앉아 있는 것이 마음 편치 않았던지 선생들마다 서둘러 나를 다음 교실로 보내는 것이었다. 오전 중에 여러 교실을 한 바퀴 돌아서 매일 졸업하는 형식이었다. 내가 학교 공간의 기본적 성격으로부터 자유롭지 못하리라는 것은 부정할 수 없다. 나는 물론 학교 공간의 자유로움을 보다 객관적인 영역으로 키워 내려고 하고 있지만 어차피 일상에 쫓기는 사람들에게는 상당한 거리감으로 나타날 수밖에 없으리란 점을 알고 있다.

우리의 근현대사를 일관하는 사회의 근본적 성격에 관한 것에서부터 동양고전과 탈근대 철학 그리고 생명이란 죽음이라는 열역학적 평형 상태를 향해 달려가는 물질 운동이며 인간은 '우주가 스스로에게 던지는 물음'이라는 철학적 사유와 인문학적 주제에 이르기까지, 나 자신도 때로는 혼란스럽기까지 하다. 나의 수형 생활 20년 가운데 독방에 있던 기간이 약 5년 정도가 된다. 물론 여러 번에 나누어 지낸 것이긴 하지만 이 5년간의 독방 시절에 열중한 것 중의 하나가 명상이었다. 구속, 취조, 재판, 언도 등 불안과 초조로 점철된 나날을 거치는 동안 피폐해질 대로 피폐해진 심신을 다시 조각 모음 하듯 정리하고 싶기도 했고 무엇보다 명상이 가져다 줄 지극히 명징(明澄)한 정신의 영역에 대한 기대도 없지 않았기 때문이다. 그러나 명상이 그러한 정신 영역으로 인도해 주지는 않았다. 무념무상의 어떤 지점에서는 우주의 정보 체계와 소통하는 극적 체험도 가능하다는 매력적 이론에도 불구하고 나로서는 무념무상의 단계에서부터 실패를 거듭하지 않을 수 없었다. 하는 수 없이 나대로의 명상법을 찾게 되었다. 그것은 명상이라기보다는 추체험(追體驗)이었다.

내가 그동안 겪은 일들을 다시 호출하여 그 의미를 재음미하는 방식이었다. 나만의 면벽(面壁) 명상인 셈이다. 내 경우에는 네 살 때의 기억을 가지고 있다. 그 기억 중 상당 부분은 그 후에 부모나 할머니가 주입한 것인지도 모르지만 아무튼 유년 시절까지 거슬러 올라가서 그때부터 겪은 일, 만난 사람들을 하나하나 다시 호출하여 그 의미를 재음미하거나 그 시절로 돌아가서 그 사건과 그 사람을 재구성함으로써 다시 한 번 체험하는 방식이었다. 여기서 그때 불러냈던 추체험의 내용들을 세세하게 소개할 수는 없지만 그러한 명상에서 매번 깨닫는 것은 참으로 놀라운 것이었다. 지극히 사소한 사건, 이를테면 이웃 간의 다툼이나 아이들의 싸움이라고 여겼던 것들이 실상은 해방 전후의 치열했던 정치적 성격을 띠고 있었다는 사실을 뒤늦게 발견하기도 하고, 또 잠시 스치듯 만난 사람임에도 불구하고 내 의식의 깊은 곳에 잠재되어 지속적으로 나를 적시고 있는 사람이 있는가 하면 반대로 오랫동안 함께했지만 의외로 내 속에 남아 있는 그의 얼굴이 지극히 작은 경우도 얼마든지 있었다. 물론 큰 것과 작은 것이 전도(顚倒)되어 있기도 하고, 나 개인의 호오(好惡)가 과도하게 개입되어 있기도 하고, 다른 사람들의 상투적 관점이 나를 대신하고 있기도 하지만, 독방의 면벽 명상은 최종적으로는 우리의 현대사에 대한 새로운 독법(讀法)과 나 자신의 정체성에 관한 것으로 귀결되고 있었다고 생각한다. 면벽 명상의 잠정적인 결론은 내가 만나고 겪은 수많은 사람과 수많은 사건들이 내 속에 들어와 나를 구성하고 있다는 사실이다.

개인의 정체성(identity)은 곧 그 개인 속에 체화(體化)된 시대의 양(量)이라는 것이 현재 나의 생각이다. 그리고 또 하나는 모든 사람의 정체성이란 그것을 구성하는 방식에 따라서 저마다 다르게 나타날 수 있다는 생각이다. 그렇기 때문에 우리가 건져 내는 많은 추억들은 우리가 몰두하고 있는 맥락에 의해서 선별되고 또 전체 맥락 속에서 각각 다르게 재조직되고 있다는 것을 수긍하지 않을 수 없다고 생각한다. 지금 쓰고 있는 고교 시절의 추억 호출 역시 그러한 추체험의 틀 속에서 진행되고 있는 셈이다. 아마 고등학교 시절이 상대적으로 적게 추억되는 것도 고교 이후부터 현재에 이르기까지 내가 몰두해 온 생각의 맥락이 그 시절을 한 걸음 비켜 서 있기 때문이라는 사실을 부인하지 않는다. 그럼에도 불구하고 나는 내가 맺은 모든 사람들과의 추억을 서둘러 닫아 버릴 생각은 조금도 없다. 다만 지금의 고민이 그것을 비켜 가고 있을 뿐이지만 언젠가는 더 많은 추억을 재구성하게 되리라는 예상까지 부정하는 것은 아니기 때문이다.

생각하면 부산상고 3년은 이러저러한 이유로 상당한 정도의 좌절감이 바탕에 깔려 있는 기간이었고, 또 그 때문만은 아니라고 하더라도 당시 유행하던 지적 유희에 일정하게 포섭된 시기였다고 할 수 있다. 그리고 몇 분 선생님들의 교과서 외의 메시지를 통하여, 그리고 우리가 살았던 가난하고 불행한 시대를 통하여 낮은 수준의 정서적 민족의식을 맹아 형태로 지닌 정도였다고 기억된다. 그러나 나의 경우는 그러한 정서 외에 실업계 고등학교가 정서적으로 매우 건조하다는 생각에 부대끼고 있었다. 심지어는 나 자신의 미성숙한 사고마저도 실업계 고교에다 그 원인을 전가하기도 했을 것이다. 이래저래 부산상고는 그 이후 오랫동안 내 주위 사람들에게 내세울 수 있을 만큼 자랑스러운 것이 못 되었다. 실업계 고교가 아닌 인문계 고교를 다녔으면 좋았겠다는 생각이 콤플렉스로 늘 가슴 한구석에 남아 있었다.

그러나 이러한 생각에 결정적 변화를 가져다주는 계기를 맞게 된다. 구속과 무기징역의 시작이 그것이다. 무기징역은 고교 시절의 자의식은 고사하고 지금까지 부대끼던 모든 것들을 참으로 부질없는 것으로 만들어 버리는 엄청난 사변이 아닐 수 없었다. 물론 그 이전에도 그러한 사고의 전환이 일어날 수 있는 계기가 없지 않았다. 소위 학생운동에의 투신이 그러한 계기가 될 수 있었을 것이다. 그러나 지금 생각하면 당시의 학생운동은 기본적으로 엘리트 의식에 기반하고 있었기 때문에 당연히 요구되는 자기 변혁에 관한 고민이 동반되지 않았다. 여전히 뛰어난 이념적 논리가 주도하고 있었기 때문에 상업고등학교가 담고 있는 그 서민적 정서가 주목되지 못하고 있었다. 그러나 수형 생활 더구나 무기징역은 달랐다. 그때까지 남아 있던 소아병적(小兒病的) 사고의 잔재를 근본적으로 반성하는 엄청난 전기가 되었다. 세상의 낮은 바닥을 마치 무릎으로 걷듯이 살아온 수많은 사람들 속에서, 나 또한 그들과 조금도 다르지 않은 처지에 놓임으로써 그때까지 내가 버리지 못했던 엘리트 의식과 인문고 콤플렉스는 참으로 사치스러운 것임을 깨닫게 되었다. 물론 부산상고가 이 모든 고민을 해결해 주는 것이 아님은 물론이다. 부산상고는 오히려 사치스러운 것이기도 하였다. 그러나 나의 정신적 편력에 있어서 부산상고는 새로운 사고로 나아가는 작은 징검다리가 되었던 것은 사실이다. 나는 그 이전에는 개인적으로 잘 알지도 못했고 더욱이 친구들의 삶 깊숙이 발을 들여놓은 경험도 없지만 고등학교 친구들의 전체적 이미지는 매우 서민적이었고 나도 총중의 하나였다는 사실이 새로운 환경에 적응하는 데 상당한 도움이 되었다. 상당히 많은 동창생들이 나처럼 취업을 위하여 부산상고로 진학했고 졸업 후 바로 직장 생활을 시작한 친구들도 많은 것이 사실이다. 서울상대에 합격하고서도 입학하지 못한 친구도 생각이 났다. 우리 사회에서 일류라는 사실이 무엇을 의미하는지를 침통하게 깨닫는 과정에서 부산상고는 내게 상당한 위로가 되고 새로운 의미로 재발견된다. 그 시절 내가 부대꼈던 고민들을 여기서 소상하게 밝히기는 어렵다. 더구나 부산상고가 그 과정에서 어떠한 의미로 재구성되는가에 대한 자세한 검토도 아직 이루어지지 않은 것이 사실이다. 그러나 이 과정의 고민들이 언젠가는 정리된 형태로 소개될 수 있으리라 기대한다. 아무튼 내 삶의 저변을 흐르는 정신적 편력의 어느 지점에 부산상고는 분명한 위상으로 자리 잡고 있는 것만은 사실이다.

지금 나의 삶 속에 포진되어 있는 사람들은 매우 다양하다. 위로는 사회의 상층에 자리 잡고 있는 사람들로부터 아래로는 힘겹게 살아가는 '대전대학 동창생'들에 이르기까지 내가 만나는 사람들의 스펙트럼은 대단히 광범하다. 부산상고의 위상은 아마 그 스펙트럼의 중상위(中上位)에 그리고 중우편(中右便)에 위치하고 있을지도 모른다. 물론 동창들 가운데 내가 만나는 사람들이 한정되어 있기 때문일 것이라고 생각하지만 그럼에도 불구하고 내 삶에 있어서 부산상고는 전체적으로는 이를테면 미드필드에 해당한다. 축구 경기는 미드필드에서 승패가 갈린다고 한다. 그만큼 미드필드의 의미는 크다. 다만 지금 이 글을 쓰는 동안 그 미드필드의 추억이 그리 풍요하지 않다는 점이 새삼스레 서운함으로 다가온다.

지금 우리는 분명히 경기장에서 뛰는 선수의 연배가 아니다. 미드필더도 아니고 수비수도 아니며 더구나 공격수가 아님은 물론이다. 고교 시절의 추억이 갖는 의미 역시 그것이 크든 작든 이미 시효를 다했다고 할 수도 있다. 그러나 바로 이 점에서 나는 좀 다른 생각을 가지고 있다. 물론 고희를 넘기고 이제 지난 세월과는 비교할 수 없을 정도의 짧은 세월을 남겨 두고 있다. 이미 상당한 수의 친구들이 타계하기도 했다. 그 아쉬움 때문에 고교 시절을 과도하게 불러내고 있는지도 모른다. 이처럼 글들을 모아 책을 만드는 것도 그러한 아쉬움의 일환이라고 생각한다. 그러나 우리가 잊지 말아야 할 것은 우리의 삶을 완성하는 방법은 추억을 다만 추억으로 불러오는 것이 아니라는 사실이다. 추억은 추억일 따름일 뿐 다시 불러올 수는 없는 것이다. 그것은 청춘을 불러올 수 없는 것이나 마찬가지로 부질없기도 하고 불가능하기도 하다. 우리에게 남은 일이 있다면 그것은 과거를 회상하는 일보다는 남은 세월 동안 우리의 삶을 정리하는 일일 것이다. 물론 나 자신부터도 남은 세월을 정리하는 데 바치고 있다고 말할 수는 없다. 지금 이 글을 쓰는 동안 찾아보았지만 현재 내가 집필하고 있는 글에서도 부산상고 시절의 고민은 그리 많이 개진되고 있지 않다. 물론 글의 성격이 그러한 추억을 담기에는 불편한 내용이기 때문이기도 하다. 더 큰 이유는 부산상고 이후에 내가 겪은 사연들이 결코 단조롭지 않았기 때문이기도 할 것이다. 그러나 고희를 넘긴 우리들이 잊지 말아야 할 것은 추억이란 과거의 산술적 재현이 아니라는 사실이다. 면벽 명상에 관해서 이야기하면서도 술회했지만 과거는 '재현'이 아니라 '재구성'되는 것이다. 현재의 내가 어떠한 고민, 어떠한 철학 그리고 어떠한 인생관을 가지고 있는가에 따라서 같은 과거라 하더라도 전혀 다른 의미로 재구성되는 것이라고 생각한다. 그렇기 때문에 단한 번의 재구성이나 단 하나의 재구성이 아니라 부단히 재구성되고 여러 형태의 재구성이 가능하다고 생각한다. 바로 이러한 의미에서 남은 세월을 정리한다는 것은 어떠한 맥락, 어떠한 가치를 중심으로 과거를 재구성할 것인가를 최종적으로 고민하는 것이라 할수 있을 것이다.

이제 그러한 재구성 과정에서 우리들의 고교 시절은 저마다의 삶 속에서 새롭게 호출될 것이라고 믿는다. 그 어렵던 시절이 빛나는 청춘의 장(場)으로 자리매김될 수 있도록 아직도 우리의 호출을 기다리고 있는지도 모른다.

칠순이면 나이 셈법이 카운트다운 방식으로 바뀐다고 한다. 10! 9! 8! 7! 6! 5! 4! ……

나는 카운트다운이 끝나기 전까지는 우리의 모든 추억은 여전히 유효하다고 믿는다. 인생은 관 뚜껑을 덮을 때 최종적으로 완성되는 것이기 때문이다. 끝으로 나는 이 글과 함께 실리는 많은 동창들의 글을 기대한다. 그 글들을 읽게 되면 나의 부산상고 시절도 내가 놓치고 있는 많은 부분들이 새롭게 생환(生還)될 수 있으리라 생각하기 때문이다. 새로운 만남을 기대한다.

부산상업고등학교 동창회보 『백양』(白楊) 2010년 2월 3일

서예와 나

내가 붓글씨와 인연을 맺게 된 것은 어린 시절 할아버님의 문화를 입었기 때문이다. 국민학교에 입학하기 전부터 할아버님의 사랑방에 불려 가서 유지(油紙)에다 습자(習字)하였다. 할아버님께서는 친구분들이 방문하시기만 하면 나를 불러 글씨를 쓰게 하셨다. 그러면 할아버님의 친구 분들은 푸짐한 칭찬과 함께 자상한 가르침을 아끼지 않으셨다.

이때의 붓글씨란 한낱 습자에 지나지 않는 것이었지만 돌이켜 보면 어린 시절의 정서는 훗날까지도 매우 친숙한 것으로 나의 내부에 깊이 자리하고 있음을 알 수 있다. 30여 년 후 내가 옥중에서 할아버님의 묘비명을 쓰게 되었을 때, 나의 정서 속에 깊숙이 들어와 있는 당시의 기억을 다시 한 번 상기하지 않을 수 없었다.

4·19혁명 직후 대학을 중심으로 우리 것에 대한 자각이 싹텄던 시절이 있었다. 나의 가까운 친구들 중에는 국악, 탈춤, 굿 등을 배우기 시작하여 그쪽으로 심취해 간 이들이 상당수 있다. 당시 대학 2학

년이던 나는 그때까지 까맣게 잊고 있던 붓글씨를 상기하고 붓과 벼루를 다시 꺼내 놓았다. 학교 게시판의 공고문을 써 붙이기도 하고 행사 때는 아치의 글씨를 맡아서 썼다. 다른 대학교의 아치를 쓴 기억도 있다. 당시 설립된 서울대학교 상과대학 부설 한국경제연구소의 목각 현판이 나의 글씨로 쓰였다고 기억된다.

그때까지 남들 앞에 별로 꺼내 놓고 싶지 않았던 붓글씨가 적어도 나의 경우 당시 젊은이들 사이에 만연했던 민족적 패배 의식과 좌절감을 극복하는 작은 계기로 나의 삶 속에 복원되게 된다.

내가 서도(書道)에 상당히 많은 시간을 쏟게 되는 것은 역시 20여 년의 옥중 생활에서이다. 재소자 준수 사항, 동상 예방 수칙 등의 공장 부착물들을 붓글씨로 써 붙이는 일이 계기가 되어 교도소 내에 불교방·기독교방·가톨릭방 등에 추가하여 동양화방·서도방이 신설되면서 상당한 시간을 기울일 수 있게 되었다. 온종일 글씨를 썼던 기간도 7~8년은 되었다.

나는 당시 주로 동양고전을 읽고 있었는데 그것은 교도소 규정이 사전·경전을 제외하고 세 권 이상 책을 소지할 수 없었기 때문이기도 하였지만, 내가 동양고전에 많은 시간을 할애한 것은 나도 모르게 내 속에 들어와 앉은 서구적 사고방식을 반성하기 위해서였다. 『시경』, 『주역』에서부터 섭렵하기 시작한 동양고전 공부는 무엇보다 나 자신의 모습을 정확하게 볼 수 있게 해 주었다. 어느 정도의 비판적 관점을 갖추고 있었다고 생각되던 나의 사고 내용이 매우 취약한 것임을 깊이 반성하게 했다.

특히 이 기간을 회상하면서 가장 먼저 이야기하지 않을 수 없는 것은 노촌(老村) 이구영(李九榮, 1920~2006) 선생님과의 생활이다. 노촌 선생님과 한 감방에서 함께 지낼 수 있었던 것은 바깥에 있었더라면 도저히 얻을 수 없는 행운이었다. 노촌 선생님은 우리나라 4대 문장가의 한 분인 월사(月沙) 이정구(李廷龜) 선생의 후손으로, 위당(爲堂) 정인보(鄭寅普) 선생과 벽초(碧初) 홍명희(洪命熹) 선생께 사사를 받으신 분으로 드물게 보는 한학의 대가였다. 뿐만 아니라 그러한 출신과 성분, 그러한 연배에서는 뵙기 어려울 정도로 진보적인 사상을 체득하고 계신 분이었다. 진보적인 사상이 그냥 진보적인 것으로 드러나지 않고 우리의 전통과 정서가 그 속에 무르녹아 있는 중후한 인격을 통하여 표현되는 그런 분이었다. 선생님의 술회와 같이 나는 선생님의 평생에 가장 오랫동안 한 방에서 함께 지낸 사람이다. 하루 24시간 내내 무릎을 맞대고 살아야 하는 징역살이였기 때문이다. 당시 노촌 선생님은 가전되어 오던 의병(義兵) 문헌을 들여와 번역하셨는데, 그때 번역하신 초고가 93년 10월에 『호서의병사적』(湖西義兵事蹟)으로 햇빛을 보게 되었다. 나는 선생님의 청을 따르지 않을 수 없어 그 책의 서문에 다음과 같이 적었다.

필자는 그 시절 노촌 선생님과 한 방에서 그 번역 일의 일단을 도와드렸다기보다 그것을 통하여 오히려 선생님의 과분하신 훈도와 애정을 입을 수 있었음을 감사드리지 않을 수 없다. 노촌 선생님은 많은 분들께서 한결같이 말씀하시는 바와 같이 깊은 한학의 온축 위에 조금도 흐트러짐이 없는 선비의 기개로 확고한 사관의 토대에 굳건히 서서 해방 전후의 격동기를 온몸으로 겪어 오신 분이다. 이를테면 조선 봉건사회, 일제하 식민지 사회, 6·25전쟁, 사회주의사회, 20여 년의 감옥 사회, 그리고 1980년대의 자본주의사회를 두루 겪어 오신 분이다.

노촌 선생님께서는 스스로 당신은 글씨를 모른다고 하시지만 나는 지금껏 많은 글씨를 보아 오면서도 항상 노촌 선생님의 글씨를 잊지 못하고 있다. 학문과 인격과 서예에 대한 높은 안목이 하나로 어우러져 이루어 내는 경지는 이른바 글씨 이상의 것이라고 생각된다. 나는 노촌 선생님과 함께하였던 시절, 선생님의 번역을 도우며 한문 공부도 하였지만 그와 아울러 서도의 정신과 필법, 그리고 우리의 전통과 정서에 대하여, 그리고 사람에 대하여 배울 수 있었음을 진심으로 감사하게 생각한다.

서도반이 만들어진 후 처음 한동안은 아버님께서 들여 주시는 법첩을 임서하고 서론집을 읽었다. 지금도 다른 것에 마음을 두고 있기는 마찬가지이지만 그때는 글씨보다는 고전의 탐독에 마음이 더 기울어 있었다.

나는 나의 붓글씨와 함께 잊을 수 없는 두 분의 선생님을 역설적이게도 옥중에서 모시게 된다. 처음 서도 선생님으로 교도소 당국에서 초빙한 선생님은 만당(晩堂) 성주표(成周杓) 선생님이다. 해서(楷書)와 행서(行書), 특히 대자(大字) 현판(懸板) 글씨로 유명하신 분이었다. 속리산 법주사, 동래 범어사 등 전국의 사찰에 많은 편액이 걸려 있고 당시에는 임경업 장군 사당의 현판을 쓰시기도 하였다. 만당 선생님은 특히 성친왕(成親王) 해서 법첩과 왕희지(王羲之), 안진경(顏眞卿) 행서첩으로 임서하게 하였고 현판 글씨를 서도의 최고 형식으로 꼽았다. 회심작을 얻으면 그 기쁨을 이기지 못해 당장 붓을 놓고 거리로 나가 지나가는 사람들을 바라보시며 무슨 낙으로 사는가를 속으로 묻는 분이셨다. 도와 풍류를 함께 갖추신 분으로 기억된다.

또 한 분의 선생님은 정향(靜香) 조병호(趙柄鎬, 1914~2005) 선생님이다. 정향 선생님은 우하(又荷) 민형식(閔衡植), 위창(葦滄) 오세창(吳世昌) 선생께 사사를 받으셨으며, 완당(阮堂) 김정희(金正喜), 소당(小棠) 김석준(金奭準), 백당(白堂) 현채(玄采)의 정통을 이은 분으로 일컬어진다. 일찍이 1933년에 시서화사(詩書畵社)에 입문하시고 1939년 제1회 선전(鮮展: 조선미술전람회의 약칭)에 입선하자 일본인들이 벌인 전시회에 참여했다는 지인들의 비판을 받고 이후 서도계와 인연을 멀리하신 분이다. 우하 선생은 이완용 암살의 배후로 나중에 사면되기는 하였지만 사형을 받으셨던 분이고, 위창 선생 역시 33인의 한 분이어서 그 제자인 정향 선생님 역시 일제하에서부터 은거하시게 된다. 현재 생존하고 있는 분 가운데 중국 고궁박물관과 역사박물관에 글씨가 소장된 유일한 분이지만 당신은 막상 서예가라는 말은 매우 싫어하시고 언제나 학자라고 잘라 말씀하시는 분이다. 그럼에도 불구하고 전서(篆書)의 권위자로 특히 와전(瓦篆)에는 독보적인 분으로 널리 알려져 있다.

교도소 당국이 정향 선생님을 교도소로 모셔 와 우리들의 글씨를 선생님께 보여드린 것이 인연이 되었다. 교도소에는 일반 사범

들만 있는 줄로 알았던 선생님으로서는 이들이 사상범임을 알게 되고 상당한 충격을 받으신 것으로 안다. 그 후 선생님은 우리를 귀양 온 사람으로 여기셨다. 평양 감사를 조부로 두셨던 선생님으로서는 당연한 생각이었다고 할 수 있다. 교도소 당국이 선생님을 모셔 오기에 그렇게 적극적이지 않을 때에도 매주 하루를 할애하여 우리들을 지도하셨다.

내가 전주교도소로 이송되기 전까지 6년여를 한 번도 거르지 않고 오셨다. 심지어는 교도소의 허락을 받아 선생님의 자택으로 우리를 데리고 가서 당신이 소장하고 계신 명필들의 진적을 일일이 짚어 가며 일러주기까지 하셨다. 당신 글씨는 배우지 말고 옛 명필들의 글씨를 배우라고 하셨다. 나는 예서와 전서 외에 많은 시간을 미불(米芾) 임서(臨書)에 바쳤다.

특히 나는 선생님으로부터 과분한 애정과 엄한 지도를 받았다. 언젠가 교도소 당국이 독지가에게 사례할 넉 자 현판 글씨를 내가 쓰게 되었는데 나로서는 그 글씨를 표구하여 보내기 전에 정향 선생님의 재가를 받지 않을 수 없었다. 한 주일 동안 습자하여 선생님께 보여드리면 아무 말 없이 그 글씨 위에다 교정을 해 버리시는 것이었다. 그렇게 하기를 무려 일곱 번, 그러니까 약 2개월을 넉 자만 쓴 셈이 되었다.

정향 선생님께서는 서예가란 호칭을 매우 싫어하셨다. 까닭은 중국이나 우리나라에 고래로 직업적인 서예가란 있지 않다는 것 때문이다. 완당(阮堂)·원교(圓嶠)만 보더라도 서예가이기 이전에 모두가 먼저 뛰어난 학자였다. 뿐만 아니라 퇴계(退溪) 이황(李

混), 율곡(栗谷) 이이(李珥), 우계(牛溪) 성혼(成渾), 우암(尤庵) 송시열(宋時烈), 고산(孤山) 황기로(黃耆老) 등 우리나라의 명필은 어김없이 학자이고 처사였다.

글씨를 글씨로만 쓰는 것은 사자관(寫字官)에 지나지 않으며 더구나 상품화된 서예란 아예 서도가 아니라는 생각을 굳게 가지신 분이었다. 인격과 학문의 온축이 그 바닥에 깔리지 않는 글씨란 글씨일 수가 없다는 생각에서였다. 서예는 예부터 육예(六藝)의 하나로 기본적으로 '인간학'이라는 것이었다.

정향 선생님은 물론 한글 서예를 하시지는 않았다. 그러나 서예의 정신은 한글이나 한문이 다를 바 없다고 생각된다. 나는 한문을 쓰면서도 한편으로 혼자서 한글을 썼다. 한글은 물론 궁체와 고체를 썼다. 그러나 궁체나 고체를 쓰는 동안 나는 차츰 고민하지 않을 수 없었다. 시조나 별곡, 성경 구절 등을 쓸 때에는 느끼지 못하던 것을 특히 민요·저항시·민중시를 궁체나 고체로 쓸 때에는 아무래도 어색함을 금할 수 없었다. 유리그릇에 된장을 담은 느낌이었다. 형식과 내용이 맞지 않았다. 쓰기는 민중시를 쓰고 싶고 글씨는 궁체라는 모순 때문에 매우 오랫동안 고민하였다. 그때 작은 계기를 마련해 준 것이 어머님의 모필체 서한이었다. 당시 칠순의 할머니였던 어머님의 붓글씨는 물론 궁체가 아니다. 칠순의 노모가 옥중의 아들에게 보내는 서한은 설령 그 사연의 절절함이 아니더라도 유다른 감개가 없을 수 없지만, 나는 그 내용의 절절함이 아닌 그것의 형식, 즉 글씨의 모양에서 매우 중요한 느낌을 받게 된다. 어머님의 서한을 임서하면서 나는 고아하고 품위 있는 귀족적 형식이 아닌 서민들의 정서가 담긴 소박하고 어수룩한 글씨체에 주목하게 되고 그런 형식을 지향하게 되었다.

한글은 한문과는 달리 그림이 아니다. 기호일 뿐이다. 극도로 추상화된 기호로서의 각박한 한글체를 궁체가 그 고아한 형식으로 어느 정도 누그러뜨려 주는 면은 충분히 인정된다. 그러나 궁체는 노봉·편필이라는 단순한 필법, 그리고 정형화된 결구로 말미암아 글의 내용에 상응하는 변화를 담기에는 훨씬 못 미치는 것에 항상 부족함을 느끼지 않을 수 없었다. 이러한 점에서 어머님의 모필 서한은 나에게 어떤 방향을 예시해 주었다고 생각된다. 어머님의 글씨에서 느껴지는 서민의 체취와 정서는 궁체에서는 찾아볼 수 없는 새로운 미학으로 이해되었다.

그림과 글씨의 결정적인 차이를 한 가지만 들라고 말한다면, 나는 그림은 '구체적 형식에 추상적 내용'인 반면 글씨는 '추상적 형식에 구체적 내용'이라고 생각한다. 한자의 경우는 그 형식이 원래 상형·지사 등 그림인 경우도 많아서 서(書)는 서(敍) 또는 여야(如也)라 하였다.

그러나 한글의 경우는 모든 글자가 그 형식이 극도로 추상화된 기호로 이루어져 있을 뿐이다. 그림에서 그 내용을 어떻게 형상화해야 하는가를 고민하는 것과 마찬가지로 한글에서는 그 형식을 어떻게 구상화해야 하는가를 고민해야 한다고 생각한다. 그래서 우선 기존 한문 서법의 5체, 즉 전예해행초(篆隷楷行草)의 다양한 획을 한글에 도입하는 시도를 하게 된다. 한편 글자 한 자로써 불가능하거나 불충분한 경우는 여러 글자를 연결하여 표현하는 새로운 구성도 시도하고 있는 셈이다.

이러한 나의 시도에 대하여 서예의 정통성 문제가 제기될 수 있다. 궁체를 한글 서예의 정통으로 계승해야 한다는 주장이 있기 때문이다. 그러나 서도의 정통은 어디까지나 서법이어야 한다고 나는 생각한다. 서법은 집필, 묵법, 용필, 필세 등 그 법이 넓고 깊은 것이 사실이다. 그러나 그 기본은 한자이든 한글이든 결국 필법으로 요약된다. 중봉(中鋒), 관직(管直), 장봉(藏鋒), 현완(懸腕), 현비(懸臂) 등 용필(用筆)의 요체를 의미한다. 붓이라는 매우 불편한 필기도구를 효과적으로 운필할 수 있는 이른바 '방법에 관한 법'이다. 바둑에 정석이 있고 각종 운동에 기본적인 틀(form)이 있듯이 붓의 운필(handling)에 있어서도 예부터 많은 사람들이 무수한 시행착오를 거듭하면서 이룩한 가장 효과적인 방법이 있다. 그것이 이른바 용필로서의 필법이다.

그리고 이 필법은 현재 거의 최고 수준으로 완성되어 있다고 할수 있다. 물론 앞으로 새로운 형식을 추구하는 과정에서 그에 상응하는 새로운 필법이 개발될 수도 있지만 전통·정통의 계승은 이 필법의 계승으로서의 의미를 기본으로 하는 것이다.

그리고 정통성의 또 하나의 문제는 법첩의 임서와 같이 과거의 명필들이 도달한 미학의 계승 문제이다. 명필들의 글씨에서 그 필법·사상·인격 그리고 미학을 읽을 수 있고 나아가 그의 사상과 미학을 통하여 당대의 문화와 사회상, 그리고 시대 미학을 읽을 수 있다. 위진대(魏晉代)의 해행초(楷行草), 주진한대(周秦漢代)의 전예(篆隸)에서부터 조선 중기의 동국진체(東國眞體)에 이르기까지 당대의 문화적 완성체로서의 서체가 갖는 의미 역시 전통·정통의 문제로 받아들일 수 있다. 그런 점에서 명필들의 임서는 상기 두 가지 의미에서 매우 중요한 의미를 갖는다.

그러나 서예란 그것을 글씨로써 흉내 내는 것이 아니라 그러한 인격과 사상, 그리고 당대 사회의 미학을 오늘의 과제와 정서로 지양해 내는 작업이어야 하며, 더구나 이 모든 것을 우리 시대의 것으로 형상화하는 동시에 나의 것으로 이룩해 내야 하는 것이라고 생각한다. 그것은 어쩌면 서도의 차원을 넘는 것이다. 명필들의 인격·사상·미학을 과제로 해야 할 뿐 아니라 그 시대를 이해하지 않고서는 불가능한 것이기 때문이다.

그러나 더욱 중요한 것은 다른 모든 예술 장르와 마찬가지로 서예도 현재의 사회적·역사적 과제와 관련되지 않을 수 없다는 사실이다. 따라서 서도의 전통·정통의 문제 역시 계승과 발전의 일반적 의미로 이해되어야 한다. 일제 치하에서의 한글 서예는 그것이 설령 당시의 민중적 시대 미학에 못 미치는 것이라 하더라도 한글 그 자체만으로서도 충분히 민족적 과제를 담았다고 할 수 있다. 그러나 사회의 토대와 상부구조가 변화된 상황에서는 한문 서예든 한글 서예든 어떠한 사상과 미학이 유의미한 것인가를 고민하는 것이 계승과 발전의 개념을 올바르게 이해하는 태도라고 생각한다.

무릇 모든 예술 활동은 그 개인에 봉사하고 그 사회에 봉사하고 나아가 그 역사 창조에 참여하여야 한다. 서예는 이런 점에서 다른 예술 장르에 비하여 매우 특이한 전통을 갖고 있다. 왜냐하면 서예는 다른 분야에 비하여 전통이 완고하게 고수되고 있는 반면 그 사람과 그 작품의 통일성이 그 어떤 예술 작품의 경우보다 강하게 나타나고 강하게 요구되고 있기 때문이다.

그 법이 교조화하는 매우 부정적인 측면이 있음에 비하여 반대로 글씨에서 인격을 읽으려 하는 긍정적인 면이 있다. '사람과 작품의 통일'은 매우 귀중한 전통이다. 예술 작품과 예술 활동이 당자의 인격을 높이는 일과 함께 추구된다는 것은 예술 본연의 임무에 충실하다는 의미로 나는 받아들인다. 훌륭한 글씨를 쓰기 위하여 훌륭한 사람이 되지 않을 수 없다는 것은 매우 바람직한 일이 아닐 수 없다. 더구나 훌륭한 사람이란 당대 사회의 과제를 비켜 가지 않고 그의 삶으로 끌어안아야 하는 것이기 때문이다. 특히 서예는 그림과 달라서 구체적인 내용을 담고 있다. 메시지를 직접 전하는 것이다. 그 사회성과 역사성이 직접적으로 표현된다. 이 점이 서예가 다른 장르에 비하여 사회적 성격을 강하게 띠는 이유가 된다.

따라서 서예가 어떠한 전통 위에서 어떠한 내용을 어떠한 형식으로 표현해야 하는가 하는 것은 매우 중요한 의미를 갖는다.

많지는 않지만 나는 가능하면 우리 시대의 고민을 함께 나누는 글들을 쓰고 민중의 역량과 정서를 형상화하고자 하였다. 그러나 그 내용은 물론 그 형식에 있어서도 아직 답보를 거듭하고 있을 뿐이다. 특히 형식 문제에 있어서의 고민은 그것이 내용과 조화되어야 한다는 일차적 과제 이외에 보는 사람들이 친근감을 느낄 수 있어야 된다는 나의 생각 때문에 한층 더 어려움을 겪고 있다. 사람들로부터 경탄을 자아냄으로써 멀어지기보다는 친근감과 자신감을 함께 느낄 수 있도록 함으로써 가까이 다가가서 민중적 역량에 대한 믿음을 확인하고 공감할 수 있기를 원하기 때문이다.

서예에 대한 이러한 생각이 곧 나의 사회학이며 나의 인간학이라고 생각하고 있다. 그러나 마음에 드는 글씨는 계속 마음속에만 들어 있고 좀체로 종이 위에 나오지 못하고 있다. 그럼에도 불구하고 글씨를 쓰거나 남들 앞에 내어 보이는 까닭은 그러한 고민을 함께 나눔으로써 서로 도움을 받을 수 있으리라고 믿기 때문이다. 모든 일이란 언제나 여럿이 더불어 달성하는 것이라고 믿기 때문이다.

도록 《손잡고 더불어》 발간사(학고재, 1995년 3월 17일)

성공회대학교와 나

나의 경우 7년의 유년 시절을 제외하면 감옥 이전 20년, 감옥 20년, 그리고 감옥 이후 20년이 곧 지나온 삶이 된다. 나는 자주 이 세 개의 20년 하나하나가 모두 '대학'이었다고 술회한다. 그리고 이 중에서 감옥 이후 20년이 바로 성공회대학교다. 그래서 내게 주어진 글제가 '나의 대학 시절 그리고 성공회대학교'다. 출옥과 함께 감옥 20년은 이제 추억이라고 내심 결별하고 있었지만 감옥 이후의 삶도 매우 낯설고 불편하다는 점에서 별로 다르지 않았다. 마치 낯선 땅에 나무를 옮겨 심은 것이나 다름없었다. 생각하면 이 어려운 시기에 한 그루 나무로 설 수 있게 따뜻하게 품어 준 곳이 곧 성공회대학교. 그 따뜻함의 내용이 곧 세 번째 '대학'이 되는 셈이다.

  1988년 8월에 출소하고 그 이듬해 1989년 1학기부터 성공회대에서 강의를 시작했다. 당시 성공회대학교는 성공회신학교로서 매우 작은 학교였다. 20년간의 엄청난 변화 앞에서 곤혹스럽기 짝이 없던 내게 작다는 것은 매우 편안함이었고, 협소했던 감방처럼 대단히 친근한 것이었다. 당시 성공회대학교는 신학과와 사회복지학과 2개 학과밖에 없었고 학과 정원은 25명이었다. 학생들의 이름과 얼굴이 금방 익숙해질 정도였다. 성공회대학은 지금도 여전히 작은 대학이며 지리적으로도 서울 변두리이고 주류 담론에서 보면 더욱 먼 곳에 위치한 주변부임에 틀림없지만, 당시의 나로서는 주변부의 그 작은 공간이 오히려 안온한 느낌으로 다가왔다. 좌파가 명품으로 평가되는 운동 공간은 결코 아니었지만 주류 사회의 환상이나 냉전 논리로부터 일정하게 거리를 두고 있다는 점에서 매우 인간적인 공간이었다. 신학과 사회복지학 자체가 인간 실존에 대한 진지한 고뇌를 바탕에 깔고 있기도 하였다. 그 당시 성공회대학에는 제법 나이가 들고 여러 가지 사연을 지닌 학생들이 많았다. 고3에서 바로 대학으로 진학한 사람은 오히려 소수였다. 수업 시간의 질문도 삶과 인간에 대한 고민이 배어 있는 것이 많았다. 당시에는 학기말이 되면 학교 뒷산을 함께 넘어 순두부집까지 가서 종강 파티(?)를 하는 것이 어느 과목이든 거의 관행처럼 행해졌다. 파티가 끝날 무렵이면 학생들이 돌아가며 노래를 부르기도 했는데 나는 부를 노래가 마땅치 않아서 한동안 초등학교 어린이들이 부르는 〈시냇물〉이란 노래를 불렀다.

　　냇물아 흘러흘러 어디로 가니
　　강물 따라 가고 싶어 강으로 간다
　　강물아 흘러흘러 어디로 가니
　　넓은 세상 보고 싶어 바다로 간다

이 노래는 감옥에서 만기 출소자를 보내는 출소 파티(?)에서 마지못해 부르던 나의 단골 레퍼토리였다. 출소 파티라 하지만 같은 감방 사람들이 벽을 기대고 둘러앉아 오복건빵 한 봉지씩 나누어 먹으며 덕담을 나누는 초라한 파티였다. 때로는 교도관의 눈치를 봐가며 낮은 목소리로 부르기도 했는데, 내 차례가 되면 언제나 〈시냇물〉을 불렀다. 감방 동료들이 어린이 노래를 못마땅해하다가도 "넓은 세상 보고 싶어 바다로 간다"는 대목에 이르면 다들 눈빛이 숙연해지곤 했다.

그런데 나는 순두부집 종강 파티에서 학생들과 이 〈시냇물〉을 부르면서 깜짝 놀라게 되었다. 학생들의 얼굴에서 감옥 동료들과 같은 눈빛을 다시 보게 되었기 때문이다. "넓은 세상 보고 싶어 바다로 간다"는 대목에서 학생들도 같은 눈빛이 되었던 것이다. 바깥 사회에 사는 사람들도 역시 갇혀 있다는 아픔을 갖고 있구나 하는 생각에 가슴이 뭉클해졌다. 감옥은 범죄자를 구금하는 물리적 공간이지만 동시에 감옥 바깥에 있는 사람들이 자신들은 갇히지 않았다는 착각을 갖게 하는 정치적 공간이기도 하다는 생각을 다시 한 번 떠올리기도 했다. 당시 성공회대학의 학생들이 가지고 있던 삶의 정서는 이러한 아픔에 닿아 있는 것이기도 했으며, 나로서는 매우 친숙하고 대단히 인간적인 공감이었다. 나의 세 번째 대학인 성공회대학의 분위기가 아주 인간적이고 따뜻했던 것은 바로 이러한 성찰적 분위기 때문이었다고 할 수 있다. 그것은 내가 감옥의 면벽 명상에서 참으로 오랫동안 대면했던 정서이기도 하지만 나는 지금도 우리가 잃고 있는 것 중에서 가장 큰 것이 바로 이러한 성찰성이라고 생각한다. 그리고 이러한 성찰성을 키워 가는 것이야말로 교육의 핵심적 과제라는 생각에는 변함이 없다.

그리고 당시 성공회대는 물론 신학교였고 신학대학이었지만 성공회교회 특유의 자유로운 분위기가 있었다. 다른 교단의 예를 잘 모르긴 하지만 적어도 나는 성공회교회에 나오라는 권유를 받아 본 적이 없다. 나는 비교적 유교적인 분위기 속에서 유년 시절을 보냈기 때문에 기독교를 받아들이기가 쉽지 않았다. 교도소에 가장 많은 책이 성경책이고 종교 중심의 교화가 이루어지고 있어서 종교에 대해 생각하게 되는 계기도 많았다. 그러나 종교를 받아들인다는 것이 엄두가 나지 않았다. 그것은 내가 지금까지 구사해 온 나의 모든 개념을 다시 재정립하는 일이기도 했다. 이를테면 벽돌을 전부 바꾸고 집을 다시 지어야 하는 엄청난 일이 아닐 수 없었다. 그것은 믿음의 문제를 떠나서 현실적으로 불가능하다는 사실도 깨닫게 되었다. 종교에 대한 이러한 생각에 대하여 학교나 성공회교회는 대단히 관용적이었고 그것이 나 개인에게뿐만 아니라 성공회대학의 교육 이념을 새롭게 정립해 나갈 수 있는 열린 공간을 보장해 준 셈이다. 이 점이 또 매우 마음 편했다.

더구나 내가 성공회대학 강단에 서게 된 계기는 당시 이재정 신부와 김성수 주교와의 자연스러운 만남 때문이었다. 출소 직후 나는 성공회대성당에 있었던 '마당 세실극장'에서 극장 간판을 그렸던 적이 있다. 친구가 경영하는 극장이어서 소일 삼아 간판을 그렸는데 김성수 주교와 이재정 신부를 만난 곳이 바로 그 극장이었다. 그 친구의 추천으로 『감옥으로부터의 사색』을 읽은 두 분이 나를 성공회대에 강사로 초청한 것이다. 오랜 수형 생활 직후여서 강단에 서기에는 여러 가지로 준비가 안 된 상태였다. 그럼에도 불구하고 강사로 초청받은 것은 학문이나 사상보다는 인간과 삶의 고뇌에 무게를 두는 매우 인간적인 배려 때문이었다. 더구나 이재정 학장은 이후 자주 "그가 감옥 이전에 서 있던 자리에 다시 서도록 하는 것이 바깥에 있었던 사람들의 도리이며 군사정권의 청산"이라고 밝히곤 하였다. 성공회대학은 비 기독교인이면서 좌파로 규정되고 있는 내게 그런 점에서 매우 인간적인 공간으로 자리 잡게 된다. 그 후 성공회신학대학이 성공회대학교로 규모가 빠른 속도로 커지는 과정에서도 이러한 인간적이고 성찰적인 대학 특성은 그대로 계승되었다. 이러한 특성은 대학이 우리 사회의 숲이 되어야 한다는 성공회대학 특유의 '더불어숲' 교육 이념으로 자리 잡게 된다.

성공회대학교가 성장하면서 새로운 학과가 창설되고, 새로운 교수들을 맞이하게 되는데, 이 과정에서 인간적이고 성찰적인 숲으로서의 이미지가 실천적 과제와 일정하게 결합하게 된다. 그리하여 '성공회대 학파'라는 사회적 평가가 나오기도 했다. 그것은 87체제로부터 97체제 그리고 이제 2007체제라 할 수 있는 몇 개의 단계를 거쳐 오면서 드러나고 있는 우리 사회의 모순 구조와도 무관하지 않다. 1987년 이후 우리 사회는 일정한 절차적 민주성을 회복했다고는 하나 정치권과 재계는 물론이고 언론, 사법, 사회, 문화 등 사회의 전 부문에서 변함없이 권력을 장악하고 있는 완강한 보수 권력 앞에서 민주성과 개혁성이 왜곡되고 저지된다. 이 과정은 민주화 운동의 최일선에서 투신했던 민중 부분들이 철저하게 주변화되는 과정이기도 했다. 그리고 특히 1997년 IMF 관리 체제하에서 나타난 국제 금융자본의 전면적 등장은 우리 사회의 보이지 않는 지배 구조, 즉 정치·자본의 지배 구조에 더하여 외세라는 또 하나의 지배 구조를 선명하게 드러내게 된다. 물론 거슬러 올라가면 97체제는 일제시대의 식민지 개발론에서부터 군사정권 기간의 산업화가 누적해 온 모순의 필연적인 결과이자 냉전 기간에는 유보되었던 패권 국가의 뒤늦은 수탈이기도 할 것이다. 이 글에서 이러한 분석을 장황하게 전개할 의도는 전혀 없다. 다만 성공회대학에 새롭게 포진한 여러 신진 교수들의 비판 담론이 공유하고 있는 기본적 관점이 이러한 담론과 무관하지 않다는 것을 지적하고자 하는 것이며, 동시에 이와 같은 비판 담론이 '더불어숲'의 성찰적 이미지와 무관하지 않다는 것을 지적하고자 할 뿐이다. 그리고 우리 사회의 민주화가 더디기는 하나 꾸준히 진전되고 있고 더욱이 한반도의 냉전 구조와 민족 문제가 새로운 단계로 진입하는 상황임에도 오히려 오래된 지배 구조로 퇴행할 가능성이 훨씬 더 분명해지고 있는 시점에서 성찰성이 실천성을 얻어야 한다는 현실적 요청이 더욱 절실하지 않을 수 없다. 물론 성공회대학교는 학생과 교직원 등 다양한 구성원들로 이루어져 있으니, 그 생각과 지향하는 바가 한결같을 수는 없고, 당연히 현실적 실천 방식에 있어서나 비판 담론의 수위에 있어서는 상당한 이견이 있을 수 있겠지만, 대학 본연의 위상에 대해서는 상당한 수준의 공감대가 형성되어 있다고 생각한다. 그것이 바로 '더불어숲'으로 상징되는 숲의 그림이라고 할 수 있다. 숲은 수많은 나무들을 안고 있기 때문에 그 자체가 하나의 사회적 존재이며 더구나 발 딛고 있는 땅을 생각해야 하기 때문에 실천적 과제를 외면할 수 없기도 하다.

내가 '더불어숲'이라는 이미지에 남다른 애정을 갖는 까닭은 그 것을 마음속의 그림으로 간직하기 시작했던 곳이 삭막한 감옥이었 기 때문이라고 생각한다. 독방에서 가끔 혼자서 읊조리던 〈엘 콘도 르 파사〉의 노래가 계기였다고 기억한다. 나뭇가지 끝을 떠나지 못 하는 달팽이보다는 하늘을 훨훨 날아가는 참새가 되고 싶고, 못보 다는 망치가 되고 싶다는 첫 구절은 당시 갇혀 있던 나로서는 매우 가슴에 와 닿는 시구였다. 당시의 심정이 가지 끝을 떠나지 못하는 달팽이와 같았고 한 점에 박혀 있는 못과 같았기 때문이다. 그런데 제일 감동적인 반전은 마지막의 "길보다는 숲이 되고 싶다"는 구절 이었다. 길은 참새처럼 훨훨 떠나는 이미지였음에도 오히려 한 곳 을 지키고 있는 숲이 되어 발밑의 땅을 생각하겠다는 것이다. 갇혀 있던 나로서는 새로운 깨달음이었다. 비록 떠날 수는 없지만 숲은 만들 수 있겠다는 위로였고, 동시에 감옥의 가능성이기도 하였다. 돌이켜 보면 발밑의 땅을 생각하며 숲을 키우는 것, 이것은 비단 나 만의 감상이 아니라 우리 시대의 과제와도 같다는 생각이 든다.

바로 이 숲의 그림을 어떻게 그려 가야 할 것인가는 여전히 쉽지 않은 과제다. 물론 나는 그것을 두 번째의 대학 20년 동안 다만 노 래로 읊조리기만 했을 뿐 결코 일구지 못했지만, 출소 후 세 번째의 대학인 성공회대학에서 비로소 만나고 있다는 감회가 없지 않다. 뿐만 아니라 이러한 숲은 성공회대학에서 시작하여 우리 사회의 곳곳으로 번져 나가야 한다는 소망도 갖게 된다. 왜냐하면 숲이란 키 큰 나무와 키 작은 나무, 굵은 나무와 가는 나무, 상록수와 활엽수, 일년생과 다년생 등 모든 나무가 함께 살아가는 다양성의 공간이기 때문이다. 더구나 새로운 싹을 키워 내고 수많은 생명을 지키는 생명의 공간이기에 그렇다. 속도에 쫓기고 경쟁에 내몰리며 화폐가치라는 유일한 잣대로 재단되는 오늘의 삶에서, 이러한 현실을 냉정하게 성찰하는 공간으로서의 숲, 그리고 차이와 다양성을 존중하고 인문학적 가치를 키우는 공간으로서의 숲은 한 대학의 교육 이념을 넘어 시대적 과제에 맞닿아 있다고 생각하기 때문이다. 나무의 완성은 명목(名木)이나 낙락장송이 아니라 숲이라고 생각하기 때문이다. 냇물이 흘러서 강물과 만나면 냇물은 이제 강물이 되고, 강물이 바다에 이르면 바다가 된다는 것은 너무도 당연한 생각일 것이다. 그런 점에서 세 번째의 대학인 성공회대학에서 만나는 '더불어숲'은 나의 첫 번째 대학과 두 번째 대학의 완성이라고 하는 개인사적 의미를 넘어 우리 시대의 절실한 과제로 받아들이고 있다.

나의 첫 번째 대학 20년을 언젠가 심부름 같은 것이었다고 술회한 적이 있다. 자아 형성기였다고는 하지만 많은 사람들의 경우와 다르지 않게 나 역시 길들여진 기간이었다. 주류 이데올로기를 학습하는 것에서 시작하여 나중에는 그 주류에 대한 비판적 관점을 얻기는 했지만 역시 크게 보아 철학과 방법론에서 주류 담론의 범주를 벗어나지 못한 갇힌 시절이었다. 그에 비하면 제2의 대학인 감옥 20년은 객관적으로는 감옥에 갇힌 시기지만 역설적이게도 그러한 주류 담론의 범주로부터 걸어 나오는 시기였다. 철저하게 단절된 영역이 오히려 자유의 공간이기도 했던 것이다. 처음에는 비극적 추락의 형태로 받아들여졌지만 곧 그것을 견디는 자위의 영토를 만들고 그곳을 자유 공간으로 만들어 나갈 수 있는 무한한 가능성을 안겨 주기도 하였다. 감옥 20년을 자주 '나의 대학 시절'로 부르기도 하지만 나는 그 시절에 참으로 귀중한 사색을 하게 된다. 무엇보다 먼저 나 자신으로 하여금 냉정하게 성찰하게 하는 숱한 사람과 수많은 인생을 만나게 된다. 내가 만난 사람과 인생들은 나의 사회학이 되고 나의 역사학이 되었으며, 통틀어 나의 인간학이 되었다.

비교적 징역 초년이었지만 무엇보다 먼저 학교와 교실에서 키워 온 나 자신의 관념적 성향과 정서를 충격적으로 깨닫게 된다. 그리고 그러한 관념적 사고와 정서를 과감하게 버리기로 작정한다. 수많은 일반 수형자들의 사건과 인생은 그 패배와 좌절의 침통함으로 인하여 우리 사회의 실상을 직시하게 하는 사회학이었다. 빨치산을 포함한 좌익 사상범, 남파 공작원, 해방 전후 그리고 한국전쟁 기간의 정치 사범과 그 가족들의 이야기는 현대사에 점철된 개인의 삶을 생생하게 다시 보게 해 주기도 했다. 그것은 지나간 역사라고 치부했던 우리의 현대사에 피가 통하고 숨결이 이는 듯한 감동을 안겨 주며 나의 역사학이 되었다.

지금 와서 그 시절의 나 자신을 다시 돌이켜 보면 두 가지의 고뇌에 힘겨워했던 것을 깨닫게 된다. 하나는 책에도 썼듯이 한 발 보행이라는 외로움이었다. 우리는 이론과 실천이라는 두 개의 다리로 살아간다. 그러나 교도소에서 책은 읽을 수 있다고 하더라도 실천의 장은 어디에도 없다. 두 개의 다리 중에서 실천의 다리가 없다는 좌절감은 그 자리에 멈춰 서게 한다. 단지 멈추어 서게 할 뿐만 아니라 지극히 관념적으로 만들어 간다. 학교와 교실에서 키워 온 관념성을 과감하게 버리기로 한 결심이 허사로 돌아가지 않을 수 없었다. 또 하나의 고뇌라면 한 그루 나무가 되어 땅에 발을 딛고 서고자 하는 고뇌다. 교도소는 뿌리를 내리기에는 너무나 각박한 땅이었다. 땅이란 물론 교도소의 흙이기보다는 그 속에서 해후한 사람들이다. 그래도 그것은 대단히 힘든 일이었다. 그런 점에서는 오히려 더 힘든 조건이기도 하였다. 교도소는 결국 15척 벽돌담으로 만든 한 개의 화분일 뿐으로 뿌리내릴 수 있는 땅이 없는 곳이었다. 더구나 숲을 이루거나 만나기는 더욱 불가능한 일이었다.

세 번째 대학인 성공회대학이 내게 각별한 감회를 안겨 주는 것은 나의 힘겨운 여정의 바로 이 지점에 성공회대학이 있었기 때문이다. 생각하면 성공회대학은 비록 작은 대학이기는 하지만 땅이 있고 숲이 있는 곳이었다. 그만큼 나로서는 그때까지의 고뇌를 조금이나마 내려놓을 수 있는 제3의 대학이었다. 이 점에서는 성공회대학의 많은 구성원들도 크게 다르지 않다고 생각한다. 학교 공간이 실천적 공간으로서는 왜소하지 않을 수 없지만 그것은 나무가 나무를 만나서 숲을 이룰 수 있는 가능성의 땅이기도 하였다. 더구나 당시 내가 처음 성공회대학에서 강의를 하게 된 시기는 사회운동 과정에서 새로운 국면을 맞고 있었던 때였다. 위에서 언급했듯이 당시의 객관적 상황은 87년 체제의 한계가 노정되는 시점이면서 동시에 87 이후의 과제를 고민하는 국면을 맞고 있었고, 특히 그 이후의 과정에서 노출되는 여러 가지의 문제들을 새롭게 재구성해야 하는 과제를 안고 있었다. 성공회대학은 물론 주변부의 작은 공간이라는 점에서 차지하는 비중이 작았지만, 작다는 것이 그러한 과제에 대하여 전향적인 담론을 구성하기에는 오히려 강점으로 작용했다. 그런 점에서 성공회대학교는 내가 내내 이루지 못했던 '더불어숲'이었다.

"나무가 나무에게 말했습니다. 우리 더불어숲이 되어 지키자."

성공회대학교의 교육 이념으로 자리 잡고 있는 '더불어숲'은 나의 개인적 편력뿐만 아니라 우리 사회의 실천적 과제와도 튼튼히 연결되고 또 나아가서 21세기의 문명사적 과제와도 맥락이 닿아 있는 소중한 그림이라고 생각한다. 한 그루 한 그루의 튼튼한 나무를 길러 내는 학습의 장(場)이면서 개별적인 나무 중심의 사고를 뛰어넘는 미래의 공간이기 때문이다. 숲은 비록 움직이지는 않지만 본질에 있어서 탈영토(脫領土)와 유목주의(nomadism)라고 하는 탈근대의 철학적 문제 설정과 튼튼히 연결되고 있기 때문이다.

이처럼 숲이 미래 공간이라는 사실과 함께 잊지 말아야 하는 것이 바로 대학의 독립성(獨立性)이다. 대학이 지키고 대학이 지향해야 할 가치는 당장의 소용이 아니다. 비판성을 갖추되 미래 지향적인 전망성으로 열려 있어야 한다. 한마디로 대학은 오늘로부터 독립해 있어야 하는 것이다. 'now & here'가 아니라 'bottom & tomorrow'가 속성이다. 교육이 백년대계인 이유가 바로 이 '오늘로부터의 독립'에서 연유하는 것임은 말할 필요가 없다. 비판성이나 실천성보다 오히려 더 우위에 두어야 하는 것이 바로 대학의 미래 지향적 독립성이고 그것에 근거한 성찰성이라고 할 것이다. 이 것은 대학이 본연의 독립성을 스스로 반납하고 자본의 하위 공간으로 전락하고 있는 것이 지금 우리의 현실이기 때문이다. 엄밀한 의미에서 우리는 대학이 없고 스승이 없는 세월을 우리는 살고 있다고 해야 할 것이다. 한유(韓愈)는 그의 『사설』(師說)에서 스승이란 도(道)를 가르치는 사람이라고 하였다. 도란 글자 그대로 '길'이며 길을 가리키는 사람이 스승이다. 가르치는 것이 아니라 '가리키는' 것이 스승의 도리이다. 그러나 아무도 '길'을 묻는 사람이 없는 것이 오늘의 교육 현실이다. 이미 모든 사람들이 다투어 달려가는 목표가 정해져 있기 때문이다. 묻는 것은 다만 그곳으로 가는 방법에 관한 것일 뿐이다. '더 이상의 길'은 없고 스승이 없고 대학이 없다. 이것이 오늘의 현실이다.

그러나 연암(燕巖)은 '있는 것'과 '있어야 할 것'의 거리를 들어보이며 그곳에 이르는 길을 보여주는 인격적 모범이 바로 스승이라고 하였다. 모든 사람이 달려가고 있는 길이 아니라 우리가 '가야 할 길', 그것이 진정한 도라고 할 수 있는 것이다. 대학은 오늘의 사회적 수요에 호응하는 현실적 가치를 지향(指向)하는 공간이 아니라 오히려 그것을 비판적으로 지양(止揚)하는 창조적 공간이어야 한다. 대학은 무엇보다도 '오늘로부터 독립'해 있어야 한다. '오늘로부터의 독립'은 물론 다양한 의미로 읽어야 하겠지만 현실적으로는 화폐가치로부터의 독립을 말한다. 경쟁과 효율과 속도라는 신자유주의 담론으로부터 자유로워야 할 것이다. 물론 학생과 학부모의 현실적 요구를 일정하게 수용하지 않을 수 없는 것도 사실이다. 그러나 그럼에도 교육의 궁극적 가치는 어떠한 경우에도 성찰성을 높이는 것이라는 사실을 외면하지 못한다. 진정한 역량은 자기 정체성에 뿌리내린 성찰성에서 나오기 때문이다. 성찰은 '성'(省)자가 보여주듯이 젊은[少] 눈[目]이다. 때 묻지 않은 눈이며 먼 곳에 착목(着目)하는 눈이다. 그것은 현실의 건너편을 바라보는 대안적 관점이어야 하며 최종적으로는 닫힌 벽을 열고 새로운 곳으로 향하는 해방적 관점, 창조적 관점이기도 해야 한다.

나는 성공회대학이 인간적 가치를 지키는 인간적인 숲으로 남기를 바란다. 성찰성을 드높이는 성찰의 숲으로 남기를 바란다. 아픈 상처를 품어 주는 따뜻한 숲으로 남아 있기를 바란다. 그리고 더 큰 숲으로 자라나서 땅을 지키고 산을 지키고 우리 시대의 수많은 사람들의 타는 목마름을 달랠 수 있는 긴 강물 한 줄기 품은 살아 있는 숲, 움직이는 숲이기를 바란다. 그리고 마지막으로, 나의 개인적 소망이기도 하지만, 나의 길고 긴 대학 여정의 아름다운 종착지이기를 바란다.

신영복, 김창남 외 지음, 『느티아래 강의실』, 한울, 2009년 6월 22일

미발표 유고

가을

가을도 이미 지나가 버렸다. "봄이 자라서 여름이 되고 여름이 늙어서 가을이 되고 가을이 죽어서 겨울이 되었나보다." 가을은 분명히 도보(徒步)의 계절(季節)이었다. 골목골목을 걷기도 하고 수유리의 산길을 더듬어 보기도 하였다.

낙엽처럼 책상 위에 쌓이는 치다꺼리에 온통 땀투성이가 되도록 바쁜 가을이었나 보다. 그래서 일에 눌리고, 시간에 쫓기느라고 미아리의 전깃줄 사이로 여울처럼 흐르는 하늘을 두어 번 쳐다본 것뿐으로 가을은 이제 완전히 갔다. 어떤 사람은 가을의 심도(深度)를 단풍의 색깔로서 측정하기도 하고 또는 하늘의 높이나 바람의 중량(重量) 등으로 가을의 깊이를 재는 것이지만 적어도 내겐 그러한 측정 기준이 오히려 사치스럽기까지 하다. 나는 골목 어귀의 '모퉁이 가겟집'에 놓인 사과 알의 구적(球積)과 그 색깔로써 가을의 심도를 측정한다. 늦여름부터 놓이기 시작하는 대추알만 한 사과가 가을이 깊어감에 따라서 차츰 더 커지고 더 붉어진다. 그리하

가을도 이미 지나가 버렸다. 「봄이 자라서 여름이 되고 여름이 늙어서 가을이 되고 가을이 죽어서 겨울이 되면서」 가을은 분명히 徒步의 季節이 없다. 골목 골목을 걷기도 하고 수유리의 산길을 더듬어 보기도 하였다.

낙엽처럼 책상위에 쌓이는 치닥거리에 온통 땀투성이가 되도록 바쁜 가을이 없나 보다. 그래서 일에 눌리고, 시간에 쫓기느라고 미아리의 전깃줄 사이로 여울처럼 흐르는 하늘을 두어번 쳐다 본 것 밖으로 가을은 이제 완전히 없다. 어떤 사람은 가을의 深夜를 단풍의 색깔로서 측정하기도 하고 또는 하늘의 높이나 바람의 흐름 등으로 가을의 깊이를 재는 것이지만 적어도 내겐 그러한 測定基準이 오히려 사치스럽기까지 하다. 나는 골목 어구의 「모퉁이 가겟집」에 놓인 사과알의 球績과 그 색깔로서 가을의 深夜를 측정한다. 늦여름 부터 놓이기 시작하는 대추알만 한 사과가 가을이 걸어감에 따라서 차츰 더 커지고 더 붉어진다. 그리하여 가을이 절정에 도달하면 이 변두리의 가겟집에 놓인 사과도 일단 그 成長을 멈추게 된다. 이 때 부터 가을은 차츰 멀어져 가는 것이며 가게의 사과는 가장 부풀고 성숙한 빛깔로서 가을을 바래움하는 것이다. 이제 가을이 완전히 가버렸으 …… 말없이 놓인 사과는 더 이상 성장하지도, 이야기 하지도 않는다. 갯벌의 겨울 바람 속에서 그저 조용히 앉아 있기만 하는 거다. 흡사 연구실에 앉아 있는 피로한 나 처럼.

겨울이 가고 봄이 올때까지 사과와 나는 침묵할 뿐이다. 이제 머지 않아 닥아올 봄의 은근한 바람속에 우리를 바칠 때까지. 은밀한 內的 成熟으로 침묵하면서.

年末이, 새해가 창밖에서 걸어 오고 있나 보다.

여 가을이 절정에 도달하면 이 변두리의 가겟집에 놓인 사과도 일단 그 성장을 멈추게 된다. 이때부터 가을은 차츰 멀어져 가는 것이며 가게의 사과는 가장 부풀고 성숙한 빛깔로써 가을을 바래움하는 것이다. 이제 가을이 완전히 가 버렸고…… 말없이 놓인 사과는 더 이상 성장하지도, 이야기하지도 않는다. 잿빛의 겨울바람 속에서 그저 조용히 앉아 있기만 하는 게다. 흡사 연구실에 앉아 있는 피로한 나처럼.

겨울이 가고 봄이 올 때까지 사과와 나는 침묵할 뿐이다. 이제 머지않아 다가올 봄의 은근한 바람 속에 우리를 바칠 때까지. 은밀한 내적 성숙으로 침묵하면서. 연말이, 새해가 창밖에서 걸어오고 있나 보다.

이십대의 신영복이 쓴 수상록

귀뚜라미

책더미 속에 귀뚜라미가 있나 보다.

아까부터 울었지만 지금에야 깨달았다.

기계공업의 생산구조를 투자율의 시각에서 보느라고 귀뚜리 소리마저 스치다니.

×   ×

이건 노력하는 게 아니다.

내게 부과된 땀을 나는 에누리하고 있는 거다.

걸어 보라, 청량리 천변(川邊)의 빈촌(貧村)을.

땟국이 흐르는 개천과, 땟국만 씻으면 혜화동 아이들만큼이나 이쁠 개천가의 때 묻은 어린 얼굴들.

인간의 자유, 그것의 충족은 양(量)의 증대(增大)에 달린 게 아니다.

부자유도 적응(適應)에 의하여 자유로워질 수 있다.

세칭(世稱), 미화(美化)되고 있는 자유의 근본(根本)도 그것이 진정한 자유가 아니다. 자유의 내용은 평등과 적응이다.

평등은 적응의 필요조건이며 적응은 자유의 충분조건이다.

×　　　×

민주주의를 긍정하는가.

더구나 그것의 자본주의와의 결합을 긍정하겠는가?

이 양자의 결합을 승인하는 것은 자본의 무제한한 횡포를 승인하는 게다. 자본측근자(資本側近者)를 제왕(帝王)으로 모시는 것이다. 적어도 한 인간이 다른 인간보다 우월(優越)할 수 있기 위한 유일의 수단은 사랑이다. 헌신(獻身)이다. 하나의 생명이 두 개의 생명을 위하여 존재할 수 있는 능력이 곧 사랑이다. 둘 또는 그 이상의 생명을 위하여 헌신하는 생명은 두 배 또 두 배 이상으로 우월하다.

이십대의 신영복이 쓴 수상록

책 더미 속에 귀뚜라미가 있나보다.

아까부터 소릴없지만 지금이야 깨달았다.

機械工業의 先進構造를 投資효의 視角에서 보느라고
귀뚜리 소리마저 스쳐더니.

　　　　　　　×　　　　　×

이건 노력하는게 아니다.

내게 복리된 답습을 나는 에누리하곤 있는거다.

걸어보라 청량리 川邊의 貧村을.

땟국이 흐르는 개천라, 땟국만 씻으면 혜 한 동아이들
만큼이나 이쁠 개천가의 때 묻은 어린 얼굴들.

人間의 自由, 그것의 克足은 물의 境遇에 달린게 아니다.

不自由도 適応에 의하여 自由로워질 수 있다.

世稱, 美化되고 있는 自由의 標本도 그것이 진정한 自由가
아니다. 自由의 內容은 平等과 適応이다.

平等은 適応의 必要條件이며 適応은 自由의 充有條件
이다.

　　　　　　　×　　　　　×

民主主義를 肯定하는가.

나커나 그것의 資本主義와의 結合을 肯定하겠는가?
이 兩者의 結合을 承認하는 것은 資本의 無制限한
횡포를 承認하는 게다. 資本側近者를 帝王으로 모시는
것이다. 적어도 한 人間이 다른 人間보다 優越할 수
있게 되는 唯一의 手段은 사랑이다. 獻身이다.

하나의 生命이 두개의 生命을 위하여 存在할 수 있는
能力이 곧 사랑이다. 둘 또는 그 以上의 生命을
위하여 獻身하는 生命은 그 倍 또 그倍 以上으로
優越하다.

교외선(郊外線)을 내리며

훨 떠나자고 떠났는데도, 되돌아와 닿는다. 서울ㅡ.

스피커 속의 음산한 금속성 인사말.

주머니에서 메뚜기 한 마리가 뛴다.

뛰다가 또 뛰다가.

철길 옆 어디메 가을 코스모스가 가을바람에 흔들리더니.

× ×

옥수수를 굽는 골목.

머리를 풀고 하늘로 오르고 싶도록 가난한 인생이라도 여인은
우선 아이 녀석의 코밑 땟국을 훔쳐 준다.

치맛자락에 체중껏 매달리는 모정(母情).

자꾸 하늘로 오르는 옥수수 냄새ㅡ.

京河線을 내리며

훌 떠나려자 떠났는데도. 뒤돌아 와 닿는다.
서울—.
스피커 속의 음산한 金屬性 人事ㅅ말.
주머니에서 깨뚝기 한마리가 뛴다.
뛰다가 또 뛰다가.
鉄길 옆 어디메 가을 로맨스가 가을바람에 흔들리더라.

　　　x　　　　　x

옥수수를 하는 골목—
머리를 풀고 하늘로 오르고 싶도록 가난한 人이라도
女人은 우연 아이 녀석의 코밑 댓국을 훔쳐온다.
치마 자락에 体重껏 매달리는 母情.
잔꽃/ 하늘로 오르는 옥수수 냄새—

　　x　　　　x　　　　x

일찍 죽을 予感에 소스라쳐 人生을 서두르기 때문에
제법 精神的 抱滿足感으로 벅차 있다면?

　　　x

양파의 껍질을 벗기고 그 속껍질의 속껍질을
또 벗기다가 결국은 빈 손 끝에서 흩어지는 空虛,
가벼운 손구락의 가벼운 戦慄.

초갓 지붕의 참새 둥지에 손을 질러 넣다가
그 속에 먼저 도사리고 있는 뱀의 싸늘한 冷寒에
섬찟해진 경험이 있는가?
나의 손구락 끝이나, 심장의 어느 귀퉁이나, 뼈마디의
어느 모서리나, 생활의 한쪽 구석이나, 여하튼
어디메 도사리고 있는 싸늘한 予感으로 나는
자주 전율을 느낀다. 이 전율이 그저 무서운
탓으로, 떨쳐버리고 싶은 탓으로, 소스라쳐 人生을
서두른다면 그래서 꼭 전율 하는 만큼의 抱中毒으로
내 생활이 振動한다면 나는 無風帯에 있는 것인가.

　　　　　　　×　　　　×

　일찍 죽을 예감(豫感)에 소스라쳐 인생을 서두르기 때문에 제법 정신적 포만감으로 벅차 있다면?

　　　　　　　×　　　　×

　양파의 껍질을 벗기고 그 속껍질의 속껍질을 또 벗기다가 결국은 빈 손 끝에서 흩어지는 공허(空虛), 가벼운 손구락의 가벼운 전율(戰慄).

　초가지붕 참새 둥지에 손을 찔러 넣다가 그 속에 먼저 도사리고 있는 뱀의 싸늘한 냉한(冷寒)에 섬찟해진 경험이 있는가?

　나의 손구락 끝이나, 심장의 어느 귀퉁이나, 뼈마디의 어느 모서리나, 생활의 한쪽 구석이나, 여하튼 어디메 도사리고 있는 싸늘한 예감으로 나는 자주 전율을 느낀다. 이 전율이 그저 무서운 탓으로, 떨쳐 버리고 싶은 탓으로, 소스라쳐 인생을 서두른다면 그래서 꼭 전율하는 만큼의 진폭(振幅)으로 내 생활이 진동(振動)한다면 나는 무풍대(無風帶)에 섰는 것인가.

이십대의 신영복이 쓴 수상록

유월 보름밤에

바깥에서는 낙숫물 소리가 아까보다 훨씬 성글게 들리는데도 벽시계 추는 연신 바쁘기만 하다. 검은 중절모를 쓴 외삼촌의 회중시계도 이렇게 숨막는 각각(刻刻)을 울렸었는지. 담 너머 집 라디오가 죽은 지 이미 한참인데 누구 하나 말벗도 없으니 슬슬 원고지 위를 산책할 수밖에.

×　　　　×

오늘은 유월 유두(流頭). 동류수(東流水)에 머리를 감으면 1년 내내 액운(厄運)이 가신다지만 어디 동류수가 쉬워야지. 하는 수 없이 펌프 입을 동쪽으로 돌리고 한바탕 세수를 하자.

×　　　　×

또 비가 쏟긴다. 청개구리는 비만 오면 어미 무덤을 생각하며 뉘우쳐 운다는데 내게는 별로 뉘우칠 게 없나?

심심풀이로 오지랖에 청개구리 한 마리 받쳐 들고 빗속에 나가 동무해서 울어 볼까.

×   ×

때마침 보름밤이고 달이나 밝았으면 달빛 밝은 문풍지(門風紙)에 묵화(墨畵) 한 폭을 휘둘렀을 텐데.

종암동(鍾岩洞) 하숙에서.

이십대의 신영복이 쓴 수상록

유월 보름밤에.

바깥에서는 낙숫물소리가 아까보다 훨씬 성글게
들리는데도 벽시계 초는 연신 바쁘기만 하다.
검은 중절모를 쓴 외삼촌의 회중시계도 이렇게 숨막는
헤매일을 줄였었는지. 담너머집 라디오가 죽은지 이미
한참인데 누구하나 말벗도 없으니 늘늘 원고지 위를
산책할 수 밖에.

       x   x

오늘은 유월 流頭. 東流水에 머리를 감으면
一年 내내 厄運이 가신다지만 어디 東流水가
쉬워야지. 하는수 없이 뽕뿌임을 동쪽으로 돌리고
한바탕 세수를 하자.

또 비가 쏟긴다. 청개구리는 비만 오면
어미 무덤을 생각하며 뉘우쳐 운다는데 내게는
별로 뉘우칠게 없나?
심심 풀이로 오지랖에 청개구리 한마리 받혀들고
빗속에 나가 통곡해서 울어 볼까.

       x   x

그때 마침 보름밤이고 달이나 밝았으면
달빛 맑은 이 風紙에 墨畵 한폭을 휘둘렀을텐데.

              鐘岩洞 下宿에서.

산에 있는 일주(逸周)에게

너에게 이 글을 쓰는 이유는 네게 일러 두고 싶은 말이 있기 때문이다.

"더욱 고귀한 자연은, 더욱 자비로운 신(神)은 냉연(冷然)한 인간의 현실 속에 있다는 것이다."

인간으로서의 위치에 내려서기를 주저해서는 안 된다는 말이다. 비록 그 위치가 보잘것없는 것이라 하더라도 서슴지 않고 여기에 내려서지 않는 한 우리는 인간으로서의 패자(敗者)를 면할 도리가 없다.

사회와, 현실과, 인간에 대한 세속적 욕망을 떨쳐버리기는 쉽다. 그러나 이러한 욕망을 떨쳐버리고서도 계속하여 사회와, 현실과, 인간을 사랑하기란 실로 어려운 일이다.

그러므로 우리는 냉연한 인간의 현실 속에서 자연을, 신을 발견하여야 하는 것이다.

피 속에 용해되는 자연을 발견하여야 한다.

山에 있는 邊(君)에게.

너에게 이글을 쓰는 理由는 네게 일러두고 싶은 말이
있기 때문이다.
── 더욱 高貴한 自然은, 더욱 자비로운 神은
冷酷한 人間의 現實속에 있다는 것이다 ──
人間으로서의 位置에 내려서기를 拒否해서는 안된다는
말이다. 비록 그 位置가 보잘것 없는 것이라 하더라도
서슴치 않고 여기에 내려서지 않는한 우리는 人間으로서의
敗北를 면할 도리가 없다.
  超俗와, 現實과, 人間에 대한 世俗的 態度를
떨쳐버리기도 쉽다. 그러나 이러한 態度를 떨쳐버리고
서도 계속하여 超俗와, 現實과, 人間을 사랑하기란
실로 어려운 일이다.
  그러므로 우리는 冷酷한 人間의 現實속에서
自然을, 神을 발견하여야 하는 것이다.
俗속에 溶解되는 自然을 발견하여야 한다.
  비록 그것이 아무리 추라할지라도, 비록 그것이
아무리 惨憺한 現實이라 할지라도 우리는 그것을
사랑할 줄 아는 피를 가져야 한다.
더 높은 山이, 더 자비로운 神이, 더욱더 애절한
소리가 여기 人間의 現實속에 있다.

        ×   ×

人間의 附近에서, 우리에게 賦課되는
슬픈 諸負을 위하여 努力하는 姿勢, 그 姿勢로
休息할 수 없는 피부를 耕作하라.
            7월 24일 밤

비록 그것이 아무리 초라할지라도, 비록 그것이 아무리 참담한 현실이라 할지라도 우리는 그것을 사랑할 줄 아는 피를 가져야 한다.

더 높은 산이, 더 자비로운 신이, 더욱 더 애절한 소리가 여기 인간의 현실 속에 있다.

×　　　×

인간의 부근에서, 우리에게 부과(賦課)되는 숱한 과업(課業)을 위하여 노력하는 자세, 그 자세로 휴식할 수 있는 피부를 경작(耕作)하자.

7월 24일 밤

이십대의 신영복이 쓴 서간문

배(培)에게

1. 가마귀 날자 사과 떨어졌다.

바람이 없으니 수상쩍기는 가마귀라. 햇수〔年數〕를 더할 적마다 꼭 한 해씩을 버린 셈이면 나이 쌓기는 백년하청(百年河淸) 까닭 없이 술렁이는 연말(年末)이고 보면 술렁할수록 수상해지는데 핑계 삼을 가마귀 한 마리 하늘에 없으니 발끝에 구르는 사과는 누구 탓인가? 배도 아닌 사과 한 알 책상에 놓고 잘 씻은 손, 비누 향기가 상긋한 두 개의 손구락으로 조심스레 들어 보자. 좀 가벼운데!

2. 꿈에 서방 만난 년

분명히 옆에 누웠어야 할 낭군이지만 그게 꿈이라면 없어도 되기는 된다. 사실이지 서방 하나쯤 없어도 좋고 없어서 더 좋을 터이지만 남 있고 나 없으니 서러운지? 꿈에 있고 생시(生時)에 없으니 서러운지? 머리 풀고 하늘로 오르고 싶도록 서러운 인생이라도 치마 끝에 매달리는 모정(母情)! 골목에는 옥수수를 구워 하늘로 하늘로

냄새가 오르는 듯. 맘이 차질 않고 옆자리에 서방이 없어도 치마 끝에 매달리는 숱은 사랑은 분명히 한 치마는 좋이 넘어나겠구려.

3. 김유신(金庾信)의 말〔馬〕

생각 없이 가던 길을 되풀이하다가 천관녀(天官女) 집 문간에서 목을 짤리었다. 그러니까 생각을 갖추어야 한다고. 너도 갖추고 나도 갖추고 나니 이젠 내가 사는 성(城)은 네가 사는 성의 바깥에 있고 네가 사는 성은 또 내가 사는 성의 바깥에 있다는 영원한 격리(隔離). 큰 목소리로 불러도 성을 열기는커녕 대답도 없을 때 차라리 김유신의 말이라도 되어야 하는가? Wenn dem Mann die Welt ein Heim ist, so ist der Frau das Heim eine Welt.* 성이란 헐어 버릴 성과 높여서는 안 될 성밖에는 존재치 않는 법이라.

* "남자에게는 세상이 집이고, 여자에게는 집이 세상이다."

이십대의 신영복이 쓴 서간문

님에게

一. 가까워질지 사라져버려 질지.

바람이 없어서 수상 쩌께는 가까워지다. 횟수(回數)를
더 합쳐 가다 꼭 한해씩을 버린 셈이면 나이 쌀기는 百年河淸
까닭 없이 술렁이는 回末이고 나면 술렁할수록 수상해 지는데
핑계 삼을 까다귀 한마디 하늘에 없으니 발끝에 흐르는
사라는 누구 탓인가? 매도 아니 사라 한잎 청상에 흘러
잘 씻은 후, 비누향기나 상큼한 득개의 손구락으로 조심스레
으며나자. 좀 가벼울레!

二. 꽃에 서방 만난 년

분명히 옆에 누웠어야 할 방울이지만 그게 꽃이라면
없어도 되기는 된다, 사실이지 서방하나쯤 없어도 좋고
없어서 더 좋을 터이지만 밤 없고 나 없으니 서러울지?
꽃에 앉고 봄날에 앉어 서러울지? 어지룹고 하늘로 오르고
싶도록 서러운 人生이라도 치마 끝에 깨달리는 母情!
꼴뚝에는 옥수수를 구워 하늘로 — 넘치가 오르는듯, 맘이
차질 않고 멀지러에 서방이 없어도 치마끝에 깨달리는
술은 사랑은 분명히 한희하는 줄이 넘어나겠구려.

三. 金庾信의 말(馬)

생각 없이 가던 길을 되돌이 하다가 天官女집 문간에서
목을 짤리웠다. 그러니까 생각을 맞추어야 한다는
너도 맞추고 나도 맞추고 나니 이젠 네가 사는 城은
네가 사는 城의 바깥에 있고 네가 사는 城은 또 네가 사는
城의 바깥에 있다는 永遠한 隔離라. 초록으로 불러도
城을 멀기 치렁 대답도 없을터니 차라리 김유신의 말이라도
되어야 하는가? Wenn dem Mann die Welt ein Heim
ist, so ist der Frau das Heim eine Welt.
城이란 헐어버릴 城도 둘러서는 안될 城밖 에는 存재치
않는 법이라.

성(聖)의 개념

......*

그래서 저는 이러한 사치스러운 감정, 자신이 없는 감정의 소유자를 성자라고 부르고 싶지 않다는 겁니다.

아무리 성스러운 감정이라 하더라도 그것이 진실한 의미에 있어서 성스럽기 위해서는 마땅히 인간적인 감정 즉 인간적인 순수성을 그 바탕으로 삼아야 한다고 생각합니다.

이러한 인간적 순수성을 포용함이 없이 되지 못하게시리 이차원적(異次元的) 의미로 '성'(聖)이란 개념을 규정한다는 것은 참으로 성스럽지 못하다고 느껴집니다. '성'(聖)이란 개념은 인간적이란 의미를 조금이라도 거부하지 않고 이것을 순화(醇化)시켜 그 속에 마찰 없이 포용할 때 비로소 성립되는 개념이라고 저는 생각합니다. 그러므로 성(聖)의 개념은 그 개념의 형성 과정에 있어서 적어

* 이 서간문의 앞 부분은 유실되어 그 내용과 수신인을 확인할 수 없다.

그래서 저는 이러한 사치스러운 감정, 自信이 없는 感傷의 所有層를 聖層라고 부르고 싶지 않다는 것입니다.

아무리 聖스러운 감정이라 하더라도 그것이 眞實한 의미에 있어서 聖스럽기 위해서는 마땅히 人間的인 감정 즉 人間的인 純粹性을 그 바탕으로 삼아야 한다고 생각합니다.

이러한 人間的 純粹性을 包容함이 없이 되지 못한 게스러 沒次元的 意味로 「聖」이란 槪念을 玩弄한다는 것은 참으로 聖스럽지 못하다는 느껴집니다. 「聖」이란 槪念은 人間的이란 意味를 조금이라도 拒否하지 않고 이것을 醇化시켜 그 속에 마침없이 包容할 때 비로소 成立되는 槪念이라고 저는 생각합니다. 그러므로 聖의 槪念은 그 개념의 形成過程에 있어서 적어도 「肯定」이나 「拒否」를 手段으로 하여서는 성립될 수 없으며 오히려 「理解」「承認」 「調和」「醇化」 등에 의하여 可能한 것이라 믿습니다.

聖, 이란 槪念만이 아니라 「仁」, 「美」의 槪念도 같은 性의 層를 띠고 있거든요.

結局 무슨 이야긴고 하니, 제가 형을 더 생각하고, 그 더 생각하는 만큼이 손해라는 느낌이고, 그 손해를 補償한 만큼의 기집애같은 불平을 느낀다는 것은 무척 人間的인 態度이라고도 장히 眞實한 의미로 聖서러울수 없는 態度라고 우겨보자는 심사입니다.

인제 밤도 깊고 하니, 붓을 꺼야 겠읍니다. 두꺼운 이불의 촉감에 愛着해보며, 窓으로부터 스며드는 서늘한 밤바람으로 가벼운 소름도 께쳐보면서, 그렇게 해 보다가 잠들고 싶군요.

도 '부정'(否定)이나 '거부'(拒否)를 수단으로 하여서는 성립될 수 없으며 오히려 '이해'(理解), '승인'(承認), '융화'(融和), '순화'(醇化) 등에 의하여 가능한 것이라 믿습니다. '성'(聖)이란 개념만이 아니라 '인'(仁), '선'(善)의 개념도 같은 유(類)의 허(虛)를 띠고 있거든요.

결국 무슨 이야긴고 하니, 제가 형을 더 생각하고, 그 더 생각하는 만큼이 손해라는 느낌이고, 그 손해를 보상(補償)할 만큼의 기집애 같은 분노를 느낀다는 것은 무척 인간적인 태도이고 또 장차 진실한 의미로 성스러울 수 있는 태도라고 우겨 보자는 심사입니다.

인제 밤도 깊고 하니, 불을 꺼야겠습니다. 두꺼운 이불의 촉감에 애착(愛着)해 보며, 창(窓)으로부터 스며드는 서늘한 밤바람으로 가벼운 소름도 끼쳐 보면서, 그렇게 해 보다가 잠들고 싶군요.

이십대의 신영복이 쓴 서간문

2부

사람의 얼굴

만추(晩秋)에 그리는 따뜻한 악수

"신세 많이 졌습니다. 내일 출소합니다. 머지않아 국가의 은전이 있어서 사회에 나오시기 바랍니다. 건강하십시오."

이 짧막한 대화는 형기를 끝마치고 출소하는 재소자가 남아 있는 사람들에게 하는 인사말입니다. 10년, 20년 동안 징역살이를 하는 장기수들은 참으로 많은 사람들을 이러한 인사로 떠나보냅니다. 그리고 생각합니다. '저 사람은 이제 다시 들어오지 않겠지.' '저 친구는 아마 한두 번은 더 들어오겠지.'

별로 오래지 않아서 그의 소식이 들려옵니다. '서울에서 죽었다더라. 부산에서, 광주에서 죽었다더라.' 물론 '죽었다'는 말은 구속되었다는 뜻입니다. 때로는 그가 출소한 교도소에 다시 수감되는 경우도 적지 않습니다. '멀리 뛰어 봐야 벼룩이지' 하는 연민과 경멸이 뒤섞인 수사를 곁들여 가며 우리의 곁을 떠나갔던 그를 다시 화제에 올립니다. 다시 구속되어 접견 대기실에 앉아 있는 그를 봤다느니, 미결사동에서 그를 봤다느니, 그의 이야기는 점점 우리들 가까이로 다가옵니다. 그리고 그런 소문은 머지않아 그가 형이 확정되어 기결사동으로 넘어오게 됨으로써 사실로 확인됩니다. 출소와 함께 멀리 원심운동을 한 그의 발길이 거대한 구심력에 이끌려 돌아옵니다. 교도소의 구심력에 이끌려 돌아오는 것인지, 아니면 세상의 원심력에 떠밀려 교도소로 밀려나는 것인지 알 수 없지만, 그는 소위 'U턴'을 하여 교도소로 돌아옵니다.

때로는 지난번 징역 때 출역했던 공장에 다시 출역하는 경우도 있고, 때로는 지난번 징역 때 살았던 바로 그 방으로 다시 배방 되어 들어오는 경우마저 드물지 않습니다. 면목 없어하는 그를 핀잔도 하고 위로도 하면서 우리는 다시 함께 섞여 살아갑니다. 지난번 징역인지 이번 징역인지 구별되지도 않은 채 살아갑니다.

그리고 어느덧 만기가 되면 다시 만기 인사를 합니다.

"그동안 신세 많이 졌습니다. 내일 출소합니다. 머지않아 국가의 은전이 있어서 사회에 나오시기 바랍니다. 건강하십시오."

똑같은 사람과 똑같은 인사를 또 나눕니다. 장기수들은 참으로 많은 사람들을 이렇게 맞이하고 떠나보냅니다. 마치 감옥의 주인인 것처럼 말입니다.

출소 만기 인사를 일곱 번 나눈 사람

내가 대전교도소에 살았던 15년 동안 같은 사람과 여러 번 만기 인사를 나누었음은 물론입니다. 일곱 번의 만기 인사를 나눈 사람도 있습니다. 그는 15년 동안에 일곱 번을 들어온 셈입니다. 지금은 징역이 비싸져서 1, 2년형이 드물지만 그때만 해도 2년형이면 징역이 많은 편이었습니다. 6개월형, 10개월형도 많았고 웬만한 경우는 1년이나 1년 6개월 정도였습니다. 앞으로는 같은 사람과 일곱 번의 만기 인사를 나누기는 앞으로는 매우 어려우리라고 생각됩니다.

징역 초년 시절, 나는 만기자들과 인사를 나누면서 속으로 짐작하는 습관이 있었습니다. 다시 들어올 사람인가, 다시는 들어오지 않을 사람인가를 속으로 매겨 두는 것입니다. 개중에는 한두 번 더 들어오겠지 싶은 사람도 없지 않았고, 다시는 들어오지 않을 사람이라고 생각되었던 사람도 많았습니다. 징역살이는 그 사람을 가장 깊이 꿰뚫어 볼 수 있는 자리입니다. 그 사람의 됨됨이나 마음 씀씀이에서부터 그가 지닌 기능이나 습관, 그의 과거사와 집안 내력, 친척과 친구들의 면면에 이르기까지 바깥 사회에서는 도저히 알 수 없는 것까지 자연히 알게 됩니다. 그 사람의 잠꼬대까지 알고 있는 경우도 있습니다. 그렇기 때문에 나는 나의 짐작에 대하여 상당한 자신이 있었습니다.

그러나 다시는 들어오지 않으리라고 매겨 두었던 사람이 또 들어올 때 내가 느끼는 실망과 회의는 매우 크지 않을 수 없었습니다. 다시 만나 어색한 악수를 나눌 때의 나의 심정은 착잡합니다. 그래서 해를 더해 갈수록 나는 출소하는 사람에 대한 점수를 짜게 매기기 시작했습니다. 그 사람을 평가하는 기준을 훨씬 엄격하게 하여 틀림없다 싶은 사람에 대해서도 다시 들어올 때까지의 기간을 다소 길게 잡아 줄 뿐 여간해서는 다시 들어오지 않으리라는 기대는 하지 않기로 하였습니다. 그러나 일곱 번의 만기 인사를 나눈 사람이 있듯이 대부분의 기대가 빗나가게 마련이었습니다.

사람이 소위 범행을 하게 되는 까닭이 그 사람의 됨됨이에 있기도 하겠지만 그보다는 그 사람의 처지(處地)에 있다는 것을 알기까지는 내게는 참으로 많은 세월이 필요했습니다. 나 자신이 세상의 거대한 원심력에 떠밀려 옥중에 있었음에도 불구하고 그것을 확인하기까지는 참으로 수많은 사람의 삶을 읽어야 했습니다. 더 정확하게 말하자면 수많은 사람들의 삶을 통하여 사회의 보다 깊은 실상을 읽어야 했습니다.

항산(恒産)이 없으면 항심(恒心)도 없다

지금은 사라지고 없지만 나는 징역 초년을 남한산성 육군교도소에서 보냈습니다. 육군교도소는 군 수형자들이 수감되는 곳이기 때문에 당연히 재소자들은 이십대의 젊은이들이 거의 전부였습니다. 그때는 나도 이십대였습니다. 폭행, 상해, 살인 사건도 더러 있기는 하였지만 재소자의 거의 대부분이 경미한 범죄라 할 수 있는 군무 이탈, 휴가 미귀, 초소 근무 이탈 등이었습니다. 애인이 변심했기 때문이기도 하고 과음 때문이기도 하고 병영의 질서나 비합리를 견디지 못하기 때문이기도 했습니다. '사건'은 당사자 개인의 '성격'과 연관되어서 이해되었습니다. 성격상의 결함이나 자제력의 부족으로 말미암아 저질러진 것이 대부분이었습니다. 그래서 나는 사건과 개인의 성격을 직선적으로 연결시켜 이해하는 사고(思考)를 가지고 있었습니다.

그러나 내가 형이 확정되어 민간 교도소로 이송되어 왔을 때 가장 놀라웠던 것은 교도소에 노인 재소자가 많다는 사실이었습니다. 육군교도소에서는 한 사람도 볼 수 없었던 노인 재소자들이 민간 교도소에는 그리도 많았습니다. 나는 이해가 가지 않았습니다. 노인이 교도소에 많이 있다는 사실은 사건과 당사자의 성격을 직선적으로 연결 지어 생각하던 나의 사고에 심한 혼란을 가져다주었습니다. 젊은 사람들의 경우와는 달리 노인의 경우는 그 사건과 그 사람의 성격상의 결함이 직접적으로 연결되지 않았습니다. 이러한 사고의 혼란은 차츰 한 가지의 분명한 의문으로 자리 잡기 시작했습니다. 저 노인은 어떤 인생을 살아왔기에 저 나이에도 징역살이를 하고 있는가 하는 의문이 그것입니다. 한마디로 노인의 징역은 그 노인의 성격상의 결함과 관련지어 생각할 것이 아니라 그가 살아온 인생과 관계해서 설명되어야 할 것 같았습니다. 내가 징역 햇수를 거듭해 감에 따라 차차 알게 된 것이지만, 일생의 절반 이상을 징역살이로 채워 온 노인들의 인생은 참으로 파란만장한 것이었습니다.

만주로, 일본으로, 농사일로, 도시의 품팔이로 그 긴 세월을 떠도는 동안 한 번도 따뜻한 정처(定處)를 얻지 못하고 줄곧 떠밀리고 쫓기며 살아온 아픈 과거를 가지고 있었습니다. 작고 짧은 성공의 시절이 있기도 하였지만 길고 어두운 좌절의 세월을 걸어야 하였습니다. 노인들의 징역살이에서는 그 개인의 성격상의 결함을 읽기 이전에 그의 인생을 읽게 되고, 그의 인생에서는 그 세월에 점철된 근대사의 파란만장한 역사의 얼룩을 대면하게 됩니다.

세상에는 극히 개인적인 일이라 하더라도 개인에게 책임을 물어야 하는 일은 그리 많지 않다는 생각을 갖게 되기도 하였습니다. 저 혼자의 힘만으로 꽃을 피우는 푸나무가 없듯이 저 혼자의 잘못으로 떨어지는 꽃잎도 없기 때문입니다.

돌이켜 생각해 보면 나는 언제부터인가 만기 인사를 나누면서 '이제 출소하면 마음잡고 다시는 이곳에 들어오지 말아라'는 상투적인 인사말을 입에 올리지 못하게 되었습니다. '마음을 잡으라'는 말 대신에 '자리를 잡으라'는 말을 나누게 되었습니다. 자리가 먼저인지 마음이 먼저인지 알 수 없지만 너나없이 마음 붙일 자리가 없는 사람들이고 보면 아무래도 우선 자리 하나가 무엇보다 절실하리라고 생각되었습니다. 한 포기 꽃나무나 마찬가지입니다. 설 땅이 그리운 법입니다. 무항산자 무항심(無恒産者無恒心). 항산(恒産)이 없이 항심(恒心)이 있을 수 없다는 옛말이 바로 그런 뜻이었습니다.

그러나 오늘날의 범행은 20년 전의 그것에 비하여 그 성격이 많이 달라졌음이 사실입니다. 사회의 변화만큼이나 많이 달라졌음을 느낍니다. 생활수단을 얻기 위한 것이기보다는 다른 동기와 목적에서 자행되고 있는 것이 대부분이란 생각을 금치 못합니다.

불법 행위에 관대한 사회

그중에서도 가장 크게 달라진 점은 우선 범죄와 불법행위라는 전혀 다른 두 개의 범주로 확연히 구분하는 일반인들의 범죄관이라 할 수 있습니다. 절도, 강도 등의 범죄행위와 선거사범, 경제사범 등의 불법행위로 나누고, 그것을 바라보는 관점도 전혀 다르다는 것입니다. 범죄행위에 대한 우리의 관념은 매우 가혹한 것임에 반하여 불법행위에 대해서는 더없이 관대한 것으로 되어 있습니다. 한마디로 범죄행위에 대해서는 그 인간 전체를 범죄시하여 범죄인으로 단죄하는 데 반하여 불법행위에 대하여는 그 사람과 그 행위를 분리하여 불법적인 행위에 대해서만 불법성을 문제시하는 정도입니다. 범죄에 대한 이러한 이중의 잣대는 우리 사회의 불법행위가 쉽게 근절되기 어렵게 하는 환경이 되고 있기도 합니다. 불법행위를 양산해 내는 구조와 그 구조적 불법행위를 범죄시하지 않는 사회적 통념이 서로 결합되어 악순환을 이루고 있음을 느끼게 됩니다. 선거부정이나 경제사범의 경우가 그 전형적인 예라고 할 수 있습니다.

그리고 이보다 더욱 크게 달라진 것은 범죄행위든 불법행위든 그 행위의 동기가 한마디로 최소한의 인간적인 항산(恒産)을 얻기 위한 것이 아니라는 사실이라고 생각됩니다. 항산이 있음에도 불구하고 항심(恒心)을 지니지 못하고 있는 데서 오는 것이라 할 수 있습니다. 무항심(無恒心)의 원인이 무항산(無恒産)에 있지 않게 되었다는 사실이라 할 수 있습니다.

얼마만큼의 소유가 항산(恒産)이 될 수 있는지, 그리고 항산이 왜 항심을 뒷받침해 주지 못하고 있는지에 대하여 우리의 생각을 정리해야 할 것입니다. 항산이 항심을 지탱해 주지 못한다면 우리는 항산을 마련하는 일보다 항심을 지켜 주는 문화를 먼저 고민해야 하는 역순(逆順)을 밟아야 하는 것인지도 모릅니다.

항산과 항심에 대한 생각을 달리다 보면 결국 우리 사회의 가장 근본적인 문제는 더 많은 소비, 더 많은 소유를 갈구하게 하는 욕망의 생산구조라는 데 생각이 미치게 됩니다. 이러한 욕망의 생산구조야말로 어쩌면 속도와 경쟁에 대한 광적인 집착과 목표와 수단의 전도(顚倒)에 대한 불감증이라는 집단적 증후군의 근본적인 원인이 되고 있는지도 모릅니다.

성과의 대소(大小)만이 인정되고, 속도의 지속만이 주목되고, 효율성의 고저(高低)만이 평가되는 신앙적 열기 속에서 선(善)과 불선(不善)을 논의하고 목적과 수단의 정당성을 이야기한다는 것은 참으로 무력한 것일지도 모릅니다. 그러나 생각하면 항산이 항심을 지켜 주지 못하는 것과 마찬가지로 목표와 달성은 수단과 과정을 사후적으로 합리화해 주지 못하는 법입니다.

목표의 올바름을 선(善)이라 하고 그 목표에 이르는 수단의 올바름을 미(美)라 합니다. 목표가 올바르고 그에 이르는 과정이 올바른 때를 일컬어 진선진미(盡善盡美)라 하는 것입니다. 목표는 높은 단계의 수단이고 반대로 수단은 낮은 단계의 목표일 뿐입니다.

목표와 수단을 통합적으로 사고하지 않고 이 둘을 각각 분리해서 생각하는 사고의 파행성이야말로 우리 사회의 모든 분야에 만연해 있는 부조리의 원인이라 할 수 있습니다. 최근의 사회적 목표가 되어 있는 경쟁력과 효율성의 논의에서부터 경제성장론, 교육철학, 인간학(人間學)에 이르기까지 이러한 관념은 완고한 율법적 권위로 우리의 머리 위에 군림하고 있습니다.

목표보다는 그에 이르는 과정에 주목하고 그 과정을 올바르고 선량한 것으로 만들어 내려는 항심이 그 어느 때보다 치열하게 고민되어야 할 것입니다.

어떠한 수단과 과정에도 개의치 않고 오로지 항산과 달성만이 우상처럼 경배되는 거대하고 집단적인 증후군에 생각이 미칠 때마다 나는 일곱 번의 만기 인사를 나누던 가난한 친구의 얼굴을 떠올리게 됩니다. 다시 교도소에 들어와서 면목 없어하던 그의 가난한 얼굴과 그 얼굴에 고이던 양심의 가책이 문득문득 떠올리게 됩니다. 그리고 그에 대한 작은 추억으로부터 역설적이게도 오늘의 거대한 부조리의 구조를 읽게 됩니다.

가을바람 소리들을 가장 먼저 듣는 사람은 겨울을 걱정하는 외로운 나그네라는 시구가 생각납니다. 지금은 어느 곳에서 누구와 쓸쓸한 만기 인사를 나누고 있는지 알 수 없지만 나는 문득 그이와 따뜻한 악수를 다시 한 번 나누고 싶어집니다.

『신동아』 1996년 11월호

수도꼭지의 경제학

C교도소 4동 상층의 세면장에는 수도꼭지가 8개 있었습니다. 그러나 사용할 수 있는 꼭지는 2개뿐이었습니다. 나머지 6개는 T자형의 손잡이를 뽑아 버리고 스패너로 단단히 조여 놓았기 때문에 먹통이었습니다. 맨손으로는 그것을 풀 수가 없도록 해 놓았습니다. 물을 절약하기 위해서임은 말할 나위도 없습니다. 재소자는 너나없이 '물 본 기러기'이기 때문이었습니다.

교도소에서 귀하기로 말할 것 같으면 밥과 맞먹는 것이 물입니다. 단 한 번도 물을 물 쓰듯 써 보지 못한 우리들로서는 너무나도 당연한 욕심입니다. 하루 세 끼 설거지에서부터 세수, 빨래는 물론이고 목욕은 감히 생심을 못한다 하더라도 냉수마찰은 어떻게든 하고 싶기도 합니다. 기회만 있으면 방에 있는 주전자나 물통은 물론이고 그릇이란 그릇마다 물을 채워 놓는 것이 일이었습니다. 물을 많이 챙겨 놓은 날은 마음 흐뭇하기가 흡사 그득한 쌀뒤주를 바라보는 심정이었습니다. 그만큼 물이 귀했습니다.

170

여름철은 말할 필요도 없고 겨울이라고 해도 찬물 목욕이나 담요 빨래를 시켜만 준다면 마다할 사람이 없는 처지이고 보면, 물을 가운데에 둔 관(官)과 재소자의 줄다리기가 사철 팽팽하지 않을 수 없는 것입니다. 8개의 수도꼭지 중에서 2개만 남기고 나머지 6개를 먹통으로 잠가 버리는 것은 어느 교도소건 관례가 되다시피 한 통상적인 통제의 방법이었습니다. 이것은 이를테면 원천을 봉쇄하는 가장 확실한 방법이기 때문입니다. 이러한 방법이 언뜻 가장 완벽한 것 같지만 사실은 그렇지 못했습니다. 어느새 엄청난 누수가 일어나고 마는 것입니다.

맨 먼저 일어난 사건은 성하게 남겨 둔 수도꼭지의 손잡이가 분실되기 시작하는 사건이었습니다. 처음 몇 번은 관에서 없어진 손잡이를 다시 갖다가 꽂아 놓았습니다. 그러나 다시 꽂기가 무섭게 이내 없어지고 말았습니다. 수도꼭지는 어느 것이나 마찬가지로 윗부분의 나사 한 개만 풀면 손잡이가 쉽게 분해될 수 있는 얼개였으며, 손잡이만 가지면 먹통 꼭지를 틀어서 얼마든지 물을 얻을 수 있기 때문이었습니다.

손잡이의 분실 사건이 계속되자 이제는 아예 나머지 성한 꼭지의 손잡이마저 분리하여 담당 교도관이 책상 서랍에 보관하였습니다. 이제는 물을 합법적으로 쓰기 위해서도 절차를 밟아야 했습니다. 숨겨 둔 손잡이의 가치는 더욱 커졌습니다. 다른 출역 사동의 세면장에 있는 수도꼭지의 손잡이가 분실되기 시작하였고 공장이건 목욕탕이건 심지어 직원 화장실에 이르기까지 수도꼭지가 분실되지 않는 곳이 없었습니다.

우리 방에도 물론 비밀리에 입수하여 감추어 두고 사용하는 수도꼭지가 한 개 있었습니다. 그리고 제법 끗발이 센 K군이 자기 혼자만 사용하는 손잡이가 한 개 더 있었습니다. 4동 상층의 11개 사방 가운데 수도꼭지를 한두 개 감추어 두고 있지 않은 방은 하나도 없었을 것입니다. 그리고 '잘 나가는 방'에는 두어 개씩 보유하고 있기도 하였습니다. 심지어는 2개 또는 3개씩의 개인용 꼭지를 가지고 있는 사람도 있었습니다. 혹시 분실할 수도 있고 검방이나 검신 때 발각되어 압수될지도 모르기 때문에 여벌로 한두 개쯤 더 가질 필요가 있는 것입니다.

수도꼭지는 어느덧 친한 친구나 평소 신세를 진 사람에게 귀한 선물이 되기도 하였고 더러는 상품이 되어 다른 물건과 교환되기도 하였습니다. 수도꼭지는 이제 수도꼭지 이상의 가치를 갖게 되었습니다. 수도꼭지는 물을 떠나서도 가치를 지니게 되었습니다.

4동 상층에 몰래 감추어 두고 사용하는 수도꼭지가 모두 몇 개인지 정확하게는 알 수 없지만 대충 계산해 보더라도 11개 방마다 한두 개씩 그리고 끗발 있는 재소자가 네댓 명이라 치면 거진 20여 개의 수도꼭지가 있는 셈이 됩니다. 세면장에 설치되어 있는 8개의 수도꼭지에 비하면 무려 두어 갑절이나 됩니다. 그럼에도 불구하고 수도꼭지는 여전히 부족했습니다. 우선 그 방에 몰래 감추어 두고 쓰는 것이기 때문에 그 꼭지의 관리자한테 일일이 허락을 받아야 했고, 개인용을 빌리기도 한두 번이지 미안하고 속상하는 일이었습니다.

4동 상층의 100여 명의 재소자가 불편이나 불평 없이 물을 쓸 수 있기 위해서는 대체 몇 개의 수도꼭지가 있어야 하는지 계산해 보았습니다. 1인당 1개에다 분실이나 압수에 대비한 여벌 1개씩 도합 200여 개의 수도꼭지가 필요하다는 계산입니다. 8개의 수도꼭지에 비하여 무려 2, 30배의 수도꼭지가 필요한 셈입니다. 이처럼 많은 양이 있더라도 물의 사용은 일단 불법임에는 변함이 없습니다. 실제로 담당 교도관에게 적발되어 수도꼭지를 압수당하고 경을 친 사람도 더러 있었습니다. 대개는 담당 교도관에서 밉게 보인 사람이거나 만만하게 보인 약한 사람이었습니다. 그러나 사람들은 그를 일컬어 '재수 없어' 걸렸다고 했습니다.

어쨌건 원천을 봉쇄하여 물을 통제하려던 애초의 계획은 수포로 돌아가고 8개의 수도꼭지를 모두 열어 놓는 것보다 더 많은 물이 누수되고 있었습니다. 스패너로 단단히 묶어 둔 6개의 먹통 수도꼭지도 아무 소용이 없었습니다. 맨손인 사람에게만 철벽일 뿐 수도꼭지를 가지고 있는 사람한테는 수청 기생처럼 쉽게 몸을 풀었음은 말할 필요가 없었습니다.

이처럼 수많은 수도꼭지에도 불구하고 대부분의 사람들에게는 물은 여전히 부족하였고 불편하였습니다. 물의 필요는 수도꼭지에 대한 욕심으로 바뀌어 남들의 비난을 받았고 스스로도 부끄러웠습니다.

이 이야기는 물론 징역살이의 이야기이고 교도소 안에나 있는 '물 본 기러기'들의 물 욕심에 대한 이야기이기도 합니다. 그러나 나는 지금도 서울의 도처에서 문득문득 그 씁쓸한 수도꼭지의 기억을 상기하게 됩니다. 수많은 자동차들로 체증을 이룬 도로의 한

복판에서 걷는 것보다 더 느리게 꿈틀대는 버스 속에 앉아 있을 때 나는 예의 그 수도꼭지를 생각합니다. 분양 아파트의 모델하우스에 붐비는 인파 속에서 나는 먹통 수도꼭지 앞에서 마른 침을 삼키던 예의 그 갈증을 생각합니다.

8개의 수도꼭지로 될 일이 20개, 30개의 수도꼭지로도 안 되는 일은 교도소가 아닌 바깥세상에도 얼마든지 있습니다. 자동차도 그렇고 아파트도 그렇고 땅도 그렇고 대학 입시도 그렇고 화려한 백화점의 수많은 상품들도 그렇습니다. 나는 낯선 서울 거리를 걸으며 버릇처럼 수도꼭지를 상기합니다. 맨손으로 수도꼭지를 비틀다가 하얗게 핏기가 가신 엄지와 검지의 통증을 생각합니다. 그리고 그때마다 잘못된 소유, 잘못된 사유가 한편으로 얼마나 엄청난 낭비를 가져오며, 다른 한편으로 얼마나 심한 궁핍을 가져오는가를 생각합니다. 망망대해 위를 나는 목마른 기러기를 생각합니다.

『월간 경제정의』(현 월간 경실련), 1991년 7,8월호(창간호)

아픔을 나누는 삶

해외 기행 때의 일입니다. 스웨덴 기행을 끝내면서 복지국가 스웨덴을 한 장의 그림으로 만들어야 할 차례였습니다. 늦은 밤까지 애를 먹었던 기억이 있습니다. 복지 선진국 스웨덴을 그림으로 그리기가 어려웠던 까닭을 지금 다시 생각해 봅니다. 그것은 아마 스웨덴에서 받은 나의 인상이 의외로 착잡했기 때문일 겁니다.

각종 복지관, 병원, 공원, 학교 등 스웨덴이 자랑하는 수준 높은 복지 제도는 기초 생활도 보장되지 못하고 있는 우리의 현실을 생각하면 사실 부러운 것이 한두 가지가 아니었습니다. 그럼에도 불구하고 나의 심정은 매우 복잡한 것이었습니다. 안락한 삶이되 어딘가 노쇠하고 무기력한 삶. 이것을 그림으로 표현한다는 것이 내게는 참으로 망연하였습니다.

한 가지 예를 들면 아내와의 다툼에 대하여 동료에게 이야기를 꺼내면 이야기를 채 잇기도 전에 정중하게 그 문제는 전문 상담자와 상담하라고 권유하면서 이야기를 잘라 버립니다. 물론 전문 상담자는 그의 동료보다 훨씬 더 합리적인 해결 방법을 제시해 줄 것이 틀림없습니다. 그러나 이것은 삭막한 풍경이 아닐 수 없습니다. 훌륭한 시설을 갖춘 노인 복지관의 할머니는 생면부지의 여행자인 나를 붙잡고 놓아주려 하지 않았습니다. 사람을 그리워하는 노년의 생활은 무척 삭막해 보였습니다. 물론 복지관에 상담 프로그램이 실시되고 있기는 하였습니다. 그러나 나는 내내 훌륭한 시설이란 무엇인가 반문해 보았습니다. 편리하게 설치되어 있는 첨단 시설들이 오히려 비정한 모습으로 내게 비쳐 오는 것이었습니다.

한마디로 스웨덴에서 느낀 삭막함은 사람들 사이에 아픔의 공유가 없다는 사실에서 오는 것이었는지도 모릅니다. 아픔은 그것의 신속한 해결만이 전부가 아니라고 생각합니다. 아픔은 신속한 해결보다는 그 아픔의 공유가 더 중요하지 않을까. 우산을 들어 주는 것보다 함께 비를 맞는 것이 진정한 도움이 아닐까. 생각은 매우 착잡했습니다.

아픔의 공유와 그 아픔의 치유를 위한 공동의 노력. 그러한 공동의 노력은 그 과정에서 당면의 아픔만을 문제삼는 것이 아니라 그 아픔을 만들어 내는 근본적인 사회적 구조를 대면하게 해 준다고 믿습니다. 이것은 질병을 국소적 병리 현상으로 진단하고 대증요법(對症療法)으로 처치하는 의학보다는 질병을 생리 현상(生理現象)으로 파악하고 인체의 생명력을 높이는 동의학(東醫學)의 사고와 맥을 같이하는 것이라 할 수 있습니다.

최근 연복지(緣福祉, socio-net welfare) 개념을 구성하여 서구적 복지 개념을 반성하는 이론도 제시되고 있습니다만, 나는 그러한 시도에서 어떤 가시적 성과를 기대하기보다는 그러한 이론적 접근이 인간관계를 주목하게 하고 사회 구조의 문제를 대면하게 한다는 점에서 매우 긍정적 기대를 갖고 있습니다.

"덕불고 필유린"(德不孤必有隣)은 물론 덕을 베푸는 사람에게는 반드시 이웃이 있다는 의미입니다. "적어도 50세까지 베푸는 삶을 산다면 그 이후의 삶은 걱정하지 않아도 된다"는 해석이 사회 구조를 반성하는 풀이로서 더욱 적절한 해석이라고 생각합니다.

『노자』(老子)의 마지막 장에는 "성인은 사사로이 쌓아 두지 않는다. 이미 남을 위하여 베풀었으므로 오히려 자기에게 넉넉하게 있는 것이나 다름없다"(聖人不積, 旣以爲人, 己愈有, 旣以與人, 己愈多)는 구절이 있습니다. 물론 범인에게 성인의 도리를 요구하는 것은 무리라고 생각됩니다. 그러나 이 경우의 성인은 이상적 목표를 의미하는 것으로 받아들일 수 있습니다.

생각하면 오늘날의 복지 문제는 함께 아픔을 나누지 않고 그 가진 바를 남을 위하여 베풀 수 없는 사회 구조에서 비롯되는 것이 아닐 수 없습니다. 궁극적으로는 사회 구조와 인간관계의 문제가 아닐 수 없습니다.

그러나 최소한의 기초 생활마저 해결하지 못하는 우리의 열악한 복지 현실에서 사회 구조의 문제나 인간관계의 문제를 거론한다는 것은 너무나 비현실적인 접근인지도 모릅니다. 더구나 모든 물질적 여유가 나누어지기는커녕 남김없이 자본화되어 치열한 자기 증식(自己增殖)을 추구하고 있는 것이 우리의 현실입니다. 비자본적 공간에 남아 있는 '작은 인정'만을 나누고 있는 것이 우리의 현실입니다.

그러나 우리 사회에는 비(非)시장적 공간과 비(非)자본주의적 관계가 도처에 건재하며 얼마든지 확장될 가능성이 있다는 사실을 간과해서는 안 될 것입니다. 그러한 가능성을 키워 나가는 것이 진정한 사회 변화의 내용이 되고 새로운 문명적 담론으로 자리 잡아야 하는 것도 사실입니다. 성급한 목표 달성보다는 그 목표에 이르는 과정, 그 과정 속에서 진정한 의미를 찾아야 하는 것 또한 사실이 아닐 수 없습니다. 나는 스웨덴에서 느꼈던 착잡한 상념이 우리의 열악한 현실을 위로하려는 감상이 아니기를 바랍니다.

『월간복지동향』 제24호, 2000년 9월

사람의 얼굴

〈가고파〉란 노래를 들을 때 나는 내가 어린 시절에 자랐던 유천강을 생각합니다. 〈옛 동산에 올라〉란 노래를 들을 때마다 나의 머릿속에 변함없이 떠오르는 동산은 언제나 고향의 작은 뒷산입니다. 유천강이나 고향의 작은 뒷산은 이 노랫말을 지은 시인이 생전 보지도 듣지도 못한 곳입니다. 이 노래를 부르거나 듣는 사람들 가운데 내가 떠올리는 강이나 산을 연상하는 사람은 아무도 없을 것입니다. 심지어 어린 시절 이 강과 산을 함께 나누며 자란 나의 친구나 형제들 가운데에도 나와 같은 연상을 하는 사람은 아무도 없을 것입니다.

비단 노래뿐만이 아닙니다. 무심히 글을 읽다가 문장 속에서 잠시 만나는 한 개의 단어에서도 우리에게는 그것과 함께 연상되는 장면이 있게 마련입니다. 글뜻에 마음이 빼앗겨 미처 돌이켜 볼 여유가 없어서 그렇지 이러한 연상 세계는 마치 영상의 배경처럼 우리가 구사하는 모든 개념의 바탕에 펼쳐져 있습니다.

이를테면 '민족'이란 단어를 읽을 때 연상되는 장면을 물어보면 사람마다 각각 다른 장면을 이야기해 줍니다. 어떤 사람은 태극기를, 어떤 사람은 3·1절 기념식장을, 어떤 사람은 88올림픽을, 장승을, 시골 장터를 연상하고 있습니다.

민족이란 단어뿐만이 아니라 더욱 구체적인 단어의 경우도 사람마다 그 연상의 세계가 가지각색이기는 마찬가지입니다. 소나무, 돼지, 자동차, 쌀, 옷…….

나는 오랜 독거 생활의 무료를 달랠 생각으로 시작한 것이기는 하지만 내가 사용하거나 만나는 모든 단어의 연상 세계를 조사해 나간 시절이 있었습니다. 내 생각의 배후를 파헤치는 심정으로 하나하나 점검해 본 적이 있습니다. 그리고 매우 놀라운 것을 발견했습니다.

예를 들어 '실업'이란 단어를 읽을 때 나의 머릿속을 스쳐 지나가는 장면은 경제학 교과서에서 읽은 이러저러한 개념이었습니다. 케인스적 실업, 맬서스적 실업, 상대적 과잉 인구, 실업률…… 메마른 경제학 개념과 이론들이 연상되는 것이었습니다. '전쟁', '자본', '상품'과 같이 고도의 사회성을 띤 개념도 그 사회관계의 본질인 사회적 관계가 사상(捨象)되고 있음은 물론이고 구체성을 담고 있는 개념마저도 그 연상 세계가 감각적이고 형식적인 것임에 놀라지 않을 수 없었습니다.

'전쟁'이라는 단어에서는 이제 패트리어트 미사일과 스커드 미사일이 펼치는 전자오락 게임과 같은 텔레비전 화면이 연상되기 십상이며 '자본'에서는 은행의 금고가, '상품'에서는 백화점 쇼윈

도가 연상되게 마련입니다. 한마디로 정서적 공감의 원초가 되는 '사람'이 연상되는 경우는 거의 없습니다.

이처럼 나의 머릿속에 사람의 얼굴이 담겨 있지 않다는 사실을 처음으로 깨달았을 때의 충격은 엄청난 것이었습니다. 그것은 심한 무력감과 외로움 같은 것이었습니다. 한겨울의 독방보다도 더 무력하고 통절한 외로움이었습니다. 더불어 함께 일할 동료도 없이, 손때 묻은 연장 하나 없이, 고작 몇 권의 책과 연필을 들고 척박한 간척지에 서 있는 느낌이었습니다.

사회과학도에게 요구되는 냉철한 이성(cool head)이 사람과 사람과의 관계를 배제하는 것이 아니라면 이것은 거대한 허구가 아닐 수 없습니다. 더구나 냉철한 이성이 따뜻한 가슴(warm heart)을 바탕으로 하여 얻어지는 것이라면 나의 관념 세계는 실로 비정한 것이 아닐 수 없습니다.

나는 내가 읽고 생각한 것, 심지어 내가 온몸으로 겪은 것에서마저도 껍데기만 얻고 있을 뿐이었고 껍데기로 누각을 짓고 있을 뿐이었습니다. 나는 나의 메마르고 비정한 연상 세계에 사람의 얼굴을 하나하나 심어 나가기로 작정하였습니다. 관념적인 연상 세계를 풍부한 구체성으로 채우고 싶었습니다.

나는 우선 '실업'이란 말을 듣거나 읽을 때 의식적으로 내가 잘 아는 친구를 떠올리기로 하였습니다. 그는 쌀 1kg에 800원 하던 때에 500원어치의 쌀을 달라고 하기가 부끄러워 라면으로 끼니를 때우는 사람이었습니다.

연탄을 살 돈이 없어 아예 냉방으로 지내던 겨울에 그를 괴롭히던 것은 추위가 아니라 혹시 다른 가게에서 연탄을 사고 있지나 않나 하고 의심스럽게 바라보는 가겟집 아주머니의 시선이었습니다. 하루 종일 번 돈이 식구들의 끼니를 에울 만큼이 되지 못하면 차마 자기만 바라고 있는 동생들을 볼 면목이 없어 집으로 들어가지 못하고 싸구려 합숙소에서 새우잠을 자고 새벽 어둠 속 대학병원에서 피를 팔던 친구였습니다.

회복실에 누워 메마른 카스텔라를 먹으며 팔목을 타고 흘러내리는 피를 손가락에 찍어 벽에다 낙서를 하던 친구. 그 친구를 생각하기로 작정하였습니다. 그가 썼던 벽 위의 낙서를 생각하기로 하였습니다.

관념성을 벗는다는 것은 일차적으로 이 연상의 세계가 관념적이지 않아야 할 것 같았습니다. '건축'이라는 단어에서 '빌딩'이 연상되는 것보다는 '포클레인'이나 '망치'가 연상되는 것이 덜 관념적이고 포클레인이나 망치보다는 자기가 잘 아는 '목수'가 연상되는 경우가 보다 덜 관념적이라고 생각됩니다.

더구나 '정직'이라든가 '양심'과 같이 추상적인 단어일수록 그것과 더불어 사람이 연상되지 않는 한 그것이 사람들의 삶을 담아내는 일에 있어서는 무력할 수밖에 없는 것이며, 그것이 인간적인 것으로 되기는 더욱 어려운 것입니다.

그리고 더욱 중요한 것은 연상되는 사람이 어떠한 사람인가에 따라서 사고의 성격 즉 그의 사회적 입장이 정해진다는 사실입니다. 그리고 그 시대 그 사회의 가장 민중적인 사람들이 사고의 밑바탕에 자리 잡고 있어야만, 그의 사상도 시대적 과제와 사회적 모순을 온당하게 반영하고 그것과 튼튼히 연결될 수 있다는 사실입니다.

그리하여 '자유'나 '평등'과 같은 고매한 개념도 사람과 사람과의 관계를 사실적으로 표현해 내는 그림으로 그 내용이 채워질 때 비로소 우리는 관념의 유희와 비인간적인 물신성으로부터 해방될 수 있는 것이라 생각됩니다.

고향에서 숙모님이 보내 주신 대추 한 되를 앞에 놓고 숙모님의 모습과 고향의 산천을 떠올리기는 어렵지 않지만 슈퍼에서 구입한 사과 한 개를 손에 들고 과수원을 연상하기는 어렵습니다. 더구나 거리마다 넘치는 무수한 자동차를 바라보며 자동차 공장의 기름땀에 젖은 노동자들의 수고를 생각하기는 거의 불가능에 가깝다고 할 것입니다.

사람의 얼굴이 담겨 있지 않은 우리의 머리와, 사람과의 관계가 사라져 버린 우리들의 삶 속에 사람 대신 무엇이 그 자리를 차지하고 들어앉아 있는지…… 참으로 섬뜩하지 않을 수 없습니다.

북한산 등반길에서 어느 중년의 남자 두 사람이 이야기하며 지나갔습니다. "저게 다람쥐는 아니고 이름이 무어라더라? 꼬리가 꽤 비싸다던데?" 우리들의 생각은 얼마나 삐뚜로 놓여 있으며 우리들의 삶은 얼마나 삭막하고 산산이 조각나 있는가.

모든 물질적 성과와 모든 정신적 문화의 밑바탕에서 그것을 만들어 내고 그것을 지탱하고 있는 사람들의 얼굴을 발견해 내고 그 사람들과의 관계 위에서 영위되고 있는 나의 삶을 깨닫지 않으면 안 되는 것입니다.

나는 그러한 깨달음을 가까이 두기 위하여 나의 연상 세계에 사람들을 심으려 했는지도 모릅니다. 그러나 독거실의 냉기 속에 곧추앉아서 사고의 배후를 파헤치고, 나의 뇌리 속에 틀고 앉은 잡다한 관념의 검불을 쏠어 내고, 그 자리에 나의 친구들을 심으려던 나의 시도는 결국 이렇다 할 진척을 보지 못한 채 참담한 구멍만 뚫어 놓고 말았습니다.

그 참담한 실패의 전모를 글로써 적기에는 그 과정이 너무나 복잡합니다. 돌이켜 보면 그것은 필요한 일이기는 하였으나 성급한 것이었습니다.

나에게는 우선 그 많은 개념들의 밑바닥에 들어앉힐 친구들이 부족했습니다. 그리고 설령 내게 수많은 친구가 있었다고 하더라도, 그 친구들의 얼굴을 내게 정서적 친근감을 준다는 이유만으로 그 자리에 들어앉힐 수도 없었습니다. 친근한 개인으로 말미암아 도리어 그 개념이 왜소화하거나 심지어는 다른 내용으로 변질되어 버림으로써 거꾸로 주관성이 강화되기도 하였습니다. 뿐만 아니라 '실업'이라는 개념의 밑바닥에 들어앉힌 친구만 하더라도 그가 1980년대의 실업의 본질적 성격을 제시해 주지는 못했습니다.

사람이 담지(擔持)하고 있는 그 풍부한 정서와 사회성에 주목했던 나의 노력이 사람을 통하여 당대 감수성의 절정에 이르기는커녕 한낱 개별 인간에 대한 관심으로 전락되기도 하였습니다. 그리고 가장 절망적인 것은 도대체 독거실에 앉아서는 될 일이 아니었습니다. 세 번 네 번 심어도 뿌리내리지 않는 풀이었습니다. 한마디로 머릿속에 심을 것이 아니라 삶의 현장에서 어깨동무로 만나야 하는 것이었습니다.

연상 세계를 바꾸려던 나의 노력은 결국 나에게 작은 위안만을 한동안 가져다주었을 뿐 더욱 침통한 고민을 안겨 주었습니다. 개별 인간의 정서와 현실이 우선은 핍진한 공감을 안겨 줄지는 모르지만 그것은 우리 시대의 견고한 구조적 실상에 대하여는 극히 무력할 뿐이었습니다.

'사람'이란 누구나 누구의 친구이고 누구의 가족일 터이지만 그것이 우리의 사고 속에 계속 친구나 가족으로서만 남아 있는 한 우리의 사고가 감상적 차원을 넘어 드넓은 지평으로 나아가기는 어려운 것이라고 생각됩니다. 그곳이 연상의 세계이든, 그곳이 현실의 팽팽한 긴장 속이든 우리는 우리가 만나는 사람으로부터 그 사람을 규정하고 있는 사회 구조적 얼개를 향하여 다시 나아가지 않으면 안 되는 것이라고 생각됩니다.

어차피 한 사람의 절친한 개인으로부터 출발하지 않을 수 없다 하더라도 그 개인을 매개로 하여 사회적 개인으로 나아가지 않는 한 우리는 당면한 모순을 변혁해 낼 주인공의 얼굴을 만날 수는 없는 것입니다. 더구나 그 역량에 대한 신뢰를 가질 수는 더욱 없는 것이라고 믿습니다.

그럼에도 불구하고 나는 나의 친구들을 소중히 간직할 것입니다. 일체의 실천이 배제된 독거실에서 추운 겨울밤을 뜨겁게 달구며 해후한 나의 친구들을 나는 사랑합니다. 애정은 아무리 보잘것없는 대상도 자신의 내부로 깊숙이 안아 들여 더욱 큰 것으로 키워 내기 때문입니다.

그리고 진정한 애정은 우리 시대의 가장 첨예한 모순의 한복판으로 걸어 나가는 일, 그리고 그 현장의 첨예한 칼끝으로부터 부단히 상처받는 일인지도 모릅니다. 그것이야말로 우리의 생각을 확실한 물적 토대 위에 발 딛게 하는 길이며, 우리의 삶을 튼튼한 대지 위에 뿌리내리게 하는 길이며, 이윽고 우리들로 하여금 '우리 시대의 사람', '우리 사회의 사람'으로 완성해 가는 길이기 때문입니다.

그리고 그 길은 언제나 사람에서 비롯되고 언제나 사람에게로 통하는 것이기 때문입니다.

『사회평론』 창간호, 1991년 5월

내 기억 속의 기차 이야기

소리로만 기억되는 기차가 있었습니다. 20년간 갇혀 있으면서 그 중 15년을 대전교도소에서 보냈습니다. 대전교도소는 호남선 철길과 가까운 곳에 있어서 가장 가슴 아프게 하는 것이 밤마다 들려오는 열차 소리였습니다. 갇혀 있는 처지에서 듣는 기차 소리는 가슴 저미는 아픔과 그리움이었습니다. '차창에 불 밝힌 저 기차는 저마다의 고향으로 사람들을 싣고 가고 있구나' 하는 상념에 젖게 합니다. 특히 명절이 가까워 올 때면 그런 생각이 더욱 간절해져 바깥세상을 향한 그리움을 앓게 됩니다. 근 20년 기차 소리는 그렇게, 바깥으로 향하는, 가족들 혹은 그리운 이들에게 돌아가는 귀환의 의미로, 어쩌면 시적인 정서로 내 마음에 자리 잡았습니다.

출옥 후 번거롭기는 하지만 가능하면 기차를 이용하는 것도 그 기억과 무관하지 않으리라고 생각됩니다. 특히 대전쯤을 지날 때면 '예전에 소리로만 듣던 기차에 내가 앉아 있구나' 하는 생각이 들어 감회가 남다릅니다.

최근 남북 간에 끊어진 열차가 이어진다는 소식을 들으면서 또 다른 감개에 젖습니다. 가슴에 담고 있던 감상적인 정서와는 사뭇 다른 정서, '엄청난 세계가 열리는구나' 하는 생각에 그동안 내가 너무 개인적인 정서에 침거해 있지 않았나 하는 반성을 합니다.

97년 1년간 중앙일보사에서 기획한 세계 기행을 할 기회가 있었습니다. 첫 여행지로 찾아간 곳이 스페인이었는데 비행기로 무려 16시간이나 걸려 도착한 곳이었습니다. '만약 서울 – 평양 간 철길이 열리고 중국을, 러시아를 거쳐서 스페인에 도착했더라면 그 길이 얼마나 풍부한 여행의 정서로 가득 차겠는가' 하는 생각을 했는데 바로 그 철길이 지금 열리고 있습니다.

끊어진 철길의 복구는 당연히 우리에게 통일의 의미로 다가옵니다. 그러나 그것은 단지 민족의 통일만을 의미하는 것은 아닐 것입니다. 그 길은 우리의 역사가 일본과 미국을 통한 세계와의 관계 형성이라는 그런 좁은 틀을 벗어 버리고 대륙과 세계로 바로 나아갈 수 있는 역사의 큰 길이 열린다는 것을 의미합니다. 그런 점에서 그것은 끊어진 철길의 복구가 아니라 끊어진 세계와의 관계를 복구하고 새롭게 정립하는 범상치 않은 의미를 갖는다고 생각합니다.

이처럼 역사적인 변화의 물결 속에서, 감옥 시절에 간직했던 기차에 대한 감상을 떠올린다는 것은 부끄러운 추억입니다. 그러나 또 한편 생각해 보면 그러한 추억이 비록 감상적이라고 하더라도 결코 지워 버려야 할 하찮은 추억이라고 생각하지는 않습니다. 최근에 상영된 일본 영화 〈철도원〉은 궁벽한 시골의 작은 간이역에 얽힌 인간의 삶과 그 시절의 진솔한 이야기를 아름답게 그려 내고 있습니다. 근대화와 경제 성장이라는 일방 궤도를 숨 가쁘게 달려 온 우리의 현대사를 돌이켜 보면 진솔한 인간적 공간이 그 설 자리를 잃었거나 주변으로 밀려나 버린 아픔을 안겨 줍니다.

생각해 보면 우리의 삶에 있어서 간이역의 키 작은 코스모스와 먼 곳으로 이어진 철길을 바라보며 키우는 그리움이야말로 어떠한 물질적 풍요나 속도라 하더라도 결코 가져다줄 수 없는 인간적 진실입니다. 어떠한 것과도 바꿀 수 없는 아름다운 삶의 내용이며 꿈이 아닐 수 없습니다.

뉴 밀레니엄의 새로운 문명을 모색하는 과정에서도, 그리고 숨 가쁘게 진행되고 있는 통일의 도정에서도 이러한 인간적 진실이 온당하게 평가받고 재조명되어야 할 것입니다. 그것은 망각되고 주변화된 인간적 진실, 인간적 논리를 다시 세우는 일이기도 하기 때문입니다. 새 세기를 향하여 달리는 새로운 열차에는 우리의 인간적 소망이 가득히 실리길 바랄 뿐입니다.

『레일로드』 2000년 9월

개인의 팔자, 민족의 팔자

그의 사건은 한겨울의 한밤중 비무장지대의 한복판에서 일어났습니다. DMZ의 얼어붙은 정적을 찢는 한 발의 총성이 그의 21년을 앗아 갔습니다. 영문도 모르고 따라나선 분대 규모의 야간 작전 중에 누군가의 M1 소총이 오발되면서 그의 하복부를 좌우로 관통했습니다. 나중에 밝혀졌지만 그것은 오발이 아니라 소대장의 월북 기도를 간파한 분대원이 소대장을 겨냥한 저격이었습니다. 애꽃게도 소대장이 아닌 그가 피를 뿌리며 쓰러졌습니다. 총성과 함께 분대원들은 유리 조각처럼 흩어지고 주위는 아무도 없고, 아무 소리도 없는 칠흑 같은 적막으로 변했습니다. 칠흑 같은 적막 속에서 피가 쏟아지는 하복부를 가까스로 탄띠로 동인 다음 정신을 잃었습니다. 얼마 뒤 다시 의식을 회복했을 때는 적막한 산천, 칠흑 같은 어둠 그리고 심한 갈증만 엄습해 올 뿐이었습니다. 희미한 물소리를 향해 피 묻은 손톱으로 언 땅을 긁으며 기어가다 다시 의식을 잃었습니다. 이것이 기억의 전부입니다.

이튿날 새벽 군사분계선에서 북쪽으로 약간 벗어난 지점에서 쓰러져 있는 그가 발견되었습니다. 들것에 실려 다니며 단 한마디의 대꾸도, 단 한 사람의 증인도 없는 재판에서 무기징역을 선고 받았습니다. 판결문에는 소대장과 "내응하여 월북을 기도하다" 피격당해 체포된 것으로 되어 있습니다. 좌익 장기수라는 '곱징역'을 고스란히 치르고, 1989년 3월, 21년 만에 마흔다섯의 나이로 만기 출소했습니다. 21년 만에 돌아온 세상은 참 많이 변했습니다. 세상도 변했지만 세상보다 더 변한 것은 바로 자기 자신이었습니다. 감옥에 갇혀 있는 줄도 모르고 군대 생활을 왜 그렇게 오래하느냐며 당장 집으로 돌아와서 농사나 지으라고 성화시던 아버지도 돌아가신 지 이미 오래고, 가족도 없고 농토도 없는 고향은 그가 돌아갈 곳이 못 되었습니다. 출소 사흘째부터 부산 부두 컨테이너 하역장에서 이제는 징역 대신 120kg의 짐을 지다가 새벽 2시 눈비 맞으며 서울로 찾아왔습니다.

징역 사는 동안 그에게는 한 가닥 기대가 있었습니다. 월북한 소대장이 간첩으로 남파되어 체포되면 사실이 밝혀지리라는 기약 없는 기대가 그것이었습니다. 그러나 21년 동안 그러한 기대는 서서히 그리고 결정적으로 버리게 됩니다. 그보다는 오히려 그처럼 무고하게 옥살이를 하고 있는 수많은 수인(囚人)들이 함께 살고 있다는 사실이 위로였습니다. 가석방이나 특별 사면에 대한 기대도 없이 고스란히 21년을 살았습니다. 사면을 기대하는 쪽은 도리어 바깥의 가족들일 뿐 막상 징역살이를 하고 있는 당사자들은 별로 기대하지 않습니다. 만델라의 27년에 대해서는 경악하면서도, 우리의

40년 장기수에 대해서는 무지한 것이 현실이기 때문입니다. 광복절·불탄절·성탄절 등에 죄수들을 너무 많이 풀어 준다고 생각하는 사람도 있겠지만, 만기 출소자가 하루 평균 3명이라면 30여 개 교도소에서 매일 90명이 출소합니다. 만약 그들을 한 달 앞당겨 석방한다면 무슨 이름 있는 날 한꺼번에 2,700명을 석방할 수 있습니다. 이것이 갇힌 사람들이 특별 가석방을 기대하지 않는 이유입니다.

"다른 사람들은 모범수가 되어 모두 석방되는데 당신은 징역 속에서도 여태 그 모양이니 더 이상 기다릴 수 없다"며 고무신을 거꾸로 신고 떠나 버린 어느 아내의 딱한 이야기도 있습니다. "그 소대장, 간첩으로 잡혔다는 소식 아직 없어?" "다 팔자소관이지요. 오발탄도 그렇지요. 하필이면 북쪽으로 기어간 것도 그렇지요. 이제 통일될 때나 기다려야지요."

그에게 있어서 통일이란 무엇인가? 그에게 있어서 분단이란 무엇인가? 그것은 무고한 21년 세월의 진실을 밝히는 일입니다. 마찬가지로 우리에게 통일이란 무엇인가? 물론 통일은 민족의 비원이고 우리 역사의 진실을 밝히는 일이 아닐 수 없습니다.

그러나 이러한 대의에 앞서 우리가 해야 하는 일은 자기의 삶 속에 파편처럼 박혀 있는 분단의 상처를 확인하는 일입니다. 이것은 단지 통일에 대한 자신의 입장을 확인하는 일일 뿐 아니라 개인의 팔자 속에 깊숙이 들어와 있는 민족의 팔자를 확인하는 일이기 때문입니다.

한 사람의 일생이 정직한가 정직하지 않은가를 준별하는 기준은 그 사람의 일생에 담겨 있는 시대의 양(量)이라고 할 수 있습니다.

시대의 아픔을 비켜 간 삶을 정직한 삶이라고 할 수 없으며 더구나 민족의 고통을 역이용하여 자신을 높여 간 삶을 정직하다고 할 수 없음은 물론입니다. 개인의 팔자는 민족의 팔자와 결코 무관할 수 없습니다. 남아공과 만델라의 팔자, 라틴아메리카와 체 게바라의 팔자, 식민지 조국과 유관순의 팔자. 위로는 그룹 총수의 팔자에서부터 아래로는 이름 없는 노동자와 창녀촌의 영자에 이르기까지 개인의 팔자 속에는 어김없이 민족의 팔자가 깊숙이 들어와 있습니다. 개인의 실패나 성공도 정도의 차이는 있지만 민족의 팔자와 결코 무관할 수 없는 것이 우리의 삶이고 우리 민족의 역사입니다.

진실을 밝힌다는 것은 자기의 삶이 다른 사람의 삶과 어떻게 연결되어 있으며, 나아가 우리 사회와 민족의 운명과 어떻게 연견되어 있는가를 읽어 내는 것을 의미합니다. 그러나 우리가 진실을 소중하게 여기는 까닭은 그것이 우리의 현재를 정직하게 바라보게 할 뿐 아니라 진실은 과거를 청산하고 동시에 미래를 향하여 나아가는 일의 시작이기 때문입니다. 진실의 발견이 미래의 참된 시작이기 때문입니다.

그저께부터 그는 아파트 건설 공사장의 배관공으로 일 나가고 있습니다. 임대 주택이 될지 호화 주택이 될지 아랑곳없이 동파이프와 씨름하고 있습니다. 완공된 아파트 단지의 모습이 어떤 것인지, 그가 일하고 있는 서울의 모습이 어떤 것인지 아랑곳없이 일하고 있습니다.

『한겨레신문』1990년 2월 22일

산천의 봄, 세상의 봄

새봄을 증거 하는 산천의 표정은 여러 가지입니다. 따스한 볕, 아름다운 꽃, 훈광 속의 제비가 우선 가장 쉬운 새봄의 증거입니다. 그러나 이러한 것과는 달리 얼음이 녹아서 그득히 고여 있는 물에서 봄을 확인하는, 이른바 해빙의 출수(出水)로 봄을 증거했던 옛 시인이 있습니다.

봄볕은 흔히 늦추위의 심술 때문에 한결같지 못하고, 꽃은 봄·여름·가을·겨울 할 것 없이 사시장철로 피어 이미 봄의 경계를 훌쩍 넘어서고 있으며, 제비는 고작 차려 놓은 밥상에 뒤늦게 끼어드는 손님일 뿐입니다. 이에 비해, 흙살 속속들이 박혀 있던 얼음들이 빠져나오는 해빙의 출수야말로 겨울의 집단적 철수(撤收)라 할 수 있을 것입니다. 볕이나 꽃에서 봄을 확인하기보다 그득히 고여 있는 물에서 봄을 깨닫는 시인의 마음에는 분명 성급한 상춘(賞春)과는 구별되는 봄에 대한 차분하고 냉철한 이해가 담겨 있다고 할 수 있습니다.

그러나 생수(生水)라는 말이 있기는 하지만 물은 아무래도 생명은 아닙니다. 생명의 조건일 뿐입니다. 그런 점에서 우리는 새봄의 가장 확실한 증거를 잡초에서 확인합니다. 볕처럼 무상하지 않고, 꽃처럼 철없지 않고, 제비처럼 뒤늦지 않은 봄의 증거를 해마다 잡초에서 확인합니다. 아무도 보지 않는 곳에서 누구 하나 거두고 가꾸어 주는 사람 없이 오로지 저 혼자의 힘으로 돋아나는 이름 없는 잡초에서 가장 확실한 봄을 만납니다. 잡초는 물론 이름 없는 풀입니다. 이름은 사람들이 붙이는 것이고, 이름이 붙었다는 것은 사람들의 지배하에 들어갔다는 뜻입니다. 눈에 뜨이지 않는 곳의 이름 없는 풀은 자신의 논리, 자신의 존재 그리고 자신의 힘으로 쟁취한 승리 그 자체입니다. 더구나 볕이 하늘의 일이고, 꽃이 나무 위의 성과이고, 제비가 강남의 손님인 데 반하여, 풀은 시종일관 흙의 역사 속에서 생명을 키워 온 금목수화토(金木水火土)의 총화이면서 모든 봄의 육신입니다. 서로서로 기대어 어깨를 짜며 금세 무성한 풀밭을 이루어 철없는 풍설의 해코지에도 결코 물러서는 법 없이, 어느덧 볕을 머물게 하고 꽃을 피우고 제비를 돌아오게 합니다. 이들풀이야말로 가장 믿음직한 새봄의 전위(前衛)입니다. 볕, 꽃, 제비에서 발견하는 봄이 기다리지 않는 사람들의 봄이라면, 해빙의 출수에서 발견하는 봄이 관찰하는 사람들의 봄이라면, 이름 없는 들풀에서 깨닫는 봄이야말로 대지를 일구는 수많은 사람들이 몸으로 확인하는 봄입니다.

산천의 봄과 마찬가지로 세상의 봄을 증거하는 표정도 여러 가지입니다. 졸업장을 들고 추억의 교정을 나서는 아이들의 뒷모습,

먼 길을 마다 않고 찾아온 만남, 대팻날이 지나간 자리에 얼굴 내미는 나뭇결의 밝은 윤기(潤氣). 이 짧은 순간들이 안겨 주는 작은 기쁨들이 가슴에 차오를 때 우리는 삶의 의미를 새롭게 확인합니다. 키우고, 만나고, 만들어 내는 기쁨을 공감하고 이 공감을 사람들과 더불어 신뢰할 때 산천의 봄처럼 세상의 봄이 시작됩니다. 산천의 들풀이 흙과 더불어 봄을 키우듯이 일상의 작은 기쁨은 모이고 모여 세상을 튼실하게 받쳐 주는 뼈대가 되고 사랑이 됩니다. 이러한 기쁨은 작은 것이기 때문에 업신여겨지고, 또 돈이 되기 때문에 빼앗기기도 하지만, 우리는 이로써 견디고 이로써 다시 시작해 왔음을 역사는 증거하고 있습니다.

정치란 사람을 자라게 하고 사람을 만나게 하는 일입니다. 그리고 만들어 내는 일의 기쁨을 서로 신뢰하게 하는 일입니다. 사람을 그 가슴에서 만나게 하고 사회를 그 뼈대에서 지탱하고 있는 이러한 역량들을 일으켜 세우고 사회화(社會化)하는 일이 정치의 본연(本然)입니다. 그러한 판을 열고 그러한 틀을 짜는 일입니다. 잘못된 판, 잘못된 틀을 새롭게 바꾸는 일입니다. 잡초가 근접하지 못하게 하는 비닐하우스 속의 꽃이 철없음을 우리는 알고 있습니다. 새장 속의 새가 새봄을 증거하지 못함을 우리는 알고 있습니다. 저 혼자서는 그 큰 머리를 지탱할 수 없어 목발을 짚고 서 있는 큰 꽃송이는 우리를 마음 아프게 합니다. 줄기의 것도 뿌리의 것도 아닌 꽃, 그것은 남의 것, 외부의 것, 그리고 이미 꽃이 아닙니다. 서울은 농촌을 향하지 않고 공업은 농업을 필요로 하지 않습니다. 노자(勞資)·임차(賃借)·여야(與野)·남녀(男女)·빈부(貧富)는 서로 존경하지 않으며, 남북(南北)·동서(東西)·전후(前後)·좌우(左右)는 저마다 중심이라 주장합니다.

세상의 봄은 어디서부터 오는가? 산천의 봄은 분명 흙에서 가장 가까운 곳에서 시작됩니다. 흙살 속속들이 박힌 얼음이 빠지고 제힘으로 일어서는 들풀들의 합창 속에서 옵니다. 세상의 봄도 산천의 봄과 다를 리 없습니다. 사람과 사람 사이에 박힌 경멸과 불신이 사라질 때 옵니다. 집단과 집단, 지역과 지역 사이에 박혀 있는 불신과 억압이 사라지고 불신과 억압의 자리에 갇혀 있는 역량들의 해방과 함께 세상의 봄은 옵니다. 산천의 봄과 마찬가지로 무성한 들풀의 아우성 속에서 옵니다. 모든 것을 넉넉히 포용하면서 기어코 옵니다.

『한겨레신문』 1990년 3월 8일

따뜻한 토큰과 보이지 않는 손

새벽 영등포 버스 정류장 가판대에서 토큰 한 개를 샀습니다. 따뜻한 토큰이었습니다. 토큰을 손에 들고 손님을 기다리고 있던 할아버지의 체온이 나의 손으로 옮아 왔습니다. 할아버지의 체온을 뺏은 듯 죄송한 마음이 들었습니다. 새벽 사창가 유리 진열장 속에 여자가 앉아 있었습니다. 손님도 없는 골목의 홍등 밑에 거의 벗은 몸으로 앉아 있었습니다. 여자의 옷을 뺏은 듯 죄송한 마음이 들었습니다. 그러나 이 죄송한 마음에 이어 우리의 이마를 찌르는 것은 무엇이 이 사람들을 새벽 거리에 나앉게 하는가 하는 물음입니다.

남대문 새벽시장과 사당동 인력시장의 이 시간은 이미 파장 무렵이고 청량리역과 서울역은 벌써 승객들을 가득 싣고 몇 차례나 열차가 떠난 뒤입니다. 텅 빈 광장의 모래바람처럼 우리의 얼굴을 때리는 것은 무엇이 이 사람들을 어둠 속으로 나서게 하는가 하는 물음입니다.

선량하나 무력한 사람들은 그 힘겨운 삶을 마음 아파하기도 하고, 주장하나 고민하지 않는 사람들은 인간의 강인한 생명력에 경탄을 금치 못하기도 하고, 분석하나 실천하지 않는 사람들은 이로써 사회주의의 실패를 설명하기도 하고, 생산하나 나누지 않는 사람들은 이들의 근면을 들어 시장과 자유의 위대함을 예찬하기도 합니다.

사회 문제를 개인의 문제로 환원하거나 현재를 현상만으로 설명하기 이전에 우리는 먼저 그들로 하여금 불 꺼진 새벽 골목에 나서게 하는 보이지 않는 손을 질문하지 않으면 안 됩니다. 그리고 그들이 새벽 골목에 나서기까지의 역사를 생각하지 않으면 안 됩니다.

"폭력을 사용하여 강제하는 경우를 성폭행이라고 한다면 똑같은 행위를 폭력 대신 돈으로 강제하는 경우 이를 어떤 이름으로 불러야 하는가?" 누이를 망쳐 버린 못난 오라비의 한 맺힌 질문을 잊을 수 없습니다. 상대방의 뜻에 반하여 자기의 의도를 관철시키기 위한 모든 강제를 폭력이라고 한다면 폭력은 조직 폭력이나 강도, 강간과 같은 불법적 폭력에 한정할 수 없을 것입니다. 더 큰 폭력이 합법적 폭력, 제도적 폭력의 형식으로 우리 사회의 곳곳에 구조화되어 있기 때문입니다. 개인과 개인, 계층과 계층, 민족과 민족이 합의된 목표를 공유하지 못하고 있는 한, 다름과 차이를 승인하는 공존과 평화의 원리가 정착되지 않는 한 그것은 기본적으로 억압과 저항의 관계이며 본질에 있어서 폭력이 아닐 수 없습니다.

돌이 돌을 치면 불꽃이 튀고, 계란이 돌을 치면 박살이 나고, 돌이 풀을 누르면 풀이 눕습니다. 그것이 불꽃이든 침묵이든 상관없습니다. 관계 그 자체의 본질에는 조금도 변함이 없습니다. 불꽃에 관한 이야기든, 아우성과 침묵에 관한 이야기든 그것이 다만 돌멩이를 가리킬 때에만 진실이 됩니다.

토큰은 버스를 만나고, 버스는 도로를 메운 승용차를 만나고, 승용차는 자동차 공장을 만나고, 자동차 공장은 수출과 미국과 개방을 만나고, 개방은 황량한 농촌을 만납니다. 이 농촌에서 가판대의 할아버지는 두고 온 고향을 만납니다. 사창가의 홍등을 끄면 술집의 네온이 붉고, 네온을 끄면 산동네 불빛이 빌딩처럼 높고, 산동네 전등불을 끄면 멀리 공장의 불빛이 보입니다. 그리고 이 공장의 야근 불빛 아래 진열장 속의 여자는 두고 온 동료를 만납니다.

개인이나 사회 현상은 그것이 맺고 있는 사회적 연관 속에서만 그것의 참모습이 파악될 수 있습니다. 그러나 참모습은 아무에게나 보여주는 것이 아니며 아무나 참모습을 볼 수 있는 것도 아닙니다.

토큰에 배어 있는 따뜻한 체온에 마음 아파하는 사람은 인정 있는 사람입니다. 그러나 가판대의 손 시린 겨울바람을 걱정하는 가난한 가족들의 자리가 진실의 참여점(entry point)입니다. 새벽 진열장 속에 앉아 있는 여자의 참혹한 삶을 마음 아파하는 사람은 가슴이 따뜻한 사람입니다. 그러나 그 누이를 어찌할 수 없는 못난 오라비의 무력함이 진실로 통하는 참여점입니다.

하나의 현상을 그 사회적인 연관 속에서 파악하는 관점(觀點)은 매우 훌륭한 것입니다. 그러나 더욱 중요한 것은 관점이 아니라 입장(立場)입니다. 발 딛고 있는 자리가 훨씬 중요합니다. 사람의 눈은 머리에 달려 있는 것이 아니라 발에 달려 있기 때문입니다.

승용차를 타면 버스의 횡포에 속상하고, 반대로 버스를 타면 도로 공간을 사유화하고 있는 승용차의 이기심에 속상합니다. 그러나 그저 속상하기만 할 뿐 변함없이 저마다의 골목을 걸어가고, 저마다의 솥에서 밥을 얻고 있는 한 사실을 정직하게 바라볼 수 있는 자리를 얻지 못합니다. 입장이 중요하다고 하는 것은 사실을 진실로 이끌어 주는 참여점으로서의 입장이 중요하다는 뜻입니다. 우리의 인식은 진실의 창조에 이르러 비로소 인식이 완성되기 때문입니다.

한 개의 토큰, 진열장 속의 여자, 새벽 인력시장의 모닥불 등 우리가 만나는 개개의 사실들은 매우 중요합니다. 그것은 그것만으로도 충분히 우리의 이마를 찌르고도 남는 아픈 충격임에 틀림없습니다. 그러나 그러한 사실들은 어디까지나 하나하나의 조각 그림일 뿐입니다. 진실은 그러한 조각 그림이 모여서 전체 그림이 완성될 때 비로소 창조됩니다. 진실은 사실들의 배후에서 개개의 사실들을 만들어 내는 거대한 구조를 보여줍니다. 새벽 어둠 속으로 나서게 하는 보이지 않는 손의 실상을 드러냅니다.

사실은 진실을 창조함으로써 완성되고 진실은 사실에 뿌리내림으로써 살아 있는 것이 됩니다. 우리가 찾아가야 하는 곳이 바로 그 창조의 자리입니다. 사실성(寫實性)이 진정성(眞正性)으로 비약하는 창조의 자리입니다. 그러나 이것은 어느 개인의 천재나 몇몇 사람의 따뜻한 가슴이 찾아낼 수 있는 것이 아닙니다. 그것은 수많은 사람이 참여함으로써 비로소 찾을 수 있는 것입니다. 찾아내는 것이 아니라 만들어 내는 것입니다. 왜냐하면 진실은 사실로부터 창조되는 것이되 언제나 수많은 사실로부터 창조되는 것이기 때문입니다. 진실은 같은 길을 걸어가는 모든 사람들과 그리고 한솥밥을 나누는 모든 사람들의 참여에 의해서 창조되어야 하기 때문입니다. 모든 사람들의 수많은 사실로부터 창조되는 너른 마당이 바로 진실이기 때문입니다.

『한겨레신문』 1990년 3월 23일

죽순의 시작

해마다 식목일에 많은 나무를 심지만 대나무를 심는 사람은 없습니다. 대나무는 누가 심어 주어서 자라는 나무가 아니라 오직 뿌리에서만 그 죽순이 나오기 때문입니다. 땅속의 시절을 끝내고 나무를 시작하는 죽순의 가장 큰 특징은 마디가 무척 짧다는 점입니다. 이 짧은 마디에서 나오는 강고함이 곧 대나무의 곧고 큰 키를 지탱하는 힘이 됩니다. 훗날 횃불을 에워싸는 죽창이 되고, 온몸을 휘어 강풍을 막는 청천(靑天) 높은 장대 숲이 될지언정 대나무는 마디마디 옹이진 죽순으로 시작합니다.

대나무뿐만 아니라 대부분의 나무들은 마디나 옹이로 먼저 밑둥을 튼튼하게 합니다. 이것은 사람들의 일상사에서도 마찬가지라고 생각됩니다. 새 학교를 시작하든, 묵은 학원을 다시 시작하든, 새 직장을 시작하든, 어제의 일터에 오늘 다시 불을 지피든, 모든 시작하는 사람들이 맨 먼저 만들어 내어야 하는 것은 바로 이 짧고 많은 마디입니다.

나무가 아닌 우리들의 삶에 있어서 마디는 과연 무엇이며 또 우리는 그것을 어떻게 만들어 내어야 하는가. 이러한 물음은 새봄과 함께 세차게 일어나는 우리 사회의 여러 부문 운동에 있어서는 말할 것도 없고, 새로운 뜻을 심고자 하는 평범한 사람들, 그리고 지천명(知天命)의 나이에 세상을 시작하는 내게도 절실한 과제가 아닐 수 없습니다.

세상사가 어렵다고 하는 까닭은 서로 다른 이해관계 때문에 새로운 것은 언제나 낡은 것의 완강한 저항과 억압 속에서 시작하지 않을 수 없기 때문입니다. 이러한 경우는 그래도 덜한 경우이고, 낡은 것이 새로운 것을 부단히 배우고 수용함으로써 자기 개선을 해 나갈 수 있는 최소한의 탄력성마저 상실해 버린 단계가 되면 이는 아예 초전박살의 살벌한 위기 구조가 되고 맙니다. 이때 죽순은 다만 좋은 먹이가 될 뿐입니다.

죽순의 마디는 분명히 뿌리에서 배운 것입니다. 캄캄한 땅속을 뻗어 가던 어렵던 시절의 몸짓입니다. 역경의 산물이며 동시에 저항의 흔적입니다. 그것은 차라리 패배의 상처 그 자체인지도 모릅니다.

좌절과 패배를 딛고 일어선 의지의 인생을 우리는 물론 알고 있으며, 처절한 패배로 막을 내린 민중 투쟁마저도 유구한 민족사의 밑바닥에 묻혀 있다가 이윽고 찬란한 승리의 원동력이 되었던 승패의 변증법을 우리는 역사의 도처에서 읽어서 압니다.

객관적 조건과 주체적 역량에 맞는 목표와 단계를 설정하는 일이 곧 마디의 과학이라 생각하며, 달성할 수 있는 목표, 이길 수 있는 싸움을 조직하는 일이 바로 짧은 마디의 교훈이라 생각됩니다. 『손자병법』이 가르치는 바도 다르지 않은데, 이를테면 전쟁을 잘 한다는 것은 쉽게 이길 수 있는 상대를 이기는 것이라고 했습니다. 이것은 약한 상대를 고르라는 비열함이 아님은 물론입니다.

용두사미란 경구를 모르는 사람이 없듯이 정당이든 단체든 개인 이든 거대하고 요란한 출발은 대체로 속에 허약함을 숨기고 있는 허세인 경우가 허다합니다. 민들레의 뿌리를 캐어 본 사람은 압니 다. 하찮은 봄풀 한 포기라도 뽑아 본 사람은 땅속에 얼마나 깊은 뿌 리를 뻗고 있는가를 압니다. 모든 나무는 자기 키만큼의 긴 뿌리를 땅속에 묻어 두고 있는 법입니다. 대숲은 그 숲의 모든 대나무의 키 를 합친 것만큼의 광범한 뿌리를 땅속에 간직하고 있는 것입니다.

그리고 더욱 중요한 것은 대나무는 뿌리를 서로 공유하고 있다 는 사실입니다. 대나무가 반드시 숲을 이루고야 마는 비결이 바로 이 뿌리의 공유에 있는 것입니다. 대나무가 숲을 이루고 나면 이제 는 나무의 이야기가 아닙니다. 개인의 마디와 뿌리의 연대가 이루 어 내는 숲의 역사를 시작하는 것입니다. 홍수의 유역에서도 흙을 지키고 강물을 돌려놓기도 하며 뱀을 범접치 못하게 하고 그늘을 드리워 호랑이를 기릅니다. 그때쯤이면 사시청청 잎사귀까지 달아 바람을 상대하되 잎사귀로 사귀어 잠재울 것과 온몸으로 버틸 것 을 적절히 가릴 줄 압니다. 설령 잘리어 토막 지더라도 은은한 피리 소리로 남고, 칼날 아래 갈가리 찢어지더라도 수고하는 이마의 소 금 땀을 들이는 바람으로 남습니다. 식목의 계절에 저마다 한 그루 의 나무를 심기 전에 잠시 생각해 보아야 합니다. 나는 어느 뿌리

위에 나 자신을 심고 있는가. 그리고 얼마만큼의 마디로 밑둥을 가
꾸어 놓고 있는가.

『한겨레신문』1990년 4월 6일

젊은 4월

3월의 기억은 기미년의 함성이 가슴 설레게 하지만 당시의 수많은 희생의 이야기가 또한 가슴 아프게 한다. 6월의 기억은 6월항쟁의 환희도 어느새 사위어 식어 버리고 6·25의 쓰라린 상처만이 작은 기쁨마저 허락하지 않는 채 지금껏 수많은 혈육들의 가슴을 저미고 있다.

3월과 6월 사이, 4월과 5월은 우리에게 과연 어떠한 기억으로 남으려 하는가. 5월은 광주의 승리와 패배가 지금도 뜨겁게 몸부림치고 있으며, 진달래와 라일락의 4월은 올해도 30년 전의 그 화사한 꽃향기로 우리에게 다가오지는 못하고 있다. 4·19는 총구가 낮아서 모자만 뚫고 지나간 '미완의 혁명'이었기 때문이든, 주소를 잘못 적어 '분실된 의거'였기 때문이든, 지금은 날선 비판과 초라한 기념비가 이야기하듯이 4월이 봄비 속의 꽃처럼 스산한 계절로 왔다가 가고 있다.

"4·19는 짧고 5·16은 길다."

1960년 4월부터 이듬해 5월까지의 짧았던 1년에 비하여 그때부터 지금까지의 30년 군사정권은 과연 한 세대가 바뀌는 긴 세월임에 틀림이 없다. 우리는 스무남은 살의 학생으로 그 4월을 맞이하였으며, 그리고 그 후 30년을 참으로 힘든 곳에서 흩어져 살았다. 낮은 수준의 정서적 민족주의와 소박한 민주주의를 소망할 뿐이던 스무남은 살의 학생들이 4월의 환희와 좌절을 차례로 겪어 가는 동안 서서히 사회와 민족의 진상을 깨달아 가게 되었다면, 그리고 수많은 친구들이 스스로 선택한 길에서 그 깨달음을 짐 지고 걸어가고 있다면 적어도 우리들에게 있어서 4월은 결코 짧은 세월이 아니다. 더구나 4월의 각성과 신뢰가 심지어는 감옥과 양심을 견딜 수 있게 하였다면 우리의 4월은 실로 잔인하리만큼 엄청난 계절이 아닐 수 없다.

4·19가 그 이념과 주체에 있어서 명백한 한계를 갖는 미완의 혁명이었음은 아무도 부인하지 않는다. 때로는 '의거'라는 이름으로, 때로는 '운동'이란 이름으로 낮추어 부르기도 하였다. 그러나 4월이 설령 어떠한 이름으로 불리든 그것은 거리로 달려 나온 수많은 사람들의 것이며 그들의 정직한 모습 그 자체였다.

형들의 책가방을 챙겨 든 국민학생이 있는가 하면, 총총히 유서를 남기고 뛰어나가 총탄에 쓰러진 중학교 여학생이 있었으며, 젊은이들의 대열 속에 유독 딸의 모습이 보이지 않음을 통탄하는 아버지가 있었다. 학생, 노동자, 농민, 상인, 회사원, 실업자, 간호원, 이발사, 요리사에 이르기까지 4·19는 거대한 공감의 토대 위에 이룩된 진실이었다.

4월이 이룩해 낸 이 정서적 공감은 실의와 좌절로 움츠린 모든 사람들로 하여금 자신의 숨은 역량을 자각케 하였다는 점에서 이미 빛나는 승리이며 닫힌 가슴 열어 주는 드높은 하늘이었다. 이것은 이성적 논리로는 감히 일으켜 세울 수 없는 역동성이며, 이것이 바로 오늘의 과제로 남아 유연한 예술성을 기다리고 있기도 하다. 그리고 4월은 급속히 발전해 가고 있던 항쟁이었다. 반독재 민주 항쟁에서 자주와 통일이라는 민족의 과제를 겨냥하여 스스로 혁명적 내용과 진통을 벼려 내고 있었다.

"이 땅이 뉘 땅인데 오도 가도 못하느냐."

"실업자의 일터는 통일에 있다."

이러한 선언은 분단의 억압과 예속 구조를 선명하게 보여줌으로써 우리를 조국의 진상에 맞세우는 것이었다. 8·15의 해방 공간에 넘치던 감격이 질식당하고 6·25의 참화가 그나마의 남은 역량을 초토화해 버린 황량한 들녘에 4·19는 유산된 민족·민주운동을 계승하는 새봄의 진달래꽃이었다.

혁명은 계승됨으로써만 완성되는 것이며 역사는 새로이 써짐으로써만 실천적 뜻을 얻는 것이다. "누가 프랑스혁명을 실패했다고 하는가"라고 반문하던 앙드레 말로(André Malraux, 1901~1976)의 분노를 빌리지 않더라도 민중 투쟁은 당장의 승패에 상관없이 언제나 승리이다. 그 진상을 자각하고 그 역량을 신뢰하는 사람은 긴 겨울 밤 그 환희의 이야기를 전하고 새봄에 열릴 푸른 하늘을 그려 보이는 법이다. 우리는 지금도 우리의 가까운 이웃에 수많은 이야기를 가지고 있으며 그 '4월'을 이어갈 수많은 새로운 4월을 가지고 있다.

'4월은 길고' '4월은 젊다.'

비단 4월뿐만 아니라 수많은 5월, 수많은 6월, 그리고 수많은 7월, 8월을 가지고 있으며, 4월에서 5월로, 그리고 7월로, 8월로 이어갈 수많은 계절을 가지고 있다. 새로운 역사, 도도한 기쁨을 적어 넣을 수 있는 젊은 계절을 우리는 가지고 있는 것이다.

『한겨레신문』 1990년 4월 19일

인간적인 사람, 인간적인 사회

몸을 움직여서 먹고사는 사람은 대체로 쓰임새가 헤픈 반면에 돈을 움직여서 먹고사는 사람은 쓰임새가 여물다고 합니다. 그러나 몸을 움직여 버는 돈이란 그저 먹고사는 데서 이쪽저쪽일 뿐 따로 쌓아 둘 나머지가 있을 리 없습니다.

쓰임새가 헤프다는 것은 다만 그 씀씀이가 쉽다는 뜻에 불과합니다. 쓰임새가 쉬운 까닭도 내가 겪어 본 바로는 첫째 자신의 노동력을 믿기 때문입니다. 쓰더라도 축난다는 생각이 없습니다. '벌면 된다'는 생각입니다. 그리고 또 하나의 이유는 끈끈한 인간관계를 가지고 있기 때문이라고 생각됩니다.

일하는 과정에서 맺은 인간관계가 생활 깊숙이 자리 잡고 있어서 함께 써야 할 사람들이 주위에 많기 때문입니다. 더불어 일하고 더불어 써야 하기 때문입니다. 따라서 몸을 움직여 먹고사는 사람의 쓰임새가 헤프다는 것은 이를테면 구두가 발보다 조금 크다는 정도의 필요 그 자체일 뿐 결코 인격적인 결함이라 할 수는 없습니다.

스스로의 역량을 신뢰하고, 더불어 살아가는 삶을 당연하게 여기는 데서 오히려 지극히 인간적인 품성이라 할 것입니다. 다만 이러한 내용이 쉽사리 드러나지 않는 까닭은 이른바 '번다'는 말의 뜻이 애매하기 때문이라고 생각됩니다. 힘들여 일한 대가로 돈을 받은 경우에도 돈을 벌었다고 하고, 돈놀이나 부동산 투기로 얻은 불로소득의 경우에도 돈을 벌었다고 합니다. 심지어는 남을 속이거나 빼앗은 경우도 돈을 벌었다는 말로 표현하고 있습니다.

도대체 '번다'는 말의 본뜻은 무엇인가. 경제학이 가르치는 바에 따르면 사람들이 버는 모든 소득은 노임이든 이자든 이윤이든 불로소득이든, 오로지 생산된 가치물에서 나누어 받는 것입니다. 가치물을 생산하지 않는 사람은 어떤 경로를 통해서건 타인의 소득을 자기의 소득으로 만드는 것입니다. 그러므로 '번다'는 말은 가치를 생산함으로써 받는 돈에 국한해야 할 것입니다. '돈이 돈을 번다'는 말의 '번다'고 하는 단어는 다른 말로 바꾸어야 마땅합니다.

시골에 사는 허 서방이 서울에 올라와서 양복점에서 일하는 둘째 아들한테서 양복 한 벌을 해 입었다.
"얘, 이 옷이 얼마냐?"
"20만 원입니다. 10만 원은 옷감값이고 10만 원은 품값이지요."
허 서방은 방직공장에 다니는 큰딸을 찾아갔다.
"얘, 양복 한 벌 옷감의 값이 얼마냐?"
"10만 원입니다. 5만 원은 실값이고 5만 원은 품값이지요."
허 서방은 이번에는 방적공장에 다니는 작은딸을 찾아갔다.

"얘, 양복 한 벌 옷감에 드는 실값이 얼마냐?"

"5만 원입니다. 2만 원은 양모값이고 3만 원은 품값이지요."

허 서방은 도로 시골로 내려가 양을 키우는 큰아들한테 물었다.

"얘, 양복 한 벌 옷감에 드는 양모값이 얼마냐?"

"2만 원입니다. 만 원은 양값이고 만 원은 품값이지요."

양은 양이 낳고 양값이란 양을 기르는 품값이다.

허 서방이 입은 20만 원의 양복은 결국 4남매의 품값이다.

이 이야기는 양복뿐만이 아니라 사회를 양육하고 지탱하는 의식주의 실체가 과연 무엇인가를 이야기해 줍니다.

5월 1일 노동절을 전후하여 한편에서는 노동자들의 주장이 뜨겁게 일어나고 있으며, 다른 한편에서는 '법과 경제'의 이름으로 이를 강력하게 다스리고 있습니다. 노동 현장뿐만 아니라 토지·주택·학교·언론 등 사회의 거의 모든 부문에 일상화되어 있는 증오와 불신과 집단적 냉소가 우리 모두의 창의와 의욕을 한없이 천대하고 있습니다.

국민의 불과 0.2%가 한 해 동안 80조여 원의 불로소득을 '벌고' 있으며, 한편에서는 그 빈궁과 억압이 사람을 소외시키고, 다른 한편에서는 그 잉여와 방종이 사람을 부단히 타락시키고 있습니다. 이와 같은 자본의 부당한 축적 과정을 그대로 둔 채 이 집단적 불신과 냉소를 국민적 공감으로 합의해 내기란 불가능한 일입니다.

사회의 진보는 경제적 부로 이룩되는 것이 아니라, 결국은 사람과 그 사람들이 맺고 있는 '관계'의 실상에 따라 결정되는 법입니다. 자신의 역량에 대한 신뢰와, 더불어 만들고 함께 나누는 삶의 창출이 새로운 사람, 새로운 사회를 키우는 것이라면 바로 이 점에 있어서 민주 노동 운동의 목표와 이상은 지극히 인간적이며 진보적이라 하지 않을 수 없습니다.

동물은 철저한 소비자일 뿐이며 미생물은 단지 보조자임에 비하여 지구 위의 유일한 생산자는 오직 식물이라는 한 농사꾼의 이야기는 실로 놀라운 정치경제학입니다. 나무를 키우는 일이 자연을 지키는 일이듯이 사회의 생산자를 신뢰하며 그를 건강하고 힘 있게 키우는 일이야말로 사회를 지키는 가장 확실한 길이며 나아가 수많은 사람들의 소외와 타락을 동시에 구제하는 유일한 길이라 할 것입니다.

『한겨레신문』 1990년 5월 3일

물과 법과 독버섯

물〔水〕이 흘러가는〔去〕 형상을 본떠서 법(法)자를 만들었다고 한다. 법은 자연스럽기가 흐르는 물과 같아야 한다는 뜻이다.

물이 흘러가는 모양도 결코 한결같지 않다. 어느 때는 가파르고 좁은 골짜기를 세차게 달려가기도 하고, 어느 때는 평지를 만나 하늘을 비추고 산천경개를 담으며 유유히 흘러가기도 한다.

그러나 우리가 이 물 저 물 모든 물에서 깨닫는 사실은 물은 그 모습이 어떠하든 끊임없이 흐르게 마련이라는 사실이다. 댐을 막아 물을 가둔 경우에도 물은 기어코 흐르게 마련이며, 흐르지 않고 고여 있는 물은 결국 썩는다는 사실이다. 이것이 곧 물의 질서이며 물의 법이다.

우리 시대의 물은 어떻게 흘러가는가. 우리 사회의 법과 질서는 어떤 권위와 도덕성을 지니고 있는가. 80년 5월의 광주를 '폭도'라는 이름으로 매도한 것도 법과 질서라는 논리였으며, 지금도 위로는 하늘의 골리앗 크레인에서부터 아래로는 땅속의 지하철에 이르기까지 '합법적' 탄압과 '불법적' 저항이 팽팽히 맞서서 각각 민주와 정의를 동시에 주장하고 있다.

루쉰이 소개하고 있는 반 에덴(Frederik van Eeden)의 동화 『어린 요한』에는 버섯들의 이야기가 있다. "이것은 독버섯이야"라는 말에 깜짝 놀란 독버섯은 "그것은 당신들 인간이 하는 말이야"라고 항의한다.

독버섯이란 사람들이 식용으로 할 수 없는 버섯이란 뜻이다. 그것은 인간의 식탁에서 하는 분류일 뿐이다. 독버섯은 함께 사는 다른 버섯들에게 한 번도 해를 끼친 적이 없다. 그가 몸에 지니고 있는 '독'이란 그들을 먹이로 삼는 동물들이 그들을 함부로 대하지 못하게 하는 자위의 무기일 뿐이다.

정부는 현 사태를 '총체적 난국'으로 규정하고 모든 분규와 시위를 80년의 5월에도 그랬던 것처럼 자유민주주의를 부정하는 '반민주적 불법 폭력'이라 이름 짓고 사전 구속영장으로 강력하게 대처하고 있다. 그럼에도 불구하고 분규와 시위의 당사자들은 마치 버섯의 대꾸처럼 자신의 행위에 대하여 그것이 불법이란 의식이 없다. 자신을 독버섯으로 규정하는 그 법들을 도리어 '불법적'이라고 선언하고 있다.

인간과 버섯만큼이나 멀어져 버린 이 아득한 인식의 대립은 과연 어디서 연유하는 것인가? 합법과 불법을 준별하는 '법'은 과연 무엇인가? 엄청난 투기 놀음은 비록 그 내용은 부도덕하더라도 그 형식이 합법적이기 때문에 당근으로 달래는 반면, 민중적 요구는 비록 그 내용은 정당하나 그 형식이 불법적이기 때문에 채찍으로

216

다스린다.

그 내용은 묻지 않고 그 형식만을 문제 삼으며, 그 부조리를 재생산해 내는 토대는 그대로 둔 채 겉으로 나타나는 현상만을 문제 삼는다. '악법도 법'이라는 소크라테스의 실언 한마디로 법의 권위와 도덕성이 합리화될 수는 없는 법이다.

김근태 전민련(전국민족민주운동연합) 집행위원장의 체포와 이근안 경감의 유유자적, 옥중의 문익환 목사와 금강산의 정주영 명예회장, 1,500여 명의 해직 교사와 문교부 장관, 7천 KBS 사원과 서기원 사장 등 우리는 법과 도덕, 질서와 윤리를 구별하기 어려운 실로 난감한 현실에 끊임없이 직면하고 있다.

법이 도덕성을 신뢰받지 못할 때 그것은 다만 억압의 도구로 간주될 뿐이다. 이른바 '불법적'인 저항을 받게 마련이다. 합법적인 절차를 아무리 호소하더라도 합법적인 절차 그 자체마저 억압의 한 방법이라고 여길 뿐이다.

실정법은 그 사회의 정치적 경제적 이해관계를 사후적으로 규정한 것이기 때문에 언제나 기득권자의 편을 들게 마련이다. 그렇기 때문에 합법적이고 평화로운 개혁이 항상 벽에 부닥치며, 엄청난 사회적 역량이 파괴되는 것이다.

법은 우상이 아니다. 사람과 세상을 지키는 최소한의 수단일 뿐이다. 사람이 법을 지키기에 앞서 법이 사람을 지켜야 하는 것이다. 새로운 질서와 새로운 인간관계가 절실하게 갈구될수록 법은 과감하고 신속하게 변혁되어야 하는 것이다. 이것이 법의 정신에 충실한 진실로 합법적인 법이고 인간적인 법이다.

법은 글자 그대로 끊임없이 흐르는 물이어야 한다. 왜곡되고 가파르게 기운 골짜기에서는 물은 벼랑을 치고 바위를 굴리며 새로운 물길을 틔우는 반면, 너른 평지를 만나서는 맑은 가슴 평화롭게 펼쳐 보이기도 하는 것이다.

그리하여 이윽고 넓고 푸른 바다를 향하여 나아간다. 5월의 빛나는 하늘 아래 한 점 부끄럼 없는 민주의 바다, 민주의 바다로 향하는 것이다.

『한겨레신문』 1990년 5월 17일

아름다운 얼굴을 위하여

봄은 얼굴을 가꾸는 계절입니다. 겨우내 나목(裸木)으로 섰던 나무들도 새로운 잎으로 모습을 가꾸기 시작합니다. 4월은 잔인한 계절이라지만 황무지도 초원을 준비합니다. 초목이나 벌판만이 아닙니다. 봄은 사람들도 얼굴을 가꾸는 계절입니다. 봄볕에 수그린 이마를 들어 얼었던 살결을 깨우고 저마다 새봄의 미소를 일구는 계절입니다.

아름다운 얼굴은 아름다운 나무나 푸른 초원과 마찬가지로 자기 자신은 물론 다른 사람들에게도 기쁨입니다. 그럼에도 불구하고 우리는 아름다운 얼굴을 만드는 방법에 있어서 그르치는 일이 한둘이 아닙니다. 오로지 '얼굴'에만 집중하고 있기 때문이며, 그나마 '나의 얼굴'에만 몰두하고 있기 때문입니다.

생각하면 나의 얼굴은 나의 얼굴에만 있는 것이 아닙니다. 나의 얼굴은 부모형제의 얼굴에도 있고, 가까운 벗, 나아가서는 선생님의 얼굴에도 있습니다. 어쩌면 그것이 더 정직한 나의 얼굴입니다.

마찬가지로 정치 지도자들의 얼굴은 우리들의 얼굴을 대표합니다. 우리 사회를 대표하고 우리 지역을 대표하는 우리의 얼굴입니다. 우리가 지지하든 지탄하든 상관없이 그들의 얼굴은 결국 우리의 얼굴이 됩니다. 우리가 가꾸고 우리가 선택한 우리들의 자화상이며 그런 점에서 우리들의 가장 정직한 얼굴이 아닐 수 없습니다.

자랑스럽지 못한 사람이 국회의원으로 당선되자 서둘러 이사 간 사람을 우리는 알고 있습니다. 그러나 우리가 알아야 할 것은 정치는 피할 수 없는 현실이라는 엄연한 사실입니다. 법과 권력이 되어 우리의 삶을 원천적으로 규제하는 구조가 바로 정치입니다. 정치인의 얼굴이 나의 얼굴이 아니라고 거부하거나 냉소하더라도 아무 소용이 없습니다. 그것은 벗을 수 없는 무쇠 탈이 되어 우리의 얼굴에 덧씌워지는 것입니다. 우리는 우리에게 씌워진 무쇠 탈을 벗겨내고 우리의 얼굴을 찾기 위하여 얼마나 많은 희생을 치러 왔는지 알고 있으며 지금도 결국 내 얼굴에 침 뱉는 것임에도 불구하고 지탄의 언어가 난무하고 있습니다. 그것은 뼈아픈 희생이었으며 가슴 아픈 불행이 아닐 수 없습니다.

봄바람을 흔히 꽃샘바람이라고 부릅니다. 그러나 그것은 잘못된 이름입니다. 봄바람은 가지를 흔들어 뿌리를 깨우는 바람입니다. 긴 겨울잠으로부터 뿌리를 깨워서 물을 길어 올리게 하는 바람입니다. 무성한 잎새와 아름다운 꽃을 피우게 하기 위한 바람입니다. 꽃을 시샘하는 바람이 아니라 꽃을 세우기 위한 '꽃세움 바람'입니다.

새봄과 함께 바야흐로 총선 바람이 불고 있습니다. 북풍(北風), 병풍(兵風), 향풍(鄕風), 금풍(金風), 연풍(緣風), 학풍(學風) 등 숱한 바람이 우리의 얼굴을 칩니다. 이 혼탁한 소용돌이가 한바탕 지나가고 나면 우리는 또 한 번 우리들의 일그러진 자화상을 확인하게 될 것입니다. 이 봄도 역시 참담한 4월로 끝날지 모른다는 우려를 금치 못합니다.

그러나 그렇기 때문에 우리는 이 바람 속에서 깨달아야 합니다. 눈감지 말고 꿰뚫어 보아야 합니다. 우리가 깨워야 할 뿌리는 무엇인지, 그리고 우리가 선택하고 가꾸어야 할 우리의 얼굴은 과연 어떤 것이어야 하는지 냉정하게 고민해야 할 것입니다.

뼈아픈 희생을 치르지 않기 위하여, 가슴 아픈 불행을 답습하지 않기 위하여, 그리고 우리의 아름다운 얼굴을 위하여, 우리의 아름다운 사회를 위하여.

『중앙일보』 2000년 3월 30일

나눔, 그 아름다운 삶

"재물(財物)이 모이면 사람이 흩어지고 재물이 흩어지면 사람이 모인다." 이 말은 재물과 사람의 관계에 관한 우리들의 오랜 금언이었습니다. 재물을 다른 사람들에게 베풀지 않으면 그의 주변에는 사람들이 모이지 않고 반대로 여러 사람을 위하여 자기의 재물을 베풀면 그의 주변에 사람들이 모인다는 것이 우리들의 믿음이었습니다. 그리고 이 금언은 재물보다는 사람을 더 귀중하게 생각해 온 우리의 문화이기도 하였습니다.

그러나 이 말은 이제 참으로 옛말이 되었습니다. 지금은 오히려 재물이 모여야 사람이 모이고 재물이 흩어지면 사람도 흩어진다고 믿고 있는 것이 오늘의 현실입니다.

재물과 사람의 관계가 이처럼 역전된 까닭은 무엇인가. 그것은 물론 사람보다 재물을 더 귀하게 여기기 때문입니다.

그렇다면 재물을 사람보다 더 귀하게 여기는 까닭은 무엇인가. 이것은 참으로 부질없는 질문입니다. 재물만 있으면 사람은 얼마든지 살 수 있기 때문입니다.

너무도 당연한 것에 대하여 의문을 갖는다는 것은 그 자체가 어리석기 짝이 없는 것인지도 모릅니다. 그러나 어리석은 물음이 현명한 답변을 주기도 합니다. 어리석은 질문은 때때로 우리의 삶에 대한 성찰과 사회에 대한 반성을 담기도 합니다.

뒤바뀐 금언을 놓고 우리가 생각해 보아야 하는 것은 먼저 '재물'에 관한 것입니다. 과거의 재물과 현재의 재물에 어떤 차이가 있는가 하는 점입니다.

과거의 재물은 이를테면 곡식과 같은 소비재 형태의 재물이었음에 비하여 오늘의 재물은 자본입니다. 재물과 자본의 차이는 엄청난 것입니다. 재물은 소비의 대상이지만 자본은 그 자체가 가치 증식의 수단입니다. 자본은 자기를 불리기 위한 것입니다. 결코 나눌 수 없는 성질을 갖는 것입니다.

재물은 사람의 사용을 위한 것이지만 자본은 자본 그 자체의 가치 증식을 목적으로 하기 때문입니다. 그리고 또 한 가지의 결정적 차이는 재물은 무한히 쌓아 둘 수 없지만 자본은 무한히 쌓아 둘 수 있다는 사실입니다.

오늘의 재물인 자본은 이처럼 과거의 재물과 그 성격에 있어서도 판이하고 그 형태도 뚜렷하게 달라졌습니다. 끊임없이 자기를 불려 나가야 하는 본질을 갖고 있으면서 단 한 개의 계좌만으로도 무한히 쌓아 놓을 수 있는 형태를 취하고 있는 것이 바로 오늘의 재물인 자본의 실체입니다. 그러나 재물과 자본의 가장 큰 차이는 재물이 사용 가치임에 비하여 자본은 교환 가치라는 사실입니다.

재물은 결국 사람을 위하여 쓰임으로써 자기의 소임을 다하게 되는 데 반하여 자본은 사람을 위하여 사용되는 것이 아니라 다른 것과 교환하여 자기를 끊임없이 불려 가는 과정을 반복하고 순환할 뿐이라는 사실입니다. 바로 이 점에서 우리는 "재물이 모이면 사람이 모인다"는 오늘날의 뒤바뀐 금언을 다시 생각하지 않을 수 없습니다.

재물이 모이면 사람이 모인다는 오늘날의 금언은 곧 자본이 고용을 창출한다는 뜻으로 이해될 수 있습니다. '자본에 의하여 고용된 취업'이 오늘날 사람이 모이는 가장 보편적인 형식이 되고 있는 것이 사실입니다.

그러나 이 경우에 자본을 중심으로 하여 모인 사람에 대하여 다시 한 번 생각해 볼 필요가 있습니다. 자본을 중심으로 모인 것이 과연 진정한 인격으로서의 만남인가. 자본은 결코 인격을 요구하지 않습니다. 창의력이 있는 사람을 요구하는 경우에도 마찬가지입니다. 어떠한 경우든 결국 자본은 가치 증식에 필요한 노동력을 필요로 할 뿐입니다. 그렇기 때문에 재물이 모이면 사람이 모인다는 오늘날의 금언은 결국 허구일 수밖에 없습니다.

오늘날의 재물은 진정한 인격으로서의 사람을 모으지 못하고 있다고 해야 합니다. 인간적 가치 실현이 좌절된 직장에서 수많은 사람들이 겪고 있는 갈등에서부터 노동 해방의 치열한 투쟁에 이르기까지 우리 시대의 모든 사람들이 짐 지고 있는 고통과 아픔이 바로 여기에서 연유하는 것임을 우리는 알고 있습니다.

그런 점에서 "재물이 흩어져야 사람이 모인다"는 옛말은 오늘날에도 여전히 금언으로 남아 있다고 할 수 있습니다. 재물을 흩어서 사람을 모으는 일은 단지 재물의 분배에 국한된 작은 이야기가 아닙니다. 그것은 어쩌면 우리 사회의 구조에 대한 이야기이기도 하고 삶과 인간에 대한 이야기이기도 합니다.

나눔이 실천될 수 없는 사회적 구조 속에서 나눔을 주장하는 것은 동정이나 자선과 같은 작은 담론과는 구별됩니다. 그것은 자본의 성격을 재물로 바꾸고 그 재물을 다시 사람의 소용에 닿게 하고자 하는 사회 운동과 인간 운동으로 이어질 수밖에 없기 때문입니다. '나눔'의 담론을 분식(粉飾)의 방조적 공간으로부터 인간적인 사회 건설의 실천적 현장으로 이끌어 내는 일이야말로 새로운 시대의 실천적 과제인지도 모릅니다.

자본의 논리와 시장의 논리가 신자유주의라는 이름으로 우리의 모든 인간적 가치를 황폐화시키고 있는 오늘의 현실 속에서 '나눔'은 사회와 인간을 읽을 수 있는 가장 민감한 코드가 아닐 수 없습니다. 우리는 참으로 나누지 못하는 사회를 살고 있는지도 모릅니다. 역경을 겪어 온 김밥 할머니만이 나눔을 실천하고 있는 삭막한 사회를 우리는 살고 있는지도 모릅니다. 그러나 이러한 상황일수록 우리는 더욱 우직하고 어리석은 질문을 던져 볼 필요가 있습니다.

사람은 무엇으로 사는가? 돈이란 무엇인가? 하는 어리석은 질문을 스스로에게 던져 볼 필요가 있는 것입니다. 가장 뜨거운 기쁨은 사람으로부터 얻는다는 것을 우리는 알고 있으며 마찬가지로 가장 침통한 아픔도 바로 사람으로부터 온다는 것을 알고 있습니다. 그럼에도 불구하고 우리는 가장 근본적인 것을 돌이켜 볼 수 없는 숨

가쁜 골목을 달리고 있는지도 모릅니다.

생각하면 우리가 나누어야 할 것은 재물이 아닙니다. 자본이든 재물이든 그것은 근본적으로 나눌 수 없는 것입니다. 그것은 어쩌면 이미 나누지 않았기 때문에 형성된 것일 수도 있기 때문입니다. 우리가 나눌 수 있는 것은 나눔으로써 반으로 줄어드는 것이 아니라 나눔으로써 배로 커지는 것에 국한될 수밖에 없습니다. 그런 점에서 나눔은 사랑이어야 하고 모임은 봉사이어야 합니다.

사랑과 봉사, 그것은 조금도 상실이 아니기 때문입니다. 그리고 사랑과 봉사야말로 한없이 인간적인 것이기 때문입니다. 우리 사회의 재물을 더 풍성하게 하고 우리를 더욱 아름답게 가꾸어 주는 것이기 때문입니다. 그리고 그것은 우리 사회를 그 구조에서부터 가꾸어 주는 것이기 때문입니다.

『동아일보』 2000년 5월 4일

어려움은 즐거움보다 함께하기 쉽습니다

"어려움을 함께하는 일이 쉬운가, 즐거움을 같이하는 일이 쉬운가." 이러한 질문을 받고 우리는 즐거움을 나누는 일이 훨씬 쉽다고 생각합니다. 어려움을 함께하기 위해서는 상당한 정도의 고통을 분담할 수밖에 없지만 하등의 고통 분담도 없이 함께할 수 있는 것이 즐거움이기 때문입니다.

그러나, 일찍이 양자강 유역에서 오월(吳越)이 패권(覇權)을 다투던 때의 이야기입니다만, 월왕(越王) 구천(句踐)을 도와 회계산(會稽山)의 치욕을 설욕케 한 범려(范蠡)의 생각은 이와 반대입니다. 그는 월왕 구천을 평하여 "어려움은 함께할 수 있어도 즐거움은 같이할 수 없는 사람"이란 말을 남기고 그를 떠납니다. 범려의 이러한 판단은 물론 구천이란 개인을 두고 내린 것이라고 할 수 있습니다. 그러나 비단 구천뿐만이 아니라 우리들에게는 평범한 사람들의 성정이 대체로 그러하다는 경험이 없지 않습니다. 일감을 나누기보다 떡을 나누기가 더 어렵다는 옛말이 그렇습니다.

즐거움을 같이하기 어려운 이유는 물론 여러 가지가 있겠지만 가장 중요한 이유는 무엇보다도 즐거움은 다만 즐거움 그 자체에 탐닉(耽溺)하는 것으로 시종하기 때문입니다. 그리고 탐닉은 자기 자신에 대한 몰두입니다. 그것이 타인에 대한 축하에서 비롯된 경우에도 결국은 자기 감정, 자기의 이해관계에 대한 몰두로 변합니다. '함께'의 의미가 그만큼 왜소해집니다. 마치 장갑을 벗지 않고 나누는 악수처럼 체온의 교감을 상실하고 있는 것이 대체로 즐거움의 부근(附近)입니다. 내 손이 따뜻하면 네 손이 차고, 네 손이 따뜻하면 내 손이 차가운 줄을 알게 하는 맨손의 악수와는 분명 다른 만남입니다. 토사구팽(兎死狗烹)이란 성어(成語)도 범려가 떠나면서 남긴 말입니다. 이해(利害)로 맺은 야합(野合)이 팽(烹)을 낳습니다. 탐닉과 거품의 처음과 끝이 그러합니다.

설날이란 '낯선 날'이란 뜻이라고 합니다. 새해를 맞아 스스로 삼가는 마음을 담고 있습니다. 올해는 참으로 낯선 한 해를 맞고 있습니다. 겨울바람과 함께 몰아치는 경제 한파가 낯설기만 합니다. 지금의 고통 뒤에 또 어떤 고통이 뒤따를지 짐작하기 어렵습니다. 생각하면 이러한 경제 한파는 결코 낯선 것이 아닙니다. 우리들 스스로가 만들어 낸 것이며 알면서도 외면하고 있었던 것에 불과합니다.

이 한파 속에도 한 가닥의 위로가 없지 않습니다. 거품이 빠진다는 사실에서 위로를 받습니다. 거품이 빠지면서 때도 함께 빠지기 때문입니다. 어려움은 즐거움보다 함께하기 쉽다는 사실에서 위로를 받습니다. 어려움은 그것을 함께할 사람을 그리워하게 하기 때문입니다. 그리하여 우리의 실상을 분명하게 직시할 수 있게 된다면 그것은 참으로 소중한 반성이고 위로가 아닐 수 없습니다.

새해를 맞아 다시 '한강의 기적'을 만들어 내자는 호소는 바람직하지 않다고 생각합니다. 또다시 거품을 만들자는 구호와 다름없기 때문입니다. 거품만 빼고 때는 빼지 말자는 은밀한 책략이 될 수 있기 때문입니다. 나라가 어려우면 어진 재상을 생각하고 집이 어려우면 좋은 아내를 생각하는 것처럼(國亂思良相 家貧思賢妻) 우리는 모름지기 사람을 깨닫는 일에서부터 시작해야 할 것입니다. 가장 귀중한 삶의 가치란 바로 사람으로부터 건너오는 것임을 깨닫는 일에서부터 시작해야 할 것입니다. 까마득히 잊었던 사람을 발견하고 그 사람들과 함께 어려움을 견딜 수 있는 진지(陣地)를 만들어야 할 것입니다. 참다운 삶의 가치를 지켜 주는 따뜻한 진지를 만들어 내고, 막강한 국제 금융자본의 한파에도 무너지지 않는 견고한 진지를 만들어 가야 합니다.

그리하여 올해는 우리들로 하여금 근본으로 '돌아가도록' 하는 통절한 각성의 한 해로 맞이해야 할 것입니다. 잊었던 벗을 다시 만나는 해후의 나날로 만들어 가야 할 것입니다.

『중앙일보』1998년 1월 23일

아름다운 패배

새해를 맞는 당신의 모습을 바라보며 나는 꼭 1년 전에 벌였던 화려한 새천년의 축제를 떠올립니다. 폭죽으로 밤하늘을 수놓았던 밀레니엄 축제가 엊그제 같습니다. 다시 새해를 맞아 일터로 나서는 당신의 무거운 발걸음을 바라봅니다. 당신의 모습은 어쩌면 새해를 맞는 우리들 모두의 모습입니다.

돌이켜 보면 지난 한 해는 기업, 의료, 농촌, 교육, 금융 등 사회의 모든 영역이 자기의 권익을 지키려는 수많은 사람들의 몸부림으로 얼룩진 한 해였습니다. 일터를 떠나는 사람들이나 남은 사람들에게나 구조조정은 희망이기보다는 불안이었습니다. 어떤 구조를 만들려고 하는지 어떤 방법으로 조정하려고 하는지에 대한 최소한의 대화나 신뢰도 사라지고 없습니다. 남에게 고통을 떠밀어야 하고, 고통뿐만 아니라 책임까지 떠밀어야 하는 싸움만 앞두고 있습니다. 이것이 우리가 마주하고 있는 새해의 현실입니다. 2000년이 새천년인지, 2001년이 진짜 새천년인지 알 수 없지만 어느 것

하나 새로울 수 없는 새해를 시작하면서 우리는 과연 무엇을 어떻게 해야 할지 망연할 뿐입니다.

당신은 이제 모든 것을 싸움의 승패에 걸 수밖에 없다고 했습니다. 그리고 싸움은 시작하면 이겨야 한다고 했습니다. 그러나 안타까운 것은 싸움이란 모두가 이길 수 없다는 것이 싸움의 비극입니다. 머리띠 두르고 싸움터로 나서는 당신의 모습을 보고 참담한 심정이 되는 까닭은 당신의 싸움이 외로운 싸움이기 때문이며, 외로운 싸움이기 때문에 결국 상처와 패배를 안고 돌아오리란 것을 알기 때문입니다. 당신의 상대는 매우 완강합니다. 자본과 권력과 여론과 보이지 않는 시장과 그리고 초국적 자본이라는 겹겹의 벽 속에 당신은 서 있습니다.

나는 당신에게 차라리 아름다운 패배를 부탁하고 싶습니다. 오늘은 비록 패배이지만 내일은 승리로 나타나는 아름다운 패배를 부탁하고 싶습니다. 아름다운 패배는 어쩌면 모든 사람들의 승리가 될 수도 있습니다. 그래서 나는 당신에게 패배하는 방법을 고민해야 한다고 했습니다. '누구'와 싸울 것인가보다는 '무엇'을 상대로 싸울 것인가를 물었습니다. 당신은 어차피 어느 한 사람을 골라서 싸울 수도 없습니다. 기업, 공공, 노동, 금융 등 4대 구조조정의 모든 짐이 오로지 당신의 어깨에 짐 지워지게 되어 있고 겹겹의 포위 속에 놓여 있기 때문입니다. 그렇기 때문에 '무엇'을 상대로 싸우고 있는가를 밝혀야 합니다. 싸움의 이유를 널리 천명해야 합니다.

당신은 기업만 살아야 되는 이유를 모른다고 했습니다. 공기업과 금융기관이 수익을 내야 한다는 이유를 알지 못한다고 했습니다. 20:80의 사회에서 20만이라도 살아야 언젠가 80이 살 수 있다는 논리를 믿을 수 없다고 했습니다. 결국은 공적 자금이라는 국민 부담으로 전가시키면서 그러한 이유, 그러한 논리를 펴는 것을 이해할 수 없기는 나도 당신과 마찬가지입니다. 비단 당신과 나뿐만이 아닙니다. 묵묵히 고통을 감내하고 있는 사람들도 알 수 없기는 마찬가지라고 생각합니다.

당신은 계속해서 질문을 던져야 합니다. 경제 성장의 목적은 무엇인가? 사람이 사는 목적은 무엇인가? 우리들이 까맣게 잊고 있는 것들을 당신의 싸움은 드러내야 합니다. 조정이 아니라 진정한 개혁이 아닌 한, 기업의 수익 구조가 아니라 국민경제의 토대를 개혁하지 않는 한 어김없이 경제 위기는 또다시 닥쳐오게 되어 있다는 것을 이야기해야 합니다. 당신의 싸움은 바로 이러한 근본을 천명하는 싸움이어야 합니다. 공감과 감동을 이끌어 내는 외롭지 않은 패배여야 합니다. 그리하여 기어코 승리하는 아름다운 패배가 되어야 합니다.

새해의 벽두에 나누는 패배의 이야기가 다시 마음을 참담하게 합니다. 그러나 나는 당신이 패배의 이야기가 아닌 승리의 이야기로 읽어 주리라 믿습니다.

당신의 새해를 기원합니다. 새해도 모든 처음과 마찬가지로 그것이 새로운 것이 되기 위해서는 새로운 시작이 있어야 합니다. 바로 '오늘', '이곳'에 새로운 것을 심어야 합니다.

언젠가 당신에게 드린 글을 다시 씁니다.

"처음처럼―처음으로 하늘을 만나는 어린 새처럼, 처음으로 땅을 밟는 새싹처럼 우리는 하루가 저무는 저녁 무렵에도 마치 아침처럼, 새봄처럼 그리고 처음처럼 언제나 새날을 시작하고 있다."

『중앙일보』 2001년 1월 4일

강물과 시간

새로운 미래

1999년을 보내고 2000년을 맞이하면서 우리는 여러 가지의 시간대(時間帶)를 대면하고 있다.

새천년의 일출을 기리는 화려한 철야를 맞이하기도 하고 새 세기의 벽두에 서는 감동에 가슴 설레기도 하고 또 한편 변함없는 하루하루를 답습하기도 한다. 물론 우리는 살아가는 동안에 과거를 되돌아보기도 하고 앞으로 가야 할 길을 바라보기도 한다. 때로는 짧게 때로는 길게. 그러나 이 경우 자칫 망각하기 쉬운 것이 바로 자기가 서 있는 지점(地點)과 시점(時點)이다. 그러나 천 년 단위의 긴 시간대를 대면하는 경우 천 년과 대비된 현재의 지점과 시점이 무척 왜소하게 느껴진다. 더구나 그 천 년이 엄청난 변화와 새로움으로 가득 찬 것일 때 우리는 서둘러 현재라는 실천적 지반을 방기하게 된다.

흔히 시간이란 유수(流水)처럼 흘러가는 것이라고 생각한다. 그러나 시간은 유수처럼 흘러가는 것이 아니다. 시간을 유수처럼 흘러가는, 그야말로 물과 같다고 하는 생각은 두 가지 점에서 문제가 있다.

첫째로 시간을 객관적 실재(實在)로 인식한다는 점이다. 그러나 시간이란 실재가 아니라 실재의 존재 형식일 따름이다. 아프리카 사람들은 자기의 나이를 모른다. 200살이라고 대답하기도 하고 300살이라고 대답하기도 한다. 자기에게도 실감 없는 숫자를 댄다. 변화 없는 세계에서 시간의 흐름이 있을 리 없다. 나이에 대한 그들의 무관심은 당연한 것이다. 나무가 변하지 않고 사막이 변하지 않고 하늘마저 변하지 않는 아프리카의 대지에서 시간은 흐르지 않는다. 해가 뜨고 지는 것마저도 변화가 아니라 반복이다. 아프리카의 오지에 1년을 365개의 숫자로 나눈 캘린더는 없다. 시간은 실재의 변화가 걸치는 옷에 지나지 않는다.

둘째로 시간은 미래로부터 흘러와서 현재를 거쳐 과거로 흘러간다는 생각이다. 미래로부터 시간이 다가온다는 생각은 필요한 것이기는 하지만 이것은 마치 다른 곳에서 지은 집을 이곳으로 옮겨 오거나, 미래에서 자란 나무를 현재의 땅에 이식(移植)하려는 생각만큼이나 도착된 것이다. 시간을 굳이 유수처럼 흘러가는 물이라고 생각하고 그 물질적 실재성을 인정한다고 하더라도 정작 강물이 흘러가는 방향은 반대라고 생각해야 한다. 과거로부터 흘러와서 현재를 거쳐 미래로 가는 것이라고 생각해야 한다. 왜냐하면 시간이라는 형식에 담기는 실재의 변화가 그러하기 때문이다.

새천년 담론의 와중에서 나는 시간의 실재성과 방향성에 대한 잘못된 인식이 현재 나타나고 있는 몇 가지 오류들과 무관하지 않음을 다시 한 번 확인한다.

우선 대부분의 새천년 담론이 이끌어 내는 결론이 그렇다. 새천년 담론은 다가오는 변화를 능동적으로 수용할 준비를 해야 한다는 사회적 합의를 결론으로 이끌어 낸다. 이러한 미래 담론의 기본 구도는 미래의 어떤 실체가 현재를 향해 다가오는 구도이다. 그리고 그 미래는 현재와는 아무 상관없는 그야말로 새로운 것이다. 이러한 구도는 시간에 대한 우리의 도착된 관념과 무관하지 않다. 시간에 대한 도착된 관념은 결국 사회 변화에 대한 도착된 의식을 만들어 낸다는 점에 문제가 있는 것이다. 물질의 존재 형식인 시간이 실체로 등장하고, 그 실체는 현재와 상관없는 전혀 새로운 것이며, 그것도 미래로부터 다가온다는 사실은 참으로 엄청난 허구이다. 그럼에도 불구하고 이러한 허구가 밀레니엄 담론을 지배하는 기본 틀이 되고 있다. 밀레니엄 담론뿐만 아니라 우리 사회의 변화 읽기와 변화에 대한 대응 방식의 기본 틀이 되고 있다.

우리는 흔히 시간을 현재와 미래라는 두 계기로 구분한다. 그러나 '미래'라는 계기는 현재의 변화를 선취(先取)한 편의적 모사(模寫)라는 점이 간과되어서는 안 된다. 모든 미래 담론이 언제든지 빠질 수 있는 그 원초적 관념성이 간과되어서는 안 된다.

미래 담론에 있어서 현재와 미래라는 두 계기는 연관적 통일체로서 드러나지 않는다. 두 계기 간의 연관이 사상된 2개의 독립 항으로 구성되고 있다. 미래 담론의 이러한 2항 대립 구조를 인정하지 않을 수 없다. 변증법의 구조가 그렇기도 하다. 그러나 대립의 한 측면인 미래는 어디까지나 현재(A)로부터 추출되는 것(非A)이라는 점이 우선 인식될 필요가 있다. 그리고 하나의 통일체를 두 계기(A와 非A)로 인식하는 것은 어디까지나 실재의 운동을 사유의 내부에서 재구성한 것에 지나지 않는다는 관점을 잃지 않는 일이 필요하다. 따라서 우리에게 주어진 과제는 이중적이다.

먼저 현재와 통일된 계기로서의 미래라는 개념은 위에서 말한 바와 같이 사유 과정에서 재구성된 관념이라는 사실을 잊지 않는 일이고, 다음으로 미래를 현재로부터 이끌어 내는 일이다.

우리의 인식 과정이 사유의 재구성이라는 틀을 벗어날 수 없다면 하나의 통일체를 두 계기로 나누어 인식하는 것이 불가피하다. 따라서 우리의 변화 읽기는 단계적 성격을 띠지 않을 수 없으며 대립의 한 측면에서부터 출발하지 않을 수 없다. 어차피 대립의 한 측면에서부터 출발하지 않을 수 없는 것이라면 어느 측면에서 출발해야 하는가가 문제의 중심이 된다. 현재와 미래라는 두 측면 중에서 당연히 현재로부터 출발하지 않으면 안 된다. 그 실재성이 구체적이고 객관적이기 때문이다. 그리고 시간의 내용을 이루는 실재의 운동이 그러한 과정을 경과하기 때문이다. 현재로부터 출발하는 것이 곧 운동의 원인을 내부에서 구하는 태도이다.

'새로운 미래'라는 관념은 현재(A)를 왜소하게 만들고 우회하게 만든다. 더욱 심각한 것은 미래(非A)를 현재와 다른 어떤 것(B, C, D 등)으로 대치한다는 사실이다. 바로 이 점이 사회 변화에 대한 우리의 인식과 실천에 있어서 매우 중대한 오류의 근거가 된다.

현실의 모순을 은폐하거나 유보하거나 우회하는 이데올로기가 된다. 밀레니엄 담론에 있어서 21세기는 새로운 것(B, C, D 등)이다. 주어진 조건이며 타자로서 우리와 맞선다. 그리고 그것이 거꾸로 현실(A) 인식의 규정적 관점이 되고 구속력을 행사한다. 국제 금융자본의 축적 운동은 바깥으로부터 오는 타자이며 주어진 조건으로 승인된다. 자본의 운동 형식인 정보화와 세계화라는 공간 개념이 시간 개념의 실재성을 강화하도록 작용한다. 이러한 일련의 체계는 미래 담론의 필연적 귀결이다.

국제 금융자본과 정보화, 세계화의 규정력이 큰 것은 사실이다. 그러나 그것은 어디까지나 非A이며 C, D, E 등이 아니다. 그리고 非A 역시 재구성된 것이라는 사실이 유의되어야 한다.

몇몇 뛰어난 논의에서 지적된 바와 같이 대외 부문의 규정력을 읽는 방법도 우리의 정치적·경제적 구조가 비자립적이라는 현실(A)에서 시작되어야 마땅하다.

사회 변화를 실천적 관점에서 읽는 경우 가장 중요한 것은 '결과는 현재에서, 원인은 내부에서' 찾는 방법론에 있어서의 논리성이다. 현실은 결코 왜소한 것이 아니며 오히려 복잡한 것이다. 그리고 복잡한 것은 그만큼 결별하기가 더 어려운 법이다. 진정한 결별은 내성(內性) 안에서 그리고 내성의 거부로서 행해질 때 비로소 가능한 것이다. 과거의 누적이 현재가 되고 현재의 거부 이후에 미래의 계기가 발견되는 것이다. 미래는 그 자리를 비워 두어야 한다.

현재의 내부

'현재'(現在)와 '내부'(內部)는 그런 점에서 모든 논의의 전제가 된다. 이러한 관점에서 우선 새로운 독해가 요구되는 것으로 민주 담론을 예로 들 수 있다.

문민정부에 이어 국민정부라고 명명함으로써 문민정부 이래 시작된 민주 담론이 국민정부에 와서 일단 완성되는 국면을 맞이하고 있다. 적어도 담론이라는 형식 논리에 있어서 일단락된다. 문제는 이러한 담론의 완성이 무엇으로 이어지는가에 있다. 이것은 시민운동과 감시(監視) 기능, 의회 전술과 합법 정당을 비롯하여 운동의 중심에 관한 논의로 이어지며 당연히 무엇을 우회하고 무엇을 부추길 것인가로 이어지기 때문이다.

민주 담론은 그 내용에 있어서 한마디로 보수 연합 구도의 이론적 산물이다. 현실적으로 국민정부가 정권을 담당하게 되었고 그것도 연합 정권의 형식으로 이루어졌다는 사실의 이론적 분식(粉飾)이다. 나아가 야당을 포함한 보수 정치권 전반의 연합 구도가 일단락되었다는 사실에 근거한다. 이것은 자유당 정권과 군사정권으로부터 배제되었던 보수 정치 세력이 일단 민주적인 구도로 지배 권역을 분점하였다는 사실을 의미한다. 민주 담론의 완성은 이러한 보수 지배 권역 내부의 협소한 민주주의의 완성을 논의의 중심에 놓는 것이다. 더욱 중요한 것은 민주 담론이 연합 정권의 의제(擬制)된 좌우 연합을 포괄함으로써 그 의미를 부당하게 확장하고 있다는 사실이다.

널리 입증된 바와 같이 이러한 연합 구도가 지향하는 바는 안으로는 내각제라는 권력 형식을 공론화하고 밖으로는 자본과 노동에 대한 개혁을 수행하고 있다. 그리고 그 형식에 있어서는 국난 극복을 위한 국민적 동의를 요구하는 것이다. 자본에 대한 개혁은 보수 연합 정권의 대외적 안정 구조를, 노동에 대한 개혁은 대내적 안정 구조를 만들어 내려는 것이 그 기본적 성격이다. 내각제는 지배 권력 내의 민주주의가 가장 원만하게 이루어지는 체제임은 물론이다. 결국 민주 담론의 완성은 보수 연합의 일단락, 즉 부르주아 민주주의의 출현을 '민주주의의 종말'로 추인하는 논의이다. 배타적 독재정권 기간 동안의 민주화 담론은, 비록 민중 진영이 일정하게 주변 보수 그룹과 연대하고 있기는 하였지만, 이 기간의 비민주성 규탄은 사회의 전반적 민주적 구조를 결여한 데에 있지 않았다. 한국의 근현대사에 있어서 민주화 담론은 기본적으로 보수 계층 내의 민주주의 논의였다. 6월항쟁을 계기로 보수 연합의 출현과 함께 민중 진영이 소외되는 과정에서 이는 사후적으로 입증된다. 민주주의의 의미를 부르주아 민주주의의 틀 속에서 이해하는 민주 담론은 근대성에 대한 성찰을 포기하는 것이며, 민주주의는 다수 의견의 수렴 방식이라는 형식주의를 벗어나지 못하는 것이며, 나아가서 민주주의를 계급 내부의 것으로 한정하는 것이다.

돌이켜 보면 일제하의 자치론(외교 독립론을 포함한)과 내선일체론(內鮮一體論) 역시 그 협애한 영역 내에서의 논의였다. 조선조 후기에 나타난 개화(開化)와 척사(斥邪)의 대립이나 조선조 전 기간을 일관한 훈구(勳舊)와 사림(士林)의 대립 역시 동일한 범주에

속한다. 재상 제도와 절대군주제라는 권력 형식에 관한 논의도 마찬가지이다. 숙종 연간의 준론탕평(峻論蕩平)처럼 환국(換局) 형식으로 정권 교체가 이루어지기도 하고, 영조 연간의 완론탕평(緩論蕩平)처럼 각 당파의 연합 형식으로 이루어지기도 한다. 사상적으로도 주기론(主氣論)과 주리론(主理論)이 훈구와 사림, 재상 제도와 절대군주제와 결합되어 화려한 담론 지평을 열었다. 그러나 그럼에도 불구하고 지주(地主) - 전호(佃戶)의 대립이라는 기본 모순이 배제된 지배계층 내의 편협한 범주를 벗어나지 못하였음은 물론이다. 조선조 사회의 기본 모순은 지주 - 전호 관계를 축으로 하는 봉건사회의 그것임은 물론이다. 경제적으로 지주이며 정치적으로 관리이며 사회적으로 양반이며 문화적으로 독서 계층인 지배계급과, 경제적으로 노동자이며 정치적으로 피지배자이며 사회적으로 상민이며 문화적으로 소외계층인 전호 농민이 이루어 내는 대립과 통일이 그 사회의 실상이다. 이러한 역사적 관점을 구태여 거론하는 까닭은 현재의 사회적·정치적 구조에 완고하게 점철되어 있는 과거의 누적 때문이다. 현재의 성격을 선취된 미래 개념으로 대치하는 대신에 과거의 연장선상에서 현재에 접근하는 시각이 필요하기 때문이다. 역사책에는 해방 이후부터 오늘에 이르는 기간이 '분단 시대'(分斷時代)로 기록될 것이다. 조선 시대, 식민지 시대에 이어서 분단 시대로 기록될 것이다.

IMF 관리 국면, 그리고 21세기 담론에서는 이러한 기본적인 관점이 도치되어 있다. 차라리 강물은 과거에서 현재를 거쳐 미래로 흘러가는 것이라는 인식이 필요한 것이다. 이것이 과학적 변화 읽기는 아니라고 하더라도 기본적 관점을 견지하게 하는 데에 의의가 있다. 시간은 영원한 현재가 함께 흘러가는 현재의 변화 그 자체이다. 지주, 전호, 훈구, 사림, 재상 제도, 절대왕정, 개화, 척사, 독립론, 자치론 등 우리 역사의 모든 과거가 그 형태만을 달리하여 도도하게 흘러가고 있다. 그것이 우리의 현재이다.

시간은 영원한 현재가 함께 흘러가는 현재사(現在史)를 자기의 내용으로 갖는다. 더구나 역사는 강물의 속도로 강물과 함께 진행하는 것이다. 그러므로 진보란 미래를 선취하는 것이 아니라는 반성이 필요하다. 미래는 결코 선취될 수 없는 것이다. 현재의 모순을 직시하는 것이 미래의 선취 방식일 뿐이다. 미래 담론의 문제점은 현재와 미래의 엄청난 비대칭성을 그대로 수용하는 것이다. 타자인 미래를 주체화하고 주체인 현재를 타자화하는 것이다. 물론 현재와 주체를 타자화하는 시각은 필요하다. 그러나 그것은 어디까지나 현재의 구조를 드러내기 위한 것이어야 하며 인식의 총체성을 훼손하지 않는 한도 내에서 이루어져야 한다.

비단 미래 담론뿐만 아니라 진보 담론 역시 마찬가지이다. 돌이켜 보면 우리의 진보 담론의 역사는 타자를 주체화하고 추종과 시행착오로 점철된 과정이었다. 소위 근대 기획의 틀을 벗어나지 못하였음이 사실이다. 근대화의 내용은 자본주의화였으며 형식에 있어서 세계화 과정이었다. 오늘의 미래 담론, 세계화 담론은 본질에 있어서 근현대를 일관한 근대 기획의 연장선상에 있다. 연암(燕巖) 박지원(朴趾源)은 동일한 질(質) 내의 보다 좋은 상태를 발전이라고 규정한다. 모순의 두 축이 그 균형을 이룬 상태를 발전이라고 하였다. 그러나 균형과 통일은 일시적인 것이라는 점이 간과되고 있다. 역사의 보편적 발전 구도는 오랜 불균형 상태와 일시적인 균형 상태의 교직이다. 이것이 사회 변화를 대상으로 파악하지 않고 과정으로 파악하는 근거이다. 따라서 발전과 진보의 개념은 과정의 총체로서 이해되는 것이다. 더구나 선취된 이상적 모델로부터 실천을 받아 오는 과정도 아니다. 새천년의 미래 담론이 지배적 담론으로 세력화하고, 민주 담론이 일단 종결되는 현금의 사정은 더욱이나 균형과는 아무런 상관도 없는 것이다. 그것은 어떤 과정의 어떤 시점(時點)에 불과할 뿐이다. 그것은 한 개의 시점을 극대화하는 정태론적 관점이며 우회와 은폐의 전술일 뿐이다. 현실의 발전 과정에 대한 이해를 방해하는 이데올로기일 뿐이다.

떨리는 지남철

이러한 담론 환경에서 우리가 경계해야 하는 것은 한마디로 그러한 이데올로기가 펼치는 우민화(愚民化)이다. 모든 우민화는 가장 먼저 '통합'(統合)이라는 형식 논리로서 포장된다. 형식에 있어서 소위 민주적 외피를 입는다. 그 민주적 외피 때문에 통합은 역대의 모든 집권 세력으로 하여금 지배 구조를 안정화하는 효과적인 통제 기제로 선호하게 한다. 이러한 통제 기제와 방식은 오래된 것이다. 동서를 막론하고 역대 왕조가 가장 먼저 착수하는 것이 민중의 우민화였다는 것은 널리 알려진 사실이다. 이것은 과거의 역사가 아니다. 우민화와 탈정치화라는 통제 방식은 자본주의사회에서 가장 성공적이다. 우리의 일상에서 피부로 느끼고 있는 것이다. 자본주의하의 우민화는 그 방식이 문화적 기제를 빌림으로써 마치 피지배자의 동의에 기초해 있는 것으로 수용된다. 그리고 상품으로서의 대중문화와 미디어의 상품화가 동시에 진행되기 때문에 그 영역이 광범하다. 사회의 문화적 구조에서부터 개인의 정서와 생활 리듬에 이르기까지 깊숙이 침투하고 있다. 이성이 감성으로 대체되고 이데올로기적 통제 기제가 문화적 포섭 기제로 대체됨으로써 그것의 재생산 구조를 완성해 놓고 있다.

따라서 우리에게 필요한 것은 IMF 상황에 대한 국민주의적 대응, 세대교체론, 낙천 낙선 시민운동 등 최근의 현안들이 과연 무엇을 우회하고 있으며 무엇을 놓치고 있는가를 직시하는 일이다. 그것이 갖는 부분적 의미에도 불구하고 결과적으로 사회의 진정한 민주적 변혁을 주변화하거나 유보, 우회하는 정치적 우민화에 기여한다는 점에 주목할 필요가 있기 때문이다. 미성년자 매매춘 단속이 광범한 지지를 받고 있는 최근의 상황이 어떤 점에서 매우 상징적 성격을 보여준다. 미성년자 매매춘이 매매춘 그 자체를 대속(代贖)하고 있기 때문이다.

최근의 교육 현장의 붕괴 현상도 마찬가지이다. 학교가 기존 이데올로기의 재생산 현장으로 전락됨으로써 우민화의 현장으로 변화하였기 때문이다. 다양성 교육, 열린 교육, 팔리는 교육, 산학협동이라는 우리 시대의 교육적 가치에는 미래 담론의 허구성과 나란히 우민적 프로그램이 숨어 있다. 현안이 되고 있는 인문학의 위기가 단적으로 그것을 예시한다. 교육은 교육 서비스의 생산과 소비로 재편되어야 한다는 신 자유주의적 교육 정책은 일견 민주적 구상을 담고 있다. 그러나 그것은 기본적으로 상품 논리이며 시장 논리이다. 상품 논리와 시장 논리에서 우리가 주목해야 하는 것은 인격이 거세되고 있다는 사실이다. 교육에 있어서 인간의 문제가 제거되고 있다는 사실이다. 이러한 체계에서는 스승과 같은 인격적 개념이 설 곳이 없다. 이것은 교육을 인간과는 무관한 하나의 물질적 대상, 즉 상품으로 규정하는 것이다. 상품의 가치는 사회적 필요노동시간에 의하여 결정된다는 명제는 일견 매우 인간적 내용을 담고 있다는 착각을 준다. '인간 노동'이 가치의 실체라는 관점이 그렇다. 그러나 자본주의하의 상품생산 노동이 인간적이라는 주장은 더 이상 현실이 아니다. 냉혹한 물량적 계량 지표에 의하여 측정되는 어떤 것일 뿐이다. 더구나 세계화 과정에 있어서 상품의 가치는 '사회적' 필요노동시간에 의해서 결정되는 것이 아니라 '세계적' 필요노동시간에 의하여 결정된다. 우리의 교육이 그 질(質)에 있어서나 양(量)에 있어서 붕괴되지 않을 수 없는 객관적 상황을 상품화와 세계화는 극명하게 보여주며 동시에 강요한다. 인간적 관점이나 우리 사회의 주체적 가치는 설 자리가 없다. '무너지는 교실'은 필연적 현실이 되지 않을 수 없다. 이러한 환경에서 근본적 비판 의식은 장송되고, 사회 변화는 이미지의 변화로 대체된다. 그리고 사이버 공간에 유폐된다. 최근 보수 대연합의 출현과 민주 담론의 일단락 이후 급속하게 나타나는 교실의 붕괴 현상에는 바로 그 정치적 장치가 바탕에 깔려 있는 것이 아닐 수 없다. 그럼에도 불구하고 모순의 극복은 극히 개인적 경쟁으로 추구되고, 경쟁은 합리적이라는 또 하나의 민주적 형식으로 포장된다. 개인적 경쟁에서 소외된 사람들은 개성의 다양성이라는 영역으로 도피하거나, 감성 그 자체에 매몰되거나, 소비문화에 탐닉할 수 있는 또 하나의 시장이 출현한다.

이러한 문화적 지형은 지배 구조의 토대가 안정적인 서구 사회에서는 이미 오래된 현상이다. 서구 사회의 경우 20:80의 구조는 지배 블록인 20이 그 안정성을 최대화하기 위하여 80과의 거리를 추월이 불가능한 선까지 질주하고 있다. 소위 난자(卵子), 정자(精子)은행에 의한 신인종의 실험이 그것의 한 예이다. 이러한 실험은 인공 유전자 조작에 의하여, 지배계급이 아닌 새로운 지배 인종을 만들어 냄으로써 영원히 안정적인 구조를 만드는 것이다. 이것은 우민화의 극치이다. 현재로서는 그러한 유전자 조작이 불임자들에 대한 치료라고 주장되고 있다. 그러나 그러한 주장은 난자, 정자 은행이 왜 하버드 대학 구내에 설립되는가를 설명하지 못한다. 더구나 이러한 20의 탈출이 신상품의 형식으로 진행된다. 자본의 거대한 힘과 결합되어 진행된다는 점에서 평화적 이행 과정을 밟는다. 역사적으로 자본주의 체제만큼 고도의 우민화가 광범하게 진행된 체제는 없다. 고대 노예제사회의 물리학에서 중세 신분 사회의 사회학, 근대 이후의 경제학 그리고 바야흐로 생명공학이라는 최고의 단계에 도달하고 있다. 머지않아 사회 변혁은 사회경제학에서 생명공학의 장으로 이동될지도 모른다.

농민 항쟁이 치열하게 조직되고 있는 동안에 조선조의 붕당정치는 그 민주적 지배 담론을 완성하지 못한다. 일제하의 지배 구조는 독립 항쟁의 대립 측면이 대치하는 동안에는 그 지배 구조를 완성하지 못한다. 자유당 정권과 군사정권은 그 협소한 비민주적 성격이 도전 받는 동안에는 민주 담론을 완성하지 못하고 물리적인 탄압 이외의 통제 기제를 선택할 수 없게 된다.

이러한 일련의 역사적 과정에서 두 가지 결론을 발견할 수 있다.

첫째로 민주 담론이 완결되지 못한 단계는 우민화의 조건이 미성숙하다는 사실이다.

둘째로 그러한 단계에서는 지배 계층의 소외 블록이 피지배 계층과 일정하게 연합한다는 사실이다. 이 두 가지 사실은 긴밀하게 결합하여 진행된다. 이것은 식민지의 지배 계층이 식민지의 피지배 계층에게 호소하고 연합하는 식민지 민족운동의 제1단계와 그 형식에 있어서 같다. 이 경우 우리가 주목해야 하는 것은, 이러한 단계에서는 민주 담론이 확장될 수 있는 가능성이 남아 있는 반면 민중에 대한 우민화의 필요성이 현실적으로 나타나지 않는다는 사실이다. 보수 연합의 정치 지형이 형성되고 소외 블록이 권력 지분에 참여함으로써 이러한 상황은 종결되는 것이지만 그동안에는 민주 담론이 사회적 논의에서 소멸되지 않으며 우민화가 착수되지 않는다는 사실이다.

결국 우리는 일련의 비판적 작업이 당면의 과제라는 당연한 사실을 다시 한 번 확인하지 않을 수 없다. 비판적 영역을 만들어 내고 나아가 그것을 전선(戰線)으로 확장해 가는 작업들을 고민하지 않을 수 없는 것이다. 한 사회의 비판 의식의 치열함이 잠자는 경우 그것은 곧 우민화에 열중할 수 있는 조건이 되기 때문이며, 우민화는 다시 모든 비판적 가치를 장송함으로써 변화의 가능성을 무산시키기 때문이다. 진정한 비판성은 사후(事後)에 구성된 허구에 대해서와 마찬가지로 사전(事前)에 구성된 허구에 대해서도 비판적이어야 함은 물론이다. 우리에게 절실하게 요구되는 것은 이러한 비판적 관점의 연장선상에서 민주 담론을 진정한 민주적 위상에 다시 정착시키는 일이다. 미래에 대하여, 민주주의에 대하여, 그리고 진보에 대하여 더욱 서슬 푸른 의식을 키워 나가는 일이야말로 새로운 미래를 맞이하는 자세일 것이다.

북극을 가리키는 지남철은 무엇이 두려운지 항상 그 바늘 끝을 떨고 있다. 여윈 바늘 끝이 떨고 있는 한 그 지남철은 자기에게 지니어진 사명을 완수하려는 의사를 잊지 않고 있음이 분명하며, 바늘이 가리키는 방향을 믿어서 좋다. 만약 그 바늘 끝이 불안스러워 보이는 전율을 멈추고 어느 한쪽에 고정될 때 우리는 그것을 버려야 한다. 이미 지남철이 아니기 때문이다.

『진보평론』 제3호(2000년 3월)

책은 먼 곳에서 찾아온 벗입니다

책은 벗입니다. 먼 곳에서 찾아온 반가운 벗입니다. 배움과 벗에 관한 이야기는 『논어』의 첫 구절에도 있습니다. "배우고 때때로 익히니 어찌 기쁘지 않으랴"(學而時習之, 不亦說乎), "벗이 먼 곳에서 찾아오니 어찌 즐겁지 않으랴"(有朋自遠方來, 不亦樂乎)가 그런 뜻입니다.

그러나 오늘 우리의 현실은 그렇지 못합니다. 인생의 가장 빛나는 시절을 수험 공부로 맥질해야 하는 학생들에게 독서는 결코 반가운 벗이 아닙니다. 가능하면 빨리 헤어지고 싶은 불행한 만남일 뿐입니다. 밑줄 그어 암기해야 하는 독서는 진정한 의미의 독서가 못 됩니다.

독서는 모름지기 자신을 열고, 자신을 확장하고, 그리고 자신을 뛰어넘는 비약(飛躍)이어야 합니다. 그렇기 때문에 독서는 삼독(三讀)입니다. 먼저 텍스트를 읽고, 다음으로 그 텍스트를 집필한 필자를 읽어야 합니다. 그 텍스트가 제기하고 있는 문제뿐만 아니라 필자가 어떤 시대, 어떤 사회에 발 딛고 있는지를 읽어야 합니다. 그리고 최종적으로 그것을 읽고 있는 독자 자신을 읽어야 합니다. 그렇게 함으로써 자신의 처지와 우리 시대의 문맥을 깨달아야 합니다.

수험 공부 다음으로 많은 것이 아마 교양을 위한 독서라 할 수 있습니다. 교양이 무엇인가에 관한 논의를 일단 접어 둔다고 하더라도 교양 독서 역시 참된 독서가 못 됩니다. 그것은 자신을 여는 것이 아니라 반대로 자신을 가두는 것이기 때문입니다. 교양 독서는 대개 고전 독서이기도 합니다. 고전에 대한 이해는 물론 필요합니다. 고전은 인류가 도달한 지적 탐구의 뛰어난 고지(高地)들이고 그것에 대한 이해가 없이는 과거와의 소통도 어렵고 동시대인들과의 소통도 어렵습니다. 돈키호테와 햄릿에 대하여 알지 못하면 대화가 어렵습니다. 그런 점에서 고전은 언어와 같습니다.

그러나 그것이 무엇을 위한 소통이며 무엇을 위한 대화인가를 잊지 않아야 합니다. 돈키호테는 시대착오적인 어떤 중세 기사의 이야기가 아니며, 햄릿은 덴마크 왕자의 개인적인 비극에 관한 이야기가 아닙니다. 탈중세(脫中世)의 전개 과정이나 인간 존재의 운명적 비극에 대하여 고뇌하지 않고 그것을 단지 교양이나 대화의 소재로 삼는 경우 자신을 확장하기보다는 오히려 자신을 가두는 것이 됩니다. 독서는 궁극적으로는 자기를 읽고 자기가 대면하고 있는 세계를 읽는 것입니다. 그리고 그 세계와 맺고 있는 사회적·역사적 관련성을 성찰하는 것이어야 합니다.

문사철(文史哲)을 공부하는 까닭은 그것을 통하여 깊이 있는 세계 인식에 도달하기 위한 것입니다. 시서화(詩書畵)의 경우도 다르지 않습니다. 문사철이 언어, 개념, 논리로 인식하는 것임에 비하여 시서화는 이를테면 소리와 빛으로 소통하는 뛰어난 세계 인식입니다. 문사철 방식에 비하여 시서화의 방식이 오히려 더 많은 사람들에게 수용되고 있습니다. 매일같이 경험하고 있는 급속한 미디어의 변화는 이 시서화의 세계마저 영상서사(映像敍事)로 바꾸어 가고 있는 것이 오늘의 현실입니다. 책과 종이 그리고 독서의 종말을 예단하기도 합니다.

그러나 문사철이든 시서화든 영상이든 그것은 우리들 자신과 우리들이 살고 있는 세계에 대한 정직한 이해를 위한 것이어야 합니다. 본질에 있어서는 조금도 다른 것이 아닙니다. 어느 경우든 인간과 사회와 자연에 대한 올바른 인식 그리고 우리들 자신에 대한 진지한 성찰이 핵심입니다. 그러한 성찰만이 우리의 삶을 보다 인간적인 것으로 키워 갈 수 있기 때문입니다. 바로 이 점에서 영상서사는 그것의 뛰어난 대상 인식에도 불구하고 그 성찰성이 크게 떨어진다는 지적을 받습니다. 문학서사(文學敍事)가 요구하는 독자 자신의 고뇌와 성찰이 사라지고 독자로 하여금 복제와 카피라는 대단히 안이한 자리에 나앉게 함으로써 우리들을 또 한 번 소외시키고 있기 때문입니다. 인류사의 장구한 지적 탐구를 통하여 키워 온 그 치열한 성찰성에 주목하고 다시 한 번 독서에 주목하지 않을 수 없는 이유가 이와 같습니다.

고전의 반열에 올라 있는 책들이 반드시 당대 최고의 지적 탐구를 보여주는 것이 아니라고 하더라도 고전은 수많은 사람들에 의

해서 전승되고 있다는 점에서 그것은 역사 그 자체라고 할 수 있습니다. 그리고 인류사의 전개 과정이 그러했듯이 앞으로의 모든 미래 지향 역시 지금까지의 역사를 디딤돌로 하여 나아가지 않을 수 없을 것입니다. 바로 그런 점에서 독서와 문학 서사는 최근의 급속한 미디어의 변화에도 불구하고 우리들이 발 딛고 나아갈 수밖에 없는 역사 그 자체이며 무형의 문화유산입니다. 언어, 개념, 논리라는 쉽지 않은 인식틀을 키워 온 인류의 정신사는 그것이 비록 세계 인식의 최고 형식은 아니라고 하더라도 인류의 지적 탐구를 뒷받침해 온 탄탄한 초석이 아닐 수 없습니다. 그것의 핵심이 바로 성찰(省察)입니다. 성찰은 철학적 추상력(抽象力)과 문학적 상상력(想像力)을 양 날개로 하는 자유로운 비상(飛翔)이며 조감(鳥瞰)입니다. 이러한 비상과 조감을 가능하게 하는 생각의 재구성이 바로 성찰입니다. 그것은 우리의 여정을 내려다보는 창공의 언어입니다. 우리는 지금까지 걸어온 여정의 연장선상에서 다시 성찰과 비상이라는 지적 여정을 이어가지 않을 수 없을 것입니다.

독서, 그것은 궁극적으로 자기가 갇혀 있는 문맥, 우리 시대가 갇혀 있는 문맥을 깨트리고, 드넓은 세계로 나아가는 자유의 여정이기도 합니다. 우리에게 필요한 것은 이 여정에서 길어 올려야 하는 우리들 자신에 대한 애정입니다. "더 좋은 것은 없습니다." 더 좋은 책, 더 좋은 왕도(王道)는 없습니다. 한 마리 작은 새가 하늘을 날아오르는 것이 그렇습니다. 어미 새의 체온과 바람과 물 그리고 수많은 밤들이 차곡차곡 누적되어 어느 날 아침 문득 빛나는 비상으로 날아오릅니다. 고뇌와 방황으로 얼룩진 역경의 어느 무심

한 중도막에 그때까지 쌓아 온 회한과 눈물이 어느 순간 빛나는 꽃
으로 피어오릅니다. 독서도 인생과 크게 다르지 않습니다. 그것이
어떤 책이든 상관없습니다. 그것이 고뇌와 성찰의 작은 공간인 한
언젠가는 빛나는 각성(覺醒)으로 꽃피게 마련입니다. 언약(言約)
은 강물처럼 흐르고 만남은 꽃처럼 피어날 것입니다.

독서는 만남입니다. 성문(城門) 바깥의 만남입니다. 자신의 문
을 열고 바깥으로 나서는 자신의 확장이면서 동시에 세계의 확장
입니다. 그리고 그것이 만남인 한 반드시 수많은 사람들의 확장으
로 이어지게 마련입니다. 마치 바다를 향해 달리는 잠들지 않는 시
내와 같습니다. 한 사람 한 사람의 각성이 모이고 모여 어느덧 사회
적 각성으로 비약하기도 할 것입니다. 우리와 우리 시대가 갇혀 있
는 문맥(文脈)을 깨트리고, 우리를 뒤덮고 있는 욕망의 거품을 걷
어 내고 드넓은 세계로 향하는 길섶에 한 송이 꽃으로 피어날 것입
니다.

굳이 새해의 일출을 보기 위하여 동해로 가지 않아도 됩니다. 일
출은 도처에 있습니다. 반가운 만남과 성찰을 쌓아 가는 곳이면 그
곳이 어디든 찬란한 일출은 있습니다. 새해의 빛나는 성취를 기원
합니다.

『중앙일보』 2011년 1월 1일

3부

주소 없는 당신에게

주소 없는 당신에게 띄웁니다

20년 만에 되찾은 '햇살 아래서의 사색'

김유신의 말은 천관녀의 집 앞에서 목 베여 죽었습니다. 생각 없이 어제의 골목을 답습하다가 칼날 아래 목 잘리고 말았습니다. 경오년 '말의 해'는 모든 말들이 생각해야 하는 해입니다. 주인의 뜻을 생각해야 하는 해입니다. 새로운 길을 생각해야 하는 아침입니다.

감옥 안과 밖 좋은 음식을 받을 때 당신의 '밥'이 생각납니다. 따뜻한 겨울 난로를 만날 때 당신의 '방'이 생각납니다. 만원 버스 속에서 여자들과 몸 부대낄 때 나는 당신의 '밤'을 생각합니다. 도시의 거리와 거리에 넘치는 인파, 그 흔한 보행의 자유 속에서 나는 당신의 묶인 '발'을 생각합니다. 당신을 전선에 두고 혼자 고향으로 돌아와서 미안합니다. 당신을 병실에 남겨 두고 혼자 퇴원하여 죄송합니다. 그러나 그곳만이 전선이 아니며 그곳만이 병실이 아니라던 당신의 말이 맞습니다. 더욱 복잡한 사람, 더욱 지겨운 상황이 도처에서 부딪쳐 옵니다. 좋은 것과 나쁜 것이 섞여 있는 상대는 마치 뿔 달린 말처럼 판단하기도 어렵고 상대하기도 난감합니다. 대상의 전부를, 상대의 전인격을 한꺼번에 상대하려는 욕심은 허탈과 소외를 안겨 줍니다. 현장 그 자체로부터 대상과 자신을 함께 소외시켜 갈 뿐이라 생각됩니다. 우리가 문제 삼아야 하는 것은 본질적 인식에 토대한 상황적 진실이며 현장에 모습을 드러낸 방법상의 고민인지도 모릅니다. 비록 값싸다 하더라도 겨울에 봄옷을 고르기는 쉽지 않습니다.

겨울 산　단 한 명의 등산객도 없는 겨울 백운대 꼭대기에서 잠자다가 가슴을 찌르는 총성에 소스라쳐 잠 깬 적이 있습니다. 꿈속의 총성이었습니다. 꼿꼿이 선 채로 말뚝에 뒷손 묶이고 가슴에 검은 표적판 붙이고 총살형을 당하는 20년 전의 악몽에 소스라쳐 잠 깼습니다. 겨울 산꼭대기 너럭바위에서 빈 하늘 빈산에 기대어 생각했습니다. 과거의 아픔을 잊는 것은 지혜이고 그것을 간직하는 것은 용기입니다. 어제가 불행한 사람은 십중팔구 오늘도 불행하고 오늘이 불행한 사람은 십중팔구 내일도 불행합니다. 어제 저녁에 덮고 잔 이불 속에서 오늘 아침을 맞이하기 때문입니다. 그러나 누구에게나 어제와 오늘 사이에는 '밤'이 있습니다. 총성에 소스라쳐 찢어지기도 하지만 이 밤의 역사는 불행의 연쇄를 끊을 수 있는 유일한 현장입니다. 밤을 깨끗하게 보내지 못한 사람은 아침 거울에 얼굴 부끄럽습니다. 밤의 한복판에 서 있는 당신은 잠들지 말아야 합니다. 새벽을 위하여 꼿꼿이 서서 밤을 이겨야 합니다. 그리고 수많은 밤을 만들어 내야 합니다.

서울 직진의 고속도로는 한없이 미안한 길입니다. 논밭에 쏟은 당신의 수고를 짓밟고 이윽고 도착한 서울. 서울은 '거대'합니다. 빌딩과 교량, 도로와 물건, 당신이 그동안 쌓은 수고가 산처럼 우뚝합니다. 그 앞에 서서 자기 명의의 소유권을 행복해하는 사람과는 달리, 당신은 짐통 지고 '아시바'(비계)를 오르내리던 기억을 회상한다는 그 큰 빌딩 앞에 서서 나는 당신이 쌓은 벽돌의 수를 세어 보았습니다. "참 많이 변하였지요?" 만나는 사람들의 한결같은 질문을 받고 나는 묻는 사람에 따라 다른 답변을 준비하면서 풍요로운 마을에서 살아가기에는 너무나 약했던 당신을 생각했습니다. 당신이 쫓겨 들어간 '산'을 생각했습니다. 아름다운 고치 속에서 죽은 번데기를 생각했습니다.

새해 "사나이 가는 길 앞에 웃음만이 있을쏘냐. 결심하고 가는 길 가로막는 폭풍이 그 어이 없으랴. 푸른 희망을 가슴에 움켜 안고 떠나온 정든 고향아 내 다시 돌아갈 때 열 굽이 도는 길마다 꽃잎을 날려 보리라."

명절이면 으레 읊조리던 당신의 노래입니다. 객지가 서럽고 고향이 그리운 당신의 소망입니다. 크리스마스와 새해. 90년대의 첫해를 맞았습니다. 해마다 해가 바뀌는 새벽에 찬 벽 등에 지고 앉아서 이렇게 사는 것도 사는 것이냐며 삶 그 자체를 질문하던 당신이 생각납니다. 지난해가 부끄러운 사람에게 새해는 마침 좋은 핑계입니다. 그러나 등짐을 내려놓지 못하는 당신의 새해는 별로 새로울 것이 없습니다. 무슨 짓 해서든지 돈 벌면 된다지만 돈이 꽃잎이 될 수 없음을 실은 당신이 먼저 알고 있습니다. 언젠가 먼 훗날, "참, 그때는 우리가 도둑질해서 먹고 살았지", "참, 그때는 부끄러운 줄 모르고 그 짓거리하며 살았지" 이런 말로 오늘을 돌이켜 볼 수 있는 그런 시절, 그런 세상이 될 때, 그때는 얼룩진 땟국 말끔히 씻고 저마다의 고향으로 돌아갈 수 있으리라 생각합니다. 그러한 고향을 바로 이곳에 만들어 낼 수 있으리라 믿습니다.

출퇴근길 반쯤으로 낮춰 잡아 매일 아침 2백만의 시민이 출근을 하고 있다면 출근 한 시간 퇴근 한 시간, 아침저녁 출퇴근으로 두 시간씩 매일 4백만 시간을 길에 뺏기는 셈이 됩니다. 50만의 노동력이 하루 종일 일해서 만들어 내는 '생산'이 매일 길에서 짓밟혀 없어집니다. 노인도 아이도 없는 건장한 50만의 도시 하나가 매일 낭비되고 있습니다. 출근 뒤의 지친 심신과 퇴근 뒤의 망가진 마음은 셈하지 맙시다. 그것과 함께 소모되는 물건은 물건이기 때문에 작은 것이라 제쳐 둡시다.

삶 열여섯 살 누이동생을 서울에서 잃고 십 년 뒤 뜻밖의 골목에서 마주쳤을 때, 참혹하게 변해 버린 누이의 얼굴에서 당신은 '서울의 얼굴'을 읽었다고 했습니다. 건물이나 도로나 그곳에 쌓인 부(富)의 양으로 그 마을을 판단하지 않고, 의지가지없는 한 여아를 어떤 모습으로 키워 내는가에 의해서 평가되어야 한다는 당신의 고집은 정당합니다. 그것은 당자의 비극을 바닥에 과도하게 깔고 있는 것임에도 불구하고, 인간을, 사람들의 삶을 모든 기준의 상위에 두는 그 하나만으로도 지극히 탁월한 시선입니다. 서울은 미덥지 못하고 그러기에 충분히 왜소합니다. 더불어 함께 살아가야 한다는 주장은 더불어 함께 살지 않을 수 있는 자유 앞에 무력합니다.

추운 겨울 어렵게 얻은 뜨신 물 반 대야에 당신과 함께 네 개의 발을 담글 때, 물이 적지 않을까 하던 걱정을 순식간에 밀어내고 대야에 가득히 차오르면서 안겨 주던 충만함을 기억합니다. 동상 박힌 발가락 훈훈히 풀어 주던 겨울 아침의 족탕은 술 한 잔의 우정보다 더 뜨거운 것이었습니다. 아름다운 산천경개를 감탄하며 바라볼 때에도 발은 어두운 신발 안에서 체중을 감당하며 땀 흘린다는 시인의 애정에 대하여 우리는 공감하였습니다.

정나라 사람이 장에 신발을 사러 가려고 종이에 발 올려놓고 본〔度〕을 떴는데 막상 시장에 갈 때에는 그만 깜박 잊고 그 본을 집에 둔 채 그냥 갔습니다. 신발 가게 앞에 와서야 그것을 집에 두고 온 것을 깨닫고 허둥지둥 다시 집으로 돌아가서 가져왔습니다. 그러나 장은 이미 파하고 신발은 살 수 없었습니다. 사람들이 물었습니다. "발로 신어 보고 사지 그랬소?" 대답인즉, "발이 아무려면 본만 하겠소." 한비자의 우화 한 토막을 학생들에게 소개하면서 나는 당신이 땅바닥에 그리던 '집' 이야기를 들려주었습니다. 먼저 주춧돌을 그린 다음 들보, 도리, 서까래, 지붕을 차례로 그리던 당신의 '순서'는 바로 집을 지을 때의 순서임을 이야기했습니다. 지붕부터 그리는 사람과 주춧돌부터 그리는 사람의 차이는 집을 '그리는' 사람과 집을 '짓는' 사람의 차이입니다. 엄청난 차이입니다. 본〔度〕과 발, 종이와 망치, 교실과 공장, 이론과 실천, 화폐와 물건, 옷과 사람, 임금과 노동력……. 이 엄청난 간격 사이에서 시종 우직한 선택을 고집하는 당신의 삶은 문득문득 나를 부끄럽게 합니다.

세대 59학번과 89학번은 한 세대를 격해 있습니다. 세대교체는 결국 생물학이 해결한다는 유유한 여유는 여유가 아니라 도피입니다. 그러나 세대를 곧 차이로 단정하는 반대의 논리도 도피이기는 마찬가지입니다. 본질을 시간에 매몰시키는 모든 도식은 방법만 있고 역사는 없는 역사로부터의 도피입니다.

4·19 묘지에서 걸어 나올 때 함께 걸어 나오지 못하고 묻혀 있는 친구에 대한 애도는 모란공원, 망월동묘지의 젊은 죽음 앞에서 사치스럽습니다. 80년대와 90년대의 차이는 달력 한 장, 종이 한 장의 거리에 있습니다. 나는 그곳의 친구들에게 나의 결혼에 대하여 이야기했습니다.

어머니 "알뜰살뜰 딸의 정은 사위 놈이 갈라 가고 깊고 깊은 아들 정은 며느리가 가져갔네." 자는 잠에 죽기 원하던 어머니를 나도 그만 자는 잠에 떠나보내고 빈소에 앉아 어머니 평생인 1900년대의 82년간을 생각합니다. 봉건사회, 식민지 사회, 전쟁, 정변, 항쟁, 자본주의사회, 그리고 3·4·5·6공의 20년 옥바라지를 뜻 모르고 겪으며 살아온 평생은 복잡합니다. 빈소를 번갈아 울리는 찬송가, 예불, 젊은 운동가의 혼합은 착잡합니다.

이웃 20년 만에 대하는 친구들은 괄목할 만큼 변하였습니다. 크게 변한 것은 옷과 의자 그리고 그의 사회적 주장입니다. 별로 변하지 않은 것은 그의 인간적 자질입니다. 20년 세월에도 변하지 않는 '심성의 바탕', '사고의 틀'은 완강합니다. 이는 예상 밖의 놀라움입니다. 그리고 더욱 놀라운 것은 나의 20년이었습니다. 당신과 함께 있을 때의 그 뿌듯했던 자기 개조의 성취감이 기실 보잘것없는 것임을 깨달았을 때의 낭패감, 이는 당신의 것을 내 것인 양 여겼던 환상의 공허함입니다. 개인을 단위로 하여 자신을 개조하려는 모든 노력은 결국 실패할 수밖에 없는가 봅니다. 개인으로서의 변혁마저도 최종적으로는 이웃들과 삶을 공유함으로써만 가능한 것인지도 모릅니다. 그 이웃만큼의 변혁이 개인이 도달할 수 있는 최고치인지도 모릅니다.

종아리를 때리는 편달의 고독한 노력보다는 수많은 도자기가 가마 속에서 함께 익어 가는 훈도의 훈훈한 풍토가 삶의 본래 모습이며 함께 '잘나고' 더불어 성장하는 길이라 믿습니다.

폭력 요즈음은 당신을 이야기하기가 무척 주저됩니다. 폭력을 단죄하는 목소리, 범법을 규탄하는 활자들이 연일 기승입니다. 평화와 질서, 안정과 번영을 외치는 모든 사람들이 당신의 전부를 부정합니다. 그러나 오늘은 눈이 내려 당신의 눈썰매 이야기가 자연스럽습니다.

에스키모의 눈썰매는 10여 마리의 개가 끈다고 합니다. 그중에 가장 병약한 개 한 마리를 골라 줄을 짧게 하여 썰매로부터 가까운 자리에서 끌게 합니다. 이 병약한, 그래서 죽어도 아깝지 않은 개만 채찍으로 내려칩니다. 그 처절한 비명이 다른 개들을 힘껏 달리게 한다는 당신의 말이 생각납니다. 그리고 또 당신의 말이 생각납니다. "죄 없는 자 이 여인을 돌로 쳐라! 썰매 위의 사람만이 이 개를 채찍으로 쳐라!"

맞닿음 좌석버스의 앞자리 젊은 엄마에게 안긴 아기와 바로 그 뒷자리의 내가 서로 눈 마주친 적이 있습니다. 맑은 동공 속에 내 얼굴이 비쳤습니다. 세계를 읽으려는 아기의 눈 속으로 내가 들어간다는 사실이 순간 나를 심각하게 하였습니다. 내 몸에 남아 있는 감옥의 고통을 그 속에 넣어도 되는 것일까. 그 동공 속에 들어가도 괜찮을 만큼 나는 맑은가. 나는 더 먼 자리로 옮겨 갔습니다. 그리고 멀리서 손 흔들어 주었습니다.

북악산의 쌍굴 공사장은 아직 우람한 현장이 못 됩니다. 일꾼의 수도 적고 중기 소리도 높지 않고 현장 사무소의 간이 건물도 약소합니다. 그러나 쉬지 않고 산을 뚫고 있습니다. 이쪽에서 뚫어 가고 저쪽에서 뚫어 오는 굴이 빗나가지 않고 마주 만나는 날, 그날이 최대의 축제일이라 합니다. 깜깜한 동굴의 끝과 끝이 만나 열리면서 빛이 통하는 날, 바람이 통하고 사람이 통하는 날, 그날은 곡괭이 대신 서로의 팔뚝을 잡고, 살진 송아지를 잡고, 더불어 춤추는 날이라 합니다. 깨어지고 부서진 모든 조각들마저도 탄탄한 길바닥이 되는 날이라 합니다.

『한겨레신문』 1990년 1월 4일

지금은 근본적인 성찰이 필요할 때

자갈은 저희들끼리 부딪치며 다듬어진다

안녕하십니까? 딱딱한 얘기가 될 것 같아서 옛날얘기 하나 하고 시작하겠습니다.

제가 중학교 다닐 때 일입니다. 방학 중에 1월 1일날 등교를 했습니다. 조회를 마친 다음 담임 선생님이 교실로 우리들을 데리고 들어가서 새해를 맞이하는 느낌을 1번부터 이야기하라고 했습니다. 그때 제가 13번이었던가 그랬는데 제 차례가 되어서 저도 한마디 했습니다. 아마 공부 열심히 하고 부모님 말씀 잘 듣겠다는 얘기를 했을 것입니다. 그런데 순서가 30번쯤 되는 학생이었는데, 우리반에서 공부도 별로 잘 하지 못하고 학교에 왔는지 안 왔는지 별로 눈에 띄지도 않던 한 친구가 하는 말이, 자기는 왜 1월 1일을 만들었는지 모르겠다는 거였어요. 세월이란 물처럼 마냥 흘러서 지나가는 것인데 왜 1월 1일이라고 이름을 붙이는지 모르겠다는 거예요. 그 얘기를 듣고 제가 큰 충격을 받았지요. 속으로 '내가 저 얘길 할 걸' 하는 후회가 밀려오는 거예요. 내가 저 얘기를 해야 하는데, 나보다 공부도 못하는 저 녀석이 저런 멋진 얘기를 하다니…….

그다음에 또 충격 받은 일이 있었는데요, 그 친구 때문은 아니었고 아마 한 학년 더 올라가서일 거예요. 새 학년이 되어서 분단을 나눌 때였습니다. 농구 시합하기 전에 선수 소개받듯이 선생님이 "아무개 1분단" 하고 호명을 하면 박수를 받으면서 1분단 줄로 뛰어 들어가는 형식이었습니다. 저는 제 이름이 불리면 같은 분단원들로부터 제법 큰 박수를 받을 줄 알았는데 별로 박수를 못 받았어요. 그런데 공부도 별로 잘 못하는 한 친구가 몇 분단이라고 호명되자 그 분단 아이들이 함성을 지르면서 박수를 치는 것이었습니다. 그 친구는 늦게까지 남아서 청소를 제일 열심히 하는 친구였어요. 그런 충격을 제가 중학교 1학년, 2학년 때 받았습니다. 그 뒤로 저는 남아서 청소도 열심히 하고, 또 딴에는 철학적인 생각도 하면서, 세월은 그저 흘러가는 것이고 사람들이 말뚝을 박아서 시간을 나누는 것이다, 그런 생각하는 흉내를 내기도 했어요.

저는 지금까지 살아오면서, 선생님들의 얘기가 학생들에게 충격이 되는 경우는 별로 많지 않다고 생각합니다. 친구들의 이야기, 후배들의 이야기, 또래들의 이야기가 훨씬 더 충격적이지 않았는가 싶습니다. 흘러가는 세월 이야기도, 그 얘기를 선생님이 했더라면 저한테 별로 충격적이지 않았을 거예요. 선생님이니까 으레 그런 이야기 하는 거겠지 했겠지요.

여기 오신 분들이 대개 교사이시거나 교육에 관련되는 일을 하시는 분들이라고 알고 있습니다. 가르친다는 것이 무엇인가, 배운다는 것이 무엇인가, 무엇으로부터 배우고 어떻게 그것을 자기 삶 속에서 간직하고 키워 나갈 것인가, 이런 문제들에 대해서 진지하게 고민해 오신 분들이라고 생각합니다.

저는 '저희들끼리 배워라' 그렇게 생각합니다. 제가 예전 6·3사태 때 울산의 어느 어촌에 피신한 적이 있었습니다. 그때만 해도 울산은 아주 시골이었어요. 달리 할 일도 없이 하루 종일 자갈이 길게 깔린 바닷가에 혼자 앉아서 시간을 보내기도 했습니다. 아주 예쁘고 둥근 자갈들이 해변을 가득히 메우고 있었습니다. 누가 일부러 깎은 것이 아닌데도 둥글고 윤이 나는 아름다운 자갈 해변이었습니다. 그런데 가만히 지켜보니 아름다운 돌로 다듬어지는 과정이 그랬습니다. 파도가 밀려오면서 그 해변에 있던 자갈들을 들었다 놓는 거예요. 그러면 자갈들은 자기들끼리 이리저리 부딪치면서 다시 가라앉아요. 또다시 파도가 밀려오면 다시 잠시 파도에 들려 올려졌다가 자기들끼리 몸을 부대끼면서 가라앉습니다. 서로 부대끼면서 저렇게 아름다운 자갈들이 되는 거구나, 하는 생각을 했습니다.

그때 저는 가장 좋은 배움은 바로 자기들끼리 부대끼며 배우는 것이라고 생각했습니다. 선생님은 다만 파도처럼 잠시 들었다 놓아주면 되는 것이 아니겠느냐, 그렇게 생각합니다. 저는 선생의 아들로 태어났고, 지금 저도 학교에서 가르치고 있지만, 제가 생각하는 교육이라든가 인간이라는 것에 대한 기본적인 개념들은 바로 그런 생각 속에 있습니다.

몸소 떡을 썰어 보여주듯

'맹모삼천지교'(孟母三遷之敎)라는 말이 있지요. 정확한 순서는
잘 모르겠습니다만, 맹자 어머니가 집을 옮겼지요. 공동묘지 부근
에서 시장으로 그리고 다시 서당 옆으로 이사를 한 것이지요. 집이
공동묘지 옆에 있으니 맹자는 날마다 상여 지나가는 흉내만 내기
에 시장으로 이사를 가지요. 그랬더니 이번엔 날마다 장사꾼 흉내
만 내기 때문에 안 되겠다 싶어서 서당 옆으로 이사를 갔더니 그제
야 글공부를 하더라는 것이지요. 현모의 전형같이 내려오는 이야
기입니다만, 저는 그 정도면 미리 알 수도 있을 법한데 알지 못하고
나중에야 깨달아서 두 번씩이나 이사를 다니다니, 하는 생각도 들
어요.

그보다 저는 한석봉 어머니가 훨씬 나은 것 같습니다. 한석봉 어
머니는 공부를 마쳤다는 한석봉과 내기를 했지요. 불을 끄고 깜깜
한 어둠 속에서 자기는 떡을 썰고 한석봉은 붓글씨를 쓰게 했지요.
저도 붓글씨를 써 봐서 아는데 이 내기는 사실 좀 불공평한 데가 있
어요. 컴컴한 데서 글 쓰는 것보다는 떡 써는 것이 좀 유리하긴 하
거든요. 어떤 점에서 한석봉의 어머니가 맹자 어머니보다 낫다고
생각하는가 하면, 바로 자기가 몸소 보여줬다는 데에 있습니다. 자
기 삶의 일부를, 자기 스스로의 능력을 자식에게 보여줬다는 것이
죠. '이크 안 되겠다' 싶어서 데리고 옮기는 것이 아니라, 깜깜한 어
둠 속에서 떡을 썰어서 그 가지런한 떡을 불을 켜고 보여주었습니
다. 이것이 바로 설득력 있는 교육 행위라는 것이죠. 요즘 어머니들

이 엄청난 사교육비를 지출해 가면서 아이들을 가르치는데, 차라리 떡이나 썰어서 보여주지 뭐하려고 저렇게 비싼 돈을 들이나 싶은 생각을 해요.

조약돌이 끊임없이 자기들끼리 부딪쳐 다듬어지듯이, 선생님은 아이들과 직접 부딪치기보다는 차라리 아이들 저희끼리, 선후배끼리, 친구들끼리 서로 부딪치도록 들어 주고 끌어 주는 파도가 되었으면 좋겠다 하고 생각합니다. 그리고 무엇인가 이야기하고 주입하려고 하기보다는, 깜깜하고 구석진 곳에서 자기 삶의 일부를 직접 보여주는 그런 교육이 되었으면 좋겠다, 그것이 훨씬 더 효과적일 것이다, 저는 그렇게 믿어요.

그리고 더 중요한 것은 선생님들이 교육이라든가 다른 사람들과의 관계에서, 자기 삶이 과연 그 시대, 그 역사에서 어떤 정당성을 갖고 있는가, 이 문제를 고민해야 된다고 생각해요. 선생님들이 강의실에서 수많은 정보를 학생들에게 넣어 주는 것보다는 삶에 대한 이러저러한 모습을 보여주는 것이 훨씬 중요하다고 생각됩니다. 그 삶이 사회적·역사적 조건에서 이루어지는 것이라면 그것은 마땅히 사회적·역사적 정당성을 가져야 한다고 생각합니다. 그저 성실하게 사는 것을 보여준다, 정직한 것을 보여준다, 저로서는 그런 태도가 세상 살아가는 데 별로 도움이 된다고는 생각하기 어렵습니다. 오히려 그 사회에 대한 정확한 이해, 역사의식, 이런 것들을 갖도록 노력해야 한다고 생각해요. 정직과 성실은 그러한 토대 위에서 비로소 의미를 갖게 된다고 봅니다. 사회와 역사에 대한 정확한 이해를 세우려는 그런 노력이야말로 구체적인 사랑이 담긴 노력이 아니겠는가 생각해요.

IMF 사태의 본질

그런 맥락에서, 그렇다면 지금 우리가 발 딛고 서 있는 이 사회적·역사적 조건은 어떠한가 하는 문제를 살펴보지 않을 수 없습니다.

무엇보다 우선 최근의 IMF 사태를 어떻게 설명해야 하겠습니까? 물론 우리나라의 경제에 대한 지금까지의 성격 규정을 다시 해야 하는 것이 먼저인 것은 사실입니다. 제3공화국 이후 매진해 온 경제 성장 정책에 대한 정확한 규명이 선행되어야 합니다. 3공 이후가 아니라 해방 이후, 일제하의 왜곡된 근대화 과정에 대한 자기 규명이 있어야 함은 물론입니다. 그리고 국제경제 환경과 세계경제에서 우리 경제의 위치를 정확히 자리매김하는 태도가 필요하다고 생각합니다.

IMF 사태를 맞아 신속한 IMF 체제 졸업이라는 방향으로 논의를 진전시키는 한, 그리고 근검절약, 외화 절약, 수출 증대 등 지금까지의 정책 논의의 틀을 벗어나지 못하는 한 진정한 경제 난국의 이해는 불가능하다고 생각합니다. 구제금융이란 것도 그렇습니다. '구제금융'이라는 말이 맞는 조어입니까? 한마디로 IMF는 '구제'의 주체가 아닙니다. IMF 급전으로 빌려 쓰는 거지요. 금융은 구제 운동을 하지 않습니다. IMF 자금, 그것도 미국 금융자본이 주축이 되어 있는 단기 고리채를 급전으로 빌려 쓰는 겁니다. 구조조정이라는 것 역시 그렇습니다. 채무 상환을 신뢰할 수 없기 때문이기도 하고 또 금융자본의 투자·투기 대상을 조정하는 것이라고 해야 합니다. 흑자 기업의 자리를 겨냥하는 것이기도 하다는 것이지요. 그게 바로 IMF 사태의 본질 아닙니까?

그런 것에 대한 정확한 이해 없이, 아무리 성실하고 정직한 삶의 모습을 보여준다고 하더라도, 당대 사회의 문제와 역사의식이 결여되어 있다면 이것은 굉장한 허구를 가르치는 것이라고 생각합니다. 그런 점에서 저는 선생님들이 깨어 있어야 한다고 생각합니다. IMF 사태를 정책 대응의 과오로 설명하거나 관료 제도의 타성이나 무능과 결부시켜 이해하는 방식은, 필요는 하지만 진정한 논의 방향이 아니라고 생각합니다. 책임을 따질 수 없는 문제입니다.

이전에도 이러한 경제 구조의 문제점을 지적한 분도 있었고 단기적인 외채 관리 문제에 대하여 우려를 제기한 사람도 있었습니다. 그러나 그러한 견해는 항상 소수 의견으로 경시되었지요. 마치 야구장에서 축구 얘기를 하는 것처럼 보였지요. 지금은 그 당시에 논의가 불가능했던 담론을 광범하게 제기할 수 있으리라 생각됩니다. 냉전 구도가 청산되면서 평화로운 세기를 예감하는 사람들이 있었습니다. 갈수록 증가되던 핵전쟁의 공포로부터 벗어날 수 있지 않을까, 그 많은 무기 제조에 바쳐지던 자원을 줄일 수 있지 않을까, 또는 권위주의적 정권이 이제는 나타날 이유가 없지 않을까 등의 여러 기대를 했는데요. 그러나 그런 기대는 충족되지 못했습니다.

이 IMF 사태는 그런 점에서 미국의 패권주의가 벌이는 또 하나의 '운양호사건'(雲揚號事件)이라고 이야기할 수 있을 것입니다. 하지만 이것도 정확한 표현은 아니라고 봐야죠. 좀 더 정확히 말하면, 월가를 중심으로 하는 금융자본의 문제이며 현대 자본주의의 새로운 단계의 운동 방식과도 무관하지 않다고 생각합니다.

제가 미국에 갔을 때, 하버드 대학에서 그곳에 오래 계시는 교수들과 제가 준비한 여러 가지 질문을 가지고 아주 오랜 시간 얘기를 나눈 적이 있습니다. 그런데 그분들 이야기를 종합하면 결론적으로 미국의 정치적 결정은 역시 월가를 중심으로 하는 금융자본의 논리가 관철된다는 것이었습니다. 아무튼 미국 정부, 미국의 패권주의라는 것은 겉으로 드러나는 것일 뿐이고, 오히려 금융자본의 운동으로 보는 것이 정확하다고 합니다. 금융자본이 지금까지 열중했던 분야가 바로 M&A입니다. 인수합병입니다. 사과를 팔고사는 사람보다는 자동차를 팔고사는 사람이 돈을 더 많이 벌고, 자동차를 팔고사는 사람보다는 자동차 생산 라인 공정을 사고파는 사람이 훨씬 더 많은 돈을 법니다. M&A가 바로 그런 겁니다. 축적된 금융자본, 축적 과정은 엄청난 것이라고 해야 합니다.

호박이 한번 구르는 것과 참깨가 구르는 것이 엄청난 차이가 있듯이 과도한 금융자본이 새로운 투자·투기 운동으로 나아가는 것은 자본의 필연적인 생리입니다. 글로벌라이제이션(globalization: 세계화)이 그 단적인 현상 형태지요. 이러한 문제에서 우리는 굉장한 위기 국면에 놓여 있습니다. 사실은 억제된 공황 상황이라고 할 수 있습니다. 이런 시기에 정권 교체가 이루어졌고 IMF 관리 체제 하에 놓였습니다.

이런 시점에 뭔가 그래도 인간다운 생각들을 가지고 살아가기를 원하는 많은 사람들이 무엇을 할 수 있겠는가? 여기 계신 선생님들은 바로 그런 고민을 하시는 선생님들이라고 저는 생각합니다. 사실 저도 무어라고 이야기하기 어렵습니다. 어디서부터 무엇을 해야 할지 참으로 난감합니다.

지금은 근본적인 성찰이 필요할 때

저는 이런 시기에 오히려 조용히 문 닫고 좀 근본적인 생각을 돌이켜 해 보는 것이 필요하다고 생각합니다. 경제성장에 대한 무제한적인 환상을 반성하는 일이 필요하다고 생각합니다. 욕망 그 자체를 생산하는 경제성장과 자본 운동에 대한 근본적인 성찰을 기울여야 하는 것이 당연하다고 믿습니다.

이것은 물론 경제학에 관련된 논의입니다만, 그러한 반성을 기본적인 과제로 삼고 그것과의 연관 하에서 일상적인 우리 생활 현장을 재조명하는 일이 필요하리라고 생각합니다. 우리가 무심히 영위해 왔던 일상적인 일들의 사회적인 의미를 탐색해 보는 그런 일들을 해야 하지 않는가 생각합니다.

그것을 교실에서 직접 아이들에게 가르칠 수는 없다고 하더라도, 그것을 여러분이 알고 계셔야 한다고 생각합니다. 왜냐하면 그것을 알고 떡을 썰어 보여주어야 하기 때문입니다. 떡을 썰어야 할지 소시지를 썰어야 할지, 그것을 여러분이 선택하셔야 합니다. 적어도 한 인격의 성장을 돕고 그 인격이 정말 상처받지 않고 좌절하지 않게끔 도와주는 교사라면, 그들이 그 속에서 삶을 영위해 갈 사회에 대하여 정당한 이해를 가질 수 있도록 이끌어야 합니다.

그러기 위해서는 선생님들께서 그것을 자신의 삶 속에서, 교실의 언어가 아니라 삶 속에서 생활의 주제로 제시하고 실천해야 하지 않을까 생각합니다. 저는 이러한 무제한적인 팽창, 거대한 자본 축적, 이런 운동 방식이 결국은 자기모순에 봉착할 수밖에 없다고 생각하는 사람 중의 한 사람입니다. 왜냐하면 과도한 금융자본의 순환은 어차피 비정상적인 과정으로 치달릴 수밖에 없으며 축적의 누적은 계속되기 어렵다고 보기 때문입니다.

물건 10개를 만들었는데 3개만 분배하고 7개를 내가 가졌다고 합시다. 내가 많이 가지고 있는 것이지요. 그런데 내가 가지고 있는 7개는 현물 형태거든요. 그것이 라면이든 자동차든 제가 7개를 다 소비할 수 없는 것이지요. 초과분을 팔 수밖에 없지만 팔 수 있는 것은 3개입니다. 팔리지 않지요. 총수요에 있어서 절대적인 부족(shortage)에 봉착합니다. 이게 바로 과소비론인데, 이건 자본의 운동을 설명하는 데 아주 지엽적인 이론입니다만, 아주 작은 예만을 드는 겁니다. 금융자본 운동은 이러한 모순을 누적해 가는 것입니다.

미국에서는 최근에 아시아의 금융 위기와 관련하여 '아시아의 네 마리 용'에 대해서 지금까지와는 전혀 다른 논의들이 나타나고 있습니다. 아시아의 발전 가능성에 대해 긍정적으로 전망하는 견해가 소수로 전락하고 있습니다. 아시아 문화와 전통에 기반을 두고 있다고 논의되던 소위 '유교 자본주의'에 대한 기대를 거두는 것입니다. 아시아에서 자본주의는 더 이상 발전이 불가능하다는 의견이지요.

그 의견을 듣고 저는 생각했습니다. 여러분은 잘 모르실지 몰라도 옛날에 앙고라토끼가 있었어요. 아주 훌륭한 모직물의 원료가 된다고 해서 한동안 폭발적인 인기를 끌었어요. 많은 농촌 사람들이 너도나도 빚을 내서 앙고라토끼를 분양 받으려고 줄을 섰습니다. 결론적으로 말하면 앙고라토끼는 모직물 원료가 될 수 없었습니다. 밍크보다도 못하고, 직접 모직할 수 있는 것도 아니란 것이 밝혀진 것이지요. 그러나 앙고라토끼를 중간 업자에게 넘긴 최초 분양자들은 돈을 벌었어요. 다음 단계의 업자들에게 분양할 수 있었던 중간 업자도 돈을 벌었습니다. 맨 마지막에 토끼를 분양받은 농민들만 그 손해를 안아야 했습니다. 앙고라토끼와 함께 불 꺼진 토끼장에 앉아 있는 처지가 됐어요.

마찬가지로 생각해 봅시다. 공업화와 근대화, 그리고 자본주의화의 과정이 저는 앙고라토끼의 분양 과정과 별로 다르지 않다고 생각합니다. '네 마리 용'에 대한 최근의 부정적 전망은 참으로 시사하는 바가 큽니다.

지금 정확한 규모는 밝혀지지 않고 있지만, 아주 공격적인 국제 환금융 투기자들이 굴리는 핫 머니(hot money)가 약 35조 달러가 된다는 보고가 있을 정도입니다. 이것이 일개 국민경제를 대상으로 삼으면 얼마든지 붕괴시킬 수 있는 규모라고 합니다. 우리가 경제 위기 국면을 맞아서 그 원인을 외부로 돌리는 것은 올바른 태도가 아니라는 점을 아까 말씀드렸습니다만, 하여튼 우리는 거대한 국제적 환경 속에 있다는 사실을 알아야 합니다.

또 하나의 문제는, 이것은 더 중요한 문제라고 생각하는데요, 바로 우민화(愚民化)의 문제입니다. 제가 로마에서 원형 경기장인 콜로세움에 대해서만 글을 썼습니다. 로마제국은 콜로세움 때문에 붕괴한 것이라고 썼습니다. 빵과 서커스로 대표되는 로마 시민들의 우민화 이야기였어요. 동서양을 막론하고 어느 제국의 역사에서도 그 제국의 붕괴는 대중들의 우민화가 그 원인이 되고 있습니다. 거대한 피라미드가 붕괴한 결정적인 원인은 피라미드의 하부가 우민화되기 때문입니다. 하부가 무너지면 피라미드도 무너질 수밖에 없습니다.

저는 우리가 IMF 사태를 직면하기 전까지 달려왔던 과정이 무한한 욕망의 생산 과정에서 탐닉해 온 우민화의 문화였다는 생각을 하게 됩니다. 또 자본주의 문화만큼 대규모로 우민화하는 문화는 일찍이 없지 않았나 하는 생각을 하게 됩니다. 저나 여러분도 이미 상당한 정도로 우민화되어 있다고 생각합니다. 소비와 소유와 성장에 대한 신화적인 신뢰와 동경을 바탕에 깔고 있는 문화에 대한 인식을 바꾸어야 하는 일이 오늘의 과제가 아닐까 생각합니다. 제 옷장을 열어 보면 평생 옷을 안 사도 될 만큼 옷이 있어요. 여러분도 아마 마찬가지일 거예요. 옷을 옷으로만 입는다면 아마 다시 사지 않아도 될 만큼 많은 옷을 소유하고 있으리라고 생각합니다. 서울의 출퇴근 인구를 200만이라고 할 경우 출근 200만, 퇴근 200만, 한 시간씩만 잡아도 하루에 400만 시간을 출퇴근으로 소비합니다. 하루 여덟 시간 노동으로 환산하면 무려 50만 노동일이 출퇴근 시간으로 소비되는 겁니다. 물론 출퇴근 시간을 제로로 만들 수는 없겠지만 어쨌든 거대한 낭비가 매일 행해지고 있습니다.

이야기가 너무 지엽적인 곳으로 흘러갔습니다. 중요한 것은 우리가 우리의 실상을 제대로 볼 수 없게 만드는 거대한 우민화의 파도 속에서, 그래도 사람을 가르치는 일을 하고 있는 사람으로서 우리가 좀 더 근본적으로 생각하는 일입니다. 깜깜한 어둠 속에서 떡을 썰듯 정확한 이해를 키워 나가야 하지 않을까 생각해 봅니다. 정말 가치 있는 것이 무엇인지, 우리가 합의해 낼 수 있는 최소한의 가치가 무엇인지, 지금 우리가 깊이 생각해야 하지 않을까 합니다.

격월간 『처음처럼』 1998년 3-4월호 통권 제6호.
성공회대학교 사회교육원 주최 1997년 10월 9일 제1회 교사 아카데미 강연

교사로 산다는 것

스승은 있는가?

스승이란 흔히 선생(先生)이란 뜻으로 이해하여 먼저 태어나 경험이 많은 사람을 뜻하기도 합니다. 그러나 한유(韓愈, 768~824)는 그의 글 「사설」(師說)에서 나이(年之先後)나 신분(身之貴賤)을 묻지 않고 도(道)가 있는 곳에 사(師)가 있다고 했습니다(道之所存 師之所存). 그러기에 성인(聖人)에게는 "정해진 스승이 없으며"(無常師) 스승을 특정한 사람으로 규정하기보다는 전도(傳道), 수업(受業), 해혹(解惑), 즉 도(道)를 가르치고, 실천적 모범을 보여주고, 의혹을 풀어 주는 사람은 누구나 스승이라고 하고 있습니다. 여기서 우리는 당연히 도(道)가 무엇인가 하는 질문을 갖지 않을 수 없습니다. 도가 있는 곳이 스승이 있는 곳이며, 도를 가르치는 것이 스승의 역할이기 때문입니다. "스승은 없다"는 선언은 바로 도가 사라졌다는 의미로 읽을 수 있습니다.

도란 무엇인가? 도란 글자 그대로 '길'입니다. 길을 가리키는 것이 사(師)이고 스승입니다. 가르치는 것이 아니라 '가리키는' 것이 스승의 도리입니다. 그러나 스승을, 길을 가리키는 사람이란 뜻으로 이해할 경우, 어느 누구도 '길'을 묻는 사람이 없습니다. 모든 사람들이 다투어 그곳으로 달려가려는 목표가 이미 있기 때문입니다. 묻는 것은 다만 그곳으로 가는 방법에 관한 것일 뿐입니다. 그런 점에서 스승은 없습니다. 화폐가치가 유일한 패권적 권력으로 군림하는 사회에서 '더 이상의 길'은 없습니다. 이것이 오늘의 현실입니다.

그러나 연암(燕巖)은 '있는 것'과 '있어야 할 것'의 거리를 들어보이며 그곳에 이르는 길을 보여주는 인격적 모범이 바로 스승이라고 하였습니다. 모든 사람이 달려가고 있는 길이 아니라 우리가 '가야 할 길', 그것이 진정한 도가 아닐까라는 반성입니다. 그런 점에서 스승은 반드시 있어야 할 존재이며 그럴수록 더욱 절실하게 요청되는 존재가 아닐 수 없을 것입니다.

그럼에도 연암의 지적처럼 스승이 인격적 모범이라는 사실 때문에 스승의 실존은 더욱 어려울 수밖에 없습니다. 왜냐하면 어느 시대에도 당대 사회에서 스승은 없었기 때문입니다. 다산(茶山)과 연암이 그 시대를 읽는 오늘날의 우리들에게는 한 줄기 자부심으로 다가오는 스승들임에 틀림없지만 당대에 그들은 스승이 아니었습니다. 마르크스도 당대에는 없었던 사람이라 해야 합니다. 당대 최고의 석학이었던 J. S. 밀(John Stuart Mill, 1806~1873) 역시 마르크스를 몰랐을 정도였습니다. 이것은 가까운 것의 가치를 저평가하는 사람들의 무심함이기도 하고, 죽은 호랑이의 가죽을 칭찬하는 세태의 야박함이기도 하지만 그것의 근본적인 이유는, 스승은 '오늘로부터의 독립'이라는 스승 본연의 속성과도 무관하지 않다고 생각합니다. '길' 그 자체에 대한 반성이나 고민이 원천적으로 소멸되고 오로지 화폐권력을 향한 사활적인 경쟁만이 유일한 선택이 되어 있는 오늘의 현실에서 길을 가리키는 스승이 있을 수 없음은 다시 말할 필요가 없을 것입니다.

'교사로 살아간다는 것' 그것의 어려움은 바로 이것을 뜻한다고 할 수 있습니다. 스승을 찾는 일, 스승이 되는 일은 곧 길을 찾는 일이며 길을 만드는 일에 다름 아닙니다. 교사로서의 삶을 고민하는 여러분에게 제시할 대안은 없습니다. 다만 몇 가지 고민을 공유하는 것으로 대신하려고 합니다. 교육 문제가 그만큼 어렵고 중차대한 과제이기 때문이기도 하지만 필요한 것은 결론이라기보다는 우리들의 반성적 자세라고 생각하기 때문입니다. 무슨 일에서건 항상 최선의 결론을 얻으려 하는 안이한 자세를 반성해야 한다고 생각합니다. 요체는 각자의 처지에서 부단히 고민하며 하나하나 쌓아 가는 매일 매일의 노력입니다. 함께 고민하는 것 그 이상의 최선은 없습니다.

오늘은 다음과 같은 몇 가지 문제의식을 공유하는 것으로 그치려고 합니다.

첫째는 스승은 인간적 가치이며 동시에 사회적 가치라는 점입니다. 그리고 이러한 가치는 '오늘로부터 독립'되어야 한다는 것입니다. 둘째는 이러한 가치를 정립하기 위해서는 비판적 성찰성과 그것을 위한 환상의 청산이 선행되어야 한다는 사실에 대하여 이야기하고, 그리고 이러한 실천에 요구되는 인간적 작풍(作風)에 관한 몇 가지의 소견을 이야기하고자 합니다. 사람을 찾는 일이 눈을 들어 사방을 살피는 것이 아님은 물론입니다. 오히려 자기가 하는 일에 몰두하고 있을 때, 그 일에 가치를 인정하는 사람이 다가옴으로써 사람을 만나게 되는 것과 같습니다. 스승은 실천의 도정에서 동반자처럼 만나는 것입니다. 그렇기 때문에 우리가 할 수 있는 일의 상한(上限)은, 부단한 성찰과 인간에 대한 애정을 키워 가는 일에서 시종 성실함을 잃지 않는 도리밖에 없다고 생각합니다.

인간적 가치, 사회적 가치

스승은 무엇보다 인간적 가치로서 제시된다는 점에 그 특징이 있습니다. 인격적 가치라는 표현이 더 친숙하리라 생각합니다만 아무튼 인간적이고 인격적인 가치는 학습이 용이한 모범입니다. 교육이 다른 어떤 분야보다 설득력이 있는 까닭이 바로 인격과 인성(人性)의 형태로서 제시된다는 사실 때문입니다. 사람은 사람을 배우는 것이 가장 쉽고 또 흥미롭기 때문입니다. 그리고 교육의 궁극적 가치 역시 인성의 고양(高揚)이기 때문입니다. 그리고 이러한 인간적 가치는 그 자체로서 화폐가치와 물질적 가치에 대한 반성이기도 하며, 나아가 근대성에 대한 반성적 관점을 가지게 한다는 점에서도 의미가 있는 것이라고 생각합니다.

물론 인간주의적 담론은 봉건적 가치를 청산하지 못한 전근대적 가치이며 사회 변화에 오히려 역기능을 한다는 비판이 없지 않습니다. 그러나 '스승'의 뜻에 담겨 있는 이러한 인간주의적 성격은 사회관계를 인간관계로 이해하게 하면서 사회의 인간주의적 가치에 주목하게 한다는 점에서 오히려 미래지향적이고 문명사적 담론에 닿아 있는 것이라 할 것입니다. 또한 근대사회의 존재론으로부터 관계론으로 전환해야 하는 패러다임 쉬프트에서 핵심적 개념이기 때문입니다. 무엇보다 스승이 인간적 가치여야 한다는 주장에는, 사회는 인간관계의 지속적 질서이며 사람들의 삶의 축적이 역사라는 인간주의적 관점이 바탕에 깔려 있습니다. 뿐만 아니라 가장 훌륭한 가치는 물질적 풍요와 고도의 소비 수준이 아니라, 훌륭한 사람, 훌륭한 인간관계, 그리고 훌륭한 역사라는 거시적 사관이 바탕에 깔려 있기 때문입니다.

위당(爲堂) 정인보(鄭寅普, 1893~1950) 선생은 일찍이 '조선의 얼'을 강조하였습니다. '조선의 얼'은 물론 식민지 시대의 암담한 상황에서 절실하게 요구되었던 민족정신입니다. 투철한 비판 정신과 저항 정신에 대한 갈망을 바탕에 깔고 있었음에 틀림없습니다. 바로 이 얼과 관련하여 우리가 생각해야 하는 것이 곧 교육과 스승이 짐 져야 하는 당대의 사회적 과제입니다. 스승이 사회적 가치라는 함의는 스승이 가리키는 길이란 어느 특정한 개인의 길이 아니라 동시대의 많은 사람들이 함께 가야 할 길이라는 사실입니다. 뿐만 아니라 스승이 가리키는 길은 초역사적인 가치가 아니라 당대 사회의 현실적인 모순에 대한 실천적 문제의식에 관한 것이어야 한다는 사실입니다. 생각하면 스승이 사회적 가치라는 것은 인간이 사회적 존재라는 사실, 사회가 인간관계를 본질로 한다는 사실의 당연한 귀결이기도 합니다. 인간은 사람[人]과 사람[人]의 사이[間]이며, 본질에서 사회적입니다. 따라서 스승은 인간적 가치이면서 동시에 사회적 가치일 수밖에 없습니다.

암담한 식민지 시대의 논의를 별개로 하더라도 오늘의 당면한 교육적 과제 역시 도도한 사회적 현실로부터 연유되고 있다고 할 수 있습니다. 신자유주의적 가치와 인간주의적 가치의 갈등에서부터, 세계화 논리와 민족적 논리의 갈등, 개인적 가치와 공동체적 가치의 갈등, 목표와 그 목표에 이르는 과정의 갈등에 관한 것 등 당면의 사회적 모순과 갈등이 곧 교육적 과제가 되고 있습니다. 따라서 스승이 사회적 가치라는 사실이 함의하는 바는 스승이 가리키는 '길'이 인간에 대한 이해와 사회에 대한 인식을 담지하되 그것이 비판적이고 주체적인 인식이어야 한다는 것을 뜻합니다. 모순과 갈등의 건너편을 바라보는 장기적이고 거시적인 관점을 길러야 한다는 의미라고 할 수 있습니다. 사회는 복잡한 이해관계가 대립하는 구조이며 비동시적인 것이 동시에 혼재하는 복합체임을 승인하고 모순과 갈등관계에 있는 다양한 가치는 원칙적으로 서로 통일되어 있는 변증법적 과정의 한 측면이라는 관점을 길러야 합니다. 당대 사회의 과제에 무심하지 않되 그것의 건너편을 사고하는 구조적이고 장기적인 관점을 잃지 않아야 할 것입니다. 바로 이 점에서 스승이 사회적 가치라는 의미는 구체적 갈등 관계의 어느 한쪽에 매몰되지 않고 일정하게 독립되어야 하는 것을 뜻합니다. 스승의 독립성이 곧 교육의 백년대계이기도 합니다.

독립과 독립 공간

스승의 독립은 첫째, 오늘로부터의 독립입니다. 그것은 오늘의 지배 이데올로기로부터의 독립을 의미합니다. 이데올로기란 특정 집단의 이해관계가 논리적으로 제시된 것이며 한 사회의 지배 이데올로기란 그 사회의 지배계급의 이해관계를 이론화한 것이기 때문에 스승의 독립성이란 당연히 특정 지배 권력의 이해관계로부터의 독립성을 의미합니다. 이것은 스승이 그 사회의 기본적인 과제를 통찰할 수 있는 기본적 조건이며, 동시에 당대 사회의 과제를 보다 장기적이고 포괄적으로 전망하게 하는 조건이기도 합니다. 이것은 스승으로 하여금 이데올로기의 차원을 뛰어넘게 하는 가장 결정적인 조건이 아닐 수 없습니다. 스승이 인간적 가치이고 동시에 사회적 가치를 담지해야 한다는 논의의 기초에는 이러한 독립성의 과제가 놓여 있는 것이며 현실적으로는 상품가치, 자본 패권(覇權), 그리고 신자유주의적 세계 질서로부터의 독립이 당면의 과제가 되고 있는 것은 물론입니다.

스승의 독립성과 함께 현실적으로 논의하지 않을 수 없는 것이 바로 물질적 토대에 관한 것입니다. 한 개인의 생활이 영위되기 위해서는 일정한 물적 토대가 불가피하게 되고 그 물적 토대의 사회경제적 성격이 그 개인의 사상에 영향을 끼치지 않을 수 없음은 물론입니다. 조선 시대의 선비는 집권 세력에 대한 비판자로서 뛰어난 역사적 소명을 다한 것으로 평가되기도 합니다만, 그러한 비판이 가능했던 가능성이 바로 지주(地主)라는 경제적 토대 때문이라는 분석도 없지 않습니다. 지주도 엄연한 계급이고 그렇기 때문에 그 비판이 계급적 한계를 갖지 않을 수 없었다는 점이 지적됩니다. 그러나 지주라는 물적 토대의 상대적 독립성이 일정한 비판 기능의 토대가 되었고 동시에 중소 재지지주(在地地主)라는 사회적 성격이 일정한 진보적 사상의 토대가 될 수 있었던 점도 인정하고 있습니다. 그리고 또 한 가지 '청렴'(淸廉)이라는 성리학적 규범을 들기도 합니다. 물론 오늘날처럼 소비 행위를 통하여 자기 정체성을 실현하는 상품 사회에서는 청렴이라는 생활 규범은 사회적 존립 근거가 사라진 것도 사실입니다. 그러나 스승이 인격적 가치라면 스승의 삶이 그 '길'을 보여주는 것이어야 하며, 그것도 개인의 고독한 결단의 문제로 갖고 가기보다는 교사 문화라는 사회적 전형을 만들어 가는 형식이어야 할 것입니다. 스승이 인간적 가치이며 동시에 사회적 가치이기 때문입니다. 그리고 학교 자본도 자본인 한 근본은 자본임에 틀림없다는 비판도 없지 않지만 이는 자기 증식을 운동 원리로 하는 자본축적 그 자체와는 구별되어야 함은 물론입니다. 문제는 학교를 그 물적 토대와 그 문화에서 독립 공간으로 만들어 내는 실천적 과제라고 할 수 있습니다. 그리고 그 실천을 사회화하는 공동의 노력이라고 할 수 있습니다.

학교를 독립 공간으로 만든다는 것은 방금 이야기한 개인의 결단을 돕고 그 결의를 지속적으로 견지하게 하는 공동 공간의 건설이라는 점에서 물론 의의가 있습니다. 그러나 독립 공간이란 물리적 공간의 의미가 아니라 사회적 공간으로 이해해야 합니다. 사회적 공간의 의미는 그것이 수행하는 역할에 주목하는 것입니다. 이를테면 갈등 구조의 구도를 어떻게 짤 것인가라는 문제와도 무관하지 않습니다. 그런 점에서 독립 공간의 논의는 다음에 언급하는 비판과 성찰, 그리고 갈등 구조에 관한 것이기도 합니다. 한마디로 '가위'와 '바위' 두 개만 있는 게임, 즉 이항 대립 구도에서는 기계적 승패만 있을 따름입니다. 그 바위와 가위에 더하여 '보'가 등장함으로써 열리는 역동성을 사회 변화의 동력으로 사고하는 것이기도 합니다. 그리고 그것을 사회 구조 속에 상시적(常時的)으로 내장하는 것을 의미하기도 합니다. 이러한 의미에서 스승의 독립, 특히 '오늘로부터의 독립'이 갖는 의미는 바로 '길을 가리키는 것'이며 곧 스승 개념의 본질 부분이 아닐 수 없습니다.

베니스의 플로리안 카페가 지금도 자랑하는 것의 하나가 그곳이 바로 중세를 청산하고 근세를 연 독립 공간이었다는 자부심입니다. 세계의 도처에는 새로운 시대를 선취하여 논의한 공간이 얼마든지 있습니다. 그러한 열린 공간을 역사적으로 발견하는 것은 어렵지 않습니다만, 그것을 오늘 우리의 현실 속에 만들어 내는 일은 결코 쉽지 않습니다. 뛰어난 상상력이 요구되기 때문입니다. 바로 이점에 있어서 스승의 독립성의 문제는 '생각의 독립', '발상의 전환'의 문제인지도 모릅니다.

성찰은 최고의 인식

교육은 궁극적으로 성찰성(省察性)을 높이는 것이라고 생각합니다. 성찰성이야말로 최고의 교육적 가치라 할 수 있습니다. 성찰은 우리와 우리가 처하고 있는 현실을 총체적으로 인식하는 것입니다. 현실을 그 역사적 관점에서 인식하는 것, 그리고 그 구조적 관점에서 인식하는 것을 뜻합니다. 뿐만 아니라 한편으로는 우리들에게 개입하고 있는 편견들을 드러내는 비판적 인식을 의미하고 다른 한편으로는 배제된 부분들을 생환하는 주체적 인식을 의미합니다. 그리고 최종적으로는 우리를 가두고 있는 벽을 허무는 해방적 관점 나아가 현실의 건너편을 바라보는 대안적 관점까지를 포괄하는 인식 체계입니다. 이처럼 성찰은 우리 자신을 객관화하되 다시 주체화하는 일련의 변증법적 구조를 띠고 있습니다.

성찰은 자각적 개인으로 하여금 자신의 정체성과 주체성을 담보하게 하는 궁극적 모태입니다. 성찰은 최종적으로는 창조적 전망성을 담보해 내는 '최고 형태의 인식'입니다. 오늘의 교육 현실에 있어서 진정으로 필요한 것은 냉정한 성찰이라고 할 것입니다. 교육 문제에 대한 사안별 정책 처방은 아무 소용이 없습니다. 그것은 근본에 대한 성찰이 있은 다음이어야 할 것입니다.

흔히 과도한 교육열과 왜곡된 교육적 가치가 함께 악순환을 거듭하고 있는 교육 현실에 대하여 그것을 교육 과열의 문제로 보지 않고 계급투쟁의 변용된 형태로 이해하는 관점도 상당한 수준의 성찰적 관점이라고 할 수 있습니다. 또 한편, 사회의 가치 다양성이 실종되고 화폐가치라는 단 한 개의 가치로 환원되는 화폐 권력 체제 속에서는 경쟁 그 자체가 사활적일 수밖에 없다는 관점 역시 그렇습니다. 그러나 어느 경우든 그것이 분석적 관점에 그치고 있는 경우라면, 그리고 그것이 당면의 이해관계의 틀을 벗어나지 못하고 어느 한편에 가담하게 되는 담론이라면 결코 성찰적 관점이 되지 못합니다. 성찰은 분석적이기보다는 해방적 관점에 충실한 인식이어야 합니다. 오늘의 과도한 교육열이란 실상 지극히 개인주의적으로 진행된다는 점에서 결국 왜곡된 형태의 계급투쟁이며 따라서 사회 변화의 동력이기보다는 오히려 기존의 지배 구조를 공고하게 하는 투항적 행위가 아닐 수 없습니다. 바로 그러한 이유 때문에 이처럼 왜곡된 열정은 어떤 형태로든 불식되어야 하며 나아가 사회 변화의 새로운 동력으로 전환되지 않으면 안 된다는 해방적 관점이 곧 성찰적 관점이라고 할 것입니다.

더구나 사활적 경쟁 구조와 과도한 교육열의 문제 역시 학부모, 학생, 학원 등 개별적 사안으로 분산된 관점은 결코 성찰적이지 못합니다. 그것의 숨겨진 구조에 대한 통찰이 있어야 할 것입니다. 자본주의사회는 상품 사회이며 필연적으로 화폐 권력이 지배합니다. 화폐화(貨幣化)될 수 없는 생산물과 자신의 능력을 화폐화할 수 없는 사람은 도태됩니다. 화폐가치라는 단 한 개의 가치가 군림하는 사회에서 모든 사람은 한 개의 행렬로 줄 서게 됩니다. 죽음의 행렬입니다. 우리 자신의 인간적 정체성은 물론 인간관계마저 상품화됩니다. 교육적 가치는 원천적으로 봉쇄되지 않을 수 없습니다. 상품사회의 이러한 일반성과 함께 우리는 우리 사회의 특수성에 대하여도 냉철한 인식을 가져야 합니다. 우리 사회의 특수성 그것은 한마디로 종속성(從屬性)입니다. 중심부를 향한 열등의식입니다. 화폐가치가 패권적 권력을 행사하는 것과 마찬가지로 사회문화적 지형 역시 중심부의 근대적 가치가 권력을 행사하고 있습니다. 당연히 우리의 교육 목표와 가치는 비주체적이고 종속적인 것으로 될 수밖에 없습니다. 결국은 우리 사회의 엘리트 재생산 과정 그 자체가 종속적인 것으로 구조화됩니다. 정치적 종속과 경제적 종속 그리고 엘리트 충원 구조 그 자체마저 종속적 체계로 완성되고 있는 단계라 할 수 있습니다. 이러한 단계에 있어서 가장 결정적인 문제는 바로 사회의 구조화된 콤플렉스입니다. 한 사회가 문화적 열등의식에 갇혀 있는 경우 그 사회에는 합리적인 가치를 제시할 수도 없을 뿐만 아니라 합리적인 문제 해결 능력 그 자체가 소멸합니다. 비판적 성찰은 바로 이 지점에서 가장 절실한 과제가 됩니다. 그러므로 오늘의 당면한 교육적 과제는 비판적 성찰이며 이를 위한 환상의 청산입니다.

환상의 청산과 관계론

근대사회는 자본주의사회이며 근대사의 전개 과정은 강철의 역사입니다. 자신을 배타적으로 강화하는 역사입니다. 그것이 곧 자기증식(自己增殖)이라는 자본의 운동 원리입니다. 이러한 근대사의 전개 과정은 대내적으로는 독점으로, 대외적으로는 식민주의로 귀결되었습니다. 콜럼버스에서부터 이라크 침략에 이르기까지 근대사의 전개 과정은 결국 일국 패권주의(覇權主義)로 귀결되었습니다. 근대사회는 개인이든 집단이든 또는 국가든 어느 단위에서든 모든 주체가 자기를 강화하는 강철의 운동을 전개하였습니다. 빈곤, 질병, 무지, 오염, 부패라는 다섯 가지의 공적(公敵)을 근대사회는 해결하지 못했습니다. 'BIG 5'를 해결하지 못했을 뿐 아니라 근대사회의 이러한 존재론적 패러다임은 자연을 대상화하고 인간을 타자화한다는 점에서 패러다임 그 자체가 결코 지속 가능하지 않다는 치명적인 모순을 안고 있습니다. 세계의 근본적 질서와 모순되는 체계이기 때문입니다. 물질과 생명은 배타적인 존재가 아닙니다. 물질과 생명 그것은 관계성의 총체입니다.

독방의 면벽 명상과 수많은 사람들과 가슴 아픈 조우를 통하여 터득한 것이 이를테면 나의 관계론입니다. 나의 아픔과 기쁨의 근원은 언제나 관계였으며 나 자신의 존재성이 아니었습니다. 그리고 가장 강한 사람은 양심적인 사람이었으며 다른 사람과의 관계를 소중히 배려하는 사람이었습니다. 우리의 지혜와 능력 역시 개인의 존재성 내부에 축적되는 것이 아니라 사람들과의 드넓은 관계성 속에서 길어 올리는 것이었습니다. 그리고 이러한 관계론의 사상과 정서는 특히 동양의 문화와 정서 속 깊숙이 자리하고 있었습니다. 관계는 인식과 존재의 근원이었습니다. 관계 없이 인식이 있을 수 없고 관계 없이 존재가 가능할 수 없었습니다. 관계야말로 세계의 본질이었습니다.

우리가 당면의 과제를 해결하는 실천적 방법도 연대(連帶)라는 실천적 관계론을 따르지 않으면 안 됩니다. 더구나 객관적 조건이 매우 강고하고 주체적 역량이 매우 취약한 상황에서는 더욱 그렇습니다. 노자의 '물'처럼 낮은 곳으로 흘러 결국 '바다'를 이루는 연대의 변증법이 절실하게 요구되지 않을 수 없습니다. 그리고 쉽게 해결될 수 있다는 안이한 생각이나 서둘러 해결하려는 성급함을 동시에 배격해야 합니다. 우리가 대면하고 있는 과제는 어느 것 하나 쉽게 해결될 수 있는 것이 없다는 사실을 수긍해야 합니다. 장기성(長期性), 간고성(艱苦性), 굴곡성(屈曲性)이라는 3중의 난제들입니다. 따라서 우리는 먼저 그 간고하고 장구한 과정을 견디는 철학을 가져야 합니다.

목표와 과정

그 첫 번째의 철학이 바로 과정과 목표는 하나로 통일되어 있다는 사실에 대한 각성입니다. 세계는 변화 그 자체이며 따라서 궁극적 목표란 존재하지 않습니다. 목표란 관념적으로 구성된 방편적인 것일 뿐입니다. 우리의 실천 과정에서도 국면과 단계에 따른 목표 설정은 가능할 수 있지만 궁극적 목표는 존재할 수 없습니다. 세계는 변화 그 자체이기 때문입니다. 완성이란 있을 수 없는 것입니다. 더구나 객관적 조건이 열악하고 그에 대응하는 주체적 역량이 취약하기 때문에 우리는 그에 걸맞은 긴 호흡의 작풍을 몸에 익혀야 합니다. 그것이 곧 그 과정의 아름다움으로부터 동력을 이끌어 내는 것입니다. 그리고 그 과정의 아름다움이 곧 궁극적 아름다움을 만들어 낸다는 믿음입니다. 목표의 아름다움을 선(善)이라고 하고, 그 목표에 이르는 과정의 아름다움을 미(美)라고 합니다. 목표와 과정이 함께 아름다울 때 그것을 진선진미(盡善盡美)라 합니다.

가장 먼 여행

그리고 또 하나의 작풍은 가슴으로 일하는 것입니다. 우리가 일생을 살아가는 동안에 하게 되는 가장 먼 여행은 머리에서 가슴까지의 여행이라고 합니다. 그것은 냉철한 이성보다는 따뜻한 애정이야말로 진정 우리를 힘 있게 지탱하게 한다는 사실입니다. 그것은 양심적인 사람이 가장 강한 사람이라는 것일 뿐 아니라 이론을 말하기는 어렵지 않지만 그것을 인간적 품성으로 감싸서 함께 걸어가는 일은 결코 쉽지 않음을 이야기해 줍니다. 그리고 또 하나의 가장 먼 여행이 남아 있습니다. 그것은 바로 가슴에서 발까지의 여행입니다. 발은 실천이며, 삶이며, 숲입니다.

유럽의 완고한 보수적 구조에 절망했던 그람시(Antonio Gramsci, 1891~1937)는 진지(陣地)와 헤게모니에 대하여 이야기합니다. 인간적 가치를 지킬 수 있는 진지, 그리고 지배 이데올로기에 맞설 수 있는 저항 담론으로 무장한 이데올로기에서의 헤게모니를 간절하게 소망했던 그의 고뇌를 읽을 수 있습니다. 사람을 중심에 두고 인간적 가치를 지키는 진지, 그것이 학교입니다. 아마 우리 시대에 남

아 있는 유일한 진지가 학교일 것입니다. 도도한 물결에 무너지는
전선이고 또 쏟아지는 비를 피할 수는 없는 작은 우산에 불과하지
만 학교는 우리 시대의 진지입니다. 인간적 가치를 지키고, 성찰성
을 드높이고, 환상을 청산하는 실천의 최전선임에 틀림없습니다.
결코 포기할 수 없는 전선이며 진지입니다. 우리가 지켜 내야 할 숲
입니다.

『초등 우리교육』 2007년 10월호(통권 제212호). 교육사랑방 10돌 기념 이야기한마당
2007년 9월 1일 강연

지식의 혼돈

지식이 사회의 공공재(公共財)로서 의미를 갖지 못하는 경우 그 사회는 신뢰할 수 있는 사회적 지표가 없는 것과 같다. 상반되는 주장이 대립하는 경우에 그 시비를 가릴 준거가 없기 때문이다. 오늘의 상황이 이와 다르지 않다. 공공적 준거는 없고 중립을 위장한 교묘한 편당(偏黨)만이 저마다 목청을 높이고 있다. 이러한 상황은 지식인에 대한 불신을 낳고 다시 지식 자체에 대한 회의로 굳어진다. 이것이 오늘 우리가 당면하고 있는 지식사회의 총체적 혼란이며 지적 공동화(空洞化)다.

누구도 믿지 않고 아무도 듣지 않는다. 한마디로 지식인과 지식의 공공적 성격이 소멸함으로써 사회의 지적 준거가 없어진 상태다. 그 빈자리에 특정 집단의 이해관계들만이 무대를 차지하고 있는 현실이다. 지식이란 사회와 역사에 대한 압축적 인식이다. 사회에 대한 근본적인 담론과 비판적 인문사회과학이 사라진 사회는 사회와 역사에 대한 전망이 무너진 사회와 다름이 없다. 영혼이 없는 사람과 다르지 않다. 이러한 지적 공동화의 원인으로서 다음과 같은 점이 반성되어야 한다고 생각한다.

첫째, 지적 종속성이다. 조선조에서부터 일제식민지 치하를 거쳐 해방 후 오늘에 이르기까지 우리는 역사적으로 단 한 번도 지식 생산의 본산이 된 적이 없다. 외부의 지적 권위에 투항하고 지식 수입에 의존하여 사회를 해석하고 경영해 왔을 뿐이다. 아예 사회 자체를 이식해 왔다고 해야 옳다. 이식된 지식은 판이한 실천 지반에서 폐기되지 않을 수 없고 불신되지 않을 수 없다. IMF체제 이후 국가 경영과 21세기 경영에서 그 절정을 이루고 있는 오늘의 지적 공동화는 그러한 종속성의 당연한 귀결이라고 할 수 있다. 21세기는 지식 기반 사회가 될 것이라는 예단에도 불구하고 우리의 현실이 전혀 지식사회가 아닌 까닭은, 지식은 정보가 아니기 때문이다. 지식은 사회와 역사에 대한 압축적 인식 체계여야 하며, 사회와 역사의 올바른 방향을 모색하고 정립하는 과제를 지향해야 하며, 주체적이고 독립적이고 자유로운 체계여야 하기 때문이다.

둘째, 지식의 사회적 존재 형식이 상품이라는 형태를 띤다는 사실이다. 지식과 지식인의 거처(居處)가 상품생산의 현장이며 지식이 상품의 형태로 생산되고 있다는 사실이다. 여러 거처 중에서 그나마 독립적이라고 할 수 있는 학교마저도 이제는 독립적이지 않다. 자본이 요구하는 지식을 생산해야 하고 그러한 사람을 인적 자원(?)으로서 재생산해야 한다. 이것은 지식이 자본 논리에 예속되고 있는 구도이다. 이러한 구도는 지식이 자본 지배 구조 자체를 비판적 대상으로 삼을 수 있는 가능성이 원천적으로 봉쇄된 상태다.

소위 '신지식인' 개념이란 한마디로 돈을 버는 지식인이란 의미이다. 돈 버는 지식이 지식의 사회적 존재 형식인 것이다. 신지식인에 대한 요구는 이를테면 자식을 학교에 보내지 않고 나가서 돈 벌어 오라고 하는 부모와 다름이 없다. 팔리지 않는 상품과 마찬가지로 팔리지 않는 지식은 사회적으로 가치가 없다. 비판적 인문사회과학이 설 자리가 없다. 자본 논리의 전일적 지배 구조가 확립된 상황에서 자본 논리 그 자체에 대한 비판적 시각은 허용되지 않는다. 이것은 지식 자체의 사회적 방기이다. 지식이란 사회과학의 역사가 증거하는 바와 같이 사회를 새로이 개혁하는 실천적 과제를 본질로 하기 때문이다. 기존의 지배 구조를 승인하고 기능지(技能知)와 방법지(方法知)라는 협소한 영역에 지식을 가두는 것은 결과적으로 이데올로기의 차원으로 지식을 격하하는 것에 다름 아니다.

셋째, 지식이란 새로운 것이라는 인식틀이다. 더욱 정확하게 말하자면 지식을 외래적인 것으로 인식하는 것이다. 21세기는 정보화라는 제3의 물결이 급속하고 거대한 파고를 일으키며 다가온다는 인식 구조를 가지고 있다. 이것 역시 지적 종속성의 전형적 형식이다. 모든 변화는 외부로부터 오는 것이라는 생각은 모든 권력이 외부로부터 오는 식민지 사회의 의식 형태이다.

이러한 사고방식의 문제점은 두 가지다. 첫째, 새로운 것은 우리의 현재와 질적으로 다른 것이며, 따라서 현재의 모든 것은 폐기되어야 한다는 사고다. 이것은 위에서 언급한 종속성, 상품성과 무관하지 않다. 한편으로는 우리 스스로에 대한 무장해제이며, 또 한편으로는 자본 논리에 의한 해체주의이기 때문이다.

둘째, 지식과 지식인이 복무할 신뢰 집단이 없다는 것이다. 주체적이고 독립적인 신뢰 집단이 없다는 사실이다. 지식은 실천의 결과물이면서 동시에 다음 실천의 지침이 된다. 따라서 모든 지식은 실천과 결합되어 있는 것이다. 지식인도 마찬가지이다. 지식인에게는 반드시 자기를 바칠 대상이 있어야 한다. 관찰로서의 지식이 아니라 참여와 실천이 지식의 본령이기 때문이다. 한마디로 사회를 부단히 새롭게 바꾸어 내는 근본적 담론이 지식의 본령이기 때문이다. 따라서 지식사회의 문제는 이러한 실천적 과제를 짐 질 수 있는 신뢰 집단의 문제와 함께 논의되지 않을 수 없는 것이다. 이 신뢰 집단의 문제는 앞에서 언급한 모든 문제의 결론 부분이 된다.

종속성, 상품성, 해체주의를 극복할 수 있는 자유로운 거소(居所)이기 때문이다. 이러한 거소는 사회 조직을 의미하는 것이 아니다. 그것은 어디까지나 이념적 구심이며 공공적 공간이다. 역사의 전환기에는 언제나 이념적 구심으로서의 이러한 역사적 자유 공간이 반드시 그 이름을 남기고 있다.

이러한 문제들을 단기간에 해결한다는 것은 불가능하다. 현단계에서 우리가 해야 하는 일의 상한(上限)은 지식사회의 지적도(地籍圖)를 펼쳐 보이는 정도일지도 모른다. 이해관계 집단의 주장들로 가득 찬 무대를 보여주는 일이다. 그 백화제방(百花齊放)의 난맥상을 보여주는 일이라고 할 수 있다.

그것을 통하여 우리 사회의 실상을 직접 대면하게 하는 일이다. 설령 그러한 대면을 통하여 비판 담론, 대안 담론에 관한 근본적 논의를 되살리는 일이 불가능하다고 할지라도 일단은 현실을 있는 그대로 보여주는 일은 언제나 모든 일의 전제가 된다.

　그것이 지식의 총체적 혼란을 극복하고 지식 본연의 공공적 성격을 되살리지는 못한다 할지라도 적어도 자기가 발 딛고 있는 거소에 대한 정직한 자각을 이끌어 낼 수 있을 것으로 기대하기 때문이다.

『중앙일보』 2001년 9월 21일

삶을 통해 넘고 만들어야 할 산의 의미

우리는 살아가는 동안 크고 작은 수많은 산을 오른다.

도시코의 성공이 어떤 완성인 동시에 미완성이듯,

미사코의 죽음 역시 미완성인 동시에 삶의 완성이었다.

대전교도소가 새 집을 지어 이사한 후 가장 기뻤던 일은 산이 보인다는 사실이었다. 구속되고 난 후 16년 만의 일이었다. 산을 볼 수 있다는 것은 구원이었다. 더구나 내가 든 감방은 3층이어서 구봉산(九峰山) 아홉 봉우리가 가슴에 와 안기는 것이었다. 우줄우줄 춤추며 달리는 모습을 바라보고 있노라면 어느새 나도 산봉우리와 함께 달리고 있는 듯한 감격이 안겨 왔다.

나는 이 구봉산을 벗하며 두 해 겨울을 나고 전주교도소로 이감되었는데, 두고 떠나야 하는 구봉산이 아까웠다. 전주시 평화동에 있는 전주교도소는 다행히 학산(鶴山)에 안겨 있어서 산이 손에 잡힐 듯 지척이었다. 뿐만 아니라 미륵의 모산(母山)이라 할 수 있는 모악산(母岳山)이 교도소의 전경(前景)을 가득히 채우고 있었다. 더구나 오른편으로 동학 농민 전쟁의 격전지였던 완산칠봉(完山七峰) 일곱 봉우리를 모두 볼 수 있는 위치에 교도소가 있었다. 산은 삭막한 교도소의 잿빛 담벽을 견디게 하는 힘이었다.

내가 닛타 지로(新田次郎, 1912~1980)의 『자일파티』(원제: 銀嶺の人)를 읽은 것은 구속된 이래 산을 보지 못하던 구 대전교도소에서였다. 책 속의 산은 오르지도 바라보지도 못하는 산이었지만, 내게는 엄청난 세계를 열어 주었다. 닛타 지로 특유의 문장과 사건의 전개는 한마디로 '등산' 그 자체였다. 잘 정돈된 호흡과 단 한 걸음도 건너뛰는 법이 없는 사실적이고도 깊이 있는 묘사를 통해서 차근차근 쌓아 가는 플롯의 진행은, 이윽고 그것이 도달한 높이와 무게의 장중함에 있어서 하나의 빛나는 산을 이룩해 놓는 것이었다.

나는 닛타 지로의 이처럼 담담하면서도 견고한 문장에 매료되어 그의 작품을 찾아서 읽었다. 『알래스카 이야기』, 『다케다 신겐』, 『망향』 등 그의 소설에 일관되고 있는 성실한 자세에 감명 받았다. 그의 작가로서의 성실한 자세는 결국 그것이 소설적 허구이든, 역사적 사실이든, 현재적 관심이든, 작가는 붓을 드는 대상에 헌사할 진지한 애정을 미리 길러 두지 않으면 안 된다는 진리를 확인시켜 주기도 하였다.

이러한 자세는 무엇보다 먼저 작품의 주제는 물론이고 그 배경, 그리고 하나하나의 개별적 상황에 대해서도 전문 연구자들을 능가하는 조사, 연구에 의해 뒷받침됨으로써 가능하다는 사실을 깨달을 수 있었다.

『자일파티』는 아마 닛타 지로의 그러한 자세를 가장 단적으로 보여준 본보기라고 할 수 있다. 우선 그는 전문 알피스트에 필적할 정도의 산력과 등반 경험을 갖추고 있었으며, 이 소설을 집필하기 위하여 이 소설에 나오는 모든 산들을 직접 등반하거나 답사하였던 것으로 나타나 있다. 그리고 이 작품의 두 주인공인 도시코와 미사코, 그리고 사쿠마 히로시와 오하시 오사부로 역시 모두 실제 인물을 모델로 한 것일 뿐 아니라 그 성격도, 또 그들의 인생 역정도 사실과 같다는 것이 일본 평론가들의 지적이다. 다만 소설 속에서는 신혼여행을 겸한 산행에서 미사코가 낙뢰로 조난사하는 것으로 끝맺고 있는 그 무대는 드뤼이지만, 실제로는 마터호른의 이탈리아 능선에서 추락사하였다는 정도의 차이가 있을 뿐이라는 점을 밝히고 있다.

나는 이 작품을 읽으며 흔히 "왜 산에 오르느냐"는 질문에 대하여 "산이 거기에 있기 때문에 오른다"(Because it is there)는 조지 맬러리(George Mallory, 1886~1924)의 말로 닛타 지로가 자기의 산악 소설을 설명하지는 않으리라고 생각되었다. 왜냐하면 그의 작품 속에는 산이 다만 산으로서만 제시되는 경우가 거의 없기 때문이다. 닛타 지로의 산은 무엇보다 먼저 그 사람과 더불어 그 존재를 드러내고, 그 아름다움과 장대함을 완성해 내고 있다. 그리하여 소설 속의 산은 다만 산으로서만 읽히는 것이 아니라 사회적 실천의 대상으로서, 또는 역사적 과제로서, 또는 운명에 대한 도전이라는 깊은 함의로 읽힌다. 그리고 최종적으로는 자기 자신과의 싸움, 그리고 자아의 실현에 이르게 된다.

닛타 지로는 산을 사람과 관계시키되, 결코 고독한 한 사람의 등반가와 관계시키지 않는다. 이 『자일파티』에도 '흑거미'로 불리는 검은 등산복의 외로운 등반가가 등장한다. 그러나 그는 고독하고 비정한, 심지어는 불길한 존재로 제시되어 다른 것을 드러내기 위한 장치 이상의 의미를 부여하지 않고 있다.

산을 어떤 총체적 의미로 파악하고 그것을 사람들의 집단과 관계시키고, 다시 그 사람들을 그들의 예술과 학문, 사랑과 우정, 그리고 유년 시절에 이르기까지 풍부한 인간적 서정을 그 속에 담아내고 있다.

그러면서도 놀라운 것은 이러한 함의가 단 한 번도 문장의 표면에 그 모습을 드러내는 일이 없이 철저하리만큼 산악에 충실하고 등반에 충실한 사실적 필치를 일관되게 견지하고 있다는 점이다. 그렇기 때문에 바위와 나무, 바람과 비, 천둥과 번개, 얼음과 눈과 같이 극히 자연적인 대상물들이 생생하게 살아서 다가온다.

예술 작품으로 되살아나는 것은 비단 이것뿐만이 아니다. 실제로 도시코는 의사의 길을 걷는 의학도였고, 미사코는 가마쿠라보리(鎌倉彫)라는 일본 전통 공예에 정진하는 공예가로서, 그들은 산을 통하여 그들의 의지와 정서를 그들의 구체적인 삶 속에 내면화시켜 나간다. 이처럼 그들의 삶과 등반이 흔연히 융화되면서 학문으로 결실을 맺고, 가마쿠라보리의 문양으로 승화되고 있다. 이러한 산과 사람의 승화 과정이 시종 잔잔하면서도 깊이 있는 필치로 조명되고 있다는 점이 이 소설이 갖는 무게를 더해 준다고 생각된다. "산이 산으로서 사람의 바깥에 존재하지 않는다"는 닛타 지로의 산의 철학은 무심히 산을 오르는 우리들로 하여금 산을 새로운 눈으로 받아들이게 한다.

우리들이 한 사람의 인간으로서 자기를 완성해 가는 과정에서 과연 산을 어떻게 우리의 구체적인 삶과 통일시켜 낼 것인가 하는 지극히 인간적인 과제에 대한 난숙한 달관을 이 소설은 이야기하고 있는 것이다.

닛타 지로의 이러한 달관은 이윽고 성공과 실패, 삶과 죽음의 의미까지도 깊은 통찰 속에서 되살려 내고 있다. 미사코와 후미오의 최후는 이렇게 묘사되고 있다.

"그 순간 수정(水晶) 테라스와 그 주변의 암벽에 총총하게 자리잡은 수정군이 번개를 흡수하고 굴절시키고 반사하여 일제히 번쩍였다. 미사코는 이 세상의 것으로 보이지 않을 만큼 아름다운 광채 속에서 포옹하고 있는 두 사람의 모습을 선명하게 보았다. ……그들은 마치 숙면을 취하는 것처럼 자일을 묶은 채 결코 깨어나지 않을 영원한 잠 속으로 빠져들었다."

천둥과 번개가 몽블랑 산군 전체를 온통 뒤덮는 드뤼 정상에서, 보석처럼 빛나는 수정들이 암벽에 박혀 있는 테라스에서, 거대한 빛의 폭발 속에서 그들은 숨져 갔다. 그리고 그랑드 조라스의 정상에 오른 도시코의 성공과 나란히 소설의 대미를 이룬다. 도시코의 성공이 어떤 완성인 동시에 미완성이듯, 미사코의 죽음 역시 미완성인 동시에 삶의 완성이었다. 이것이 닛타 지로의 산이고 산을 조망케 하는 원근법이라고 생각한다.

우리는 살아가는 동안 크고 작은 수많은 산을 오른다. 그리고 수

많은 성공과 실패를 경험한다. 완성과 미완성, 처음과 끝, 비탄과 환희…… 이 모든 것들의 의미를 아우를 수 있는 것이 '산'이며, 그것이 곧 산의 의미라고 생각된다. 산은 아무리 낮고 보잘것없는 토산(土山)일지라도 그것이 산인 한 거기에는 그것을 산이게끔 밑받침해 주는 암석이 박혀 있고, 그것을 지켜 주는 수목이 있게 마련이다. 그리고 더욱 중요하게는 그것을 산으로 다듬어 낸 물을 생각하게 한다.

　나는 이 『자일파티』에 담겨 있는 작가의 문학뿐 아니라 막상 우리들이 우리의 삶을 통해서 넘고 만들어야 할 산의 의미에 대하여 다시 한 번 성찰하는 계기가 되기를 많은 독자들에게 바란다.

『자일파티』추천사 (닛타 지로 저, 주은경 역, 일빛, 1993년 11월)

혁명의 진정성과 상상력의 생환을 위하여

혁명의 세기인 20세기가 지나가고, 바야흐로 '이후'와 '해체'를 모색하는 탈주의 시대에 다시 혁명의 기억에 접속하는 이유는 무엇인가? 과거로 떠나는 귀성 여행인가, 아니면 또 하나의 탈주를 위한 탐구 여행인가. 그러나 오늘 우리에게 필요한 것은 시간 여행이 아니라, 혁명이란 무엇이었으며 오늘의 혁명은 무엇이어야 하는가에 관한 근본적인 성찰이라고 생각한다. 혁명은 모든 시대를 관통하는 이상(理想) 그 자체이기 때문이다.

혁명을 호출하는 기호는 극히 다양하다. 돌이켜 보면 우리가 호출하는 과거는 그 대상이 크면 클수록 극단적이고 도식적인 미학(美學)에 갇혀 있다. 통절한 비극미의 절정을 보여주기도 하고 해방의 지평을 선취하기도 하는 등 하나같이 극단적 도식의 그릇에 담겨 있는 것들이다. 포폄(褒貶)과 흑백(黑白)의 미학으로 말미암아 그것의 참된 모습을 놓치고 있는 것이다. 그렇기 때문에 우리에게는 과거의 기억을 호출하되 다시 그것을 생환(生還)해야 하는 이

중의 독법이 요청된다. 생환이란 그것을 살아 있는 모습으로 재구성하는 것이라 할 수 있다. 그러나 과거를 불러오되 그것을 오늘의 실재로 다시 세우는 일이 과연 가능한가. 물론 가능하지 않다. 그렇기 때문에 생환의 진정한 의미는 우선 단색적 논리와 그것을 담고 있는 강고한 미학을 깨트리는 것에서 시작되어야 한다. 그리고 그 속에 묻혀 있는 인간적 진정성에 다가가야 한다. 혁명의 대의나 선언에 투항하거나 극적 드라마에 몰입하는 것은 도리어 참된 독법을 왜곡할 뿐이다. 혁명의 광장에 점철된 인간적 애환에 주목해야 한다. 한마디로 인간의 얼굴을 찾는 일이어야 한다. 아무리 사소한 사건이라고 하더라도 그 내면에는 어김없이 인간적 고뇌가 각인되어 있다는 사실을 간과해서는 안 될 것이다.

어느 시대 어느 곳이든 인간이 영위하는 삶이란 그 바탕에는 갈등의 구조가 깔려 있고, 그렇기 때문에 그것으로부터의 치열한 탈주를 소망하게 된다. 바로 이러한 현실의 구조 때문에 이상은 언제나 현실의 다른 한 짝이 된다. 이것이 곧 변화와 개혁 나아가 혁명의 언어가 탄생하는 근본적 구조이며, 혁명이 시대를 초월하여 호출되는 이유이다. 그런 점에서 혁명은 이상과 마찬가지로 현실의 존재 형식을 완성하고 있는 동전의 양면인 것이다. 그러나 우리가 잊지 말아야 하는 것은 혁명의 해방적 언어에 탐닉하지 말아야 한다는 사실이다. 이상은 추락함으로써 자신의 사명을 완수할 뿐이다. 이상은 현실의 대각점에서 현실의 갈등 구조를 드러내는 것 그 이상도 이하도 아니다. 그러나 비록 추락이 이상의 필연적인 운명이라고 하더라도 추락이 비극으로 끝나지 않게 하는 것이 우리의 몫이다. 이상의 추락이 비극으로 끝나지 않기 위해서는 모름지기 대지(大地)에 추락해야 한다. 아스팔트 위에 떨어진 민들레는 슬프다. 수많은 사람들의 가슴에 추락하고 절절한 애정 속에 묻힐 때 민들레는 다시 봄을 맞게 되는 것이다. 승패의 변증법이 그와 같다. 혁명을 호출하는 까닭은 혁명의 진실을 대면하고 그 주인공들의 영혼에 닿기 위해서이다. 그러한 독법만이 오늘의 건너편을 바라보게 하고, 과거, 현재, 그리고 미래를 통시적으로 성찰하게 하는 것이다.

우리는 구조 변혁, 사회 변혁 그리고 그 방법으로서 정치권력의 쟁취를 혁명의 본질로 승인한다. 그러나 20세기를 통해 가장 강력한 정치권력이 사회 변혁에 실패했다는 사실을 냉정하게 직시해야 한다. 우리는 바로 그 추락으로부터 통절한 깨달음을 이끌어 내고 새로운 독법을 만들어 가야 한다. 이것은 우리의 삶은 어떠한 과정을 거쳐서 변화할 수 있는가를 묻는 자성의 독법이기도 하다. 이는 개인의 삶은 물론이고 사회의 변화에서 과연 일회적인 변혁으로 그 불가역적(不可逆的) 변화를 지속적으로 담보할 수 있는가를 고민하는 것이기도 하다. 또 한편 그것은 이상과 현실의 갈등을 외부가 아닌 바로 우리의 삶 속에 구조화하는 일이기도 하다. 그것은 변화를 이끌어 내기 위한 참여점(entry point)을 어디에 설정할 것인가의 문제이며, 현실에 대한 우리의 접속이 어디서 그리고 어떻게 설정되어야 하는가 하는 매우 일상적인 과제와 연결되는 문제이다.

혁명은 간고성(艱苦性), 굴곡성(屈曲性), 그리고 장기성(長期性)을 그 본질로 한다. 한 점 불꽃을 소중하게 키워 가는 역사적 전망을 간직하기도 하고, 인간의 올바른 사상에 대한 철학적 천착을 바탕에 깔기도 한다. 전쟁이라는 대 사변(事變)을 사고하기도 하고, 평범한 사람들의 하루하루 생계에 마음을 쏟기도 한다. 총포를 들기도 하고, 촛불을 들기도 한다. 후퇴와 진공, 연대와 전위(前衛), 적과 동지, 환희와 비탄, 로고스와 파토스 등 혁명은 우리가 역사적으로 겪어 온 모든 고뇌와 철학이 통틀어 들끓는 거대한 광장을 무대로 삼는다. 그러나 어느 경우든 그것이 인간의 영혼에 닿지 않는 한 결국은 대지를 억압하는 또 하나의 피라미드를 쌓는 일에 지나지 않으며, 단지 바다의 표면에서 일어나는 낮은 출렁거림에 불과한 것인지도 모른다.

오늘날처럼 '포스트'와 해체(解體)가 급속하게 진행되는 도도한 흐름 속에서 혁명을 호출하기란 대단히 어렵다. 하물며 그것을 오늘 우리의 삶과 정서 속에 생환하기란 어쩌면 불가능할지도 모른다. 그럼에도 불구하고 혁명이 근본에 있어서 탈주의 욕망이며 우리 스스로가 세상으로 다가가는 참여의 지점이라는 사실에는 변함이 없다. 더구나 우리의 삶은 그릇에 담긴 물이 아니라 흐르는 강물이다. 끊임없이 변화하고 굴절하는 사건 그 자체이다. 따라서 혁명에 대한 올바른 독법은 거대 담론의 극적 도식을 해체하고 그 속에 묻혀 있는 인간의 진정성에 접속하는 일이다. 그것은 현실의 건너편을 사고하는 일이며 공고한 현실의 벽과 어둠을 넘어 별을 바라보는 성찰이기도 하다. 그리고 밤이 깊을수록 별은 더욱 빛난다는 사실을 확인하는 일이기도 할 것이다.

시리즈 '레볼루션' 발간사(프레시안북, 2009년 1월)

루쉰의 양심

책을 배우는 것보다 사람을 배우는 것이 훨씬 쉽다. 쉬울 뿐 아니라 사람 배움에는 가슴에 와 닿는 절절함이 있다. 이것은 책에는 없는 것이다.

한 그루 나무가 그 골짜기의 물과 바람을 제 몸 속에 담고 있듯 이 사람의 삶 속에는 당대 사회와 역사의 자취가 각인되어 있다. 사람 속에 각인되어 있는 이 사회성과 역사성은 책 속에 정리되어 있는 사회 분석이나 역사 고증에 비해 훨씬 더 친근하고 생동적이다. 그렇기 때문에 사람을 통해 도달하게 되는 사회와 역사에 대한 인식은 쉽고도 풍부한 것이다.

개인의 삶 속에 체현되어 있는 경험은 광범한 사회적·역사적 실상을 고루 담고 있지 못할 때가 많고, 그나마 핵심에서 어느 정도 벗어난 것일 수밖에 없다는 점이 항상 아쉬움으로 남는다. 그러나 드물기는 하나 그렇지 않은 개인의 일생이 있을 수 있음은 물론이다. 루쉰(魯迅, 1881~1936)의 삶이 바로 그러한 예라고 할 수 있다.

루쉰의 생애는 널리 알려진 대로 숨 가쁜 중국 근대사의 한복판을 걸어간 삶이었다. 루쉰의 고뇌와 애증(愛憎)은 바로 근대 중국의 고뇌와 애증이었으며, 루쉰이 남긴 수많은 글들은 당시의 중국을 가장 정직하게 보여준다.

루쉰은 결코 길지 않은 50여 년 생애를 통해 참으로 상상을 초월할 업적을 남겼다. 이 책에 소개된 대로 "한 사람이 도대체 조국과 민중을 위하여 얼마나 일할 수 있는가" 하는 청년들의 질문은 언제나 루쉰의 혁명적이고 전투적인 일생을 전제로 하고 있을 정도이다. "간추린 통계에 따르면, 소설 3권, 산문 회고록 1권, 산문 시 1권이 모두 합해 35만 자에 이르고, 잡문 16권이 650여 편에 135만 자에 이른다. 중국 고전문학을 연구한 저작으로 이미 출판된 것이 약 80만 자이고 아직 정리가 되지 않은 것들도 있다. 러시아, 프랑스, 독일, 일본 고전 작가들의 작품과 러시아, 불가리아, 루마니아, 체코슬로바키아, 헝가리, 핀란드, 네덜란드, 스페인 등 10여 개국 현대 작가들의 작품을 번역해 소개한 것으로 중장편소설과 동화가 모두 9권, 그 밖에 단편소설과 동화가 78편, 희곡이 2권, 문예이론 저서가 8권, 단편 논문이 50편으로 모두 합해 310여만 자에 이른다. 루쉰은 청년들 500여 명을 친히 접대했으며, 전국 각지에서 그리고 해외에서 2,200여 명의 청년들이 보내온 편지를 손수 읽어 보고 3,500여 통의 답장을 썼다. 유감스럽게도 이런 편지들은 지금 어디엔가 다 흩어져 있다. 지금 수집할 수 있는 것으로는 1,300여 통 밖에 안 되는데, 이것만도 90만 자가 넘는다."

루쉰이 보여준 업적과 면모가 다양한 만큼 루쉰을 한마디로 규정하기는 어렵지만 그의 생애에서 우리가 읽을 수 있는 가장 큰 교훈은 '전투적 지식인의 초상'이란 말로 집약될 수 있다. 암울한 근대 중국의 격동 속에서 적과 동지에 대해 스스로 모범이 되어 보여 준 루쉰의 준엄하고도 확고한 삶은 사이비 지식인들이 보이는 위선과 허구를 가차 없이 들추어낸다. 이러한 전투적 면모는 루쉰의 시와 소설에도 탁월하게 나타나지만 특히 루쉰이 잡감(雜感)이라고 이름한 수필 형식 단문에서 가장 선명하게 나타난다. 루쉰의 잡감은 우선 그 형식에서 시보다 구체적이고 소설보다 뛰어난 기동성을 갖는다. 마치 단검처럼 번쩍이며 적과 동지, 사랑과 증오, 좌절과 희망, 과거와 미래를 적나라하게 파헤친다. 반봉건·반식민지라는 어둡고 견고한 무쇠 방에 갇혀 있는 '대륙의 혼'을 일깨운 루쉰의 수많은 잡감은 그를 그저 한 문학인으로 이해해 온 우리들의 태평함을 매우 부끄럽게 한다.

『루쉰전』을 번역하는 동안 집요하게 파고든 의문은 그처럼 간고(艱苦)한 상황 속에서 그의 자세를 끝까지 견지한 의지는 과연 어디서 나오는 것인가 하는 점이었다.

한마디로 그것은 '양심'이었다. 루쉰의 삶 전체를 꿰뚫는 의지는 다름 아닌 양심의 응결체였음을 깨달을 수 있었다. 양심은 이웃에 대한 관심이며 애정이다. 루쉰에게 이것은 인간을 '더부살이'로 이해하는 것과 밀접하게 결부되어 있다고 할 수 있다. 흙과 더불어 살고 이웃과 더불어 살고 조국과 민중과 더불어 살 수밖에 없는 인간에 대한 깊은 이해가 루쉰이 지켜 낸 양심의 내용이었다. 루쉰이 이룬 초인적 업적도 이 양심이 만들어 낸 산물이었으며, 루쉰의 문학적 천재성도 이 양심의 승화였으며, 불굴의 전투성도 이러한 양심의 실천이었다고 할 수 있다. 양심은 이처럼 루쉰의 모든 고뇌와 달성(達成)의 원천이었다.

"우리에게는 다른 사람에게 희생을 강요할 권리가 없으며, 동시에 다른 사람이 희생하지 못하도록 저지할 권리도 없다. ……희생을 선택하는 이 문제는 혁명가의 사회 참여와 아무 상관이 없이 개인에 관련된 것이다"라는 글에서 읽을 수 있듯이 루쉰의 양심은 때로 혼자 결단을 내려야 하는 고독한 것이기도 했지만, 처음부터 이웃에 대한 관심과 사랑을 양심의 본질로 하여 "꽃이나 나무보다 흙"을 중요시하고 "천재보다 민중"을 요구하는 대중성으로 더 많은 이웃을 포용해 온 것이다.

"사람이 죽음에 임하면 다른 사람을 용서하고 자신도 용서를 구한다고 하지만…… 적들이여 나를 계속 미워하라. 나도 나의 적들을 한 사람도 용서하지 않을 것이다." 이처럼 루쉰의 양심은 또한 어떠한 감상(感傷)도 배제된 전투성으로 표출되기도 하였다.

"젊은이가 늙은이의 임종 기사를 쓰는 것이 아니라, 반대로 늙은이가 젊은이의 사망 기사를 써야 하는 아이러니"를 통탄하고 사람들이 무감각함에 절망하면서도 그것을 "냉담해서가 아니라 더 큰 재앙을 자초하지 않기 위해서는 피할 수 없는"것으로 받아들이는 유연한 면모를 보이기도 했다.

그러나 목이 잘린 여성 혁명가들의 나신을 구경하기 위해 떼를 지어 몰려가 열광하는 군중들에게 적들을 향한 것보다 더 심한 분노와 혐오를 느끼지 않을 수 없음을 실토한다. 이는 의사의 길을 버리고 몽매한 중국 민중의 정신에 관여하기 위해 문학의 길로 진로를 바꾼 결단과 어릴 적 농촌에서 함께 자란 룬투(閏土)와 함께 키워 온 그의 우정이 곧 루쉰의 양심이었기 때문에 사람들이 인간적으로 타락한 것에 대해 엄청난 분노와 혐오를 느낀 것은 너무나 당연한지도 모른다.

루쉰의 삶을 통하여 절절히 우리의 가슴에 와 닿는 이 양심의 문제는 오늘 우리 현실에 특별한 의의를 지닌다고 생각된다. 사회와 역사에 대한 모든 인식과 실천에서 자칫 간과되고 경시되기 쉬운 인간적 토대를 다시 한 번 반성케 한다는 점에서도 『루쉰전』은 중국의 과거이기보다는 차라리 우리의 현재라고 생각된다. 사람은 모든 사회, 모든 역사의 처음이고 끝이기 때문이다.

끝으로 루쉰이 임종을 달포 가량 앞두고 유언장을 대신하여 집필한 「죽음」의 일부를 덧붙인다.

1. 장례 때에는 옛 친구 말고는 아무한테서도 절대로 돈을 받지 말라.
2. 빨리 묻어 버리고 끝내기 바란다.
3. 추도식은 절대로 하지 말라.
4. 나를 잊어버리고 너희들의 일이나 잘 보살펴라. 그렇지 않다면 어리석을 뿐이다.
5. 남에게 해를 끼치는 사람은 가까이 하지 말고, 복수를 반대하고 인내를 주장하는 사람과는 친하게 지내기 바란다.

'개성'과 '인간'의 자각하는 데서 출발한 루쉰의 일생은 '민족혼'이란 세 글자가 크게 묵서(墨書)된 백포(白布)가 그의 관 위에 덮이면서 끝난다. 근대 중국의 격동기를 정면에서 감당하며 키워 온 그의 양심은 비록 때와 곳은 다르지만 오늘 이 땅을 사는 우리의 삶을 깊이 돌이켜 보게 한 것임을 의심치 않는다.

『루쉰전』 초판 옮긴이의 말(왕스징 저, 신영복 역, 다섯수레, 1992년)

역사와 인간에 바친 고귀한 삶

나는 이 책의 원고를 읽고 참으로 깊은 감회에 젖지 않을 수 없었다. 내가 노촌 이구영 선생님을 처음으로 만나 뵌 곳이 바로 옥중이었기 때문이다. 이 책 속에 술회되고 있는 노촌 선생님의 이야기들은 적어도 내게는 그렇게 낯설지 않다. 춥고 긴 겨울밤 옥방에서 간간이 들었던 이야기들이 많다. 자연 그 시절의 옥방에서 다시 선생님을 만나 뵙는 느낌이 든다. 한편으로는 그리워지는 시절이기도 하다. 잔잔한 목소리와 정확한 기억으로 정연하게 들려주시던 전경이 다시 회상된다. 생각하면 노촌 선생님과 한 방에서 지낼 수 있었던 것은 바깥에 있었더라면 도저히 얻을 수 없는 행운이었음을 뒤늦게 깨닫게 된다.

나는 대전교도소에서 노촌 이구영 선생님과 한 감방에서 4년 넘게 함께 생활하였다. 당시 대전시 중촌동에 있었던 구 대전교도소 2사하 25방이었다. 비단 나뿐만이 아니라 채 4평이 못 되는 방에서 여러 사람이 함께 지냈다. 이 책을 쓴 심지연 교수도 그중의 한 사람이다. 그 시절 함께 있었던 면면들이 다시 선연히 떠오른다. 그러나 대부분은 그리 오래지 않아 떠나갔다. 노촌 선생님과 마찬가지로 무기징역형을 살고 있던 나는 1980년 노촌 선생님의 출소 때까지 함께 있었다. 가장 오래 같이 있었다고 생각된다. 노촌 선생님께서도 평생 동안 가장 오래 한 방에서 지낸 사람으로 나를 자주 이야기하기도 하셨다. 그 파란만장한 생애를 영위해 오시는 동안 가족들과 보낸 시간이 많지 않았기 때문이기도 했지만 하루 24시간을 무릎 맞대고 지낸 4년은 짧지 않은 세월이었다. 그 4년 속에는 참으로 많은 이야기와 사건이 담겨 있다. 지금 생각하면 그 시절에 노촌 선생님으로부터 물려받을 수 있었던 귀중한 이야기를 너무나 많이 놓친 아쉬움도 금할 수 없다. 그러나 한편 나는 노촌 선생님으로부터 과분한 애정을 받으며 그 엄혹한 세월을 견딜 수 있었음을 감사드리지 않을 수 없다. 비교적 젊은 나이로 징역살이를 하였던 우리에 비하여 회갑을 그 속에서 맞으셨던 노촌 선생님께는 우리가 돕기는커녕 미처 짐작하지도 못한 숱한 어려움이 있었으리라고 생각된다. 지금에야 그것을 느끼다니 송구스럽기 짝이 없다. 그리고 이 책의 출간에도 미력이나마 보태지 못한 송구스러움을 금할 길 없다. 뛰어난 학문적 진경을 보이고 있는 심지연 교수가 어려운 일을 해내서 다행스럽기 그지없다.

사람의 일생이 정직한가 정직하지 않은가를 준별하는 기준은 여러 가지가 있을 수 있으나 나는 그 사람의 일생에 그 시대가 얼마나 담겨 있는가 하는 것이 중요한 기준이 된다는 견해에 동의한다. 시대를 비켜 간 일생을 정직하다고 할 수 없으며 하물며 시대를 역이용하여 자신을 높여 간 삶이야 말할 나위도 없을 것이다. 그 인생의 정직성은 그 사람의 인생에 담겨 있는 시대의 양(量)이라고 할 수 있다. 그런 의미에서 노촌 선생님의 삶은 참으로 정직한 삶이 아닐 수 없다. 이를테면 조선 봉건사회, 일제하 식민지사회, 전쟁, 북한 사회주의사회, 20여 년의 감옥 사회, 그리고 1980년대 이후의 자본주의사회를 두루 살아오신 분이다. 더구나 그 긴 세월의 가장 아픈 곳을 몸소 찾아가 동참한 삶이었다. 현대사의 가장 첨예한 모순의 현장에서 일구어 온, 참으로 드물고 정직한 삶이 아닐 수 없다.

내가 노촌 선생님과의 기억을 귀하게 간직하고 있는 까닭을 여기에 모두 술회할 수는 없다. 한마디로 나 자신을 여러 각도에서 새롭게 바라보게 해 준 숱한 사연들로 가득하다. 선생님의 삶이 보여 주는 진솔함과 정직함은 무언의 교사임에 틀림없다. 그 위에 지금도 선생님을 기억하고 배우기를 게을리 하지 않는 것은 선생님의 은은한 삶의 자세이다. 우선 다른 사람의 처지와 생각을 지극히 존중하는 자세이다. 비록 틀린 주장이라 하더라도 그 주장의 부분적인 타당성을 읽어 내고 그것을 인정하기에 조금도 인색함이 없다. 불가피하게 반대되는 견해를 밝히지 않을 수 없거나 그 주장의 허점을 지적하지 않을 수 없는 경우에도 언제나 맞춤한 때를 기다렸다가 조용히 개진하는 편이다. 맞춤한 때를 기다린다고 하는 것은 그가 자신의 논리적인 무리를 내심 자각하기를 기다리거나 자각하도록 유도한 연후에 그를 돕는 마음을 담아서 개진하고 있기 때문이다.

그러나 정작 당신 자신의 작은 실수에 대해서는 단호하고 엄정하기 그지없다. 이러한 엄정함은 대체로 절제(節制)로 나타났다고 기억된다. 언어를 절제하고 주장을 절제하고 심지어는 아픔과 고령(高齡)까지를 절제함으로써 함께 생활하는 많은 사람들에게 조금이라도 누가 되는 것을 삼가고 스스로 아름다운 공간으로 남으려고 하셨다. 자신의 존재를 키우려 하는 우리를 반성하게 하는 엄한 편달이기도 하였다. 남을 대하기는 춘풍처럼 따뜻이 하고 자신을 갖추기는 추상처럼 엄정히 한다는 대인춘풍 지기추상(待人春風持己秋霜)의 생활철학이기도 하고, 이론은 좌경적으로 하고 실천은 우경적으로 하라는 대중성이기도 하다. 그래서 노촌 선생님의 이야기는 대체로 물 흐르듯 자연스럽고 노촌 선생님의 존재는 따뜻하기가 봄볕 같았다. 연암은 선비(士)의 마음(心)이 곧 뜻(志)이라고 하였으나, 나는 노촌 선생님께서 범사에 속 깊이 간직하고 계시는 뜻과 그 뜻을 풀어내는 유연함에서 선비의 그것을 넘어서고 있는 대중성과 예술성에 감명을 받지 않을 수 없다.

지금에 와서야 뒤늦게 깨닫는 일이지만 노촌 선생님의 잔잔하면서도 유장한 이야기들은 어느 것 하나 당대의 절절한 애환이 깃들어 있지 않은 것이 없다. 그중의 한 가지를 예로 들자면 노촌 선생님을 검거한 형사가 일제 때 노촌 선생을 검거했던 바로 그 형사였다는 사실이다. 참으로 착잡한 심정을 금할 길 없었다. 친일파들이 오히려 반민특위를 역습하여 해체시키는 등 해방정국의 부조리를 이보다 선명하게 보여주는 예도 없을 것이다.

노촌 선생님을 비롯하여 근현대사를 핍진하게 겪어 오신 분들의 이야기는 역사를 과거의 사실로 치부하던 우리의 관념적인 사고를 반성케 하기에 충분했다. 이 책에서 술회하시는 노촌 선생님의 이야기가 바로 그러하다. 역사를 과거의 화석 같은 존재로부터 깨워서 피가 통하고 숨결이 이는 살아 있는 실체로 복원하고 생환하게 한다. 이러한 복원과 생환이 진실로 역사를 배우기보다 역사에서 배우는 자세일 것이다. 역사를 생환하고 역사에서 배운다는 것은 그 시절을 정직하게 맞서서 걸어간 사람들의 이야기로 채워질 때 비로소 가능하리라고 생각한다. 나는 노촌 선생님이 이 책으로 여러 사람들과 만나게 되는 것이 참으로 잘된 일이라고 생각한다. 여러 사람들의 생각을 열어 저마다 역사를 생환하도록 할 것이라고 믿기 때문이다.

노촌 선생님께서는 옥중에 계시는 동안 가전되어 오던 의병 문헌을 들여와 번역을 하셨고 그 초고가 출소하신 후인 1993년 10월에 『호서의병사적』(湖西義兵事蹟)으로 출간되었다. 나는 노촌 선생님의 청을 따르지 않을 수 없어 외람되게도 책의 서문에 글을 실었다. 그 글의 일절을 소개한다.

필자는 그 시절 노촌 선생님과 한 방에서 이 책의 번역 일을 도왔다. 도와드렸다기보다는 오히려 선생님의 과분하신 훈도와 애정을 입었음을 감사드리지 않을 수 없다. 노촌 선생님께서는 많은 분들이 한결같이 말씀하시는 바와 같이 심원한 한학의 온축과 확고한 사관의 토대 위에 굳건히 서서 조금도 흐트러짐이 없는 선비의 기개로 해방 전후의 격동을 온몸으로 겪어 오신 분이다.

노촌 선생님은 내게 또한 서도의 정신을 일깨워 주신 분이다. 함께 서도반에서 글씨를 썼기 때문이기도 하다. 노촌 선생님께서는 스스로 당신은 글씨를 모른다고 겸양하시지만 나는 지금껏 많은 글씨를 보아 오면서도 항상 노촌 선생님의 글씨를 잊지 못하고 있다. 노촌 선생님의 글씨는 학문과 인격과 서예에 대한 높은 안목이 하나로 어우러져 범상치 않은 경지를 보여준다. 서권기(書卷氣) 문자향(文字香)에 더하여 역사와 인간에 바치는 육중한 애정이 무르녹아 있다. 이는 분명 서예 이상의 것이다. 물론 붓글씨가 어떠해야 하는가를 선생님으로 하여 바로 알 수 있었다고 생각된다.

선생님께서 아직 출소를 기약할 수 없을 때의 일이다. 충주댐이 완공되어 고향 마을이 물에 잠기게 된다는 소식을 들었다. 고향 마을이 물에 잠겨 다시 찾을 수 없게 된 심경을 나로서는 다 헤아리기가 어렵다. 고향 집과 언덕 그리고 숱한 사람들의 기억이 세월에 더하여 다시 물속으로 잠기는 것인지도 모른다. 그 소식을 접하고 쓰신 시구가 있다. "繫舟山頂覓鄕人." 배를 산정에 매고 고향을 찾아가겠구나. 칠언절구였으나 나는 이 구에 담긴 감회가 흡사 나의 것인양 지금도 기억하고 있다. 선생님께서는 겉으로 표현은 않으셨지만 언젠가 멀고 먼 세월을 끝내고 이제는 조용히 강가에 배를 대고 장제(長堤)와 마을 길과 동구를 차례로 지나 고향 마을을 찾아드는 그림 같은 소망을 간직하고 계셨는지도 모른다. 이제 그러한 소망이 가망 없게 된 심경을 다른 사람이 그 절반인들 알 리가 없음은 물론이다. 선생님께서는 그 참담한 심경의 한 자락을 여투어 산정에 배를 매고 고향을 찾으리라는 소회를 시로 승화시켜 놓으신 것이다.

생각하면 노촌 선생님은 격동의 세월을 살아오시는 동안 비단 고향 마을만을 물속에 묻은 것이 아니다. 수많은 사람들과 사연들을 이곳저곳에 묻고 계시리라고 생각된다. 더구나 최근에 겪는 현대사의 격변 속에서는 더욱 그러하시리라 짐작된다. 조선 봉건사회, 식민지 시절, 사회주의, 엄혹했던 수형 시절 등 수많은 사연과 소망들을 물속에 묻어 버리는 것이 현대의 격변이고 격랑인지도 모른다. 그러나 노촌 선생님께서는 산꼭대기에 배를 매어 두고라도 고향을 찾듯 꾸준히 찾아가시리라고 생각한다. 평생을 경영해 오신 뜻이 결코 한때의 시류를 타는 한갓된 것이 아니라 인간과 역사에 대한 통찰과 믿음을 그 바닥에 든든히 다져 두고 있는 것이기 때문이다. 근본에 닿아 있는 뜻의 구원함. 이 구원한 뜻과 신뢰가 노촌 선생님으로 하여금 스스로를 그처럼 유유하게 지켜 가도록 하는 힘이라고 생각한다. 이러한 점에서 우리는 모름지기 우리들의 성급하고 밭은 생각을 반성하지 않을 수 없을 것이다.

이 글을 쓰면서 그동안 노촌 선생님을 자주 찾아뵙지 못하였음을 뉘우치게 된다. 그러나 조금도 적조한 느낌을 갖진 않고 있다. 문득문득 선생님을 기억하고 있기 때문이다. 지금도 나는 국어사전을 찾을 때면 일부러라도 290쪽을 펼쳐 본다. 국어사전 290쪽은 노촌 선생님께서 바늘을 숨겨 놓는 책갈피이다. 항상 노촌 선생님께 바늘을 빌려 쓰면서도 무심하다가 언젠가 왜 하필 290쪽에다 숨겨 두시느냐고 물은 적이 있다. 선생님은 '290'이 바로 '이구영'이라고 답변하셨다. 엄혹한 옥방에서 바늘 하나를 간수하면서도 잃지 않으셨던 선생님의 여유이면서 유연함이었다. 지금도 물론 나의 가까이에 국어사전이 있고 자주 사전을 찾고 있다. 찾을 때면 290쪽을 열어 보고 그 시절의 노촌 선생님을 만나 뵙고 있다. 다시 한번 이 책의 출간을 기뻐한다.

『산정에 배를 매고』 발문(심지연 저, 개마서원, 1998년)

인간은 역사 속에서 걸어 나오고
역사 속으로 걸어 들어간다

이 책의 저자 나카지마 아츠시(中島敦, 1909~1942)는 서른세 살의 젊은 나이로 요절한 불우한 작가이다. 그럼에도 불구하고 그의 작품 어디에도 서른세 살의 청안을 느낄 수 없다. 인간 이해와 역사 인식에 있어서 그의 난숙하고도 깊은 시각은 지명(知命)의 나이를 넘긴 우리마저도 경탄을 금치 못하게 한다.

그는 고작 20여 편의 작품을 남겼는데 이 책에 실린 「이능」(李陵)과 「제자」(弟子) 두 편만이 중편이고 나머지는 모두 단편이다. 짧은 생애에 적은 작품을 남겼으며 그나마 대부분이 그의 사후에 발표된 유고이다. 그의 문학적 성가(聲價) 역시 대부분의 천재 작가와 마찬가지로 사후에 얻은 것이다.

나카지마는 1909년 5월 5일 도쿄에서 교사의 아들로 태어났다. 세 살 때 부모가 이혼해 고향의 조모 슬하에서 양육된다. 유명한 유학자인 조부가 세상을 떠난 직후였지만 그는 조부의 유풍이 짙게 남아 있는 가풍 속에서 유년 시절을 보내게 된다. 이것이 그의 작품의 근저를 이루는 한학의 기초가 된다. 여섯 살 되던 1915년, 재혼한 아버지와 계모의 슬하로 아버지의 임지인 나라 현(奈良縣)으로 옮겨진다. 이 시절 그는 계모의 마음에 조금이라도 거슬리는 일이 있으면 감나무에 묶였다가 아버지의 퇴근 직전에야 풀려나기를 여러 번 하는데, 이 사실을 어느 누구에게도 이야기하지 않았다. 그는 속에 단단한 아픔을 안고 자라게 된다. 1923년 첫 번째 계모가 죽고 1925년에 두 번째 계모를 그리고 1926년에 세 번째의 계모를 맞는다.

불우하고 고독한 가정에 비해 그의 학교생활은 찬란한 양지였다. 줄곧 최우등 상장과 상패로 전교생의 기대와 동경을 한 몸에 받았다. 특히 그는 서울의 용산중학교 교사로 전임되는 아버지를 따라 용산국민학교 5학년에 편입학한다. 1922년 경성중학(현 서울중고등학교)에 진학해 1926년 일본으로 돌아가 도쿄의 제1고에 입학하기까지 조선에서 학창 생활을 보냈다. 제1고 시절의 단편 「순사가 있는 풍경: 1923년의 스케치」(巡査の居る風景: 1923年のスケッチ)는 당시 금기였던 관동대지진 때의 조선인 학살을 조선인의 시각으로 쓴 작품이다.

제1고를 졸업한 후 동경제국대 문학부 국문과에 입학해 1933년에 동경제대를 졸업했다. 제1고 시절부터 복잡한 가정을 떠나 학교 기숙사로 거처를 옮겼기 때문에 문학에 정진할 수 있었으나, 늑막염으로 1년을 휴학하기도 하고 천식의 발작에 시달리는 등 여전히 안락한 생활을 얻지는 못했다. 그의 결혼에는 곡절과 사연이 많다. 대학 시절 친구의 누님이 경영하는 마작 클럽의 여종업원 다카(橋

本夕か)와 '인생을 건' 애정을 나누게 된다. 다카는 아이치 현(愛知縣)에서 태어났으나 어려서부터 양녀로 숙모집에 입양되고 다시 양오빠를 돕기 위해 상경한, 얼굴이 희고 꾸밈새 없는 여자였다. 두 사람은 양가의 단호한 반대에 부딪쳐 격리, 이별, 오해 등 길고도 아픈 세월을 인내한 다음 그가 요코하마 여자고등학교 교사로 부임한 1936년에야 이미 출생한 장남 다케시와 함께 비로소 가정을 꾸리게 된다. 두 사람 사이의 신뢰와 인내가 없었으면 이룰 수 없는 사랑이었다.

요코하마 여고 교사 시절 8년간이 그의 짧은 생애에 있어서 가장 행복한 시기였다. 비록 천식 발작으로 고통을 받기는 하였으나 대학원에 진학하는 한편, 집과 정원과 꽃과 처자와 함께했던 시절이었으며 그의 문학 세계를 풍요하게 일구어 낸 자양의 땅이기도 했다.

그는 작고하기 1년 전 학교를 휴직하고 신병을 치료하기 위해 난요 군도(南洋群島) 파라오 섬으로 요양을 떠난다. 9개월 여의 요양에서 돌아오자 다시 폐렴이 악화되어 신열과 불면에 시달리다 결국 1942년 12월 4일에 세상을 떠난다.

『빛과 바람과 꿈』(1942. 7. 15)과 『남도담』(南島譚: 1942. 11. 15) 두 권이 생전에 출간된 창작집이다. 나카지마의 초기 작품 세계는 이른바 실존주의적 모색과 대응으로서 기본적으로는 '세계'와 '인간'에 대한 회의(懷疑)에서 출발하고 있다. 이는 주어진 소여(所與)에 대한 실천적 대결에 의해 세계 그 자체를 무한히 확대해야 한다는 의지를 확인하면서도 자기를 바칠 대상을 발견하지 못하고 있는 '관념적 고뇌'와 '형이상학적 미몽의 형이상학적 방기'가 그의 초기 문학의 정신적 영역이라고 평가된다.

나카지마의 이러한 실존적 정신세계는 그의 유년 시절과 학창 시절의 유별난 환경과 만주사변과 군국주의 등 역사적 상황에 절망하던 일본 지식인들의 고뇌를 일정하게 반영하는 것이기도 하다.

이 책에 실린 「산월기」(山月記), 「명인전」(名人傳), 「제자」, 「이능」은 그의 이러한 실존주의적 정신세계가 그 관념성의 그림자를 내면화하고 소여(所與)와 '어리석음'에 좌절하면서도 자신의 '생' 그 자체를 팽팽히 맞세움으로써 생과 사를 역사 속에 각인시켜 나가는 과정이라고 할 수 있다. 절망의 심연에서 걸어 나와 사람들과의 관계 속으로, 다시 사회와 역사 속으로 걸어 들어가는 '실천의 인간상'을 구현해 내는 나카지마 특유의 문학 세계가 비정하리만큼 담담한 문장으로 형상화되어 있다.

「산월기」는 1942년 7월 『문학계』(文學界)에 발표된 첫 작품이며, 「명인전」은 1942년 12월 『문고』(文庫)에 발표된 최후의 작품이다. 「제자」는 사후인 1943년 2월 『중앙공론』(中央公論)에, 그리고 「이능」 역시 사후인 1943년 7월 『문학계』에 발표되었다. 특히 「이능」은 발표 이듬해인 1944년 8월 노석대(盧錫臺)에 의해 중국어로 번역되어 태평출판공사(太平出版公司)에서 출간될 정도로 본고장인 중국에서 높이 평가된 작품이다.

「산월기」는 당(唐)의 이경량(李景亮)이 가려 뽑은 『인호전』(人虎傳)을 대본으로 한 작품이다. '선실지'(宣室志), '태평광기'(太平

廣記)계의 인호전이 아니라 후인들이 내용을 첨가한 '당대총서'(唐代叢書)계의 줄거리를 대본으로 하고 있다. 중국 고담(古譚)을 전거로 하고 있지만 「산월기」에서는 이러한 소재들이 전혀 다른 주제로 재구성되고 있다. 마지막 장면의 묘사만 하더라도 『인호전』에서는 원참(袁傪)이 이징(李徵)의 가족을 찾아가는 후일담으로 끝나 고담의 전형을 답습하고 있음에 반하여, 「산월기」에서는 새벽달을 향해 포효하는 호랑이의 울음으로 끝맺고 있음에서 알 수 있듯이 작가의 치밀한 계산을 읽을 수 있다.

「산월기」의 작품 주제는 「산월기」와 함께 발표된 '고담'에 수록된 작품군에서 오히려 분명하게 제시되어 있다. 한마디로 광(狂)과 사(死)의 세계이다. 만주사변, 태평양전쟁, 군국주의에 대한 역사 인식을 바닥에 깔고 있으면서도 전체적으로는 인간 실존의 부조리 쪽에 중심이 기울고 있는 작품이다.

그러나 「산월기」에서는 고담이라는 허구를 빌려 이러한 실존적 문제를 객관적으로 상대화하는 한편, 오히려 '세계'에 대한 '자아'의 실천적 자세에 비중을 싣고 있다. 그 실천적 자세가 오로지 윤리적으로 접근되어 있지만, 그럼에도 불구하고 자아와 주체에 대한 작가의 관점이 분명하게 나타나 있다. 이 점은 주로 이징이 호랑이로 변신되는 계기에서 집중적으로 표현되고 있다.

짐승으로의 변신, 즉 이징의 좌절은 한마디로 '겁 많은 자존심과 존대(尊大)한 수치심'으로 설명되고 있는데, 이것은 '존대한 자존심'과 '겁 많은 수치심'의 도치로 보인다. 이것은 이러한 도치를 통해 자존심과 수치심의 내용을 밝히고 그 둘을 하나로 통합함으로

써 인격의 총체성을 부각시키기 위한 의도적인 것이라고 생각된다. 재능의 부족과 그것을 들킬까 봐 두려워하는 자존심과 평범한 사람과 어울리지 못하고 낮은 데에 내려서기를 거부하는 수치심을 하나로 묶어 이것을 인간적 성실성과 실천적 자세의 방기로 규정한다.

인간이 '광'(狂)과 '사'(死)의 부조리 속으로 매몰되는 과정을 스승을 찾지도 않고 친구들과 어울려 절차탁마하기를 게을리 하는 인간적 성실성의 방기, 즉 '어리석음을 위하여 죽음으로써 세계를 무한히 확대하는' 자세의 방기로 설명한다. "인생은 '무엇인가를 이루지 않기'에는 너무나 길지만 '무엇인가를 이루기'에는 너무도 짧다"는 독백이 그것이다. 원참은 이징의 시에 대해 그 탁월한 재능과 높은 격조를 인정하면서도 '어딘가 미묘한 점에 있어서' 부족함을 느끼는데, 이는 처자식의 굶주림보다 시업(詩業)의 성취에 집착하는 이징의 비인간적 불성실을 지적하는 것인지도 모른다.

「산월기」는 물론 시인 이징의 정신세계와 시혼(詩魂)의 비극을 묘사한 작품이다. 그러나 그것은 어느 시인의 개인적인 문제라기보다 인간의 보편적 삶의 자세에 관한 것이라는 점에서 오히려 우리들 자신의 비극을 대면하게 하고, 우리 스스로가 기르고 있는 우리 내부의 '짐승'을 자각하게 한다.

「산월기」는 일본의 고등학교 국어 교과서에 실려 있을 정도로 이미 고전의 반열에 올라 있을 뿐 아니라 암담했던 군국주의의 광기 속에서 일본 지식인들이 겪어야 했던 고뇌를 감동적으로 표현한 작품으로 높이 평가되고 있다.

「명인전」은 앞에서 밝힌 바와 같이 그가 작고하던 그 해 그 달에 발표된 최후의 작품이다. 「명인전」 역시 「산월기」와 마찬가지로 중국의 고전에서 그 소재를 얻고 있다. 부분적으로는 『장자』(莊子), 『전국책』(戰國策) 등에서 취하고 있으나, 기본 골격은 『열자』(列子)의 「탕문편」(湯問篇) 제14장과 「황제편」(黃帝篇) 제5장을 중심으로 짜여 있다. 그러나 작품의 전체 구성은 「산월기」와 마찬가지로 작가의 일관된 문학적 주제에 따라 재구성되고 있음은 물론이다.

「명인전」의 주인공 기창(紀昌) 역시 「산월기」의 이징과 마찬가지로 성취에 집착하는 철저한 '행동인'으로 제시되고 있다. 다만 이징의 목표가 시작(詩作)이라는 정신적 영역임에 비해 기창은 '천하제일의 명궁'이라는 육체적이고 기술적인 차원의 대상이라는 점에 차이가 있다. 이징은 '존대한 수치심'과 '겁많은 자존심'으로 말미암아 결국 실패하는 데 반해 기창은 지사(至射)의 경지, 나아가 불사지사(不射之射)의 경지를 이룬다. 뿐만 아니라 '활' 그 자체의 이름과 용도마저 잊어버린 명인의 경지에 이르러 마침내 표정과 언어가 사라진 나무 인형처럼 이윽고 무위(無爲)로 화(化)하여 연기처럼 조용히 세상을 떠난다. 고뇌와 갈등이 해소되고 승화되는 구조이다.

그러나 작가가 제시한 '명인상'은 비록 우화의 형식을 빌렸다고는 하지만 피아시비(彼我是非) 등 일체의 차별을 무화(無化)하는, 이를테면 관념성 속으로 물러나 숨어 버리는 신비적인 것이다. 특히 하산 후의 이야기는 시종 사람들의 소문과 후일담 그리고 간접적인 묘사로 일관되고 있어서 명인상 그 자체의 신비성을 더욱 강화하고 있다. 이는 나카지마의 치열한 문학적 과제가 「명인전」에서도 미완인 채 노장(老莊)의 세계, 신비 속의 인간으로 비켜나고만 아쉬움을 남겼다. 그리고 그는 작고했다.

그러나 그의 사후에 발견된 유고 「제자」와 「이능」에서 바로 이 문제가 줄기차게 추구되고 있음을 발견하고는 그를 아끼는 많은 사람들이 안도했다. 「산월기」에서 제시된 문제의식이 「명인전」의 철학적 알레고리 속에서 미완의 형태로 관념화되는 과정을 거쳐 '인간관계'와 '역사'라는 장대한 드라마 속에서 역동적으로 추구되고 있음을 알게 된다.

중편 「제자」는 초고의 끝에 소화(昭和) 17년(1942) 6월 24일 밤 11시라는 탈고 일시를 추정케 하는 기록이 있으며 제명도 「자로」(子路)에서 「사제」(師弟)로 그리고 다시 그 위에 종이를 붙여 최종적으로 「제자」로 낙착되는 과정이 역력하다고 전해진다. 이 제명의 변경 과정이 이 작품의 주제를 이해하는 데 중요한 시사를 던져 준다고 생각된다.

이 작품은 공자의 제자인 자로가 주인공으로 하고 있다는 점에서 「자로」라는 제명(題名)이 무리가 없어 보인다. 그러나 「자로」에서의 '자로'인 것은 개인으로서의 자로가 아니라 시종일관 스승 공자와의 관계 속에 육화되어 있음으로써 가능하다. 그런 점에서 「자로」보다는 「사제」라는 제명이 더 적절한 이름이라고 할 수 있으며, 작가가 이 「사제」라는 제명을 놓고 고민한 점이 이해된다. 그러나 그가 최종적으로 「제자」로 결정한 것은 사제 관계 그 자체가 분명 그의 주제가 아니기 때문이다. 제자인 자로를 통해서 파악된 스승 공자와, 공자의 압도적인 대기권 속에서 숨 쉬는 제자 자로가 함께 달성시킨 사제 관계가 인간관계의 빛나는 전범임에는 의심의 여지가 없지만 '관계' 그 자체는 어디까지나 조건이며 주체는 역시 '인간'이라는 작가의 인간 이해가 결국 「제자」로 제명을 낙착되게 했다고 생각된다.

「제자」는 『공자가어』(孔子家語), 『논어』(論語), 『사기』(史記), 『춘추좌씨전』(春秋左氏傳) 등 많은 전적(典籍)을 근거로 하고 있다. 이러한 전적들은 물론이고 공자와 자로 역시 일반적으로 널리 알려져 있기 때문에 「제자」에 묘사된 공자상에 대한 역사학계의 비판도 상당했던 것으로 전해진다. 이를테면 공자상이 지나치게 단순화되어 있고 상식적이라는 비판이 그것이다. 그러나 그것은 작품의 주제에 비추어 볼 때 오히려 작가가 의도한 것이라고 생각된다.

인간관계, 더욱이 스승과 제자라는 관계는 양 당사자의 면밀한 분석에 의해 형성되는 가치 결합이 아니다. 더구나 자로에게 있어서 스승으로서의 공자는 여하한 이용 가치와도 관계없는 몰이해(沒利害)의 대상이고 순수한 경애의 대상이다.

공자는 자로의 시각을 통하여 묘사되고 자로는 공자의 시각을 통해 묘사된다. 자공(子貢)과 재여(宰予)까지도 결코 객관적으로 묘사되지 않는다. 이것은 「제자」라는 제명이 암시하듯 작품 주제의 관철이기도 하지만 나아가 작가의 인간관과도 무관하지 않다고 생각된다. 인간을 개인으로서 이해하려는 것은 실재하지 않는 것을 파악하려는 관념적 접근이다. 어느 개인에 대한 인간적 이해는 그 개인이 맺고 있는 인간관계의 총체 속에서 재구성됨으로써 비로소 가능하기 때문이다.

이러한 나카지마의 인간 이해는 그의 정신사적 편력을 통하여 도달한 결론이기도 하다. 「산월기」의 '이징'과 「명인전」의 '명인'을 뛰어넘은 곳에 '자로'가 서 있는 것이다. 자로에게는 '짐승'의 내면을 이루고 있는 '겁 많은 자존심'이나 '존대한 수치심'의 흔적이 없으며, 기창이 갖고 있던 강한 행동 의지를 갖추고 있기는 하되 그것의 지향점은 무위의 목우로 나아가는 관념화의 길이 아니다. 현실의 인간관계 속에서 온당한 자기 위치를 찾아 그곳에서 자신의 삶과 심지어 죽음까지도 정직하게 담아내는 너무나 인간적인 길에 그가 서 있는 것이다.

자로와 공자의 만남은 이 작품의 서두에서 묘사되어 있듯 부정적인 만남이었다. 사이비 현자인 공자를 골려 주려는 유협(遊俠)의 객기가 만남의 계기를 만들었다. 이러한 부정적 계기와는 상관없이 자로는 사제라는 인간관계를 통해 자기를 발견하고, 자신의 운명을 자각하고 그리고 공자단의 일원으로서 짐 져야 할 초시대적 사명에 스스로를 바치는 정직하고 감동적인 인간 드라마를 완성한다.

자로의 공자 이해는 스승 공자와의 사상의 일치를 의미하지 않는다. 자로도 그것을 요구하지 않는다. 그럼에도 불구하고 그는 어느 제자보다도 스승에 가까이 다가선 제자이다. "어떠한 경우에도 절망하지 않고 결코 현실을 경멸하지 않고 현재의 처지에서 최선을 다한다"는 '천하 만대의 목탁'으로서의 초시대적 사명을 깨달는다. 명민하고 재기발랄한 자공이 아니라, 논리 정연한 재여가 아니라, 우직한 자로에게서 가장 깊이 있는 스승 이해가 가능했던 것이다. 다른 한편으로 자로에 대한 공자의 이해, 그것은 '이해'라기보다는 오히려 '신뢰'이다. '형식주의에 대한 본능적인 기피'가 우직한 실천성으로 전화되고 있음을 읽고 있을 뿐 아니라 "자고(子羔)는 살아서 돌아오되 자로는 죽으리라"는 것을 내다보고 있었다. 운명을 읽고 있었다.

자로가 죽어 소금 절임이 되었다는 소문을 듣고 공자는 저립(佇立) 명목(瞑目)하여 눈물을 흘리며 집안의 젓갈류를 모두 내다버리고 이후로 일절 식탁에 올리지 않았다는 이야기로 끝맺고 있다.

우리는 누군가의 스승이고 동시에 누군가의 제자이다. 배우고 가르치는 관계가 인간관계의 실상이며 이상이어야 한다면 「제자」가 갖는 의미는, 그것이 사회적·역사적 과제를 인간관계라는 주관적 틀 속에 담으려 한 것임에도 불구하고 우리의 인간 이해에 깊이 있는 시각을 제공해 주는 것임에는 틀림이 없다. 어차피 먼 길에서는 짐을 덜 수밖에 없기 때문이다.

「이능」 역시 「제자」와 마찬가지로 사후에 발견된 유고이다. 퇴고를 거듭하여 판독하기 어려운 곳도 적지 않을 뿐 아니라 제명도 명기되지 않은 채 남겨졌다. 그가 남긴 작가 수첩에는 '막북'(漠北), '막북비가'(漠北悲歌) 등 제명으로 추측되는 단어가 남아 있지만 「이능」이란 제명은 '가능한 한 주관이 개입되지 않은 담백한 제명'으로 후카다 규야(深田久彌, 1903~1971)가 붙인 것이다.

「이능」은 한무제 때 흉노 대군과의 처절한 전투에서 죽지 못하고 포로가 된 비운의 용장 이능(李陵)의 일대기이다. 그러나 작품의 전체 구성은 크게 3부로 나누어진다. 제1부는 이능의 원정과 패전, 제2부는 사마천의 고뇌와『사기』의 집필, 제3부는 호지(胡地)에서의 이능과 소무(蘇武)의 이야기로 짜여 있다.

이능이 역사상의 실제 인물이었던 만큼『한서』(漢書)의 「이광소건전」(李廣蘇建傳), 「흉노전」(匈奴傳), 「사마천전」(司馬遷傳) 등을 전거로 하고 있다.『사기』의 「이장군열전」(李將軍列傳)에도 이능에 관한 기술이 있으나 이능이 투항한 직후에『사기』가 완성되었기 때문에 대부분이 조부인 이광(李廣) 장군에 관한 것이고 이능에 관한 기록은 극히 간략하다. 따라서 「이능」은 작가가 그의 일관된 문학적 탐구 과정에서 재조명한, 이를테면 현재화한 이능상(李陵像)이다. 그러나 「이능」이 발표되자 곧이어 중국에서 번역되어 출판될 정도로 「이능」은 어쩌면 '전거 속의 이능'보다 더욱 풍부한 '역사적 진실'을 형상화한 것인지도 모른다.

이능과 사마천과 소무 세 사람이 펼쳐 나가는 인간 드라마를 중첩시킴으로써 작가는 이 작품에서 분명 그의 문학적 주제와 지평을 성공적으로 심화·확대하고 있다고 생각된다. 세 인간상의 중첩이기는 하되 사마천과 소무는 어디까지나 이능의 고뇌를 조명하는 지점에 배치되어 있다. 이러한 구성은 작가가 「산월기」, 「명인전」을 거쳐 「제자」에 이르기까지 집요하게 추구해 온 문학적 주제를 총화하려는 배려에서 이루어진 것으로 짐작된다.

제1장에서의 이능은 한마디로 이징, 기창, 자로를 총화한 인간

상으로 제시된다. 대담하고 진지한 무장으로서의 면모는 일체의 심리 묘사를 제거한 짧고 명징한 문체와 더불어 강인한 용장 이능을 독자들 앞에 선명하게 세운다. 그리고 통절한 패전과 함께 비장(悲將)으로 전락한다.

이러한 비극적 전락은 사마천이나 소무의 경우도 동일하다. 사마천은 궁형(宮刑)이라는 모멸로, 소무는 억류와 핍박의 형태로 무너져 내리듯 다가온다. 이능, 사마천, 소무를 세 개의 꼭짓점으로 하는 삼각형은 서로가 서로를 비추는 인드라의 구슬처럼 각자의 운명을 한층 더 깊게 조명해 준다. 사마천은 『사기』의 저술에 심혼을 쏟고, 소무는 상상을 절한 결핍과 곤궁 그리고 한(漢)에 대한 충절의 의미를 뛰어넘은 운명과의 직선적 대결을 보여준다. 이능은 좌절의 땅에서 마상(馬上)의 무장으로서보다는 더욱 처절한 대결, 지극히 내면적이고 사색적인 인식의 싸움을 겪어 나간다.

한토(漢土)에 남은 가족들의 처단, 흉노의 젊은 좌현왕(左賢王)과의 우정, 한인(漢人)의 허식과 흉노의 소박한 진실, 그 위에 소무의 결백한 의지와 완숙하게 흉노인화한 위율(衛律)의 안거를 좌우에 대비함으로써 이능이 겪는 고뇌의 내면이 한층 더 투명하게 나타난다.

이윽고 소무는 빛나는 환국의 장도에 오르고 사마천은 열전(列傳) 제70 「태사공자서」(太史公自序)를 끝으로 붓을 놓고 연소가 끝난 나뭇재처럼 사라져 갔다. 그리고 이능은 대사면과 한나라의 사신으로 호지를 찾은 옛 친구의 간곡한 설득과 회유에도 불구하고 끝내 귀환을 거부한다. 작가는 "그 후의 이능에 대한 기록은 아무

것도 남아 있지 않다"는 구절을 적으며 지극히 담담한 어조로 끝마치고 있다.

「이능」은 역사의 와중에서 좌절한 운명을 뛰어넘은 장대한 인간 드라마로 읽히기도 하고, '국가와 개인의 문제'라는 사회적·정치적 과정에서 읽히기도 하고, 세계와 개인을 대치시키는 실존주의적 함의로 읽히기도 하며, 지식인의 지조의 문제 심지어는 전향·비전향의 시국 문제로 읽히기도 하였다.

그러나 작가로서의 나카지마는 「이능」뿐만 아니라 「산월기」, 「명인전」, 「제자」에 이르기까지 시종일관 '술이부작'(述而不作)이라는 지극히 절제된 필의(筆意)로 역사의 사람들을 다만 현재에다 생환해 놓는 데에 자신의 역할을 한정해 두고 있다고 생각된다. 견고하면서도 결코 과열하지 않는 그의 담담한 문장과 함께 그의 작품 도처에서 느껴지는 공간과 여백과 여유가 바로 그 점을 증거하고 있다고 생각된다.

모든 문학예술 작품의 여백은 곧 독자와 관객들의 창조적 공간이다. 독자들의 몫이고 책임이다. 뿐만 아니라 때와 장소를 초월하여 생환된 역사의 사람들을 삶의 현장으로 인도하는 이른바 '생환의 완성'도 어차피 당대 사람들이 고뇌해야 할 몫이다. 그렇기 때문에 역사의 사람들을 살려 내는 작업은 곧 역사를 완성시켜 가기 위한 실천이고 또 하나의 창조인 것이다.

이 책은 분량이 많지 않지만 작품의 소재와 전거가 중국의 고전이기 때문에 한문과 일본어를 동시에 번역해야 하는 이중의 수고를 하지 않을 수 없었다. 다행히 명진숙 선생은 일찍부터 일본 근세문학 부문에서 연학의 업적을 쌓아 왔기 때문에 이 두 가지 과제를 쉽게 풀어 내고 있다. 작품의 내용을 깊이 있게 통찰해 낼 뿐만 아니라 면밀하게 계산된 문체의 변화와 흐름까지 정확하게 포착하여 옮겨 내는 데 훌륭한 역량을 보여주었다. 남다른 수고에 감사드린다.

스스로 마음 내키지 않으면 여간해서 붓을 들지 않는 이철수 화백의 삽화가 곁들여졌다. 이철수 화백의 그림은 처음부터 완강하게 꿈쩍도 않던 그가 원고를 읽고 나서 순전히 "책이 마음에 들어서" 마음 내켜서 그린 그림이다. 나카지마의 문학 세계를 그이만큼 깊이 있게 다가설 사람도 드물 것이라고 생각된다.

끝으로 '책의 해'임에도 어렵기는 오히려 더한 출판 사정에도 불구하고 물색 모르는 필자의 권유를 거두어 이 책의 출판을 기꺼이 맡아 주신 다섯수레 김태진 사장님께도 감사드린다. 좀 더 좋게 만들려고 두 번 세 번 겹일을 마다 않으신 편집부 여러분의 수고에 대해서도 감사드린다. 좋은 책은 어쩔 수 없이 여러 사람의 희생으로 만들어질 수밖에 없는 것 같다. 많은 독자들로부터 따뜻한 성원이 있을 것으로 믿는다.

『역사 속에서 걸어 나온 사람들』 추천사(나카지마 아츠시 저, 명진숙 역, 다섯수레, 1993년)

여러분의 아름다운 시작을 축하합니다

여러분의 입학을 진심으로 축하합니다. 오늘은 여러분의 인생에 있어서 가장 아름다운 4년을 시작하는 날입니다. 그 아름다운 시작을 이처럼 가까운 자리에서 축하하게 된 나 자신도 마치 47년 전으로 되돌아간 듯 대단히 행복합니다. 나에게는 여러분이 지금 시작하는 4년의 대학 외에 또 하나의 대학이 있습니다. 20년의 수형 생활이 그것입니다. 나는 그 20년 역시 '나의 대학 시절'이란 이름으로 부르고 있습니다. 오늘은 그 두 개의 대학 시절 동안 깨달은 것들을 여러분과 함께 나누려고 합니다.

첫째, 대학 시절에는 그릇을 키우는 공부를 해야 합니다. 대학 시절에는 그릇을 채우려고 하기 보다는 그릇 자체를 키우기 위하여 노력해야 합니다. 대학 시절 이후에는 그릇을 키우지 못합니다. 오히려 그릇이 작아지고 굳어집니다. 그릇이란 물론 인간적 품성을 의미합니다. 인간적 품성을 키우기 위해서는 여러분의 이성과 감성을 열어야 합니다. 대문을 열면 마당이 넓어지는 것과 같은 이

치입니다. 역사와 미래를 향하여 열어야 하고, 우리 시대의 아픔을 향하여 열어야 하고, 한 포기 민들레를 향해서도 열어야 합니다. 여러분은 먼저 그릇을 비우고 그릇 그 자체를 응시하고 키우는 데서부터 시작해야 합니다. 당장 소용되는 것들로 그릇을 채우려고 하기보다는 더디지만 느긋한 걸음걸이로 냉철한 이성의 머리와 뜨거운 감성의 가슴을 보다 멀리, 보다 넓게 열어 가야 합니다.

둘째, 대학에서는 주춧돌부터 집을 그리는 공부를 해야 합니다. 나와 함께 징역살이를 한 노인 목수 한 분이 있었습니다. 언젠가 그 노인이 내게 무엇을 설명하면서 땅바닥에 집을 그렸습니다. 그 그림에서 내가 받은 충격은 잊을 수 없습니다. 집을 그리는 순서가 판이하였기 때문입니다. 지붕부터 그리는 우리들의 순서와는 반대였습니다. 먼저 주춧돌을 그린 다음 기둥, 도리, 들보, 서까래 맨 나중에 지붕을 그렸습니다. 그분이 집을 그리는 순서는 집을 짓는 순서였습니다. 실로 일하는 사람의 그림이었습니다. 세상에 지붕부터 지을 수 있는 집은 없습니다. 그럼에도 불구하고 우리는 지붕부터 집을 그리고 있습니다. 여러분은 지붕부터 집을 그리는 창백한 관념성을 청산하고 주춧돌부터 집을 그리는 튼튼한 사고를 길러야 합니다. 책과 교실, 종이와 문자에 갇히지 말아야 합니다.

셋째, 대학 시절에는 평생을 함께 살아갈 동반자를 발견해야 합니다. 대학 4년 동안에 여러분은 평생을 함께할 사랑하는 반려자를 찾아야 합니다. 사랑은 자신을 빛나는 꽃으로 만들어 줍니다. 그가 내게로 달려와 꽃이 되고 내가 그에게로 달려가 꽃이 되는 것이 사랑입니다. 그러나 사랑은 자신을 아름답게 꽃피우는 것일 뿐만 아니라 본질에 있어서 자기를 뛰어넘는 비약입니다. 나는 어느 시나리오에서 왜 그 사람과 결혼하기로 결심하였느냐는 친구의 질문에 대해서 다음과 같이 답변한 대사를 기억하고 있습니다.

"Because I really conceived I could be a better person with him."

그 사람과 함께 살아간다면 내가 더 좋은 사람이 될 수 있다고 확신하기 때문에 결혼을 결심했다는 답변이었습니다. 사랑한다는 것은 자기를 뛰어넘음으로써 자신을 키우는 비약 그 자체입니다.

한 개인에 대한 사랑도 물론 아름다운 것입니다만 여러분은 한 걸음 더 나아가서 우리 시대, 우리 사회의 어떠한 사람들을 사랑할 것인가에 대해서도 생각해야 합니다. 그 사람들과 함께 어떠한 사회, 어떠한 역사를 만들어 갈 것인가에 대해서도 생각해야 합니다. 이것이야말로 더 큰 비약입니다. 자기를 뛰어넘는 사랑, 좋은 사회, 훌륭한 역사를 만들어 가는 사랑에 대하여 생각해야 하며 여러분은 지금부터 그러한 사랑을 준비해야 합니다.

넷째, 대학 시절은 땅에 씨앗을 뿌리는 계절입니다. 오늘은 여러분의 인생에 있어서도 새봄을 시작하는 날입니다. 우리는 추운 겨울을 지내고 농사를 시작하는 정월보름에 오곡밥을 지어먹습니다. 오곡밥을 먹는 풍습은 땅에 씨앗을 심기 전에 먼저 씨앗을 확인하기 위해서입니다. 겨울 동안 곳간에 갈무리했던 씨앗이 건강하게 살아 있는지 확인하기 위하여 오곡밥을 지어 먹습니다. 봄은 꽃의 계절이 아니라 씨앗의 계절입니다. 여러분의 오늘이 아름답고 빛나는 날임에 틀림없지만 오늘은 결코 찬란한 꽃의 날이 아닙니다. 씨앗의 시작입니다. 아름다운 꽃도 결국은 씨앗을 위한 것입니다.

미련 없이 떨어져 씨앗을 영글게 하는 멀고 먼 여정의 어느 길목에서 꽃은 피었다 집니다. 그래서 꽃을 찬란한 슬픔이라고 노래하기도 합니다. 여러분은 오늘이 저마다 씨앗을 땅속에 묻는 날임을 잊지 말아야 합니다. 땅속에 뿌리를 내리고 새로운 잎을 틔우는 긴 여정의 시작임을 잊지 말아야 합니다.

다섯째, 대나무는 사람들이 심어서 자라는 나무가 아니라 뿌리에서 죽순이 나오는 나무입니다. 땅속의 시절을 끝내고 나무를 시작하는 죽순의 가장 큰 특징은 마디가 무척 짧다는 사실입니다. 이 짧은 마디에서 나오는 강고함이 곧 대나무의 곧고 큰 키를 지탱하는 힘이 됩니다. 훗날 온 몸을 휘어 강풍을 막는 청천 높은 장대 숲이 될지언정 대나무는 마디마디 옹이진 죽순으로 시작합니다. 모든 시작하는 사람들이 맨 먼저 만들어 내야 하는 것이 바로 이 짧고 많은 마디입니다. 그것은 삶의 교훈이면서 동시에 오래된 과학입니다. 여러분은 장대 숲으로 자라기 위해서 짧고 많은 마디를 만들어 내야 합니다. 그리고 여러분이 직면하게 될 숱한 어려움에 대비하기 위해서도 먼저 마디마디 옹이진 죽순으로 시작해야 합니다.

오늘 여러분의 아름다운 시작을 축하드리면서 참 많은 이야기를 했습니다. 서둘러 그릇을 채우기보다는 그릇 그 자체를 키우는 공부를 해야 하고, 지붕부터 그리던 창백한 관념성을 청산하고 주춧돌부터 집을 그리는 튼튼한 사고를 길러야 하며, 자기를 뛰어넘음으로써 오히려 자기를 달성하는 사랑의 비약을 준비해야 한다고 했습니다. 그리고 오늘을 찬란한 꽃의 계절로 맞이할 것이 아니라 땅속에 씨앗을 묻는 긴 여정의 출발로 받아들여야 하고, 그리고 앞으로 직면하게 될 숱한 과제들과 당당히 맞설 수 있기 위하여 짧고 많은 마디로 강고한 밑동을 만들어 가야 한다는 이야기를 했습니다.

마지막으로 여러분이 잊지 말아야 할 것은 세상에는 두 종류의 사람이 있다는 사실입니다. 세상에 자기를 잘 맞추는 지혜로운 사람과 반대로 세상을 자기에게 맞추려는 우직한 사람이 그것입니다. 역설적인 것은 세상을 사람에게 맞추려고 하는 어리석은 사람들의 우직함에 의해서 세상이 조금씩 발전해 간다는 사실입니다.

대학은 우리의 역사를 가장 멀리 돌이켜 보는 곳이기도 하고, 또 우리 시대를 가장 넓게 바라보는 곳이기도 합니다. 대학은 기존의 지배 이데올로기의 재생산 현장이기도 하지만 비판 담론과 대안 담론의 창조적 산실이기도 합니다.

최근 급속한 세계화와 치열한 경쟁 논리로 말미암아 이러한 대학 본연의 사명이 방기되고 대학 고유의 인문학적 가치가 사라지고 있습니다. 이것은 여러분의 인간적 성장을 위해서도 불행한 일이며, 우리 사회의 미래를 위해서도 대단히 불행한 일입니다. 대학은 어떠한 경우라도 그 사회의 정신을 지키는 창조적 공간으로 건재해야 합니다. 특히 여러분은 그러한 사명의 최전선에서 힘 있는 전위로 굳건히 서 있어야 합니다.

여러분이 지금부터 4년 동안 겪게 될 방황과 고뇌와 사랑의 모든 것이 남김없이 여러분의 빛나는 달성의 자양분이 될 것을 의심치 않습니다. 여러분의 건투를 기원합니다.

여러분의 인생에 있어서 가장 아름다운 시작을 다시 한 번 축하드립니다. 축하합니다.

따뜻한 가슴과 연대만이 희망이다

저는 여러분이 말하는 식으로 대학 입학 연도를 따지면 59학번입니다. 대학교 2학년 때 4·19, 3학년 때 5·16을 겪었지요. 신동엽 시인은 4·19에서부터 그 이듬해 5·16까지의 시절을 '잠시 푸른 하늘을 보았던 시절'로 묘사하였지요. 정말 그 시구처럼 저도 그 시절에 잠시 보았던 푸른 하늘을 기억하고 있습니다. 그 기억은 그 이후 제가 겪었던 긴 세월 동안에 정말 푸른 하늘처럼 어려움을 견딜 수 있게 해 준 하늘이기도 합니다. 그 시와 관련해서 또 하나 기억에 남는 구절이 있습니다. 4·19혁명이란 사실은 총알이 모자를 뚫고 지나간 것에 지나지 않는 것임에도 불구하고 많은 사람들은 총알이 이마를 뚫고 지나간 '혁명'으로 착각하였다는 것이지요.

여러분이 젊음을 불태운 소위 80년의 투쟁과 87년의 6월항쟁도 4·19와 크게 다르지 않으리라고 생각합니다. 총알이 이마를 뚫고 지나가지 못한 것도 마찬가지고 잠시 푸른 하늘을 보여줬다가는 사라진, 그리고 지금은 다 잊힌 과거가 되었다는 점도 별로 다르지 않다고 생각합니다. 모든 것을 바쳐 현장으로 감옥으로 뛰어들었던 그때의 열정도 식어 버리고 사람들마저 뿔뿔이 흩어져 이제는 저마다 엉뚱한 일에 매달려 살고 있는 것이 오늘의 현실이라 할 수 있습니다.

저는 오래 감옥에 있었기 때문에 전공 분야를 체계적으로 공부할 기회가 없었습니다. 독서도 체계적일 수가 없었습니다. 돌이켜 보면 책을 통한 공부보다는 오히려 인간을 통한 공부를 더 많이 했다고 할 수 있습니다. 감옥이라는 특수 공간에서 만난 사람들을 통하여 사회와 역사를 읽으려고 고민한 셈입니다.

지금은 학교에서 학생들을 가르치고 있습니다만 깊이 있는 대화를 나누는 건 아무래도 학교의 선후배 교수들과 우리 대학의 사회교육원에 오시는 분들입니다. 주로 교육운동이나 노동운동 분야에 몸담고 계신 분들입니다. 저는 그분들과 만나 대화하고 토론하는 과정에서 사회를 바꾸어 내는 역량은 과연 무엇인가 하는 문제에 관하여 생각하게 됩니다.

요즘은 상황이 어렵다는 말을 많이 듣습니다. 어렵다는 것은 이를테면 운동의 상황이 어렵다는 뜻이라고 생각합니다. 국민의 정부가 보여주는 한계나 세계화와 신자유주의의 파괴적 충격 때문이겠죠. 사실입니다.

이처럼 주체적 역량도 취약하고 객관적 조건도 열악한 상황에서 과연 어떤 방향으로 우리 고민을 모아 가야 할 것인가, 이러한 문제에 관한 평소의 제 생각을 몇 가지 말씀드릴까 합니다.

주체 역량이 역사를 결정한다

사회 변혁 문제는 여러분이 잘 아시는 바와 마찬가지로 우선 두 가지 측면에서 접근할 수 있습니다. 첫째는 주체적 역량의 문제이고, 둘째는 객관적 조건의 문제입니다.

주체적 역량의 문제는 크게 양적 측면과 질적 측면에서 접근할 수 있습니다. 양적 측면은 차치하고 우선 질적인 문제에 관해서 논의해 보지요. 이른바 질적 측면에서 접근한다는 것은 역량의 조직, 즉 조직적 역량을 중심에 두고 본다는 뜻입니다. 사회 변혁에서 가장 중요한 것은 주체적 역량입니다. 그것도 조직적 역량, 조직화된 역량입니다. 그럼에도 불구하고 주체적 역량을 보는 관점이 너무 피상적이고 형식적이지 않은가 하는 반성을 하게 됩니다.

물론 대규모 집회가 많이 열리고 큰 목소리를 내고, 그러한 고양된 분위기가 중요하기도 합니다만 사실 중요한 건 역량의 질적 측면입니다. 저는 사회 변혁의 주체적 역량이 지금처럼 분산·소멸 내지는 개량된 이유는 민주화 운동의 사상적 기반이 철저하지 못했기 때문이라고 봐요. 민주화에 대한 인식의 한계에 결정적 원인이 있었다고 생각합니다. 그러한 불철저한 인식의 공유에 기초한 역량 결집이었다면 그것은 동시에 민주화 운동의 토대 그 자체의 한계이기도 하지요.

저는 전주교도소에서 6월항쟁 소식을 들었습니다. 담 넘어 들어오는 소식은 굉장히 부풀려 있어서 거의 80년 광주 때와 같은 상황으로 느껴지기까지 했습니다. 그런데 그것은 6·29선언으로 일단

락됩니다. 그 사실을 알았을 때, 그때 가장 먼저 떠오르는 것이 바로 전주교도소 담 너머로 보이는 완산칠봉이었어요. 동학 혁명군과 관군의 공방전이 치열했던 곳이지요. 이 싸움은 결국 전주화약(全州和約)으로 마무리되고 맙니다. 6·29와 전주화약이라는 두 사건을 비교하지 않을 수 없었지요.

감옥에 앉아 있는 저로서는 6월항쟁을 이끈 지도부가 누구인지 궁금했습니다. 여러 루트를 통해서 알아봤지요. 역시 6·29라는 그런 형태로 일단락 지을 수밖에 없었겠다는 생각이 들더군요. 지도부의 성격이 중요하니까요. 지금도 많은 사람들이 당시를 회상하면서 문민화·민주화 이후의 미온적이고 기만적인 전개 과정에 대하여 울분을 토로합니다. 투쟁의 성과를 빼앗겼다는 것이지요.

그렇습니다. 자신의 몸을 불태우고, 혹독한 고문을 당하기도 하고, 아무도 모르는 곳으로 잡혀가서 영영 돌아오지 못하고, 감옥에 구속되고 그야말로 죽음을 무릅쓰고 싸웠던 많은 사람들이 그 이후의 과정에서 소외되었습니다.

그러나 중요한 건 전선의 소총 소대가 아닙니다. 누가 지도부를 장악하고 있는가, 그것이 운동의 성격을 최종적으로 결정하는 것이지요. 그런 관점에서 6·29 이후에 전개된 일련의 과정은 이미 그때 결정된 것이나 다름없습니다. 당시 설정했던 민주화의 목표, 그리고 민주주의에 대한 인식 수준, 이것이야말로 그 후의 전개 과정을 결정하는 것이며 결국 오늘의 문제들을 배태한 원인인 것입니다. 배신도 아니고 변질도 아닌 것입니다. 당시 지도부를 구성했던 계층이 그 후를 계승하는 것입니다.

역사는 그런 의미에서 냉혹합니다. 비약이나 양보가 있을 수 없는 것이지요. 그것은 혁명의 교과서라고 할 수 있는 프랑스혁명 과정에서 극명하게 읽을 수 있습니다. 결국 우리 사회의 민주화 운동의 토대와 무관하지 않다고 할 수 있습니다.

민주화 의식의 불철저성

또 하나의 문제는 성급함이라고 할 수 있는데, 그것은 기회주의와 졸속주의입니다. 저는 당시에 없던 사람이었습니다. 그 후에 확인되는 바에 따르면 민주화 과정에 헌신했던 많은 사람들이 모두 중앙으로 집결하느라 바빴더군요. 민중과의 접촉면을 유지하고 강화하거나 새로이 조직하는 노력은 별로 없었던 것 같아요. 그렇게 서둘러 중앙으로 결집했다가 또다시 서둘러 기회주의적인 모습을 보이기 시작했죠. 여러분이 더 잘 아는 일입니다.

기회주의적이라고 하는 이유는, 민주화 운동 과정에서 확대된 사회적 공간, 확대된 운동 공간을 놓고 보여준 기회주의적 편향성입니다. 전체 역량의 합의를 거쳐서 그 귀중한 공간에 공동으로 진출하는 것이 아니라, 어떤 계파가 먼저 가서 깃발을 꽂고 선점하려는 경향이라고 할 수 있습니다. 당연히 참담한 실패로 이어졌지요.

그러나 중요한 것은 실패를 평가하는 시각입니다. 아직은 진보주의가 시기상조라는 평가입니다. 나는 이러한 평가가 별 논의 없이 쉽게 받아들여지는 것이 납득이 잘 안 됩니다. 이러한 평가는 특정 그룹의 실패가 그 기회주의적 편향성을 반성하기보다는 서둘러서 전체 역량을 매도하는 것이나 마찬가지입니다. 그리고 이러한 평가에 이어서 보여준 것이 바로 개량화입니다. 제도권으로 옮겨가거나 시민운동 형태로 물러서거나 하는 경향이 주류를 이루지요.

생각해 보면 이러한 것들은 어쩌면 우리가 감정적으로 느끼는 부분이라고 할 수 있습니다. 감정적이라는 것은 인간적 배신감의 차원에서 생각하는 것입니다만 크게 보면 우리 사회가 안고 있는 기본적 한계이며 취약성이라고 할 수 있습니다. 이른바 민주화에 대한 이해 수준입니다. 그리고 민주화 문제를 국내 정치 지형에서 사고하는 것도 문제지요.

민주화 문제를 국내 정치 더 나아가서는 제도 정치, 더 나아가서는 의견 수렴 과정이라는 형식의 문제로 이해하는 것이지요. 정치·경제·사회·문화 전반에 구조화되어 있는 우리나라의 근본적 문제에 대해 매우 안일한 생각을 가지고 있다는 것입니다. 비주체적이고 종속적인 구조에 대한 사고가 없다는 것이에요.

따져 보면 기회주의와 졸속주의는 피상적이고 허약한 현실 인식에 그 원인이 있다고 생각합니다. 여·야 간의 비방이나, 또 이념 논쟁이나, 사회계층 간의 이해 충돌이 걷잡을 수 없을 정도입니다만, 솔직히 저는 이러한 비주체적이고 종속적인 구조에서는 누가 한들 어쩔 도리가 없겠다는 생각을 해요.

어떤 형태의 사회운동도 결국 비슷한 벽에 부딪칠 수밖에 없는 원천적 한계를 지니고 있다는 뜻입니다. 종속적 구조에서는 경제든 정치든 문화든 무엇 하나 제자리를 잡기 힘들다는 사실을 절감하곤 합니다. 저는 이러한 문제까지 포함하여 민주화에 대한 인식의 불철저성이라고 표현했습니다.

상품 문화에 매몰된 신세대

그리고 주체 역량의 관점에서 논의하자고 했습니다만 문제는 이 역량이 고립되어 있다는 것입니다. 사회적으로 고립되어 있을 뿐만 아니라 시간적으로 다시 말해서 세대 간에도 단절되어 있다는 것이 더 절망적입니다. 역량의 후속 부대를 이뤄야 할 젊은이들의 사고방식 말입니다.

젊은 세대의 사고와 행동 패턴은 물론 민주화 운동의 역량이란 관점에서도 문제이지만 한마디로 세계 경제의 중하위권에 편입되어 있는 한국 자본주의의 재생산 구조를 절감하게 합니다. 특히 요즘 젊은이들의 생각은 이전과 완벽하게 달라졌어요. 우리 학교 여러 선생님들이 저한테 1학년 교실을 좀 잡으라고 짐을 지우지만, 잡기는 어떻게 잡아요. 도리어 내가 잡힐 지경입니다. 완고한 벽을 다시 한 번 실감할 수밖에 없는 것이죠. 우리 사회의 종속 구조가, 교육과 문화에서도 그 재생산 구조가 이제 완벽하게 구축됐구나, 그런 걸 실감합니다.

그래서 나는 이제 우리나라의 사회 성격 논쟁은 더 이상 여지가 없다고 봐요. 확실하게 상품생산 사회, 자본주의사회로 구조가 완비되었다고 해야 합니다. 토플 준비와 영어 공부가 관심의 전부입니다. 신자유주의의 도도한 흐름을 거스를 수가 없습니다.

신세대들은 스스로 개성 세대라고 개성을 공격적으로 드러내고 있지만 그 개성이란 기본적으로는 상품 문화에 매몰돼 있는 것에 지나지 않지요. 개성 표현에 인간적인 내용은 전혀 없어요. 머리카락을 무슨 색으로 물들일 건가, 어떤 배낭을 짊어질 건가, 그런 수준을 넘지 못하지요. '인간의 개성이 어떠한 고뇌와 방황과 실천 과정의 결과로서 경작되는가'와는 한 점 상관도 없이 '무엇을 소비할 것인가', 아니면 '무엇으로 형식을 삼을 것인가'에서 얘기가 끝나 버려요. 상품 미학의 범주를 벗어나지 못하지요. 한마디로 인텔리 충원 구조 내지 교육 문화의 재생산 구조도 완벽하게 자본주의화한 실정입니다.

이제 우리 사회는 변혁 역량의 충원 구조가 와해된 상태라고 할 수 있습니다. 이러한 현실을 냉정하게 전제하고 고민해야 하는 것입니다. 최근에는 신자유주의 논리와 세계화 논리가 막강한 포섭력을 갖게 되고 세계화와 식민 의식이 동시에 진행되면서 이제는 근본적인 문제에 대한 담론 자체가 아예 사라지고 없습니다. 참으로 어려운 상황이 아닐 수 없습니다.

이러한 상황에서 가장 중요하게 여겨야 할 것이 바로 '사상'이라고 생각합니다. 민주화 운동 과정에 노정된 인식의 불철저성에 관하여 언급하였습니다만, 사상이란 현실에 대한 압축적 인식입니다. 그리고 결국 모든 투쟁은 사상 투쟁에서 시작하는 것이며 사상 투쟁으로 끝나는 것입니다.

저는 본의 아니게 자본주의 문화로부터 일정 기간 격리돼 있었으니까 그러한 자본주의적 의식에 좀 덜 물들어 있겠지, 그렇게 생각했어요. 그런데 얼마 전 KBS 촬영팀과 같이 우크라이나에 갔다가 키예프에 세워진 제2차 세계대전 전승 기념탑을 보고는 엄청난 충격을 받았습니다.

우선 제가 보기에 그것은 아무래도 전승 기념탑이 아닌 것 같았습니다. 우리가 흔히 전승 기념탑이라고 하면 무장한 일단의 군인들이 점령한 고지에 성조기는 아니더라도 깃발을 세우는 그런 형태의 조형물을 떠올리잖아요. 미국의 전쟁기념관에 있는 전승탑이지요. 그러나 키예프의 드네프르 강 언덕에는 여인상이 하나 서 있을 뿐이었습니다. 어머니가 팔을 벌리고 높은 동산에 서 있는 형상이지요. 의아해하는 저한테 누군가 설명을 하더군요. 전쟁이 끝난 뒤 전쟁터에서 돌아오는 아들들을 맞이하기 위해 팔 벌리고 서 있는 어머니의 모습, 바로 그걸 형상화한 거라고요.

나는 충격을 받지 않을 수 없었어요. 전쟁과 평화에 대하여, 아니 진정한 승리에 대하여 얼마나 천박한 관념을 가지고 있었는지를 침통하게 반성하지 않을 수 없었습니다. 매우 부끄러웠습니다.

모스크바에서도 비슷한 충격을 받았습니다. 그 유명한 모스크바 지하철에서는 젊은이들이 노인을 깍듯이 예우합니다. 노인이 타면 얼른 일어나 자리로 안내하고, 노인들도 그것을 당연하게 받아들입니다. 어쩌다 미처 노인을 발견하지 못하고 있다가는 그 자리에서 꾸중을 듣는다고 합니다. 의아해하는 내가 들은 답은 의외로 간단한 것이었어요.

"이 지하철을 저 노인들이 만들지 않았습니까?"

그래서 한국에 돌아와서 한 젊은이한테 물어봤죠. 이 지하철을 만든 이가 바로 저 노인들인데 왜 자리를 양보하지 않느냐고요. 그들의 답변 또한 의외로 간단한 것이었습니다.

　　"자기가 월급 받으려고 만들었지 우리를 위해 만든 건 아니잖아요."

'관계'가 사라진 사회

도대체 이런 차이는 어디서 오는 걸까요. 저는 무엇보다 먼저 우리가 다른 체제가 아닌 자본주의 체제에 살고 있다는 사실을 분명하게 깨달을 필요가 있다고 봅니다. 자본주의 상품 구조가 갖는 엄청난 규정력, 이게 얼마나 우리 속에 깊숙이 들어와 있느냐에 대한 철저한 반성 없이는 어떠한 전망도, 어떠한 운동도 의미가 없다고 생각합니다. 철저한 반성과 더불어 우리의 사상을 튼튼하게 꾸려 나가려는 노력 없이는 과거의 답습은 물론 또 한 번 좌절을 겪지 않을 수 없으리라고 판단합니다. 민주화에 대한 것이든 우리 사회의 구조에 대한 것이든 어쨌건 철저한 반성이 없는 한 운동의 주체성을 확립하는 것은 불가능하다고 생각합니다.

　　근본적 인식을 토대로 하여 운동의 주체성을 확립하는 것이 중요하다고 했습니다만, 이 경우 실천 과정에 가장 중요한 것은 그 운동성을 생활에서 이끌어 내는 것입니다. 그런데 문제는 바로 그 생활 기반이 이미 황폐해졌다는 사실이에요. 사회 역량을 결집한다는 것은 여러 부문에서 고립적으로 형성된 사회 역량들이 어떤 형태의 관계를 맺는 것을 의미합니다. 사회 역량의 경우뿐만 아니라 개인의 역량도 마찬가지입니다. 개인의 역량이란 그 개인이 맺고 있는 인간관계를 어떻게 만들어 내는가의 문제라고 생각합니다.

저는 우리 사회에 사람들 간의 관계라는 것 자체가 없다고 봐요. 아주 절망적인 현실입니다. 사회라는 것은 그 뼈대가 인간관계입니다. 그 인간관계의 지속성이 사회를 만드는 것이지요. 그 수준이 사회의 질을 결정한다고 봅니다. 침몰하는 타이타닉 호에서는 사회가 구성될 수 없잖아요.

지속성이 있어야 부끄러움이 있는 것입니다. 지속성이 전제될 때 삼갈 줄도 알게 되고, 부정과 부패에 대해서도 부정부패 이후를 생각하게 되는 것이지요. 이러한 인간관계와 그 지속성을 기대할 수 없는 상황에서는 어떠한 사회적 가치도 세울 수 없다고 생각합니다.

제가 농담 삼아 하는 얘기지만, 감옥에 오래 있었기 때문에 사람 보는 눈이 있다고 자부합니다. 죄명을 알아맞히는 일에서부터 그 사람의 성깔에 이르기까지 사람을 보고 대강 알게 되거든요. 그런 '능력'을 자주 사용하는 데가 지하철이에요. 저는 꼭 앉아야겠다고 마음먹으면 반드시 앉을 수 있어요. 누가 어디서 내릴 건지 정확히 짚어낼 수 있거든요. 거짓말 같지요?

저는 대체로 앉으려고 하지는 않습니다만 그날은 몹시 피곤하기도 하고 2시간 강의를 앞두고 있어서 전철에서 잠시 눈을 붙여야겠다고 생각하고 신도림역에서 내릴 사람을 골라 그 앞에 섰습니다.

정확하게 신도림역에서 그 사람이 일어나더군요. 그래서 앉으려는데 문제가 생겼어요. 그 옆에 있던 젊은 여자가 재빨리 그 자리로 옮겨 앉고 자기 자리에는 자기 앞에 서 있던 친구를 끌어다 앉히는 거였어요. 거기까지는 저도 정말 몰랐던 거지요. 저는 실력(?)이 있기 때문에 엇스듬히 두 사람 걸치기도 하는 법이 없습니다. 확실한 연고권을 주변에 선언(?)해 두었던 나로서는 참으로 난감한 일이 아닐 수 없었지요.

노자 철학은 민초의 생존술

왜 이런 '사태'가 일어나는가. 결론은 분명합니다. 그 여성과 저 사이에 아무 관계도 없기 때문이에요. 다시 만날 일이 없으니 얼마든지 그럴 수 있는 거지요. 지하철이라는 공간은 사회를 구성하기에는 그 지속성이 너무 짧아요. 그리고 우리 사회가 상품교환이라는 형태로 인간관계가 형성될 수밖에 없는 체제적 한계를 갖기 때문입니다.

제가 책에도 썼습니다만, 춘추전국시대의 제나라 선왕(宣王)이 제물(祭物)로 끌려가는 소를 보고는 그걸 제물로 쓰지 말고 대신 양(羊)을 쓰라고 신하들에게 명했답니다. 사람들은, 큰 걸 작은 것으로 바꾸라 했다며 인색한 왕이라고 비난했습니다. 하지만 맹자는 달랐어요. "소를 양으로 바꾼 건, 소는 봤고 양은 못 봤기 때문이다. 벌벌 떨면서 사지(死地)로 끌려가는 모습을 직접 본 소가 죽는 걸 차마 참을 수 없었기 때문이다"라는 것이었어요.

바로 이 참지 못하는 마음, 다른 사람의 아픔을 참지 못하는 '불인인지심'(不忍人之心)이야말로 사회의 가장 중요한 속성입니다. 이것이 없는 사회에서는 '차마 못할 짓'이 얼마든지 자행될 수 있는 것이지요. 얼굴 없는 생산과 얼굴 없는 소비, 상품교환 관계가 인간관계의 기본인 사회가 곧 자본주의사회입니다. 그리고 자본주의사회의 온갖 사회적 비극의 원인은 바로 인간관계가 황폐해지는 데서 비롯되는 것이라 생각합니다.

따라서 우리가 새로운 것을 실천하기 위해 취해야 할 기본적인 방법론은 바로 인간을 그 중심에 놓는 일에서 시작되어야 함은 물론이요, 개인이든 집단이든 그가 관계하고 있는 관계망에 대한 사고를 길러 나가는 태도가 중요하다고 봅니다. 그러나 자본주의의 세례를 받고 있는 우리로서는 이러한 관계론적 사고를 키워 가기가 무척 힘듭니다. 관계론적 사고를 운동론에 적용하면 그것이 곧 연대론(連帶論)이지요. 그런데 유감스럽게도 우리의 운동론적 관점 또한 자본주의적 패러다임에 매몰되어 있다는 것이 제 생각입니다.

모든 사회단체들은 자기 자신을 키우려는 의지로 일관하고 있습니다. 더 강한 단체를 만들고, 더 영향력 있는 단체로 키워 가려는 의지 말입니다. 자기 존재를 강한 것으로 만들어 가는 것은 소위 '존재론'적인 관점입니다. 그리고 그것은 자기를 강력한 존재로 키워 가려는 근대사회의 기본적인 패러다임입니다. 자본주의사회는 그런 점에서 존재론적인 사회이며, 자본주의 200년 역사는 강철의 역사라고 저는 봅니다. 자기를 더 큰 것으로, 더 경쟁력 있는 것으로, 강한 것으로 키워 내려는 욕망에 충실하지요. 제국주의든 세계화든 패러다임은 그것이라고 생각합니다. 그러한 존재론적 패러다임이 이제 우리 사회운동 진영에까지 깊숙이 들어와 사회 전체 역량의 조직 형태를 아주 저급한 수준으로 끌어내리고 있는 겁니다.

'노동가치설'은 틀렸다

아까 주체적 역량을 질적인 측면에서 보자는 이야기를 했는데, 연대야말로 그 핵심 고리입니다. 연합에서 연맹으로, 다시 전선으로, 파티(party)로 나아가는 연대의 관점에서 우리 사회의 역량을 한번 보세요. 연합 형식의 연대도 안 되고 있는 것이 현실입니다. 기본적으로 연대라는, 관계론적 정서가 전혀 없기 때문이에요. 근대 자본주의사회가 지닌 강철의 논리, 그런 존재론적 논리에 다 매몰되고 있는 것이지요.

성공회대학교 사회교육원에 노동대학이 있습니다. 거기 모이는 노조 간부들께 저는 연대를 해야 한다고 자주 말씀드립니다. 왜냐하면 연대야말로 가장 약한 사람들, 역량이 취약한 사람들의 전술이기 때문입니다. 뿐만 아니라 그것이야말로 삶의 실상이기 때문이기도 합니다.

저는 노자(老子) 철학을 춘추전국시대 민초들의 전략전술이었다고 봐요. 노자 사상은 한마디로 '물'입니다. 물의 가장 두드러진 특징이 바로 연대성입니다. 연대는 아래로 내려가는 겁니다. 높은 곳으로 올라가는 것은 연대가 아닙니다. 그것은 추종이라고 하지요. 종속이라고 부릅니다. 자기보다 낮은 쪽으로 흐르는 것, 그래서 결국 가장 큰 것, 바다를 이루는 것이 연대입니다.

바다는 연대성의 최고 개념입니다. 바다의 어원이 뭔지 아세요? '받아들인다'는 겁니다. 작은 강물도 거절하지 않고 모두 받아들여서 가장 큰 걸 이루어 내는 것, 그것이 바로 바다입니다. 모든 역량을 받아들이는 연대성이야말로 약자의 정서이며, 동시에 우리 삶의 관계성을 승인하는 것이라 생각해요.

저는 그래서 앞으로 우리가 어떤 사회를 지향해야 할지는 분명하지는 않지만, 그것이 어떤 목표라 할지라도 우선은 '낮은 곳'과 연대하는 것에서 시작해야 한다고 생각합니다. 이 경우 과정이라는 것은 절대로 어떤 수단의 개념이 아닙니다. 과정 그 자체가 목적이며 바로 가치이기 때문입니다.

여러분도 잘 아시는 화이부동(和而不同)이란 말이 있습니다. 『논어』의 이 구절을 대개 이렇게 풀이해요. '군자는 화목하면서도 부화뇌동(附和雷同)하지 않으며, 반대로 소인은 동이불화(同而不和), 똑같은데도 불구하고 화목하지 못한다.'

전 이걸 좀 다르게 풀이합니다. 이 화(和)라는 것을 저는 연대성으로 봐요. 연대는 공존입니다. 다양성을 인정하는 것, 그게 바로 화(和)지요. 동(同)이란 '자기와 같아야 한다'는 뜻입니다. 흡수합병이 동(同)의 논리지요. 이는 곧 지배의 논리이고 우리가 그 대가를 뼈아프게 치르고 있는 제국주의의 논리입니다. 연대를 하려면

동(同)의 논리가 아닌 화(和)의 논리에 철저해야 하지요.

노동가치설은 노동운동의 이론적 토대입니다. 모든 노동운동가들이 이 점만은 분명하게 주장합니다. 이는 마르크스 경제학의 기본이기도 하지요 그러나 전 노동대학 강의에서 그랬습니다. 그렇지 않다고요.

자본주의사회의 가치는 사용가치를 말하는 것이 아니기 때문입니다. 그것은 교환가치입니다. 무엇이건 시장에서 그 가치가 실현되지 않으면 제로(0)지요. 고전파 경제학에서는 노동이 창조한 잉여가치가 상품 안에 그대로 담겨 있다고 생각해요. 하지만 그 상품이란 것은 마르크스가 '목숨을 건 도약'이라고 했듯이 팔리지 않으면, 그러니까 가치가 실현되지 못하면 의미가 없습니다. 반대로 가치가 전혀 없는 것도 팔리기만 하면 자본주의적 가치가 실현됩니다. 그것이 바로 자본주의사회의 가치이며 그 실현 형식입니다.

연대 없는 노동운동, 미래도 없다

이건 다시 말해 자본주의사회의 가치는 노동자들만이 만들어 낸 것은 아니라는 뜻입니다. 얼마나 많은 사람들이 유통 과정의 부등가교환으로 착취당하고 빼앗기는지, 교통지옥과 불친절에 시달리고 있으며, 불량식품을 사먹고 있는지……. 이는 우리가 날마다 겪는 '생활'입니다. 이러한 부등가교환과 부당한 교환 과정에서 만들어지는 것이, 즉 실현되고 있는 것이 바로 자본주의사회의 가치입니다. 공장만이 유일한 착취의 현장은 아니라는 것이지요. 수많은 사람들이 다 같이 빼앗기고 있는 겁니다.

연대가 필요한 건 그 때문입니다. 물론 노동운동의 의미는 아무리 강조해도 지나침이 없습니다. 운동의 구심이 되어야지요. 그러나 그것이 다른 모든 사회 역량을 동(同)의 논리로 흡수해야 하는 이유가 된다고는 보지 않습니다. 많은 사람들이 노동자 이상으로 착취당하며, 빼앗기면서 살고 있어요. 이것이야말로 노동운동이 동의 논리가 아니라 화의 논리에 입각해서 다른 사회운동과 연대하지 않으면 안 되는 이론적 근거라고 생각합니다.

그러나 우리의 현실은 참으로 부정적입니다. 노동운동만 하더라도 그렇습니다. 대기업 노조 중심의 노동운동에 대한 반성이 필요해요. 요즘은 임시고용직이 전체 노동 인력의 50% 이상을 차지합니다. 그 외에 얼마나 많은 열악한 변형 근로가 있습니까. 협력업체 사람들과는 샤워장도 같이 안 쓰고, 유니폼도 다르게 입으려는 것이 우리의 현실입니다. 이들과의 연대 없이는 노동운동의 발전을 기대할 수 없습니다. 이는 고용 노동자 내부의 문제에 그치는 것이 아닙니다. 그 바깥의 일용직이나 실업자, 더 바깥에 있는 빈민이나 농민들과의 연대에도 굉장히 냉정합니다. 그러면서 어떻게 연대의 구심이 될 수 있다고 자부하는지 저로서는 도저히 납득이 가지 않습니다.

물론 이런 이야기는 외부에서는 하지 않습니다. 자기비판의 장에서 하는 것이 원칙입니다. 진정한 반성의 계기는 자기비판 형식을 띠어야 하기 때문입니다. 시민운동의 경우에도 저는 외부에서는 비판하지 않습니다. 현 단계에서 시민운동은 필요하고 또 얼마든지 긍정적인 방향으로 발전할 수 있다고 믿기 때문입니다.

그러나 얼마 전 우리 학교 동료 교수 분들의 요청으로 갔던 참여연대 간부 수련회에서는 진지하고 허심탄회한 이야기를 나눈 적이 있습니다. 그날 특강 제목이 '시민운동, 향기가 없다'였습니다. 물론 주최 측에서 붙인 제목입니다만, 저는 (우리 시민운동의) 진짜 문제는 변혁 의지가 없는 것이라는 말로 이야기를 시작했습니다. 감시 기능에 국한된 운동은 결과적으로 변혁을 유보하거나 우회하는 개량적 성격을 벗어나기 어렵다는 요지의 말을 했습니다.

어쨌든 저는 현 단계에서 연대성이 가장 중요한 과제라고 봐요. 루카치(Lukács György, 1885~1971)가 이런 말을 했습니다. 히말라야 산맥에 사는 토끼가 제일 조심해야 할 것은, 자기가 평지에 사는 코끼리보다 크다고 착각하는 것이라고요. 우리의 문제도 이와 무관하지 않아요. 스스로 작다고 하는, 우리의 역량이 취약하다는 냉정한 인식이 필요합니다. 바로 연대에 대한 진지한 고민에서 시작하지 않으면 안 된다는 뜻입니다.

우리 의식 속에 광범위하게 퍼져 있는 존재론적 생각들을 반성하지 않고는 기본적인 운동 틀을 짜기도 어렵습니다. 관악민주포럼도 마찬가지입니다. 크려고 해선 안 돼요. 인체에서도 세포 하나가 지나치게 비대한 경우 그것을 뭐라고 하지요? 암이라고 합니다.

연대성의 이론적 기반은 서구 근대사회의 존재론이 아니라 동양학의 관계론입니다. 물질의 궁극적 존재가 입자(粒子)가 아니라는 것이지요. 쿼크나 소립자(素粒子)는 자기 혼자서는 존재할 수 없습니다. 파동도 아니고 입자도 아닌, 파동이면서 동시에 입자인, 이를테면 점입자(點粒子)로 규정하지요. 점은 길이와 부피가 없는 것입니다. 이것이 현대 물리학이 입증하려는 가설 체계입니다. 물질의 궁극적 존재는 일종의 '확률'(確率)로 존재한다는 것이지요. 생명도 마찬가지입니다. 생명 역시 신진대사에서 보듯 외부의 물질과 에너지와 연결되어 있는 열린 시스템으로 파악되어야 합니다. 물질과 생명은 그 근본에서 '관계성의 총화'로 존재하는 것이지요.

"뉘 집 큰아들이 여기 왔구먼……"

제가 붓글씨를 좀 씁니다. 붓글씨는 서양에는 없는 것입니다. 여기서도 동서양 간 패러다임 차이를 느끼게 돼요. 예를 들어 붓으로 첫 획(劃)을 잘못 그었다고 합시다. 각도가 삐뚤어졌거나 생각보다 획이 굵게 그어졌다면, 그때부터 비상 체제에 돌입합니다. 이런 경우에는 지우고 다시 쓸 수는 없으니까 어떻게 하는가 하면, 그다음 획으로 첫 획의 잘못을 커버하는 거예요. 그래도 안 되면 그다음 글자로 결함을 커버하지 않을 수 없습니다.

한 글자의 결함은 그다음 글자, 또는 그 다음다음 글자, 또는 그 옆의 글자를 통해 보완하게 됩니다. 한 행(行)의 결함은 그 양 옆에 있는 행으로 보완해야 합니다. 그렇기 때문에 글씨 쓸 때는 굉장히 긴장하게 돼요. 한 획을 그으면서도 전체를 다 봐야 하니까요. 그러면서도 전체적으로는 흑과 백, 즉 먹과 종이의 조화를 고려해야 합니다.

제 경우는 붓이 지나가는 까만 부분은 별로 보지 않고 남아 있는 종이의 여백을 주로 바라보고 쓰는 편입니다. 절에 있는 대웅전 현판을 볼 때도 글씨의 획보다는 남아 있는 획과 획 사이의 여백을 봅니다. 네거티브 스페이스(negative space)를 보는 것이지요. 왜냐하면 가장 중요한 것은 흑백의 조화이기 때문입니다. 다시 말하자면 관계성이 가장 중요하기 때문입니다. 어쨌든 모든 획과 획이 서로 기대는 것, 모든 글자와 글자가 서로 돕는 상태, 방서(傍書)나 낙관(落款)까지도 전체의 균형에 참여하는 그런 한 폭의 글씨를 격조가 높은 서도 작품이라고 합니다.

반면에 한 자 한 자 또박또박 쓴 글씨는 서도의 경지로 보지 않습니다. 예술과 철학으로서의 서도는 굉장한 관계성의 총체인 것이에요. 한 글자만 빠지면 전체의 균형이 와르르 무너질 것 같은 관계와 조화, 그것이 서도의 철학이고 서도의 미학입니다. 그런 까닭에 저는 한 자 한 자 또박또박 쓴 글씨를 보면 착잡한 생각에 잠기게 됩니다. 옆 글자한테 기댈 것도 없이 저 혼자 독립적 존재로 집합하고 있는 글씨를 볼 때면 '시민적 질서'가 잘 잡혀 있는 글씨구나, 그런 생각을 하지요. 서구의 시민사회라는 것도 그런 게 아니겠는지요.

제가 대전교도소로 이송되어 갔을 때 이야기입니다. 그 몇 개월 전에 이응노 선생이 출소하셨다고 하더군요. 같이 있었다던 젊은 친구에게 들은 이야기입니다만 그 친구 말이 '참 이상한 노인네'였다는 거예요. 한 번도 다른 사람의 죄명이나 형기를 물어보는 법이 없었다는 거죠. 한 방에 있는 자기한테도 그랬답니다.

대신 한번은 자기 이름을 묻더라는 군요. 자네 이름이 뭔가, 그래서, 김웅일입니다, 웅할 웅(應)자에다가 한 일(一)자입니다, 그랬더니 붓으로 '김·웅·일' 석 자를 쓰더랍니다. 그리고 혼잣말처럼 하는 말이 "뉘 집 큰아들이 여기 들어 왔구먼……." 뉘 집 큰아들이란 말에 그 젊은 친구는 눈물이 핑 돌았다고 했어요.

교도소는 무엇보다 먼저 죄명과 형기로 존재를 규정하는 곳입니다. 인간관계가 완벽하게 사장된 극히 개인적이고 국소적 존재로 놓이는 공간이지요. 뉘 집 큰아들이라는 말에 고향에 계신 부모님 생각도 나고, 누이동생 생각도 나고, 그렇게 자기가 맺고 있는 인간관계들이 한꺼번에 떠오르면서 눈물이 쏟아지더라는 거예요. 바로 그런 것, 어떤 개인을 뉘 집 큰아들로 볼 줄 아는 그런 관계론적 관점이 우리 사회의 기본적 정서라고 할 수 있습니다.

제가 어머님이 위독하셔서 잠시 귀휴(歸休)를 나간 적이 있었습니다. 다시 감옥으로 들어가면서 잠시 접견 대기실이란 곳을 들러 보았습니다. 가족들이 접견을 오면 어디에 앉아서 호명을 기다리는지 보고 싶어서요. 마침 접견 대기실에는 젊은 여자가 아기를 옆에 두고 얼굴을 묻은 채 엎드려 있었어요. 아마 접견하고 나오는 길이었나 봐요. 울음소리 하나 없었지만 처절하게 흐느끼고 있었어요. 교도소에 돌아온 이후에도 그 정경을 떨쳐 버릴 수가 없더군요. 재소자들을 볼 때마다 그 엎어져 있던 여자 생각이 났어요. 저 사람의 가족도 그러고 있겠구나 하는 생각을 떨쳐 버릴 수가 없었어요. 요즘도 피의자가 점퍼로 얼굴을 가리고 경찰 조서를 받는 뉴스 화면을 보면 자꾸 그 가족을 떠올리게 됩니다. 우리는 '개인'으로 존재하는 것이 아닙니다. '나', '개인'이란 관념으로만 가능한 것일 뿐입니다.

'우경적 실천'의 중요성

본론에서 빗나간 이야기였습니다만 연대 문제란 사실 관계성의 문제입니다. 그런데 이 연대 문제에서 가장 핵심적인 것은 신뢰성의 문제, 신뢰 집단의 문제입니다. 한 사회의 연대성의 층위는 결국 신뢰 집단을 건설하는 문제와 직결되는 것입니다.

바로 이 점에서 문제가 심각한 것이 우리의 현실입니다. 연대하려고 해도 신뢰할 수 있는 집단이 없다는 거지요. 집단 이기뿐이라는 겁니다. 이는 역량의 사회적 연대를 가로막는 가장 큰 장애가 되고 있습니다. 각자가 개별적으로 자기의 신뢰성을 세워 나가야 하는 것도 문제이지만, 타인에 대한 불신을 자신의 신뢰성을 선언하거나 방어하는 논리로 삼게 된다는 것이지요. 이처럼 소모적인 것은 없습니다.

자공이 스승인 공자에게 물었어요. "선생님, 정치가 뭡니까?" 공자가 답하기를, "족식(足食), 족병(足兵), 민신(民信)"이라고 대답합니다. '먹을 게 충분하고, 병사가 충분하고, 백성들의 신뢰가 있으면 된다'고 했습니다. 이어 계속되는 자공의 질문에 공자는 '경제, 안보, 신뢰 이 세 가지 중 가장 중요한 것은 신뢰'라는 말을 합니다. 물론 춘추전국시대에는 국경 개념이 없었기 때문에 어느 군주가 신뢰만 얻으면 가장 중요한 자원인 사람은 금방 모여들었죠. 그 당시에도 사람이 가장 큰 전략적 요소였던 거예요.

지금 우리가 잘못 알고 있는 것 중에 거의 미신이 되어 버린 음양오행이란 것이 있어요. 오행이란 여러분이 잘 알 듯이 수, 화, 금, 목, 토잖아요. 『서경』(書經) 「홍범」(洪範)에 따르면 수, 화, 금, 목, 토가 사실은 국가의 자원입니다. 국가가 관리해야 할 가장 중요한 자원이 다섯 가지 있는데, 그게 물·불·쇠·나무·땅이란 겁니다. 그런데 이 다섯 가지보다 더 중요한 것이 바로 사람입니다. 민신(民信), 즉 신뢰라는 거예요. 사람 속에 경제도 있고 병력도 있습니다. 충무공 이순신 장군의 탁월한 전략이나 군량미도 결국 마을 사람들과의 대화와 관계에서 나왔던 것이었어요.

사회운동 단체들이 신뢰받는 집단으로 바로 서기 위해서는 무엇을 어떻게 할 것인가를 고민해야 합니다. 조금 전에 이야기한 바와 같이 우리 사회의 연대 수준은 매우 낮습니다. 또 명망이 있거나 규모가 큰 조직과의 연대란 실상 화(和)의 논리가 아닌 동(同)의 논리로 전락할 위험이 있습니다. 이러한 실정에서는 이를테면 '빨치산'의 전략 전술이 요구된다고 봅니다. 빨치산이라는 어휘가 상당히 부담스럽습니다만, 그렇다고 너무 험악한 단어라고만 생각하실 필요는 없습니다.

그러고 보니 제가 빨치산 출신들과 참 오래 같이 있었어요. 제가 감옥에 있었던 기간이 60년대 말부터 88년까지니까, 구빨치산부터 신빨치산, 해방 정국에서 활동했던 분들과 함께 있었던 셈입니다. 빨치산은 전략 전술을 독자적으로 구사할 수밖에 없습니다. 중앙과 단절된 상태에서는 어쩔 수 없는 선택이자 기본 조건이지요. 마치 운동 구심이 부재하고 연대할 수 있는 신뢰 집단이 없는 상황과 유사하다고 볼 수 있습니다.

따라서 빨치산은 현재 자기가 갖고 있는 역량을 극대화하기 위해 창조성을 발휘합니다. 주어진 조건을 최대한 활용하는 것입니다. 첫째는 주민과의 접촉 국면을 최대한으로 넓혀야 합니다. 주민이 전투와 보급의 가장 중요한 토대이기도 하지만 그것은 차라리 부차적인 이유입니다. 그보다 더욱 중요한 것이 민주주의입니다. 내부의 민주적인 의사 결정 구조뿐만 아니라 주민들과의 정치적 민주주의입니다. 이러한 일상생활에서의 민주주의야말로 민중적 토대의 문제인 동시에 나아가 신뢰의 문제입니다.

빨치산에 대한 루카치(Lukács György, 1885~1971)의 언급은 물론 문학에 관한 것입니다. 그러나 다음과 같은 구절은 매우 함축적 의미가 있다고 믿습니다. "당 문학가는 지도자의 단순한 병사가 아니라 빨치산이다. 진정한 당 문학가라면 당의 역사적 소명, 주요한 전략적 노선과 깊은 통일성을 유지해야 한다. 그 통일성 내에서, 그러나 자기 고유의 수단을 가지고 스스로 책임지는 가운데 행동해야 한다."

저는 현재 우리 사회의 역량 배치나 조직 정형으로 볼 때 모든 운동 단체는 이러한 기본 원칙에 충실해야 한다고 생각합니다. 이것이 바로 '일상생활에서의 민주주의'입니다. 민주주의는 절차적인 형식 논리가 아닙니다. 그것은 우리 사회가 당면하고 있는 민중

현실의 문제, 즉 정치 목표의 문제입니다. 정치적 당면 과제를 설정하는 문제이고 동시에 그 목표의 민주적 공유입니다.

이처럼 모든 일은 민중의 지근거리(至近距離)에 근거지를 만드는 것, 그것을 통하여 신뢰를 구축해 가는 일에서 시작하지 않을 수 없다고 봐요. 근거지를 기반으로 외부를 향해 연대 가능성을 열어 놓는 일, 그것이 순서라고 생각합니다. 서둘러 중앙을 향했던 과거의 기회주의적 작풍은 일종의 권력 의지에 지나지 않는 것입니다. 한마디로 긴 호흡을 가져야 합니다. 생활의 운동화가 아닌 '운동의 생활화'라는 유장한 작풍이 필요하다고 생각합니다.

작풍 얘기를 조금 더 하겠습니다. 이건 일하는 스타일에 관한 것이기 때문에 매우 중요합니다. 제가 출소를 앞두고 광복 전후 시대를 겪은 연세가 많은 분들에게 물어보았습니다. 그분들의 대답은 참으로 의외였습니다. 자신들도 선배들에게 배운 것이라며 "이론은 좌경적으로, 실천은 우경적으로" 해야 한다는 조언을 하시는 거였어요. 이 충고의 배경에는 '인간은 기본적으로 보수적'이라는 인식이 전제해 있습니다. 자신의 생존이 결정적으로 위협받지 않으면 절대로 판 자체를 바꾸려고 하지 않아요. 대개 중간층들, 인텔리들의 성급하고 소아병적이며 관념적인 급진성, 그런 것들이 일을 망쳐 놓는다는 거죠.

교도소에서도 이와 관련한 경험을 한 적이 있습니다. 교도소 건물 구조가 가운데 복도가 나 있고 남쪽과 북쪽 양쪽으로 방이 늘어서 있습니다. 거기 있어 본 사람들은 다 알겠지만, 겨울철에 남쪽 방과 북쪽 방은 온도 차이가 내복 두 벌입니다. 그런데도 북쪽 방에서 남쪽 방으로 전방을 원치 않습니다. 왜냐하면 생소한 방에서 다시 새로운 인간관계를 만든다는 게 얼마나 힘든 일인지 알고 있기 때문이지요. 이게 바로 기본적인 보수성입니다. 실천은 우경적으로 해야 한다는 말을 실감하지 않을 수 없었어요.

가슴으로 생각하라

두서없이 여러 가지 이야기를 했습니다만 개인적으로 한 가지 더 부탁하고 싶은 것이 있어요. 대개의 인텔리 출신들은, 특히 서울대 출신들은 모든 문제를 논리적으로 접근하려 합니다. 다른 사람과의 논쟁도 무조건 논리 정합적인 방식으로 전개하려고 하지요. 자연히 논의는 논쟁적이 되기 쉽고 소모적인 사투(思鬪)로 이어지는 경향을 띠지 않을 수 없습니다. 그러다 보니 논쟁 그 자체가 실천이 되고 마는, 다시 말해서 실천적 성과는 없어지게 되는 것이지요. '오리 알에다 제 똥 묻혀서 굴러가듯 한다'는 속담이 있듯이 껴안고 함께 가야 한다고 생각합니다.

저는 쿨 헤드(cool head), 즉 냉철한 이성을 신뢰하지 않습니다. 따뜻한 가슴(warm heart)이 더 중요하다는 입장입니다. 일본의 유명한 원로 철학자와 노의사, 두 사람의 대담이 실려 있는 책이 있습니다. 읽은 지 오래됐는데, 책 제목이 『인간에 대하여』(司馬遼太郎·山村雄一 著, 『人間について-對談』)였던 것으로 기억합니다만, 거기 아주 인상적인 대화가 나와요.

메이지 유신(明治維新) 때까지 일본에서도 '가슴에 두 손을 얹고 반성하라'고 했던 걸 보면, 그때까지도 인간의 사고가 가슴에서 이뤄지는 줄 알았던가 보다는 얘기였죠. 과학적으로 표현하자면 사실 '머리에 두 손을 얹고' 반성해야 옳은 것이겠지요. 그런데 두 사람의 결론은 '가슴으로 생각한다'는 것이었습니다.

물론 엄밀한 의미에서는 인간의 의식은 뇌 피질에서 이루어지지만 의식의 토대, 즉 생각의 바탕을 이루는 것은 '가슴'이라는 설명이었습니다. 사고(思考)는 가슴이 허용하는 범위 내에서, 또 가슴이 원하는 그러한 방향으로 진행되기 때문이라는 것이지요. 저는 논리나 냉철한 이성을 신뢰하지 않습니다. 따뜻한 가슴이 결정적인 것이라고 보지요. 인간적 덕성을 가지고 사람을 포용해 나가는 것은 '따뜻한 가슴' 없이는 불가능합니다. 일한다는 것은 인간관계를 만들어 나가는 것이 대부분이지요.

제가 출소한 직후에 느낀 것입니다만, 소위 운동권 문화를 간접적으로 접하게 되는 기회가 많았습니다. 그때 제가 느낀 것은 '저건 옛날에 내가 하던 걸 여태 하고 있구나' 하는 새삼스러운 반성이었습니다. 제가 학교 다닐 때는 상당히 까다로운 선배였다고 듣고 있습니다. 얼마든지 부드럽게 이야기해도 될 것을 칼로 끊듯이 논리를 세워 이야기하고 다른 사람들과의 논의까지 쉽게 사투로 넘어가는 식이었지요.

광복 전후에도 그런 문화가 팽배했다더군요. 콤그룹(코뮤니스트 그룹) 등 당시 운동가들은 일제강점기의 엄혹한 상황에서 오랫동안 소모임으로 분산·고립되지 않을 수 없었기 때문에 논의 구조가 직선적이고, 또 구성원간의 관계도 정보에서 조금만 소외되면 굉장한 소외감을 느끼는 그런 구조였다고 합니다. 참으로 잘못된 전통입니다. 문제는 지식인 운동의 일반적 경향이 이러하다는 데에 있습니다. 아주 좋지 않은 작풍이지요. 이제는 반성하고 그런 것들을 좀 버릴 때도 되지 않았나 싶어요.

4·19로 시작해 엉뚱한 얘기를 많이 늘어놓았군요. 우리가 4·19나 70~80년대 민주화 운동을 평가하는 것은 시기상조라고 생각해요. 프랑스 기자의 질문과 저우언라이(周恩來, 1898~1976)의 답변은 매우 널리 알려져 있지요. 당신은 프랑스혁명을 어떻게 평가하느냐는 질문에 저우언라이가 그랬대요. 아직 200년밖에 지나지 않았는데 어떻게 평가를 하느냐고. "누가 프랑스혁명을 실패라고 하는가"라고 격노했던 앙드레 말로(André Malraux, 1901~1976)의 이야기가 생각납니다.

4·19와 70~80년대의 민주화 운동에 대해 이야기한다는 것은 참으로 편협한 시각에 갇히는 것이 아닐 수 없습니다. 지금 우리에게 중요한 것은 과거에 대한 평가가 아니라 지금 이 지점에서 어떤 고민을 나누고 또 무엇을 지향할 것인가 하는 점이라고 생각합니다. 그러한 전향적 관점에서 이루어지는 평가는 다소의 전술적 의미가 없지 않겠지만 중요한 것은 근본적 성찰입니다. 우리의 의식과 우리 사회의 구조에 대한 냉정하고 철저한 인식이라고 생각합니다.

오랜 시간 경청해 주셔서 감사합니다.

『신동아』 2001년 7월호 '신영복의 세상읽기'. 2001년 4월 19일 관악민주포럼 창립 1주년 기념 강연

'석과불식'
우리가 지키고 키워야 할 희망의 언어

'정치'(政治)는 평화(治)의 실현(政)이다. 그리고 평화는 오래된 염
원이다. 수신제가치국(修身齊家治國)의 궁극적 목표가 평화로운
세상(平天下)을 만드는 것이다. 그리고 평화(平和)란 글자 그대로
화(和)를 고르게(平) 하는 것이다. 화(和)의 의미가 쌀(禾)을 먹는
(口) 우리의 삶 그 자체라면 정치는 우리의 삶이 억압당하지 않고
차별받지 않도록 하는 일이다.

정치가 평화의 실현이라는 의미를 다시 생각하는 까닭은 오늘의
정치적 현실이 그렇지 못하기 때문이다. 정치는 통치(統治)의 의미
로 통용되고 있으며, 정치란 그 통치 권력을 장악하는 것이다. 이러
한 정치 현실은 정치의 정도를 벗어난 것이 아닐 수 없다. 길을 잘
못 든 사람일수록 발걸음을 더욱 재촉하는 법이며 점점 더 미궁에
빠진다. 그런 경우 우리가 할 수 있는 일은 원점에서 다시 시작하는
것이다. 서울에서 길을 잃은 사람이 광화문의 충무공 동상에서 다
시 시작하는 것과 같다.

오늘날 우리 사회의 현실 정서는 한마디로 '불안'이다. 청년, 노년, 취업자, 비취업자를 막론하고 불안하지 않은 사람이 없다. 개인의 삶에서부터 국가 경영, 세계 질서에 이르기까지 그렇다. 더욱 불안한 것은 그 끝이 보이지 않는다는 사실이다. 절망이란 전망이 없을 때를 일컫는다. 그럼에도 정치는 희망과 평화를 이야기하지 못하고 사람들의 신뢰를 받지 못하고 있다. 사람들의 압도적 정서는 정치 그 자체에 대한 불신이다. 화려한 정치적 언설은 권력을 장악하기 위한 수사로 받아들여질 뿐이다. 정치권은 우리 사회에서 가장 유능한 사람들이 모여 있고 다른 어떤 분야보다도 투명하지만 사람들은 정치에 대한 기대를 접고 있는 것이 현실이다. 참으로 반평화(反平和), 반정치(反政治)의 현실이 아닐 수 없다. 정치의 원칙과 철학을 다시 생각하는 까닭이 이와 같다.

우리는 숱한 곤경을 겪어 왔고 지금도 그 연장선상에 서 있다. 그러나 그것이 어디서부터 온 것이며 그로부터 어떤 교훈을 읽어야 할 것인가에 대한 성찰이 없다. 곤경을 겪고도 깨닫지 못하는 곤이부지(困而不知)의 사회가 두고두고 얼마나 많은 비용을 치러야 하는지에 대해서는 역사가 보여주고 있다. 이러한 고통과 불안의 원인을 밝히고 그것을 극복할 의지와 희망을 결집해 내는 구심이 바로 정치여야 함은 물론이다. 그러나 오늘의 정치 현실은 이 모든 것의 근본인 신뢰를 얻는 일에서부터 실패하고 있다. 이러한 현실에서 신뢰와 희망의 정치를 만들어 가는 일은 더욱 먼 길이 아닐 수 없다.

동서고금의 수많은 언어 중에서 내가 가장 아끼는 희망의 언어는 '석과불식'(碩果不食)이다. 『주역』(周易)의 효사(爻辭)에 있는 말이다. 적어도 내게는 절망을 희망으로 일구어 내는 보석 같은 금언이다. 석과불식의 뜻은 '석과는 먹지 않는다'는 것이다. 석과는 가지 끝에 남아 있는 최후의 '씨과실'이다. 초겨울 삭풍 속의 씨과실은 역경과 고난의 상징이다. 고난과 역경에 대한 희망의 언어가 바로 석과불식이다. 씨과실을 먹지 않고(不食) 땅에 심는 것이다. 땅에 심어 새싹으로 키워 내고 다시 나무로, 숲으로 만들어 가는 일이다. 이것은 절망의 세월을 살아오면서 길어 올린 옛사람들의 오래된 지혜이고 의지이다. 그런 점에서 석과불식은 단지 한 알의 씨앗에 관한 이야기가 아니라 우리가 지키고 키워야 할 희망에 관한 철학이다. 정치의 원칙을 생각하게 하는 교훈이기도 하다. 석과불식에서 우리가 읽어야 할 교훈은 크게 세 가지이다. 첫째 엽락(葉落), 둘째 체로(體露), 셋째 분본(糞本)이다.

'엽락'은 잎사귀를 떨어뜨리는 것이다. 거품과 환상을 걷어 내는 일이다. 거품과 환상은 우리를 한없이 목마르게 한다. 진실을 외면하게 하고 스스로를 욕망의 노예로 만든다. 오늘의 정치가 환상과 거품을 청산하기보다는 도리어 그것을 키우고 있지 않은지 반성해야 할 것이다. 더 많은 소비와 더 많은 소유는 끝이 없을 뿐 아니라 좋은 사람, 평화로운 사회를 만드는 길도 못 된다. 먼저 잎사귀를 떨어뜨려야 하는 엽락의 엄중함이 이와 같다.

'체로'는 잎사귀를 떨어뜨리고 나무의 뼈대를 직시하는 일이다. 뼈대란 그 사회를 지탱하는 기둥이다. 이를테면 정치적 자주(自主), 경제적 자립(自立), 문화적 자부(自負)이다. 정치적 자주는 우리의 삶에 대한 주체적 결정권의 문제이다. 경제적 자립은 위기를 반복하고 있는 세계경제 질서 속에서 그 파고를 견딜 수 있는 경제적 토대를 만들어 놓고 있는가를 직시하는 것이다. 경제적 자립 기반이 튼튼할 때 비로소 정치적 자주가 가능한 것임은 물론이다. 그리고 문화적 자부는 우리의 문화가 우리의 삶 그 자체에 대한 성찰과 자부심을 안겨 주는 것인가를 직시하는 것이다. 자부심이야말로 역경을 견디는 힘이기 때문이다.

엽락과 체로의 교훈은 한마디로 환상과 거품에 가려져 있는 정치, 경제, 사회 문화의 구조를 직시하는 것이다. 한마디로 삶의 근본을 마주하는 것이다. 포획되고 길들여진 우리들 자신의 모습을 깨닫는 일이다. 우리들의 일그러진 자화상과 불편한 진실을 대면하는 일이다.

마지막으로 '분본'은 나무의 뿌리[本]를 거름[糞]하는 일이다. 엽락과 체로의 어려움도 어려움이지만 그보다 더 어려운 것이 바로 분본이다. 무엇이 본(本)이며, 무엇이 뿌리인가에 관한 반성이 선행되어야 하기 때문이다. 우리의 삶과 역사를 지탱하는 뿌리는 과연 무엇인가. 놀랍게도 뿌리가 바로 '사람'이라는 사실이다. 까맣게 망각하고 있었던 언어, '사람'이 모든 것의 뿌리이다.

『논어』(論語)에 "정치란 바르게 하는 것"(政者正也)이라는 글귀가 있다. 무엇을 바르게 하는 것이 정치인가. 뿌리[本]를 바르게 하는 것이다. 뿌리가 접히지 않고 바르게 펴질 때 나무가 잘 자라고 아름답게 꽃피듯이 사람이 억압되지 않을 때 우람한 나무처럼 사회는 그 역량이 극대화되고 사람들은 아름답게 꽃핀다. 정치란 사람들의 아름다움과 사회의 역량을 완성해 주는 것이어야 한다. 그러나 우리의 현실은 사람을 키우기보다는 수많은 사람을 잉여 인간으로 낭비하고 있으며 심지어 사람을 다른 어떤 것의 수단으로 삼고 있기까지 하다. 이제는 사람만이 아니라 무엇이든 키우는 일 자체가 불편하고 불필요한 것이 되어 있다. 모든 것은 구입한다. 필요할 때에만, 그리고 잠시 동안만 구입한다. 사람도 예외가 아님은 물론이다.

엽락, 체로, 분본이 어려운 것은 그 하나하나가 어려운 과제일 뿐 아니라 서로 얽혀 있기 때문이다. 더구나 그 얽혀 있는 접점이 바로 우리의 분단 현실이라는 사실 때문이다. 그리고 우리의 분단 현실은 다시 동북아와 세계 정치 질서라는 중첩적 연결 고리에 이어져 있음은 물론이다. 분단은 남과 북을 막론하고 정치적 자주성의 가장 큰 장애이다. 그리고 60년 동안 남과 북이 치르고 있는 엄청난 분단 비용은 경제적 자립의 최대 걸림돌이다. 비난과 대적(對敵)의 언어는 비단 남과 북 사이만이 아니라 우리 사회의 모든 분야에서 증오와 갈등으로 구조화되어 단 한 줌의 자부심도 허락하지 않는다. 우리가 잊고 있을 뿐 분단이야말로 우리가 당면하고 있는 고통과 불안의 최대 진원지이다. 분단의 극복이야말로 정치의 핵심 과제가 아닐 수 없다. 더구나 정치란 평화의 실현임에랴. 참으로 길은 멀고 소임은 무겁다.

먼 길을 걸어가는 사람이 잊지 말고 챙겨야 할 몇 가지 채비가 있다. 첫째로 '길'의 마음을 갖는 것이다. 길은 도로와 다르다. 도로는 목표에 도달하기 위한 수단에 지나지 않는다. 속도와 효율이 그 본질이다. 그에 반하여 길은 그 자체가 곧 삶이다. 더디더라도 삶 그 자체를 아름답게 만들어 가고자 하는 긴 호흡과 느긋한 걸음걸이가 길의 마음이다. 목표의 올바름을 선(善)이라 하고 그 목표에 도달하는 과정의 올바름을 미(美)라 한다. 목표와 과정이 함께 올바른 때를 일컬어 진선진미(盡善盡美)라고 하는 것이다. 우리가 영위하는 모든 삶이 목표와 과정이 함께 올바른 것이어야 함은 물론이다.

그다음으로 필요한 것이 동반자이다. 고생길도 함께할 수 있는 길동무가 있어야 한다. 바로 이 점에서 우리는 대단히 불행하다. 신뢰 집단이 없기 때문이다. 비단 정치 영역뿐만 아니라 신뢰 집단이 없기는 경제·문화·교육·종교·언론·사법 등 사회의 모든 분야도 다르지 않다. 신뢰할 수 있는 동반자가 없다면 길은 더욱 아득하고 암담할 수밖에 없다.

그리고 먼 길은 '여럿이 함께' 가야 한다. 여러 사람이 함께하기 위해서는 서로의 차이를 존중하고 다양성을 승인하는 공존(共存)의 터전을 만들어야 한다. 모든 사람의 모든 입장과 이유는 존중되어야 한다. 나는 20년간 갇혀 있었지만 역설적이게도 수많은 사람을 만날 수 있었다. 그 수많은 만남의 결론은, 그 사람의 생각은 그가 살아온 삶의 결론이라는 사실이다. 그리고 우리의 삶 속에는 우리가 함께 통과해 온 현대사의 애환이 고스란히 공유되고 있다는 사실이다. 그런 점에서 우리는 얼마든지 소통할 수 있고 또 소통해야 하는 것이다. 평화 공존과 소통이 중요한 것은 그것이 정치의 최우선 과제일 뿐만 아니라 동시에 통일로 가는 유일한 방법이기 때문이다. 나는 통일을 '統一'이라고 쓰지 않고 '通一'이라고 쓰기도 한다. 평화와 소통은 그것만으로도 통일 과업의 대부분을 담아

낼 수 있는 틀이기 때문이다.

그리고 마지막으로 변화(變化)이다. 진정한 화(和)는 화(化)이어야 하기 때문이다. "막히면 변화해야 하고, 변화하면 소통하게 되고, 소통하면 그 생명이 오래간다."(窮則變 變則通 通則久) 변화의 의지가 없는 모든 대화는 소통이 아니며, 또 변화로 이어지지 않는 소통이란 진정한 소통이 아니다. 상대방을 타자화하고 자기를 관철하려는 동일성 논리이며 본질적으로 '소탕'인 것이다.

이처럼 우리가 가야 할 길은 참으로 멀고도 험하다. 더구나 함께할 동반자도 보이지 않는다. 그러나 동반자는 나 자신이 먼저 좋은 동반자가 될 때 비로소 나타나는 법이다. 그것이 바로 원칙과 근본을 지키는 일이다. 혹한을 겪은 이듬해 봄꽃이 더욱 아름다운 법이다. 우리가 짐 지고 있는 고통이 무겁고 질긴 것이 사실이지만 바로 그 엄청난 무게 때문에 머지않아 '평화와 소통과 변화'라는 새로운 정치 전형(典型)의 창조로 꽃필 수 있기를 바란다. 그리고 그러한 전형은 분단 극복이라는 민족적 과제뿐만 아니라 나아가 패권적 세계 질서를 지양하는 21세기의 문명사적 과제로 발돋움할 수 있기를 기대한다.

정치란 무엇인가.

평화와 소통과 변화의 길이다.

광화문(光化門)에서 다시 시작해야 하는 길이다.

『한겨레』 2013년 5월 12일

신영복 연보

1941~2016. 사상가이자 교육자.
호(號)는 위경(葦經), 소당(紹堂), 우이(牛耳), 쇠귀

1941년(1세) 8월 23일(음력 7월 1일) 교사인 부친의 임지 경남 의령군 유곡초등학교 교장 사택에서 3남 2녀 중 넷째로 태어나다. 고향인 밀양으로 이사하여 그곳에서 어린 시절을 보내고 초등학교를 졸업하다. 어린 시절 조부로부터 한문과 붓글씨를 배우다.

1945년(5세) 해방이 되자 다섯 살 꼬마인 신영복에게 동네 청년들이 일본인 교장의 사택을 지키게 했고, 꼬마 신영복은 적산(敵産)의 접수와 보호라는 중대 임무를 밤새 충실히(?) 수행하다.

1950년(10세) 한국전쟁 발발 이후 밀양은 '인공'(人共) 치하를 겪지는 않았으나, 서북청년단(西北靑年團)이 좌익으로 몰린 청년들을 죽이고 그들의 머리를 영남루 부근 남천교에 효수한 장면을 목격하며 전쟁의 참상을 실감하다.

1953년(13세) 밀양중학교에 진학하다. 당시, 밀양군 교육감이 되신 부친이 국회의원에 출마하였으나 낙선하여 가세가 기울다.

1956년(16세) 매형인 김진수 선생이 교사로 재직하던 부산상업고등학교에 진학하다.

1959년(19세) 시인이자 당시 국어 선생님이던 살매 김태홍 선생의 권유로 한국은행 면접시험을 포기하고 대학 진학을 결심, 서울대학교 상과대학에 입학하다.

1960년(20세) 대학교 2학년. 4·19혁명이 일어나다. 4·19에서 5·16까지 1년여의 짧은 기간 바라본 푸른 하늘은 신영복 선생이 힘든 시절을 지탱케 해 준 원동력이 되다.

1961년(21세) 대학교 3학년. 5·16쿠데타가 일어나다. 5·16의 현실 속에서 4·19혁명은 그야말로 총알이 모자만 뚫고 지나간 것임을 깨닫고, 이후 본격적으로 후배들의 세미나 지도를 시작하다. 상과대 학생들로 조직된 경우회, CCC란 종교 단체 산하의 경제복지회, 정읍 출신들이 모인 동학연구회 등 훗날 통혁당 사건 때 연루된 동아리들 외에도, 고려대·연세대의 학생 동아리 세미나에도 자주 가서 지도했는데, 이런 모임이 예닐곱 개가 되어 바쁜 나날을 보내다. 교지『상대평론』편집위원,『상대신문』기자로도 활동하다.

1963년(23세) 서울대학교 대학원에 진학하다. 다른 대학 세미나 및 연합동아리 지도에 주력하다.

1965년 (25세) 서울대학교 대학원 경제학과를 졸업하다. 숙명여자대학에서 '후진국개발론'을 강의하다.

1966년(26세) 육군사관학교에서 '경제원론', '근대경제사'를 강의하다. 『청맥』지의 예비 필자 모임인 새문화연구회에 참여하다. 이른 봄, 서울대학교 문학회의 초대를 받아 서오릉으로 답청놀이를 가는 길에 청구회 아이들을 만나다. 소풍날로부터 약 보름 후 청구회 아이들의 편지를 받고, 이후 1968년 7월 구속되기까지 매월 마지막 토요일마다 만남을 지속하다.

1967년(27세) 2월, 담낭절제수술로 수도육군병원에 입원하다. 청구회 꼬마들이 두 번이나 문병을 왔으나 위병소에서 거절당하다. 그 해 6월, 청구회 꼬마들 6명과 당시 지도 중이던 이화여자대학의 세미나 서클 청맥회 여학생 8명, 그리고 육군사관생도 6명과 함께 백운대 계곡으로 봄소풍을 가다.

1968년(28세) 7월 25일(음력 7월 1일), 통일혁명당 사건으로 구속되어 서대문구치소에 수감되다. 중앙정보부의 수사 과정에서 혹독한 구타와 전기고문을 당하다. 당시 육사 교관으로 현역 장교 신분이었기에 군사재판에 회부되어 육군고등군법회의에서 사형을 언도받다.

1969년(29세) 1월 16일, 1심 육군고등군법회의에서 사형을 언도받고, 1월 22일, 남한산성 육군교도소로 이송되다. 1월 27일, 2심에서 사형, 7월 23일, 항소심에서도 사형이 구형되다. 11월 11일, 대법원 형사부에서 원심이 관계법소를 잘못 적용했다는 이유로 파기환송되고, 파기환송심에서 군 검찰은 죄목을 구성죄로 바꾸는 공소장 변경조치를 취했고, 재판부는 정상을 참작해 최고형 대신 무기징역을 선고하다.

1970년(30세) 5월 5일, 대법원에서 무기징역 확정판결을 받다. 9월, 안양교도소로 이송되다.

1971년(31세) 2월, 대전교도소로 이감되다.

1975년(35세) 한학자 노촌 이구영 선생을 만나 4년간 한 방에서 지내다. 옥중 서도반에서 만당 성주표, 정향 조병호 선생에게 가르침을 받다. 특히 전주교도소로 이감 전까지 80년대 초반부터 6년간 정향 선생에게는 일주일에 한 차례씩 붓글씨를 사사받다.

1986년(46세) 2월, 전주교도소로 이감되다.

1988년(48세) 7월 10일, 『평화신문』에 「통혁당 사건의 무기수 신영복 씨 편지」 연재를 시작하다. 8월 14일(음력 7월 3일), 광복절 특사 특별가석방으로 20년 20일 만에 출소하다. 8월 15일, 옥중에서 쓴 편지들을 모아 (통혁당 수감자 오병철의 부인 윤일숙이 경영하던) 햇빛출판사에서 『감옥으로부터의 사색』을 출간하다.

1989년(49세) 동양방송(TBC, 현 KBS) 라디오 PD를 맡고 있던 유영순과 결혼하여 이듬해에 아들이 태어나다. 3월 6일부터 성공회신학대학 강사로 '경제원론', '한국사상사', '중국고전강독' 등을 강의하기 시작하다.

1991년(51세) 중국 작가 다이허우잉(戴厚英)의 대표작 『사람아 아! 사람아』를 번역하다.

1992년(52세) 왕스징(王士精)의 『루쉰전』을 공역하다.

1993년(53세) 옥중 서간을 영인한『엽서』를 펴내다. 나카지마 아츠시의 소설집『역사 속에서 걸어 나온 사람들』을 감수하다.

1994년(54세) 『중국역대시가선집』을 공역하다.

1995년(55세) 3월 17일~26일, 학고재에서 서화전을 개최하고 서예 작품집『손잡고 더불어』를 펴내다. 11월부터 이듬해 8월까지『중앙일보』에 '국토와 역사의 뒤안에서 띄우는 엽서'라는 제목으로 국내 여행기를 연재하다.

1996년(56세) 독자들과 목동파리공원 모임을 시작, 이후 '더불어숲'으로 개칭하여 모임을 지속하다. 9월,『중앙일보』에 연재한 국내 여행기를 『나무야 나무야』로 출간하다.

1997년(57세) 1월 1일부터『중앙일보』에 '새로운 세기를 찾아서'라는 제목으로 해외 여행기(1년간 23개국 47개 유적지 및 역사 현장 답사)를 47회 연재하다.

1998년(58세) 3월 13일, 사면복권되다. 5월 1일, 성공회대학교 사회과학부 교수로 정식 임명되다. 6월,『중앙일보』에 연재한 해외 여행기를『더불어숲』으로 출간하다. 8월, '청구회 추억'을 비롯하여 출소 이후 발견된 메모 노트와 기존 책에 누락된 편지글들을 보완하여『감옥으로부터의 사색』증보판을 출간하다.

1999년(59세) 12월, KBS에서 '신영복 교수의 20세기 지구 마지막 여행'(10월 말부터 35일 동안 10개국 30여 곳을 기행)을 방영하다.

2000년(60세)　3월, 성공회대학교 민주사회교육원 원장을 맡아 김동춘, 박경태 교수와 함께 노동대학 1기를 출범시키다.

2001년(61세)　9월부터 2003년 4월까지 1년 6개월여 166회에 걸쳐 프레시안에 '신영복 고전강독'을 연재하다.

2002년(62세)　2월, 동아시아문화공동체포럼 대표를 맡다.

2004년(64세)　3월, 성공회대학 대학원 원장을 맡다. 12월, 프레시안에 연재한 '신영복 고전강독'을 『강의-나의 동양고전 독법』으로 출간하다.

2005년(65세)　6월, 한글 2,350자와 한자 4,888자를 직접 쓴 붓글을 직지소프트에서 디지털 신영복체로 만들다.

2006년(66세)　2월, '처음처럼'을 소주 이름으로 사용 허락하고, 저작권료 대신 성공회대에 장학금을 기부 받다. 3월, 서울대학교 입학식 축사를 하다. 6월, 정년퇴임을 앞두고 성공회대학교 성당에서 고별강의를 하다. 6월, 국민대학 김민 교수가 신영복 선생의 엽서 손글씨를 복원하여 디지털 글꼴 '엽서체'로 만들다. 8월, 성공회대학에서 정년퇴임기념콘서트를 열고, 정년퇴임을 기념한 『신영복 함께 읽기』가 출간되다. 이후 2014년까지 성공회대학교 사회과학부 석좌교수로 재직하다. 12월, 인문사회과학서점 '그날이오면' 후원 강연을 하다.

2007년(67세)　1월, 서화 에세이집 『처음처럼』을 출간하다. 2월, 성공회대 교수 전시회 '함께 여는 새날'을 개최하다.

2008년(68세) 3월, 제3회 임창순학술상을 수상하다. 6월, 시민공간 '나루' 건립 후원 서화전을 개최하다. 7월, 청구회 아이들과의 추억을 쓴 엽서 글을『청구회추억』(조병은 영역, 김세현 그림)으로 출간하다. 성공회대학 인문학습원 원장을 맡고, 9월, CEO를 위한 인문공부 과정을 개설하다.

2009년(69세) 10월부터 이듬해 2월까지 민주넷 주최로 전국 순회 강연(서울, 청주, 춘천, 울산, 제주, 전주)을 하다.

2010년(70세) 11월, 서울미술관에서 열린 '생명 평화 그리고 꿈 展'에 신영복·임옥상·박재동·이철수가 함께하다. 12월, 2009년 5월 서울대학에서 진행한 관악초청강연을 엮은『신영복(여럿이 함께 숲으로 가는 길)』이 출간되다.

2011년(71세) 2월에서 5월까지 시민단체와 더불어숲 주최로 밀양, 전주에서 강연하다. 8월, 미등록학생 장학금 마련 성공회대 교수 서화전 '아름다운 동행'을 개최하다. 9월, 강릉시민사회단체 연대기금 마련을 위한 신영복의 이야기 콘서트 '강물처럼'을 열다. 9월에서 12월까지『경향신문』에 '변방을 찾아서'를 연재하고, 2012년 5월『변방을 찾아서』를 출간하다. 11월에서 이듬해 1월까지 인권센터 설립기금 마련을 위한 전국 순회 강연(인천, 수원, 전라도 광주, 도봉구청, 부산, 서울 서대문)을 하다.

2014년(74세) 성공회대학 인문학습원 고문을 맡다. 9월에서 12월까지 네이버 포스트 '신영복의 언약'을 연재하다. 10월, 희귀성 피부암 진단을 받고 투병하며 그 해 겨울 강단에서 마지막 학기를 보내다.

2015년(75세) 4월,『담론-신영복의 마지막 강의』를 출간하다. 8월, 제19회

만해문예대상을 수상하다. 12월, 『더불어숲』개정판을 출간하다.

2016년(76세)   1월 15일 오후 9시 30분경 서울 목동 자택에서 별세하다.
1월 16일부터 18일까지 성공회대학 학교장으로 장례를 치르고, 18일 오
전 11시 성공회대학 성당에서 영결식을 거행하다. 4월 3일, 유분(遺粉)을
경상남도 밀양의 선산에 모시다. 2월, 고인의 타계 전 병환 중에도 문장과
그림을 다듬으며 작업하신 『처음처럼』개정판이 출간되다.

이 연보는 사단법인 더불어숲의 신영복 연보와 신영복 선생의 글을 참조하여 편집자가 정리
한 것이다.